岩波文庫

30-001-1

古　事　記

倉野憲司校注

岩波書店

目次

（ ）内頁数は原文頁を示す。

凡　例

一、本書は、古事記の訓み下し文に脚注を施したもの、原文、解説、および歌謡全句索引から成っている。

一、訓み下し文は、日本古典文学大系「古事記」のそれに基づいたが、

1、語句や事項の説明に関する分注は残し、訓み方に関する分注はすべて省略した。通読の興をそがれないようにとの心遣いからである。

2、固有名詞を除いた仮名書きの部分は、平仮名に改めたり、訓字に改めたりした。通読の便を思ったからである。

3、接続詞その他適宜平仮名に改めた。読み易く見易からんがためである。

4、その後の考えで訓法を改めた個所も往々ある。

一、脚注は空間の関係もあり簡要を旨とした。詳細は古典文学大系「古事記」を見られたい。

一、原文は古典文学大系「古事記」に拠って誤植を直した程度である。従って校訂の過程は同書で見られたい。

一、歌謡には、末尾に括弧をして番号を記した。ただし武田祐吉博士校註「岩波文庫・記紀歌謡集」その他につけられた番号と異なる場合がある。それはある歌謡を一首と見るか二首と見るかの見解の相違から来た結果である。

一、古事記は、上中下の三巻に分けてあるだけで、内容に関する見出しはない。それで今新たに、読者の便宜を慮って、行間に大見出し・小見出しを太字でつけた。ただし原文の方は頁数の関係から、天皇名を大見出しにするにとどめた。

一、解説は簡要を旨とした。

一、歌謡全句索引は訓み下し文と原文の双方から検索できるように工夫した。括弧の中が原文である。

一、訓み下し文と歌謡全句索引は旧仮名遣いにより、脚注と解説は現代かなづかいによった。

古事記

古事記 上つ巻 序[一]を幷《あは》せたり

序第一段 稽古照今

臣安萬侶《しんやすまろ》[二]言《まを》す。それ、混元既に凝《こ》りて、氣象[三]未《いま》だ效《あらは》れず。名も無く爲《わざ》も無し。誰れかその形を知らむ。然れども、乾坤《けんこん》[四]初めて分れて、參神[五]造化の首《はじめ》となり、陰陽ここに開けて、二靈群品[六]の祖《おや》となりき。所以《このゆゑ》に、幽顯[七]に出入して、日月[八]目を洗ふに彰《あらは》れ、海水に浮沈して、神祇身を滌《すす》ぐに呈《あらは》れき。故《かれ》、太素《たいそ》[九]は杳冥《えうめい》なれども、本敎によりて土《くに》を孕《はら》み島を產みし時を識《し》り、元始は綿邈《めんばく》なれども、先聖によりて神を生み人を立てし世を察《し》りぬ。寔《まこと》に知る、鏡[一〇]を懸け珠《たま》を吐きて、百王相續し、劒《つるぎ》を喫《く》ひ蛇《をろち》を切りて、萬神蕃息《ばんそく》せしことを。安《やす》[一一]の河《かは》に議《はか》りて天下《あめのした》を平《ことむ》け、小濱《をばま》に論《あげつら》ひて國土《くに》を清めき。ここをもちて、番仁岐命《ほのににぎのみこと》[一二]、初めて高千嶺《たかちほのたけ》に降《くだ》

一 この序は「表」(天子に奏上する文)の形式を襲った気品の高い名文である。
二 太安万侶。古事記の撰者。七二三年歿。
三 気と象(形・質)とがまだ分離しない。
四 以下、古事記の内容の要点を挙げている。
五 アメノミナカヌシノ神・タカミムスヒノ神・カミムスヒノ神。
六 イザナキノ命・イザナミノ命。群品は万物。
七 黄泉の国と葦原中国。
八 天照大神と月読命。
九 この世のはじめは、くらくてはっきりしない。
一〇 天の石屋戸隠れ・天の安の河の誓約・八俣大蛇退治を指す。
一一 葦原中国の平定。
一二 ニニギノ命。

り、一神倭天皇《かむやまとのすめらみこと》、秋津島《あきづしま》に經歴したまひき。二化熊《くわいう》川を出でて、三天劍《てんけん》を高倉《たかくらじ》に獲《え》、四生尾《せいび》徑《みち》を遮《さへぎ》りて、五大烏《たいう》吉野に導きき。六儛《まひ》を列《つら》ねて賊《にしもの》を攘《はら》ひ、歌を聞きて仇《あた》を伏《したが》はしめき。すなはち、夢に覺《さと》りて神祇を敬《ゐやま》ひたまひき。所以《このゆゑ》に賢后《けんこう》と稱《まを》す。七烟《けぶり》を望みて黎元《れいげん》を撫《な》でたまひき。今に聖帝と傳ふ。八境《さかひ》を定め邦《くに》を開きて、近《ちか》つ淡海《あふみ》に制《をさ》め、九姓《かばね》を正《ただ》し氏《うぢ》を撰《えら》びて、遠《とほ》つ飛鳥《あすか》に勒《をさ》めたまひき。一〇歩《ほ》驟《しう》各《おのおの》異《こと》に、文質同じくあらずと雖も、古《いにしへ》を稽《かむが》へて風猷《ふういう》を既に頽《すた》れたるに繩《ただ》し、今に照らして典敎《てんけう》を絶えむとするに補はずといふことなし。

序第二段　古事記撰録の発端

一一飛鳥《あすか》の清原《きよみはら》の大宮《おほみや》に大八州《おほやしまぐに》御《しら》しめしし天皇《すめらみこと》の御世に曁《いた》りて、一二潛《せん》龍元《りようげん》を體《たい》し、洊雷《せんらい》期《き》に應じき。一三夢の歌を開《ひら》きて業《わざ》を纂《つ》がむことを相《あは》せ、夜の水《かは》に投《いた》りて基《もとゐ》を承《う》けむことを知りたまひき。然れども、天の時未だ臻《いた》らずして、一四南山に蟬蛻《せんぜい》し、人事共給《そな》はりて、

一 神武天皇。　二 神の化身の熊。　三 高天の原から降された剣を、タカクラジという人から手に入れ。　四 尾のある人々が路にあふれて歓迎し。　五 八咫烏（ヤタガラス）。　六 崇神天皇の事蹟。賢后は賢明な天子。　七 仁徳天皇の事蹟。黎元は人民。　八 成務天皇の事蹟。「邦を開き」は国造や県主を任命すること。　九 允恭天皇の事蹟。　一〇 以下は、御代御代において政治に緩急の差があり、文彩と質朴の違いはあるが、古の事を考えてそれを今のありさまに照らしてみて、風教道徳の頽れたのを正し、五倫五常が絶えようとするのを補わないということはなかったの意。　一一 以下、天武天皇の事蹟。　一二 天子たるべき徳をもって隠れ

東國に虎歩《こほ》したまひき。皇輿《くわうよ》忽ち駕《が》して、山川を淩《こ》え渡《わた》り、六《りく》師《し》雷《いかづち》のごとく震《ふる》ひ、三軍電《いなづま》のごとく逝《ゆ》きき。杖矛《ぢやうぼう》威《いきほひ》を擧げて、猛士烟《けぶり》のごとく起こり、一絳旗《かうき》兵《つはもの》を耀《かがや》かして、二凶徒瓦《かはら》のごとく解《と》けき。未だ三浹辰《せふしん》を移さずして、四氣沴《きれい》自《おのづか》ら清まりき。すなはち、五牛を放ち馬を息《いこ》へ、六愷悌《がいてい》して七華夏に歸り、旌《はた》を卷き戈《ほこ》を戢《をさ》め、儛詠《ぶえい》して都邑《といふ》に停《とど》まりたまひき。八歲大梁《ほしたいりやう》に次《やど》り、月夾《けふ》鐘《しよう》に踵《あた》り、清原《きよみはら》の大宮にして、昇りて天位《あまつくらゐ》に即《つ》きたまひき。道は九軒后《けんこう》に軼《す》ぎ、德は一〇周王に跨《こ》えたまひき。一一乾符《けんぷ》を握《と》りて六合《りくがふ》を摠《す》べ、天統を得て八荒《はつくわう》を包《か》ねたまひき。一二二氣の正しきに乘り、一三五行の序《ついで》を齊《ととの》へ、一四神理を設《ま》けて俗《ならはし》を奬《すす》め、英風を敷きて國を弘めたまひき。重加《しかのみにあらず》、一五智海は浩汗《かうかん》として、潭《ふか》く上古を探り、一六心鏡は煒煌《ゐくわう》として、明らかに先代を観《み》たまひき。

ここに一七天皇詔《の》りたまひしく、「朕《われ》聞きたまへらく、『諸家の賫《もた》る一八帝紀及び一九本辭、既に正實に違《たが》ひ、多く虛僞を加ふ。』といへり。

ていたが、即位の時機が到来した。一三 夢の中で聞いた歌を解釈して。相せは占い。一四 吉野の山。

一 赤旗。 二 悪逆のともがら。 三 短時日の間に。 四 悪気。妖気。 五 戦いをやめて。 六 心楽しく安らかに。 七 都邑と同じく帝都。 八 酉の年の二月に。 九 中国の黄帝。 一〇 周の文王。 一一 天つ日嗣を受けついで、天下をあまねく総べ治められた。 一二 陰陽の二つの気。 一三 水火木金土。 一四 神の道を施して良い風俗をすすめ、すぐれた教化を布いて国のひろきに及ぼされた。 一五 海のような智は広大で。 一六 鏡のような心は明らかにかがやいて。 一七 天武天皇。 一八 次の「帝皇日

今の時に當たりて、其の失《あやまり》を改めずは、未だ幾年をも經ずしてその旨《むね》滅びなむとす。これすなはち、[一]邦家の經緯、王化の鴻基《こうき》なり。故《かれ》これ、帝紀を撰録し、舊辭を討覈《たうかく》して、僞《いつは》りを削り實《まこと》を定めて、後葉《のちのよ》に流《つた》へむと欲《おも》ふ。」とのりたまひき。時に舍人《とねり》ありき。姓《うぢ》は稗田《ひえだ》、名は阿禮《あれ》、年はこれ廿八。人と爲《な》り聰明にして、目に度《わた》れば口に誦《よ》み、耳に拂《ふ》るれば心に勒《しる》しき。すなはち、阿禮に勅語して[二]帝皇日繼《すめらみことのひつぎ》及び先代舊辭《さきつよのふること》を誦《よ》み習はしめたまひき。然れども、運《とき》移り世異《かは》りて、未だその事を行なひたまはざりき。

序第三段　古事記の成立

伏《ふ》して惟《おも》ふに、[三]皇帝陛下、[四]一を得て光宅し、三に通じて亭育したまふ。[五]紫宸《ししん》に御《ぎよ》して徳は馬の蹄《つめ》の極まる所に被《およ》び、玄扈《げんこ》に坐《ざ》して化は船の頭《へ》の逮《およ》ぶ所を照らしたまふ。[六]日浮かびて暉《ひかり》を重ね、[七]雲散りて烟に非ず。[八]柯《えだ》を連《つら》ね穗を幷《あは》す瑞《しるし》、[九]史《し》書《しる》すことを絶《た》たず、

継」や「先紀」と同じもので、各天皇の即位から崩御に至る皇室の記録。

一九 次の「旧辞」「先代旧辞」と同じもので、神話や伝説や歌物語を内容としたもの。

一 国家行政の根本組織。

二 時世が移り変って。

三 元明天皇。女帝。

四 帝位に即かれて、その徳は天下に満ち満ち、あまねく人民を化育されている。

五 皇居(紫宸・玄扈)に居られて、その徳化は遠い国々の隅々まで光被している。

六 「重光」という祥瑞。

七 「非煙」という祥瑞。

八 連理木や嘉禾のあらわれる太平の祥瑞。

九 史官が記録すること。

[一]烽《とぶひ》を列《つら》ね譯《をさ》を重ぬる貢《みつぎ》、[二]府《ふ》空《むな》しき月無し。名は[三]文命よりも高く、徳は[四]天乙にも冠《まさ》りたまへりと謂ひつべし。

ここに、舊辭の誤り忤《たが》へるを惜しみ、先紀の謬《あやま》り錯《まじ》れるを正さむとして、[五]和銅四年九月十八日をもちて、臣安萬侶に詔りして、稗田阿禮《ひえだのあれ》の誦む所の勅語の舊辭を撰錄して獻上せしむといへれば、謹みて詔旨《おほみこと》の隨《まにま》に、子細《しさい》に採り摭《ひろ》ひぬ。然れども、上古の時、言意《ことばこころ》並びに朴《すなほ》にして、[六]文を敷き句を構ふること、字《じ》におきてすなはち難《かた》し。[七]已《すで》に訓によりて述べたるは、詞《ことば》心に逮《およ》ばず、[八]全《また》く音をもちて連ねたるは、事の趣更に長し。ここをもちて今、或《ある》は一句の中に、音訓を交へ用ゐ、或《ある》は一事の內に、全《また》く訓をもちて錄《しる》しぬ。すなはち、[九]辭理の見え叵《がた》きは、注をもちて明らかにし、[一〇]意況《いきやう》の解《さと》り易《やす》きは、更に注せず。また姓《うぢ》におきて日下《にちげ》を玖沙訶《くさか》と謂ひ、名におきて帶《たい》の字を多羅斯《たらし》と謂ふ、かくの如き類《たぐひ》は、[一一]本《もと》の隨《まにま》に改めず。大抵記《おほかたしる》す所は、天地開闢《あめつちのひらけしとき》より始め

一 都まで多くの烽（のろし）を必要とする遠い国々や、何度も言葉をかえなければ都に達しない遠い国々からの朝貢。
二 朝廷の府庫。
三 夏の禹王。
四 殷の湯王。
五 七一一年。
六 漢字で国語の文章詞句を書きあらわすことはむずかしい。
七 漢字の訓だけを用いて書き表わしたものは、文辞が古意とぴったりせず。
八 漢字の音だけを用いて書き表わしたものは、文辞が長たらしくなる。
九 ことばのすじみちがわかりにくいのは。
一〇 意味のわかりやすいものは。
一一 従来の慣用通りに用いて改めない。

て、[一]小治田《をはりだ》の御世に訖《をは》る。故《かれ》、天御中主神《あめのみなかぬしのかみ》以下《よりしも》、日子波限建《ひこなぎさたけ》鵜草葺不合命《うがやふきあへずのみこと》以前《よりさき》を上巻《つ》となし、[二]神倭伊波禮毘古天皇《かむやまといはれびこのすめらみこと》以下《よりしも》、品陀御世《ほむだのみよ》以前《よりさき》を中巻《つ》となし、[三]大雀皇帝《おほさざきのみかど》以下《よりしも》、小治田大宮《をはりだのおほみや》以前《よりさき》を下巻《つ》となし、幷《あは》せて三巻を錄《しる》して、謹みて獻上《たてまつ》る。臣安萬侶、[四]誠惶誠恐、頓首頓首。

和銅五年正月廿八日　正五位上勳五等太朝臣安萬侶《おほのあそみやすまろ》

一　推古天皇の御代。

二　神武天皇から応神天皇までを。

三　仁徳天皇から推古天皇までを。

四　上表文のおわりに用いられる慣用句。おそれかしこまって敬意を表する意。

別天つ神五柱

天地《あめつち》初めて發《ひら》けし時、[一]高天《たかま》の原に成れる神の名は、[二]天之御中主《あめのみなかぬしの》神。次に[三]高御産巣日《たかみむすひの》神。次に神産巣日《かみむすひの》神。この三柱《みはしら》の神は、みな[四]獨神《ひとりがみ》と成りまして、身《み》を隱《かく》したまひき。次に國稚《くにわか》く浮きし脂《あぶら》の如《ごと》くして、[五]海月《くらげ》なす漂へる時《とき》、[六]葦牙《あしかび》の如く萌《も》え騰《あが》る物によりて成れる神の名は、[七]宇摩志阿斯訶備比古遲《うましあしかびひこぢの》神。次に[八]天之常立《あめのとこたちの》神。この二柱《ふたはしら》の神もまた、獨神と成りまして、身を隱したまひき。

上《かみ》の件《くだり》の五柱《いつはしら》の神は、[九]別天《ことあま》つ神。

神世七代

次に成れる神の名は、[一〇]國之常立《くにのとこたちの》神。次に豐雲野《とよくものの》神。この二柱の神もまた、獨神と成りまして、身を隱したまひき。

次に成れる神の名は、[一一]宇比地邇《うひぢにの》神、次に妹須比智邇《いもすひぢにの》神。次に[一二]角杙《つのぐひの》神、次に妹活杙《いもいくぐひの》神。二柱 次に[一三]意富斗能地《おほとのぢの》神、次に妹大斗乃辨《いもおほとのべの》

一 天上界。
二 高天の原の中心の主宰神。
三 以下の二神は生成力の神格化。
四 男女対偶の神に対して単独の神の意。
五 くらげのように浮動している時。
六 葦の芽。
七 葦の芽を神格化して生長力を現したもの。男性。
八 天の根元神。
九 天つ神の中の特別な天つ神。
一〇 国土の根元神。
一一 以下の二神は、泥や砂の神格化。
一二 以下の二神は、名義未詳。杙の神格化か。
一三 以下の二神は、居所の神格化か。

神。次に[一]於母陀流神《おもだるの》、次に妹阿夜訶志古泥神《いもあやかしこねの》。次に[二]伊邪那岐神《いざなきの》。次に妹伊邪那美神《いもいざなみの》。

上《かみ》の件《くだり》の國之常立神《の》以下《よりしも》、伊邪那美神《の》以前《よりさき》を、幷《あは》せて神世《かみよ》七代《ななよ》と稱《い》ふ。上の二柱の獨神は、各一代と云ふ。次に雙へる十神は、各二神を合はせて一代と云ふ。

伊邪那岐命と伊邪那美命

1 国土の修理固成

ここに[三]天《あま》つ神諸《もろもろ》の命《みこと》もちて、[四]伊邪那岐命《の》、伊邪那美命《の》、二柱の神に、「この漂へる國を修《をさ》め理《つく》り固《かた》め成《な》せ。」と詔《の》りて、[五]天《あめ》の沼矛《ぬぼこ》を賜《たま》ひて、[六]言依《ことよ》さしたまひき。故《かれ》、二柱の神、[七]天《あめ》の浮橋《うきはし》に[八]立《た》たして、その沼矛を指《さ》し下《お》ろして畫《か》きたまへば、[九]鹽《しほ》こをろこをろに畫《か》き鳴《な》して引き上げたまふ時、その矛の末《さき》より垂《しただ》り落つる鹽、累《かさ》なり積《つ》もりて島と成りき。これ[一〇]淤能碁呂島《おのごろじま》なり。

2 二神の結婚

その島に天降《あまくだ》りまして、[一一]天《あめ》の御柱《みはしら》を見立《みた》て、[一二]八尋殿《やひろどの》を見立てた

一 以下の二神は、人体の完備と意識の発生の神格化か。
二 以下の二神は、たがいに誘い合った男女の神の意で、夫婦。
三 天つ神一同（別天つ神五柱）のお言葉で。
四 古事記では神と命を区別し、神は宗教的、命は人格的意義において用いられている。 五 玉でかざった矛。
六 御委任なさった。
七 神が下界へ降る時に天空に浮いてかかる橋。
八 お立ちになって。
九 海水をコロコロと攪き鳴らして。
一〇 自然に凝って出来た島の意。所在不明。
一一 りっぱな柱を見定めて立て。この柱は結婚の儀礼と関係があるようである。
一二 広い大きな家。これは新婚のための婚舎。

まひき。ここにその妹《いも》伊邪那美命《の》に問ひたまはく、「汝《な》が身は如何《いかに》か成れる。」ととひたまへば、「吾《あ》が身は、成り成りて成り[一]合はざる處一處《ところひとところ》あり。」と答へたまひき。ここに伊邪那岐命《の》詔りたまはく、「我が身は、成り成りて[二]成り餘れる處一處あり。故《かれ》、この吾が身の成り餘れる處をもちて、汝《な》が身の成り合はざる處にさし塞《ふた》ぎて、國土《くに》を生み成さむと以爲《おも》ふ。生むこと奈何《いかに》。」とのりたまへば、伊邪那美命《の》、「然善《しかよ》けむ。」と答へたまひき。ここに伊邪那岐命《の》詔りたまひしく[三]、「然らば吾《あれ》と汝《いまし》とこの天の御柱を行き廻《めぐ》り逢ひて、[四]みとのまぐはひ爲《せ》む。」とのりたまひき。かく期《ちぎ》りて、すなはち「汝《いまし》は右《みぎ》[五]より廻《めぐ》り逢《あ》へ、我《あれ》は左より廻り逢はむ。」と詔りたまひ、約《ちぎ》り竟《を》へて廻る時、伊邪那美命《の》、先《さき》に[六]「あなにやし、えをとこを。」と言ひ、後《のち》に伊邪那岐命《の》、「あなにやし、えをとめを。」と言ひ、各《おのおの》言ひ竟へし後、その妹《いも》に告げたまひしく、「女人《をみな》先《さき》に言へるは良《よ》から

一 女陰。書紀には「雌元之処」とある。
二 男根。書紀には「雄元之処」とある。
三「しく」は過去の助動詞「き」の連体形「し」に副詞よう「く」語尾を添えたもの。
四「みと」は御所で、ここでは性交の場所、「まぐはひ」は「目合ひ」から転じて交接の意に用いられる。
五 左右の方向と男女との関係は、「天左旋地右動」というような古い中国思想によったものであろう。
六「あなに」は「あれまあ」、「や」と「し」は感動の助詞、「えをとこ」は「よい男」の意で、書紀には「可美少男」「善少男」などとある。「を」は感動の助詞。

ず。」とつげたまひき。然れども[一]くみどに興《おこ》して生める子は、[二]水蛭子《ひるこ》。この子は[三]葦船《あしぶね》に入れて流し去《う》てき。次に[四]淡島《あはしま》を生みき。こも亦、[五]子の例《たぐひ》には入れざりき。

3 大八島国の生成

ここに二柱の神、議《はか》りて云ひけらく、「今吾《あ》が生める子良《よ》からず。なほ天つ神の御所《みもと》に白《まを》すべし。」といひて、すなはち共に参上《まゐのぼ》りて、[六]天つ神の命《みこと》を請《こ》ひき。ここに天つ神の命《みこと》もちて、[七]太占《ふとまに》に卜相《うらな》ひて、詔《の》りたまひしく、「女先《をみなさき》に言へるによりて良からず。また還り降りて改め言へ。」とのりたまひき。故《かれ》ここに反《かへ》り降りて、更にその天《あめ》の御柱を先《さき》の如く往き廻《めぐ》りき。ここに伊邪那岐命《の》、先《さき》に「あなにやし、えをとめを。」と言ひ、後に妹伊邪那美命《の》、「あなにやし、えをとこを。」と言ひき。かく言ひ竟《を》へて[八]御合《みあひ》して、生める子は、[九]淡道《あはぢ》の穂《ほ》の狭《さ》別《わけの》島。次に[一〇]伊豫《いよ》の二名《ふたなの》島を生みき。この島は、[一一]身《み》一つにして面《おも》四つあり。面毎《おもごと》

一 寝所で性交を始めて。
二 ひるのような骨無し子の意か。
三 葦を編んで作った船。今でもヴェトナムではこの種の船が用いられている。
四 所在不明。
五 子のなかま。
六 御意見を求めた。随神の思想の現れである。
七 鹿の肩の骨を朱桜の皮で焼いて、ヒビの入り方で吉凶を判断する古代の占法。
八 御結婚をなさって。性交をなさって。
九 淡路島。
一〇 四国。
一一 胴体は一つで顔が四つある。

に名あり。故《かれ》、伊豫國《いよの》は愛比賣《えひめ》と謂ひ、讃岐國《さぬきの》は飯依比古《いひよりひこ》と謂ひ、[一]粟國《あはの》は大宜都比賣《おほげつひめ》と謂ひ、土左國《とさの》は建依別《たけよりわけ》と謂ふ。次に隱《お》伎《き》の三子島《みつごの》を生みき。亦《また》の名は天之忍許呂別《あめのおしころわけ》。次に[二]筑紫島《つくしの》を生みき。この島もまた、身一つにして面四つあり。面毎に名あり。故《かれ》、[三]筑紫國《つくしの》は白日別《しらひわけ》と謂ひ、[四]豐《とよ》國は豐日別《とよひわけ》と謂ひ、[五]肥國《ひの》は建日《たけひ》向日《むかひ》豐久士比泥別《とよくじひねわけ》と謂ひ、[六]熊曾國《くまその》は建日別《たけひわけ》と謂ふ。次に[七]伊伎島《いきの》を生みき。亦の名は天比登都柱《あめひとつばしら》と謂ふ。次に[八]津《つ》島を生みき。亦の名は天之狹手依比賣《あめのさでよりひめ》と謂ふ。次に佐度島《さどの》を生みき。次に[九]大倭《おほやまと》豐秋津《とよあきづ》島を生みき。亦の名は天御虛空豐秋津根別《あまつみそらとよあきづねわけ》と謂ふ。故《かれ》、この八島《やしま》を先《さき》に生めるによりて、[一〇]大八島國《おほやしまぐに》と謂ふ。然《しか》ありて後《のち》、還《かへ》ります時、[一一]吉備兒島《きびのこじま》を生みき。亦の名は建日方《たけひかた》別《わけ》と謂ふ。次に[一二]小豆島《あづきじま》を生みき。亦の名は大野手比賣《おほのでひめ》と謂ふ。次に[一三]大島を生みき。亦の名は大多麻流別《おほたまるわけ》と謂ふ。次に[一四]女島《ひめじま》を生みき。亦の名は天一根《あめひとつね》と謂ふ。次に[一五]知訶島《ちかの》を生みき。亦の名は

一　阿波の国。
二　九州。
三　筑前・筑後。
四　豊前・豊後。
五　肥前・肥後。
六　熊本県の南部から鹿児島県へかけての総称。
七　壱岐。　八　対馬。
九　大和を中心とした畿内の地域の名。本州の呼び名ではない。
一〇　わが国の古い呼び名の一つであるが、対内的に用いられた呼称。(対外的には「日本」の文字が用いられた。)
一一　岡山県の児島半島。
一二　淡路島の西にある小豆(ショウド)島。
一三　山口県柳井の東にある大島であろう。
一四　大分県国東半島の東北にある姫島であろう。
一五　長崎県の五島列島。

天之忍男《あめのおしを》と謂ふ。次に[一]兩兒島《ふたごの》を生みき。亦の名は天兩屋《あめふたや》と謂ふ。吉備兒島より天兩屋島まで幷せて六島。

4　神々の生成

既に國を生み竟《を》へて、更に神を生みき。故《かれ》、生める神の名は、[二]大事忍男神《おほことおしをの》。次に[三]石土毘古神《いはつちびこの》を生み、次に[四]石巣比賣神《いはすひめの》を生み、次に大戸日別神《おほとひわけの》を生み、次に[五]天之吹男神《あめのふきをの》を生み、次に[六]大屋毘古《おほやびこ》神を生み、次に風木津別之忍男神《かざもつわけのおしをの》を生み、次に海の神、名は[七]大《おほ》綿津見神《わたつみの》を生み、次に[八]水戸神《みなとの》、名は速秋津日子神《はやあきづひこの》、次に妹速秋《いもはやあき》津比賣神《づひめの》を生みき。大事忍男神より秋津比賣神まで、幷せて十神。

この速秋津日子、速秋津比賣の二《ふた》はしらの神、河海《かはうみ》によりて[九]持ち別けて、生める神の名は、[一〇]沫那藝神《あわなぎの》、次に沫那美神《あわなみの》、次に[一一]頰《つら》那藝神《なぎの》、次に頰那美神《つらなみの》、次に[一二]天之水分神《あめのみくまりの》、次に國之水分神《くにのみくまりの》、次に[一三]天之久比奢母智神《あめのくひざもちの》、次に國之久比奢母智神《くにのくひざもちの》。沫那藝神より國之久比奢母智神まで、幷せて八神。次に風の神、名は志那都比古神《しなつひこの》を生み、次に木の神、名

一 長崎県の男女群島。
二 以下の神名には名義未詳のものが多い。
三 石や土の神格化か。
四 石や砂の神格化か。
五 屋根を葺くことの神格化か。
六 家屋の神格化か。以上の神の系譜は家屋の成立を示すもののようである。
七 海を掌る神。
八 河口を掌る神。
九 分担して。
一〇 以下の二神は、水面がなぐことと波立つこととの神格化であろう。
一一 右に同じ。
一二 以下の二神は、分水嶺を掌る神。
一三 以下の二神は、ヒサゴで水を汲んで施すことを掌る神であろう。以上の八神はすべて水に関係のある神である。

は久久能智《くくのちの》神を生み、次に山の神、名は大山津見《おほやまつみの》神を生み、次に野の神、名は鹿屋野比賣《かやのひめの》神を生みき。亦の名は野椎《のづちの》神と謂ふ。志那都比古神より野椎まで、并せて四神。

この大山津見《の》神、野椎《の》神の二《ふた》はしらの神、山野によりて持ち別けて、生める神の名は、[一]天之狭土《あめのさづちの》神、次に國之狭土《くにのさづちの》神、次に[二]天《あめ》之狭霧《のさぎりの》神、次に國之狭霧《くにのさぎりの》神、次に[三]天之闇戸《あめのくらどの》神、次に國之闇戸《くにのくらどの》神、次に[四]大戸惑子《おほとまとひこの》神、次に大戸惑女《おほとまとひめの》神。天之狭土神より大戸惑女神まで、并せて八神。

次に生める神の名は、[五]鳥之石楠船《とりのいはくすぶねの》神、亦の名は天鳥船《あめのとりふね》と謂ふ。次に[六]大宜都比賣《おほげつひめの》神を生みき。次に[七]火之夜藝速男《ひのやぎはやをの》神を生みき。亦の名は[八]火之炫毘古《ひのかがびこの》神と謂ひ、亦の名は[九]火之迦具土《ひのかぐつちの》神と謂ふ。この子を生みしによりて、[一〇]みほと[一一]炙《や》かえて病み臥《こや》せり。[一二]たぐりに生《な》れる神の名は、[一三]金山毘古《かなやまびこの》神、次に金山毘賣《かなやまびめの》神。次に屎《くそ》に成れる神の名は、[一四]波邇夜須毘古《はにやすびこの》神、次に波邇夜須毘賣《はにやすびめの》神。次に尿《ゆまり》に成れる神の名は、[一五]彌都波能賣《みつはのめの》神、次に[一六]和久産巣日《わくむすひの》神。この神の

一 山地の狭くなった所を掌る神の意か。
二 霧を掌る神。
三 谿谷を掌る神。
四 名義未詳。或いは山地に迷う意の神名か。以上の八神の系譜は、山野や谿谷に霧がかかって迷うことをあらわすものであろう。
五 鳥のように天空や海上を通う楠製の丈夫な船の意。
六 食物を掌る女神。
七 物を焼く火力による名。
八 輝く火光による名。
九 物の焼けるにおいによる名。
一〇 御陰で女陰のこと。
一一 焼かれてと同じ。
一二 嘔吐。吐瀉物。
一三 鉱山の神格化。
一四 ねば土の神格化。
一五 灌漑用の水の神。
一六 若々しい生産の神。

子は、[一]豊宇氣毘賣神《とようけびめの》と謂ふ。故《かれ》、伊邪那美神《いざなみの》は、火の神を生みしによりて、遂《つひ》に神避《かむさ》りましき。天鳥船より豊宇氣毘賣神まで、幷せて八神。

凡《す》べて伊邪那岐、伊邪那美の二はしらの神、共に生める島、一十四島《とをまりよ》、神、[二]三十五神《みそぢまりいつはしら》。これ伊邪那美神、未だ神避らざりし以前に生めり。唯、意能碁呂島は、生めるにあらず。亦、蛭子と淡島とは、子の例には入れず。

5 火神被殺

故《かれ》ここに伊邪那岐命《の》詔りたまひしく、「[三]愛《うつく》しき我《あ》が汝妹《なにも》の命《みこと》を、[四]子の一《ひと》つ木《け》に易《か》へつるかも。」と謂《の》りたまひて、すなはち御枕方《みまくらへ》に匍匐《はらば》ひ、御足方《みあとへ》に匍匐《はらば》ひて哭《な》きし時、御涙《みなみだ》に成れる神は、[五]香山《かぐやま》の畝尾《うねを》の木《こ》の本《もと》にまして、[六]泣澤女神《なきさはめの》と名《な》づく。故《かれ》、その神避《かむさ》りし伊邪那美神《の》は出雲國《の》と伯伎國《ははきの》との堺の[七]比婆《ひば》の山に葬《はふ》りき。

ここに伊邪那岐命《の》、[八]御佩《はか》せる[九]十拳劒《とつかつるぎ》を拔きて、その子迦具土神《かぐつちの》の頸《くび》を斬りたまひき。ここにその御刀《みはかし》の[一〇]前《さき》に著《つ》ける血、[一一]湯津石《ゆついは》村《むら》に走《たばし》り就《つ》きて、成れる神の名は、[一二]石拆神《いはさくの》。次に根拆神《ねさくの》。次に

一 食物を掌る女神。カナヤマビコ以下の神々の系譜は、冶金・窯業・農業等における火の効用を示したものであるが、火・金・土・水・木の中国の五行思想の影響が見られる。
二 実数は四十神であるが男女対偶の神を一神として数えると三十五神になる。
三 いとしいわが妻を。汝妹は女を親しんでいう語。命は敬称。 四 子ども一人にかえたことであるよ。
五 大和の天の香具山。畝尾も木の本も共に地名。
六 万葉集巻二に「哭沢の神社(モリ)に神酒(ミワ)すゑ祈れども」とある。 七 広島県比婆郡に伝説地がある。
八 腰に帯びていらっしゃる。
九 十つかみある長い剣。
一〇 きっさき。
一一 多くの岩石の群れ。書

一石筒之《いはつつの》男神《をの》。三神 次に御刀の本《もと》に著ける血も亦、湯津石村に走《たばし》り就きて、成れる神の名は、二甕速日神《みかはやひの》。次に樋《ひ》速日神《はやひの》。次に三建御《たけみか》雷之《づちの》男神《をの》。亦の名は建布都神《たけふつの》。亦の名は豐布都神《とよふつの》。三神 次に御刀の四手上《たがみ》に集まれる血、手俣《たなまた》より漏《く》き出でて、成れる神の名は、五闇淤《くらお》加《か》美神《みの》。次に闇御《くらみ》津《つ》羽神《はの》。

上《かみ》の件《くだり》の石拆神《の》以下《よりしも》、闇御津羽神《の》以前《よりさき》、并《あは》せて八神《やはしら》は、御《み》刀《はかし》によりて生《な》れる神なり。六

殺さえし迦具土神《の》の頭《かしら》に成れる神の名は、正鹿《まさか》山津《やまつ》見神《みの》。次に胸に成れる神の名は、淤縢《おど》山津《やまつ》見神《みの》。次に腹に成れる神の名は、奥山《おくやま》津見神《の》。次に陰《ほと》に成れる神の名は、闇山《くらやま》津見神《の》。次に左の手に成れる神の名は、志藝《しぎ》山津見神《の》。次に右の手に成れる神の名は、羽山《はやま》津見神《の》。次に左の足に成れる神の名は、原山《はらやま》津見神《の》。次に右の足に成れる神の名は、戸山《とやま》津見神《の》。正鹿山津見神より戸山津見神まで、并せて八神。故《かれ》、斬りたまひし刀《たち》の名は、天之《あめの》尾《を》羽《は》張《ばり》と謂ひ、亦の名は伊都《いつ》

紀には「五百箇磐石」とある。 二三 岩石を裂くほどの威力ある神。

一 岩石の神であろうが名義未詳。
二 以下の二神は、火の根源である太陽をたたえた神名。
三 勇猛な雷の男神の意で、剣の威力をたたえたもの。
四 柄(つか)。 五 以下の二神は、谿谷の水を掌る神。
六 この八神は、刀剣製作の順序を述べたものである。鉄鉱を火で焼いてこれを鍛え、出来た刀剣を谷間の霊水に焠(にら)ぐさまを表現したもので、火の神の血が岩石に飛び散るさまは、鉄を鍛える時の火の粉が連想される。

之《の》尾《を》羽《は》張《ばり》と謂ふ。

6 黄泉の国

ここにその妹《いも》伊邪那美《の》命を相見《あひみ》むと欲《おも》ひて、[一]黄泉《よみの》國に追ひ往《ゆ》き。ここに[二]殿《との》の縢戸《さしど》より出で向《む》かへし時、伊邪那岐《の》命、語らひ詔《の》りたまひしく、「愛《うつく》しき我《あ》が汝妹《なにも》の命《みこと》、吾《あれ》と汝《いまし》と[三]作れる國、未《いま》だ作り竟《を》へず。故《かれ》、還るべし。」とのりたまひき。ここに伊邪那美《の》命答《まを》へ白ししく、「悔《くや》しきかも、速《と》く來《こ》ずて。吾《あ》は[四]黄泉《よもつ》戸喫《へぐひ》しつ。然れども[五]愛《うつく》しき我《あ》が汝夫《なせ》の命、入り來《き》ませる事恐《かしこ》し。故《かれ》、還らむと欲《おも》ふを、且《しば》く黄泉《よもつ》神と相論《あげつら》はむ。我《あ》をな視《み》たまひそ。」とまをしき。かく白してその殿の内に還り入りし間《あひだ》、甚《いと》久しくて待ち難《かね》たまひき。故《かれ》、左の[六]御角髪《みみづら》に刺《さ》せる[七]湯津津間櫛《ゆつつまぐし》の[八]男柱《をばしら》一箇《ひとつ》取り闕《か》きて、[九]一つ火《び》燭《とも》して入り見たまひし時、[一〇]蛆《うじ》たかれころろきて、頭《かしら》には大雷《おほいかづちを》居り、胸には火雷《ほのいかづちを》居り、腹には黒《くろ》雷居り、陰《ほと》には拆《さき》雷居り、左の手には若《わか》雷居り、右の手に

一 地下にある死者の住む国で、穢れた所とされている。

二 家の閉ざした戸口。古墳の入口が連想される。

三 物語の筋から言えば「生める」とあるべき所。

四 黄泉の国の竈で煮炊きした物を食べること。これを食べるとその国の者になりきると信じられていた。

五 いとしいわが夫。汝夫は男を親しんでいう語。

六 髪を左右に分けて耳のところで結いわがねた古代男子の髪形。

七 歯の多い爪形の櫛の意であろう。

八 櫛の両端にある太い歯。

九 書紀に「夜忌㆓一片之火㆒」とあるから、タブーを犯したのである。

一〇 蛆虫が集まり声がむせびふさがって。

は土《つち》雷居り、左の足には鳴《なり》雷居り、右の足には伏《ふし》雷居り、并《あは》せて八《や》はしらの雷神成《いかづちがみな》り居りき。

ここに伊邪那岐命《の》、見畏《みかしこ》みて逃《に》げ還《かへ》る時、その妹《いも》伊邪那美命《の》、「吾《あれ》に辱《はぢ》見せつ。」と言ひて、すなはち黄泉醜女《よもつしこめ》[一]を遣《つか》はして追はしめき。ここに伊邪那岐命《の》、黑御鬘《くろみかづら》[二]を取りて投げ棄《う》つれば、すなはち蒲子生《えびかづらのみな》[三]りき。こを摭《ひろ》ひ食《は》む間に、逃げ行くを、なほ追ひしかば、またその右の御角髪《みみづら》に刺《さ》せる湯津津間櫛《ゆつつまぐし》を引き闕《か》きて投げ棄《う》つれば、すなはち笋生《たかむなな》[四]りき。こを抜き食《は》む間に、逃げ行きき。且後《またのち》には、その八《や》はしらの雷神に、千五百《ちいほ》の黄泉《よもつ》[五]軍《いくさ》を副《そ》へて追はしめき。ここに御佩《はか》せる十拳《とつか》劔を抜きて、後手《しりへで》[六]に振《ふ》きつつ逃げ來《く》るを、なほ追ひて、黄泉比良《よもつひら》[七]坂の坂本《さかもと》に到りし時、その坂本にある桃子《もものみ》三箇《みつ》を取りて、待ち撃《う》てば、悉《ことごと》に逃げ返《かへ》りき。[八]ここに伊邪那岐命《の》、その桃子《もものみ》に告《の》りたまひしく、「汝《なれ》、吾《あれ》を助けしが如く、葦原中國《あしはらのなかつくに》[九]にあらゆる現《うつ》[一〇]しき青人草《あをひとくさ》の、

一 黄泉の国の醜い女。死の穢れの擬人化。
二 もとは蔓草を輪にして髪の上にのせ、長寿をねがったもの。
三 葡萄の実。
四 竹の子。鬘を投げると葡萄の実。櫛を投げると竹の子が生じたというのは、類似呪術に基づいた話。
五 黄泉の国の軍士。悪霊邪鬼の擬人化。
六 うしろ手で振りながら。後手で物をするのは相手を呪う行為。
七 黄泉の国と現実の世界との境界。
八 桃の実が悪霊邪鬼をはらうという中国思想に基づいている。
九 高天の原並びに黄泉の国に対する現実界。
一〇 この世の人々。

苦しき瀬に落ちて患《うれ》ひ惚《なや》む時、助くべし。」と告《の》りて、名を賜ひて[一]意富加牟豆美命《おほかむづみの》と號《い》ひき。

最後《いやはて》にその妹《いも》伊邪那美命《の》、身自《みづか》ら追ひ來たりき。ここに[二]千引《ちびき》の石《いは》をその黄泉比良坂《よもつひらさか》に引き塞《さ》へて、その石《いは》を中に置きて、各《おのおの》對《むか》ひ立ちて、[三]事戸《ことど》を度《わた》す時、伊邪那美命《の》言ひしく、「愛《うつく》しき我《あ》が汝夫《なせ》の命《みこと》、かく爲《せ》ば、汝《いまし》の國の人草《ひとくさ》、一日《ひとひ》に千頭《ちがしらくび》絞り殺さむ。」といひき。ここに伊邪那岐命《の》詔《の》りたまひしく、「愛しき我が汝妹《なにも》の命、汝然爲《いまししかせ》ば、吾一日《あれひとひ》に千五百《ちいほ》の[四]産屋《うぶや》立てむ。」とのりたまひき。ここをもちて一日《ひとひ》に必ず千人《ちたり》死に、一日に必ず千《ち》五百人《いほたり》生まるるなり。[五]故《かれ》、その伊邪那美命《の》を號《なづ》けて黄泉津大神《よもつおほかみ》と謂《い》ふ。また云《い》はく、その[六]追ひしきしをもちて、[七]道敷《ちしきの》大神と號《なづ》くといふ。またその黄泉《よみ》の坂に塞《さや》りし石《いは》は、[八]道反之《ちがへしの》大神と號け、また塞《さや》ります黄泉戸《よみど》大神とも謂ふ。故《かれ》、その謂《い》はゆる黄泉比良《よもつひら》坂は、今、出雲國《の》[九]伊賦夜《いふや》坂と謂ふ。

一 語義未詳。
二 千人もかかって引くほどの大きな岩石。岩石は悪霊邪鬼の侵入を防ぐものと信じられていた。
三 書紀には「建二絶妻之誓一」とある。離別を言い渡す。
四 産婦を隔離するために別に立てられた小屋。産屋を立てるというのは子を生むという意。
五 人の生と死の起原を説明するのが本義の神話。
六 追いついたので。
七 道を追いついた意にとっているが、本来は道を占居する意。
八 道から追いかえしたの意。
九 所在不明。出雲風土記出雲郡宇賀郷の条に、北の海浜に窟戸があり、窟内に人の入れない穴がある。夢に窟の辺に行ったと見れば必

7　禊祓と神々の化生

ここをもちて伊邪那伎《の》大神《の》詔りたまひしく、「吾《あ》は[一]いなしこめしこめき穢《きたな》き國に到りてありけり。故《かれ》、吾《あ》は御《み》身《み》の[二]禊為《みそぎせ》む。」とのりたまひて、竺紫《つくし》の日向《ひむか》の橘《たちばな》の小門《をど》の[三]阿波岐《あはき》原に到りまして、禊《みそ》ぎ祓《はら》ひたまひき。

故《かれ》、投げ棄《う》つる御杖《みつゑ》に成れる神の名は、[四]衝立船戸《つきたつふなどの》神。次に投げ棄つる御帯《みおび》に成れる神の名は、[五]道之《みちの》長乳《ながち》歯《はの》神。次に投げ棄つる御囊《みふくろ》に成れる神の名は、[六]時量師《ときはかしの》神。次に投げ棄つる御衣《みけし》に成れる神の名は、[七]和豆良比能宇斯能《わづらひのうしの》神。次に投げ棄つる御褌《みはかま》に成れる神の名は、[八]道俣《ちまたの》神。次に投げ棄つる御冠《みかがふり》に成れる神の名は、[九]飽咋之宇斯能《あきぐひのうしの》神。次に投げ棄つる左の御手《みて》の[一〇]手纏《たまき》に成れる神の名は、[一一]奥疎《おきざかるの》神。次に[一二]奥津那藝佐毘古《おきつなぎさびこの》神。次に[一三]奥津甲斐辨羅《おきつかひべらの》神。次に投げ棄つる右の御手の手纏に成れる神の名は、邊疎《へざかるの》神。次に邊津那藝佐毘古《へつなぎさびこの》神。次に邊津甲斐辨羅《へつかひべらの》神。

ず死ぬ。世人はこれを黄泉の坂・黄泉の穴と言い伝えているとある。

一 いやな見る目も厭わしい穢れた国。
二 水で身を清める宗教的儀礼。
三 所在不明。
四 書紀には岐神、道饗祭祝詞には久那斗とある。ここから来るなの意の神。
五 長い道を掌る磐の神。
六 名義未詳。
七 煩いの主の意。
八 分れ道を掌る神。
九 名義未詳。
一〇 手につける装身具。
一一 沖に遠ざかる意。
一二 沖の汀の意。汀を沖と辺に分けたのである。
一三 沖と汀の間を掌る神。

右の件《くだり》の船戸《ふなどの》神以下《よりしも》、邊《へ》津《つ》甲《か》斐《ひ》辨《べ》羅《らの》神以前《よりさき》の[一]十二神《とをまりふたはしら》は、身に著《つ》ける物を脱《ぬ》くによりて生《な》れる神なり。

ここに詔りたまひしく、「上《かみ》つ瀬《せ》は瀬《せ》速《はや》し。下《しも》つ瀬は瀬弱し。」とのりたまひて、初めて中つ瀬に墮《お》り潜《かづ》きて滌《すす》ぎたまふ時、成りませる神の名は、[二]八《や》十《そ》禍津《まがつ》日《ひの》神。次に[三]大禍津《おほまがつ》日《ひの》神。この二神《ふたはしら》は、その[四]穢繁國《けがらはしきくに》に到りし時の汚垢《けがれ》によりて成れる神なり。次に禍《まが》を直《なほ》さむとして、成れる神の名は、[五]神直毘《かむなほびの》神。次に[六]大《おほ》直毘《なほびの》神。次に[七]伊《い》豆《づ》能《の》賣《めの》神。次に水の底に滌《すす》ぐ時に、成れる神の名は、[八]底《そこ》津《つ》綿《わた》津《つ》見《みの》神。次に[九]底筒《そこつつの》之男《を》命《の》。中に滌ぐ時に、成れる神の名は、中津綿津見神《の》。次に[一〇]中筒之男命《の》。水の上に滌ぐ時に、成れる神の名は、上《うは》津《つ》綿津見神《の》。次に[一一]上《うは》筒之男命《の》。この三柱の綿津見神《の》は、阿曇連《あづみのむらじ》等の[一二]祖神《おやがみ》と以《も》ち拜《いつ》く神なり。故《かれ》、阿曇連《の》等は、その綿津見神《の》の子、宇《う》都《つ》志《し》日金拆《ひがなさくの》命の子孫《うみのこ》なり[一三]。その底筒之男命《の》、中筒之男命《の》、上筒之男命《の》の三柱の神は、[一四]墨江《すみのえ》の三《み》前《まへ》の

一 十二神のうち、前の六神は陸路の神、後の六神は海路の神である。 二・三 人間生活を不幸にすることを掌る神。御門祭祝詞に「四方四角よりうとび荒び来む麻我都比と云ふ神の言はむ悪事(マガコト)」とある。 四 黄泉の国を指す。 五・六 凶事を吉事に直すことを掌る神。 七「厳の女」の意か。 八 海を掌る神で、これを底・中・上に分けたのである。 九・一〇・一一 筒は星(つつ)の借字で、底・中・上の三筒之男はオリオン座の中央にあるカラスキ星(参)を指し、これを目標として航海したところから、航海を掌る神と考えられるが、山田孝雄博士は、底・中・上つ津の男の意で、津即ち船の碇泊する所を掌る神とされ

大神なり。ここに左の御目《みめ》を洗ひたまふ時に、成れる神の名は、[一]天照大御神《あまてらすおほみかみ》。次に右の御目を洗ひたまふ時に、成れる神の名は、[二]月讀命《つくよみの》。次に御鼻《みはな》を洗ひたまふ時に、成れる神の名は、[三]建速須《たけはやす》佐《さ》之《の》男命《をの》。

右の件《くだり》の八十禍津日神《の》以下《よりしも》、速須佐之男命《の》以前《よりさき》の十四柱《とをまりよはしら》の神は、御身《みみ》を滌《すす》ぐによりて生《な》れるかみなり。

8　三貴子の分治

この時伊邪那伎命《の》、大《いた》く歡喜《よろこ》びて詔りたまひしく、「吾《あ》は子を生み生みて、生みの終《はて》に三はしらの貴き子を得つ。」とのりたまひて、すなはち[四]御《み》頸珠《くびたま》の[五]玉の緒《を》もゆらに[六]取りゆらかして、天照大御神に賜ひて詔りたまひしく、「[七]汝命《いましみこと》は、高天《たかま》の原を知《し》らせ。」と事依《ことよ》さして賜ひき。故《かれ》、その御頸珠の名を、[八]御倉板擧《みくらたな》之《の》神と謂ふ。次に月讀命《つくよみの》に詔りたまひしく、「汝命《いましみこと》は、[九]夜《よる》の食《をす》國《くに》を知らせ。」と事依《ことよ》さしき。次に建速須《たけはやす》佐《さ》之《の》男命《をの》に詔りたま

ている。　一二 祖先神としていつきまつる。
一三 新撰姓氏録には、安曇連は「綿積神命児、穂高見命之後也。」とある。
一四 摂津の住吉の三神。

一 天にましまして照りたもう神の意。日の神。　二 月の神。書紀には月弓尊とも月夜見尊とも記されている。
三 勇猛迅速に荒れすさぶ男神の意。嵐の神。以上の三神の化生と類同した伝説が、中国の五運暦年記に次のように見えている。「啓レ陰感レ陽、布二布元気一、乃孕二中和一。是為レ人也。首生二盤古一。垂レ死化レ身。気成二風雲一、声成二雷霆一、左眼為レ日、右眼為レ月。」
四 首かざりの玉。瓔珞。
五 書紀に瑲瑲をヌナトモモユラニと訓んでいる。ヌナ

ひしく、「汝命《いましみこと》は、海原《うなばら》を知らせ。」と事依さしき。

9　須佐之男命の涕泣

故《かれ》、各《おのおの》依《よ》さしたまひし命《みこと》の隨《まにま》に、知らしめす中《なか》に、速須佐之《はやすさの》男《をの》命、命《よ》させし國を治《し》らさずて、[一]八《や》拳須《つかひげ》心《むね》の前《さき》に至るまで、[二]啼きいさちき。その泣く狀《さま》は、青山は枯山《からやま》の如く泣き枯らし、河海は悉《ことごと》に泣き乾《ほ》しき[三]。ここをもちて惡《あ》しき神の音《こゑ》は、[四]さ蠅《ばへ》如《な》す皆滿ち、萬《よろづ》の物の妖《わざはひ》悉に發《おこ》りき。故《かれ》、伊邪那岐《の》大御神、速須佐之男《の》命に詔りたまひしく、「何由《なにし》かも汝《いまし》は事依させし國を治らさずて、哭《な》きいさちる。」とのりたまひき。ここに答へ白《まを》ししく、「[五]僕《あ》は[六]妣《はは》の國[七]根《ね》の堅州《かたす》國《くに》に罷《まか》らむと欲《おも》ふ。故《かれ》、哭《な》くなり。」とまをしき。ここに伊邪那岐《の》大御神、大《いた》く忿《い》怒《か》りて詔りたまひしく、「然《しか》らば汝《いまし》はこの國に住むべからず。」とのりたまひて、すなはち[八]神逐《かむや》らひに逐らひたまひき。故《かれ》、その伊邪那岐《の》大神は、[九]淡海《あふみ》の多《た》賀《が》に坐《ま》すなり。

トは玉の音、モユラニは玉が触れ合って鳴る意。　六 取りは接頭語、ユラカスはユラクの他動詞、ユラクは鳴る意。　七 あなた。親愛と敬意が含まれている。　八 倉の棚の上に安置する神の意。　九 夜おさめる国、即ち夜の世界。食すは治める意。

一 幾握りもある長いあごひげが、胸元に垂れるまで。雷神に特有の形容のように思われる。　二 激しく涙を流して泣いた。　三 寺田寅彦博士は、噴火のために草木が枯死し、河海が降灰のために埋められることを連想させると説かれている。　四 田植え頃の蠅のように騒ぐことの形容。　五 記中「僕」の字には一定の用法があり、身分の低い

天照大神と須佐之男命

1 須佐之男命の昇天

故《かれ》ここに速須佐之男命《の》言ひしく、「然らば天照大御神に請《まを》[一]して罷らむ。」といひて、すなはち天《あめ》に參上《まゐのぼ》る時、山川悉《ことごと》に動《とよ》み、國土《くにつち》皆震《ゆ》りき。ここに天照大御神聞き驚きて詔りたまひしく、「我《あ》が[二]汝弟《なせ》の命《みこと》の上《のぼ》り來《く》る由《ゆゑ》は、必ず善[三]き心ならじ。我が國を奪《うば》はむと欲《おも》ふにこそあれ。」とのりたまひて、すなはち[四]御髪を解きて、御角髪《みみづら》に纏《ま》きて、すなはち左右《ひだりみぎ》の御角髪にも、また御鬘にも、また左右の御手にも、各《おのおの》[五]八尺《やさか》の勾璁《まがたま》の五百箇《いほつ》の御統《みすまる》の珠《たま》を纏《ま》き持ちて、背《そびら》には千入《ちのり》[六]の靫《ゆぎ》を負《お》ひ、[七]ひらには五百入《いほのり》の靫《ゆぎ》を附け、また稜威《いつ》[八]の高鞆《たかとも》を取り佩《お》ばして、弓腹《ゆはら》[九]振り立てて、堅庭《かたには》[一〇]は向股《むかもも》に蹈《ふ》みなづみ、沫雪如《あわゆきな》[一一]す蹶散《くゑはらら》かして、稜威《いつ》[一二]の男建《をたけび》蹈《ふ》み建《たけ》びて待ち問ひたまひしく、「何故《なにしか》上《のぼ》り來つる。」と、とひたまひき。ここに速須佐之男命《の》、答へ白《まを》ししく、「僕《あ》は邪《きたな》[一三]き心

者が高い者に対する場合の自称代名詞として用いられている。 六 亡き母。
七 地底の片隅の国の意か。
八 神は神の行動を示す接頭語、追放なさった。
九 近江の多賀神社に鎮座されている。書紀には淡路の幽宮に隠れたとある。

一 事情を話して。
二 書紀には「吾弟」とある。
三 忠誠の心。
四 男装して。
五 大きな曲玉の数多くを一本の緒に貫き統べたもの。
六 千本もの矢を入れる靫。靫は矢を入れる武具。
七 未詳。脇の意か。
八 威勢よく高い音のする鞆。鞆は皮で巴形に作った武具で、左肘につけて弓弦の反動を受けるもの。
九 弓の末を起こして。

無し。ただ大御神の命《みこと》もちて、僕《あ》が哭《な》きいさちる事を問ひたまへり。故《かれ》、白《まを》しつらく『僕《あ》は妣《はは》の國に往《ゆ》かむと欲《おも》ひて哭《な》くなり。』とまをしつ。ここに大御神詔りたまひしく、『汝《いまし》はこの國に在るべからず。』とのりたまひて、神逐《かむや》らひ逐らひたまへり。故《かれ》、罷《まか》り往《ゆ》かむ状《さま》を請《まを》さむと以爲《おも》ひてこそ參上《まゐのぼ》りつれ。異心《ことごころ》[一]無し。」とまをしき。ここに天照大御神詔りたまひしく、「然らば汝《いまし》の心[二]の清く明《あか》きは何《いか》にして知らむ。」とのりたまひき。ここに速須佐之男命《の》答へ白ししく、「各誓《うけ》[三]ひて子生まむ。」とまをしき。

2 天の安の河の誓約

故《かれ》ここに各天《あめ》[四]の安《やす》の河《かは》を中に置きて誓《うけ》ふ時に、天照大御神、まづ建速須佐之男命《の》の佩《は》ける十拳劍《とつかつるぎ》を乞《こ》ひ度《わた》して、三段《みきだ》に打ち折りて、瓊音《ぬなと》[五]ももゆらに、天《あめ》[六]の眞名井《まなゐ》に振り滌《すす》ぎて、さ嚙《が》[七]みに嚙みて、吹き棄《う》[八]つる氣吹《いぶき》のさ霧《ぎり》に成れる神の御名《みな》は、多紀理毘賣《たきりびめ》

一〇 堅い地面に股までふみ入れ。
一一 柔らかい雪を蹴散らすように蹴散らして。
一二 威勢よく雄々しい叫びをあげて、地面をしっかり踏みしめて。
一三 朝廷に対する反逆の心。清き心の反対。

一 二心。謀叛心。
二 心が忠誠であること。
三 吉凶黒白を判断する場合に、必ずかくあるべしと心に期して神意を伺う行為。卜占の性質が強い。
四 高天の原にあると信ぜられた川。
五 玉の音もさやかに。
六 神聖な水を汲む井。
七 「さ」は接頭語、嚙みに嚙んで。
八 吐き出す息吹の霧。

命。亦の御名は奥津島比賣命《おきつしまひめの》と謂ふ。次に市寸島比賣命《いちきしまひめの》。亦の御名は狹依毘賣命《さよりびめの》と謂ふ。次に多岐都比賣命《たきつひめの》。三柱 速須佐之《の》男命、天照大御神の左の御角髮に纏《ま》かせる八尺《やさか》の勾璁《まがたま》の五百箇《いほつ》の御統《みすまる》の珠《たま》を乞《こ》ひ度《わた》して、瓊音《ぬなと》もゆらに、天《あめ》の眞名井《まなゐ》に振り滌《すす》ぎて、さ嚙《が》みに嚙みて、吹き棄《う》つる氣吹《いぶき》のさ霧《ぎり》に成れる神の御名は、[一]正勝吾《まさかつあ》勝勝速日《かつかちはやひ》天之《あめの》忍穂耳命《おしほみみの》。また右の御角髮に纏かせる珠を乞ひ度して、さ嚙みに嚙みて、吹き棄つる氣吹のさ霧に成れる神の御名は、天之菩卑能命《あめのほひの》。また御鬘《みかづら》に纏かせる珠を乞ひ度して、さ嚙みに嚙みて、吹き棄つる氣吹のさ霧に成れる神の御名は、天津日子根命《あまつひこねの》。また左の御手に纏かせる珠を乞ひ度して、さ嚙みに嚙みて、吹き棄つる氣吹のさ霧に成れる神の御名は、活津日子根命《いくつひこねの》。また右の御手に纏かせる珠を乞ひ度して、さ嚙みに嚙みて、吹き棄つる氣吹のさ霧に成れる神の御名は、熊野久須毘命《くまのくすびの》。并《あは》せて五柱《いつはしら》なり。ここに天照大御神、速須佐之

一「正勝吾勝」は、正しく私は勝った、「忍穂」は多し穂で豊かに稔った稲穂の意。

男《の》命に告《の》りたまひしく、「この後《のち》に生《あ》れし五柱の男子《をのこご》は、物實《ものざね》[一]我が物によりて成れり。故《かれ》、自《おのづか》ら吾《あ》が子ぞ。先《さき》に生《あ》れし三柱の女子《をみなご》は、物實《ものざね》汝《いまし》が物によりて成れり。故《かれ》、すなはち汝《いまし》が子ぞ。」かく詔《の》り別《わ》けたまひき。

故《かれ》、その先《さき》に生《あ》れし神、多紀理毘賣《たきりびめの》命は、胸形《むなかた》[二]の奥津宮《おきつみや》に坐《ま》す。次に市寸島比賣《いちきしまひめの》命は、胸形[三]の中津宮に坐す。次に田寸津比賣《たきつひめの》命は、胸形[四]の邊津《へつ》宮に坐す。この三柱の神は、胸形君等《むなかたのきみら》のもち拜《いつ》く三前《みまへ》の大神なり。故《かれ》、この後《のち》に生《あ》れし五柱の子の中《なか》に、天菩比《あめのほひの》命の子、建比良鳥《たけひらとりの》命、こは出雲國造、无邪志國造、上菟上國造、下菟上國造、伊自牟國造、津島縣直、遠江國造等が祖なり。次に天津日子根《あまつひこねの》命は、凡川内國造、額田部湯坐連、茨木國造、倭田中直、山代國造、馬來田國造、道尻岐閇國造、周芳國造、倭淹知造、高市縣主、蒲生稻寸、三枝部造等が祖なり。

3 須佐之男命の勝さび

ここに速須佐之《の》男命、天照大御神に白《まを》ししく、「我が心清く明《あか》[五]し。故《かれ》、我が生める子は手弱女《たわやめ》[六]を得つ。これによりて言《まを》さば、

一 物の出来るもと。

二・三・四 福岡県宗像郡沖の島、同郡大島、同郡玄海町田島にそれぞれある。この三宮が宗像神社。

五 忠誠である。

六 たおやかな女。

一 勝ちにまかせて。

自《おのづか》ら我《われ》勝ちぬ。」と云《まを》して、[一]勝《かち》さびに、天照大御神の營田《つくだ》の畔《あ》を離《はな》ち、その溝《みぞ》を埋《うづ》め、またその[二]大嘗《おほにへ》を聞《き》こしめす殿《との》に屎《くそ》まり散らしき。汝《かれ》、然爲《しかす》れども天照大御神は咎《とが》めずて告《の》りたまひしく、「屎如《くそな》すは、醉《ゑ》ひて吐き散らすとこそ、我《あ》が汝弟《なせ》の命《みこと》、かく爲《し》つらめ。また田の畔《あ》を離ち、溝を埋むるは、[三]地《ところ》を惜《あたら》しとこそ、我《あ》が汝弟《なせ》の命、かく爲《し》つらめ。」と詔《の》り直《なほ》したまへども、なほその悪しき態《わざや》止まずて[四]轉《うたて》ありき。天照大御神、[五]忌服屋《いみはたや》に坐《ま》して、[六]神御衣《かむみそ》織《お》らしめたまひし時、その服屋《はたや》の頂《むね》を穿《うが》ち、[七]天《あめ》の斑馬《ふちこま》を逆剝《さかは》ぎに剝《は》ぎて墮《おと》し入るる時に、天の服織女《はたおりめ》見驚きて、[八]梭《ひ》に陰上《ほと》を衝《つ》きて死にき。

4 天の石屋戸

故《かれ》ここに天照大御神見《み》畏《かしこ》みて、[九]天《あめ》の石屋戸《いはやと》を開きてさし[一〇]籠《こも》りましき。ここに高天《たかま》の原皆暗《くら》く、葦原中國《あしはらのなかつくに》悉に闇《くら》し。これによりて[一一]常夜《とこよ》往《ゆ》きき。ここに萬《よろづ》の神の聲《こゑ》は、さ蠅《ばへ》なす満ち、萬《よろづ》の

二 新穀を召上がる祭殿。
三 土地が惜しいとして。
四 ますます甚だしかった。
五 清浄な機屋。
六 神に献る御衣。
七 まだらの馬の皮を尾の方から逆に剝いで。以上、延喜式の大祓詞に見える「天つ罪」の中の畔放(アハナチ)、溝埋(ミゾウメ)、屎戸(クソヘ)、逆剝(サカハギ)に当たる。
八 機の横糸を通す道具。
九 高天の原にある岩窟。
一〇 岩戸に隠るということは貴人の死を意味する。万葉集巻二に「高照らす、日の皇子は、天の原、岩戸を開き、神上り、上りいましぬ」、同巻三に「豊国の鏡の山の岩戸たて隠りにけらし待てど来まさぬ」とある。
一一 夜ばかりで昼がないこと。夜ばかりが続いた。

妖《わざはひ》悉に發《おこ》りき。ここをもちて[一]八百萬《やほよろづ》の神、天《あめ》の安《やす》の河原《かはら》に神《かむ》集《つど》ひ集《つど》ひて、高御產巣日神《たかみむすひの》の子、[二]思金神《おもひかねの》に思はしめて、[三]常世《とこよ》の長鳴鳥《ながなきどり》を集めて鳴かしめて、天《あめ》の安《やす》の河《かは》の河上《かはかみ》の[四]天《あめ》の堅石《かたしは》を取り、天の金山《かなやま》の鐵《まがね》を取りて、鍛人天津麻羅《かぬちあまつまら》を求《ま》ぎて、伊斯許《いしこ》理度賣命《りどめの》に科《おほ》せて鏡を作らしめ、玉祖命《たまのやの》に科せて、八尺《やさか》の勾璁《まがたま》の五百箇《いほつ》の御統《みすまる》の珠を作らしめて、天兒屋命《あめのこやねの》、布刀玉命《ふとだまの》を召《め》して、天《あめ》の香山《かぐやま》の眞男鹿《まをしか》の[五]肩《かた》を內拔《うつぬ》きに拔きて、天の香山の天の朱櫻《ははか》を取りて、[六]占合《うらな》ひまかなはしめて、天の香山の[七]五百箇眞賢《いほつまさか》木《き》を根《ね》こじにこじて、上枝《ほつえ》に八尺の勾璁の五百箇の御統の玉を取り著け、中枝《なかつえ》に[八]八尺鏡《やたかがみ》を取り繫《か》け、下枝《しづえ》に[九]白和幣《しらにきて》、青和幣《あをにきて》を取り垂《し》でて、この種種《くさぐさ》の物は、布刀玉命《の》、太御幣《ふとみてぐら》と取り持ちて、天兒屋命《の》、[一〇]太詔戶言《ふとのりとごと》禱《ほ》き白《まを》して、[一一]天手力男神《あめのたぢからをの》、戶の掖《わき》に隱《かく》り立ちて、[一二]天宇受賣命《あめのうずめの》、天の香山の天の[一三]日影《ひかげ》を手次《たすき》に繫《か》けて、天の[一四]眞拆《まさき》を鬘《かづら》として、天の香山の小竹葉《ささば》を[一五]手草《たぐさ》に結《ゆ》ひて、天の石屋《いはや》

一 おおぜいの神々。氏族の代表者の神格化。
二 人間の智力の神格化。この神に思慮の限りを尽くさしめたのである。
三 常世の国から来た鶏。この鳥を鳴かせたのは、太陽の出現を促す呪術。
四 堅い石。鉄を鍛える時に金敷の石(碪)にするために取って来たのである。
五 肩の骨を丸抜きにして。
六 神意をおしはからせて。
七 枝葉の繁った常磐木を根のまま掘り取って。
八 書紀には「八咫鏡」とある。大きな鏡の意か。
九 木綿(ユウ)と麻。
一〇 祝福の祝詞(ノリト)を申して。
一一 腕力の神格化。
一二 名義未詳。古語拾遺には強女(オズメ)の意に取っている。

戸《と》に槽《うけ》一伏《ふ》せて蹈《ふ》み轟《とどろ》こし、神懸《かむがか》り二して、胸乳《むなち》をかき出《い》で裳緒《もひも》を陰《ほと》に押《お》し垂《た》れき。ここに高天の原動《とよ》みて、八百萬の神共《とも》に咲《わら》ひき。

ここに天照大御神、怪しと以爲《おも》ほして、天の石屋戸を細めに開きて、内より告《の》りたまひしく、「吾《わ》が隱《こも》りますによりて、天の原自《おのづか》ら闇《くら》く、また葦原中國《あしはらのなかつくに》も皆闇けむと以爲《おも》ふを、何由《なにのゆゑ》にか、天宇受賣《あめのうずめ》は樂《あそび》三をし、また八百萬《やほよろづ》の神も諸《もろもろ》咲《わら》へる。」とのりたまひき。ここに天宇受賣白《まを》ししく、「汝命《いましみこと》に益《ま》して貴き神坐《いま》す。故《かれ》、歡喜《よろこ》び咲《わら》ひ樂《あそ》ぶぞ。」とまをしき。かく言《まを》す間に、天兒屋《の》命、布刀玉《の》命、その鏡を指《さ》し出《いだ》して、天照大御神に示《み》せ奉《まつ》る時、天照大御神、いよよ四奇《あや》しと思ほして、稍《やや》五戸より出でて臨《のぞ》みます時に、その隱《かく》り立てりし天手力男《の》神、その御手《みて》を取りて引《ひ》き出《いだ》す六即ち、布刀玉《の》命、尻《しり》くめ縄《なは》七をその御後方《みしりへ》に控《ひ》き度《わた》して白《まを》ししく、「これより内にな還《かへ》り入りそ。」とまをしき。故《かれ》、

一三 さがりごけ（蘿）。
一四 まさきの葛。ツルマサキのこと。
一五 手に持ち加減に結び束ねて。

一 空っぽの入れ物をうつぶせにして。
二 神が人に乗り移った時の状態になって。
三 ウタマヒと訓んでもよい。歌舞のこと。
四 鏡は太陽の象徴（日像）と考えられていたので、それを見られた大神は、別な日神がいると思われて、一層不審を抱かれた。
五 そろそろと。徐々に。
六 引き出すや否や。
七 今のシメ縄と同じ。書紀には「端出之縄」とある。

天照大御神出でましし時、高天の原も葦原《の》中《つ》國も、自《おのづか》ら照《て》り明《あか》りき。

ここに八百萬の神共《とも》に議《はか》りて、速須佐之男《の》命に[一]千《ち》位《くら》の置戸《おきど》を負《おほ》せ、また[二]鬚《ひげ》を切り、手足の爪も抜かしめて、神逐《かむや》らひ逐らひき。

5　五穀の起原

また食物《をしもの》を[三]大氣津比賣神《おほげつひめのかみ》に乞《こ》ひき。ここに大氣都比賣、鼻口《はなくち》また尻《しり》より、種種《くさぐさ》の[四]味物《ためつもの》を取り出《いだ》して、種種《くさぐさ》作り具《そな》へて進《たてまつ》る時に、速須佐之男《の》命、その態《しわざ》を立ち伺《うかが》ひて、穢汚《けが》して奉進《たてまつ》るとおもひて、すなはちその大宜津比賣神《の》を殺しき。故《かれ》、殺さえし神の身に[五]生《な》れる物は、頭《かしら》に蠶《かひこな》生り、二つの目に稲種《いなだねな》生り、二つの耳に粟《あはな》生り、鼻に小豆《あづきな》生り、陰《ほと》に麥《むぎな》生り、尻《しり》に大豆《まめな》生りき。故《かれ》ここに[六]神産巣日《かみむすひ》の御祖《みおやの》命、これを取らしめて、種《たね》と成《な》しき。

6　須佐之男命の大蛇退治

故《かれ》、[七]避追《やら》はえて、出雲國《の》の肥《ひ》の河上《かはかみ》、名は[八]鳥髪《とりかみ》といふ地《ところ》に降《くだ》り

一　多くの台の上に置く沢山の品物。罪穢れをはらうために科するのである。
二　書紀には「使レ抜レ髪」、「抜二其手足之爪一贖之」とある。
三　食物を掌る女神。以下の話は、書紀の一書では月夜見尊と保食神（ウケモチノ神）の話となっている。
四　おいしい食べ物。
五　書紀の一書には、保食神の頂に牛馬、ひたいに粟、眉に蚕、眼に稗、腹に稲、陰に麦・大豆・小豆が化生したとある。
六　カミムスヒの御母神の意。
七　追放されて。
八　島根県斐伊川の上流の船通山に当たる。

たまひき。この時箸《はし》その河より流れ下《くだ》りき。ここに須佐之男《の》命、人その河上にありと以爲《おも》ほして、尋《たづ》ね覓《もと》めて上《のぼ》り往きたまへば、老夫《おきな》と老女《おみな》と二人ありて、童女《をとめ》を中に置きて泣けり。ここに「汝等《なれども》は誰ぞ。」と問ひたまひき。故《かれ》、その老夫《おきな》答へ言《まを》ししく、「僕《あれ》は一國つ神、大山津《おほやまつ》見《みの》神の子ぞ。僕《あ》が名は二足名椎《あしなづち》と謂ひ、妻《め》の名は手名椎《てなづち》と謂ひ、女《むすめ》の名は三櫛名田比賣《くしなだひめ》と謂ふ。」とまをしき。また「汝《な》が哭《な》く由《ゆゑ》は何ぞ。」と問ひたまへば、答へ白《まを》ししく、「我が女《むすめ》は、本《もと》より八稚女《やをとめ》ありしを、この高志《こし》の八俣《やまた》の大蛇《をろち》、年毎《としごと》に來て喫《くら》へり。今そが來《く》べき時なり。故《かれ》、泣く。」とまをしき。ここに「その形は如何《いかに》。」と問ひたまへば、答へ白しく、「その目は四赤《あか》かがちの如くして、身一つに八頭八尾《やかしらやを》あり。またその身に蘿《こけ》と檜《ひ》榲《すぎ》と生《お》ひ、その長《たけ》は五谿八谷《たにや》峽八尾《たにをやを》に度《わた》りて、その腹を見れば、悉に常に血《ち》爛《ただ》れつ。」とまをしき。

ここに赤かがちと謂へるは、今の酸醬なり。

一 高天の原系の神に対して地上系の神をいう。
二 むすめを足撫で手撫でしていつくしむところからつけられた名であろう。
三 書紀には奇稲田姫とある。稲田の擬人化か。
四 赤いホオズキ。
五 八つの谷八つの丘にまたがっていて。

ここに速須佐之男命《の》、その老夫《おきな》に詔りたまひしく、「この汝《な》が女《むすめ》をば吾《あれ》に奉らむや。」とのりたまひしに、「恐《かしこ》けれども御名を覺《し》らず。」と答へ白しき。ここに答へ詔りたまひしく、「吾《あ》は天照大御神の同母弟《いろせ》なり。故《かれ》今、天《あめ》より降りましつ。」とのりたまひき。ここに足名椎《あしなづち》手名椎神《てなづちの》、「然《しか》まさば恐《かしこ》し。立奉《たてまつ》らむ。」と白しき。ここに速須佐之男命《の》、すなはち湯津爪櫛《ゆつつまぐし》にその童女《をとめ》を取り[一]成《な》して、御角髪に刺《さ》して、その足名椎手名椎神《の》に告《の》りたまひしく、「汝等《なれども》は、八鹽折《やしほをり》[二]の酒を釀《か》み、また垣を作り廻《もとほ》し、その垣に八門《やかど》を作り、門毎に八桟敷《やさずき》を結《ゆ》ひ、その桟敷毎《さずきごと》に酒船《さかぶね》[三]を置きて、船毎にその八鹽折の酒を盛《も》りて待ちてよ。」とのりたまひき。故《かれ》、告りたまひし隨《まにま》に、かく設《ま》け備へて待ちし時、その八俣大蛇《やまたのをろち》、信《まこと》に言ひしが如《ごとき》來つ。すなはち船毎に己《おの》が頭《かしら》を垂《た》入れて、その酒を飲みき。ここに飲み醉《ゑ》ひて留《とど》まり伏し寝き。ここに速須佐之男命《の》、その御佩《はか》せる十拳劍《とつかつるぎ》を抜きて、その蛇《をろち》を

一 姿をかえさせて。
二 八遍も繰り返して醸造した強い酒。
三 酒を入れる器。液体を入れる器を船という。

切り散《はふ》りたまひしかば、肥河《ひの》血に變《な》りて流れき。故《かれ》、その中の尾を切りたまひし時、御刀《みはかし》の刃《は》毀《か》けき。ここに怪しと思ほして、御刀の前《さき》もちて刺し割《さ》きて見たまへば、[一]都牟刈《つむがり》の大刀《たち》ありき。故、この大刀を取りて、異《あや》しき物と思ほして、天照大御神[二]に白し上げたまひき。こは[三]草薙《くさなぎ》の大刀《たち》なり。

故《かれ》ここをもちてその速須佐之《の》男命、[四]宮造《みやつ》作《く》るべき地《ところ》を出雲國《の》に求《ま》ぎたまひき。ここに[五]須賀《すが》の地に到りまして詔りたまひしく、「吾此《あれこ》地《こ》に來て、我《あ》が御心すがすがし。」とのりたまひて、其地《そこ》に宮を作りて坐《ま》しき。故《かれ》、其地《そこ》をば今に須賀《すが》と云ふ。この大神、初めて須賀の宮を作りたまひし時、其地より雲立ち騰《のぼ》りき。ここに御歌を作《よ》みたまひき。その歌は、

[六]八雲《やくも》立つ　[七]出雲八重垣《いづもやへがき》　[八]妻籠《つまご》みに　八重垣作る　その八重垣を(一)

ぞ。ここにその足名椎《の》神を喚《よ》びて、「汝《な》は我が宮の[九]首任《おびとた》れ。」と

一 語義未詳。
二 天照大神に事情を申して献上された。書紀には「是神剣也。何敢私以安乎。乃上献於天神也。」とある。
三 書紀の分注に、「一書曰、本名天叢雲剣。蓋大蛇所居之上、常有雲気。故以名歟。至日本武皇子、改名曰草薙剣。」とあるのは後の附会である。
四 新婚のための宮殿。
五 島根県大原郡の地。
六 八重の雲がわきおこる意。普通には出雲の枕詞。
七 わき出る雲は八重の垣を作る。
八 妻を籠らせるために。
九 首長。長官。

告《の》りたまひ、また名を負《おほ》せて、稲田宮主須賀之八耳神《いなだのみやぬしすがのやつみみの》と號《なづ》けたまひき。

故《かれ》、その櫛名田比賣《くしなだひめ》をもちて、隠所《くみど》[一]に起《お》こして、生める神の名は、[二]八島士奴美神《やしまじぬみの》と謂ふ。また大山津見神《の》の女《むすめ》、名は神大市比賣《かむおほいちひめ》を娶《めと》して生める子は、[三]大年神《おほとしの》。次に[四]宇迦之御魂神《うかのみたまの》。桂二 兄《あに》八島士奴美神《の》、大山津見神《の》の女、名は木花知流比賣《このはなのちるひめ》を娶《めと》して生める子は、布波能母遲久奴須奴神《ふはのもぢくぬすぬの》。この神、淤迦美神《おかみの》の女、名は日河比賣《ひかはひめ》を娶して生める子は、深淵之水夜禮花神《ふかぶちのみづやれはなの》。この神、天之都度閇知泥神《あめのつどへちねの》を娶して生める子は、淤美豆奴神《おみづぬの》。この神、布怒豆怒神《ふのづのの》の女、名は布帝耳神《ふてみみの》を娶して生める子は、天之冬衣神《あめのふゆきぬの》。この神、刺國大神《さしくにおほの》の女、名は刺國若比賣《さしくにわかひめ》を娶して生める子は、[五]大國主神《の》。亦の名は[六]大穴牟遲神《おほなむぢの》と謂ひ、亦の名は[七]葦原色許男神《あしはらしこをの》と謂ひ、亦の名は[八]八千矛神《やちほこの》と謂ひ、亦の名は[九]宇都志國玉神《うつしくにだまの》と謂ひ、并《あは》せて五つ[一〇]の名あり。

一 寝所で性交を始めて。
二 以下、名義未詳の神名が多い。
三 年穀を掌る神。
四 食物の御魂の神。書紀には倉稲魂とある。
五 国を支配する神の意。
六 名義未詳。
七 葦原中国の醜い男の意。
八 多くの矛を持つ神の意。
九 現実の国土の神霊の意。
一〇 それぞれの神名による神話を大国主神に統一したのである。

大国主神

1 稲羽の素兎

故《かれ》、この大國主《の》神の兄弟《あにおと》、八《や》十《そ》神[一]坐《ま》しき。然れども皆國は大國主《の》神に避《さ》[二]りき。避《さ》りし所《ゆ》以《ゑ》は、その八十神、各《おのおの》稲羽《いなば》[三]の八《や》上比《がみひ》賣《め》を婚《よば》はむ心ありて、共に稲羽に行きし時、大穴《おほな》牟《む》遲神《ぢの》に帒《ふくろ》[四]を負《おほ》せ、從者《ともびと》として率《ゐ》て往きき。ここに氣多《けた》[五]の前《さき》に到りし時、裸《あかはだ》[六]の兎伏《うさぎふ》せりき。ここに八十神、その兎に謂ひしく、「汝爲《なれせ》むは、この海鹽《うしほ》[七]を浴《あ》み、風の吹くに當たりて、高山の尾の上《へ》に伏せれ。」といひき。故《かれ》、その兎、八十神の教へに從ひて伏しき。ここにその鹽乾《かは》く隨《まにま》に、その身の皮悉《ことごと》に風に吹き拆《さ》[八]かえき。故《かれ》、痛み苦しみて泣き伏せれば、最後《いやはて》に來たりし大穴牟遲神《の》その兎を見て、「何由《なにしか》も汝《な》は泣き伏せる。」と言ひしに、兎答へ言《まを》ししく、「僕《われ》淤岐《おき》[九]の島にありて、この地《ところ》に度《わた》らむとすれども、度らむ因《よし》無かりき。故《かれ》、海の鮫《わに》[一〇]を欺《あざむ》きて言ひしく、『吾《あ》と汝《な》と

一 おおぜいの神々。
二 身をひいて譲った。
三 因幡の国(鳥取県)の八頭郡八上の地に因んだ名。
四 旅行用具を入れた袋。袋かつぎは賤業であった。
五 気高郡にある岬。
六 丸はだか。
七 海水。
八 皹(サ)かれた。皮膚にヒビが入ったのである。
九 隠岐の国を指すか。
一〇 鮫や鱶の類を出雲地方の方言でワニと言った。

競《くら》べて、族《うがら》の多き少なきを計《かぞ》へてむ。故《かれ》、汝《な》はその族《うがら》のありの隨《まにま》に、悉に率《ゐ》て來て、この島より氣多《けた》の前《さき》まで、皆列《な》み伏し度《わた》れ。ここに吾《あれ》その上を蹈みて、走りつつ讀[一]み度らむ。ここに吾《あ》が族《うがら》と孰《いづ》れか多きを知らむ。』といひき。かく言ひしかば、欺かえて列《な》み伏せりし時、吾《あれ》その上を蹈みて、讀み度り來て、今地《つち》に下《お》りむとせし時、吾《あれ》云ひしく、『汝《な》は我に欺かえつ。』と言[二]ひ竟《を》はる卽ち、最端《いやはし》に伏せりし鮫《わに》、我《あ》を捕へて悉に我が衣服《きもの》を剝《は》ぎき。これによりて泣き患《うれ》ひしかば、先《さき》に行きし八十神の命《みこと》もちて、『海鹽《うしほ》を浴み、風に當たりて伏せれ。』と誨《をし》へ告《の》りき。故《かれ》、教への如くせしかば、我が身悉に傷《そこな》はえつ。」とまをしき。

ここに大穴牟遲《の》神、その兎に教へ告りたまひしく、「今急《すみや》かにこの水門《みなと》[三]に往き、水[四]をもちて汝《な》が身を洗ひて、すなはちその水門の蒲黃《かまのはな》[五]を取りて、敷き散らして、その上に輾轉《こいまろ》[六]べば、汝が身本《もと》の膚《はだ》の如《ごと》、必ず差《い》えむ。」とのりたまひき。故、教への如《ごと》せ

一 数えること。
二 言いおわるや否や。
三 河口。
四 淡水。海水に対する。
五 蒲の花粉。治血・治痛薬として用いられた。
六 寝返りしてころがれば。

しに、その身本《もと》の如くになりき。これ稲羽の素兎《しろうさぎ》[一]なり。今者《いま》に兎神と謂ふ。故、その兎、大穴牟遲《の》神に白ししく、「この八十神は、必ず八上比賣を得じ。帒《ふくろ》[二]を負へども、汝命《いましみこと》獲《え》たまはむ。」とまをしき。

2 八十神の迫害

ここに八上比賣、八十神に答へて言ひしく、「吾は汝等《いましたち》の言《こと》は聞かじ。大穴牟遲《の》神に嫁《あ》はむ。」といひき。故ここに八十神怒りて、大穴牟遲《の》神を殺さむと共に議《はか》りて、伯伎國《ははきの》の手間《てま》の山本に至りて云ひしく、「赤き猪この山にあり。故《かれ》、われ共に追ひ下《おろ》しなば、汝《なれ》待ち取れ。もし待ち取らずは、必ず汝《なれ》を殺さむ。」と云ひて、火をもちて猪に似たる大石を焼きて、轉《まろ》ばし落しき。ここに追ひ下《おろ》すを取る時、すなはちその石に焼き著《つ》かえて死にき。ここにその御祖《みおや》[三]の命《みこと》、哭《な》き患《うれ》ひて、天《あめ》に參上《まゐのぼ》りて、神産《かみむ》巢《す》日《ひ》之《の》命に請《まを》しし時、すなはち蚶貝比賣《きさがひひめ》[四]と蛤貝比賣《うむぎひめ》[五]とを遣はして、

一 はだかの兎の意か。白兎の意とする説もある。
二 袋をかついで賤しい仕事をしているけれども。
三 御母。
四 赤貝の擬人化。
五 蛤(はまぐり)の擬人化。

作[一]り活《い》かさしめたまひき。ここに𧏛貝比賣[二]、刮《きさ》げ集めて、蛤貝比賣、待ち承《う》けて、母《おも》の乳汁《ちしる》を塗りしかば、麗《うるは》しき壮夫《をとこ》に成りて、出で遊行《あそ》びき。

3 根の国訪問

ここに八十神見て、また欺きて山に率《ゐ》て入りて、大樹《おほき》を切り伏せ、[三]茹矢《ひめや》をその木に打ち立て、その中に入らしむる卽ち、その氷目矢《ひめや》を打ち離ちて、拷《う》ち殺しき。ここにまた、その御祖《みおや》の命《みこと》、哭《な》きつつ求《ま》げば、見得《みえ》て、すなはちその木を折《を》りて取り出で活《い》かして、その子に告げて言ひしく、「汝《いましこ》 此間《こ》にあらば、遂に八十神のために滅ぼさえなむ。」といひて、すなはち木國《きのくに》[四]の大屋毘古神《おほやびこの》の御所《みもと》に違《たが》[五]へ遣《や》りき。ここに八十神覓《ま》ぎ追ひ臻《いた》りて、[六]矢刺《やざ》し乞《こ》ふ時に、[七]木の俣《また》より漏《く》き逃《に》がして云《の》りたまひしく、「須佐能男命《すさのをの》の坐《ま》します根《ね》の堅州國《かたす》に參向《まゐむか》ふべし。必ずその大神、議《はか》りたまひなむ。」とのりたまひき。故《かれ》、詔《の》りたまひし命《みこと》

一 治療して復活させられた。
二 けずりおとした赤貝の粉を集めて、それを蛤の汁(母乳に似ている)で溶いて、患部に塗ったのである。火傷に対する古代民間療法の一つ。
三 クサビ(楔)のようなものか。
四 紀伊の国(和歌山県)。
五 八十神を避けて遣った。
六 弓に矢をつがえて、オオナムジを出せと所望する時。
七 オオナムジを木の股からこっそり逃がして。

の随《まにま》に、須佐之男命《の》の御所《みもと》に參到《まゐいた》れば、その女《むすめ》須勢理毘賣《すせりびめ》出で見て、[一]目合《まぐはひ》して、相婚《あ》ひたまひて、還り入りて、その父に白《まを》しく、「甚《いと》麗しき神來《き》ましつ。」とまをしき。ここにその大神出で見て、「こは葦原色許男《あしはらしこを》と謂ふぞ。」と告《の》りたまひて、すなはち喚《よ》び入れて、その蛇《へみ》の室《むろや》に寝しめたまひき。ここにその妻《つま》須勢理毘賣命《の》、[二]蛇の領巾《ひれ》をその夫《ひこぢ》に授けて云《の》りたまひしく、「その蛇咋《く》はむとせば、この領巾を三たび擧《ふ》りて打ち撥《はら》ひたまへ。」とのりたまひき。故《かれ》、教への如《ごと》せしかば、蛇自ら靜まりき。故《かれ》、平《やす》く寝《ね》て出でたまひき。また來る日の夜は、呉公《むかで》と蜂との室に入れたまひしを、また呉公蜂《むかではち》の領巾を授けて、先《さき》の如《ごと》教へたまひき。故《かれ》、平《やす》く出でたまひき。また[三]鳴鏑《なりかぶら》を大野の中に射入れて、その矢を採らしめたまひき。故《かれ》、その野に入りし時、すなはち火をもちてその野を廻《もとほ》し焼きき。ここに出でむ所を知らざる間に、鼠來て云ひけらく、「[四]内はほらほら、外《と》はすぶすぶ。」とい

一 たがいに目くばせして。心を通じる意。

二 蛇を自由にする呪力をもった領巾。領巾は上古女子が頸にかけたマフラーのようなもの。

三 鏑(カブラ)のついた矢で、射ると鏑の穴に風が入って鳴る。

四 内部はうつろで、外部はすぼんでいる。

ひき。かく言へる故に、其處《そこ》を蹈みしかば、落ちて隱《かく》り入りし間に火は燒け過ぎき。ここにその鼠、その鳴鏑を咋《く》ひ持ちて、出で來て奉りき。その矢の羽は、その鼠の子等《こども》皆喫《く》ひつ。ここにその妻須世理毘賣は、一喪具《はふりつもの》を持ちて、哭きて來《き》、その父の大神は、已《すで》に死りぬと思ひてその野に出で立ちたまひき。ここにその矢を持ちて奉りし時、家に率て入りて、二八田間《やたま》の大室《おほむろや》に喚《よ》び入れて、その頭《かしら》の虱《しらみ》を取らしめたまひき。故《かれ》ここにその頭を見れば、呉公《むかで》多《さは》なりき。ここにその妻、椋《むく》の木の實と赤土《はに》とを取りて、その夫《ひこぢ》に授けつ。故《かれ》、その木の實を咋《く》ひ破り、赤《は》土《に》を含《ふふ》みて唾《つば》き出《いだ》したまへば、その大神、呉公を咋ひ破りて唾き出すと以爲《おも》ほして、心に愛《は》しく思ひて寢ましき。ここにその神の髮を握《と》りて、その室の三椽《たりきごと》毎に結《ゆ》ひ著《つ》けて、四五百引《いほびき》の石《いは》をその室の戸に取り塞《さ》へて、その妻須世理毘賣を負ひて、すなはちその大神の五生大刀《いくたち》と生弓矢《いくゆみや》と、またその六天《あめ》の詔琴《のりごと》を取り持ちて

一 (夫は死んだと思って)葬式の道具を持って。

二 広くて大きな室屋。

三 棟から軒にわたしたタルキ。

四 五百人もの人で引くほどの巨岩。

五 生き生きとした生命にあふれる大刀と弓矢。スサノオノ命の武力(政治的支配力)を象徴している。

六 託宣に用いる琴。スサノオノ命の宗教的支配力を象徴している。

逃げ出でます時、その天の詔琴樹《き》に拂《ふ》れて地動《つちとよ》み鳴りき。故《かれ》、その寢ませる大神、聞き驚きて、その室を引き仆《たふ》したまひき。然れども椽《たりき》に結《ゆ》ひし髮を解かす間に、遠く逃げたまひき。故ここに黄泉比良坂《よもつひらさか》に追ひ至りて、遙《はろばろ》に望《みさ》けて、大穴牟遲《の》神を呼ばひて謂《い》ひしく、「その汝《いまし》が持てる生大刀・生弓矢をもちて、汝が庶兄弟《ままあにおと》をば、坂一の御尾《みを》に追ひ伏せ、また河の瀬に追ひ撥《はら》ひて、二おれ大國主三《の》神となり、また五宇都志國玉《の》神となりて、その我が女《むすめ》須世理毘賣を嫡妻《むかひめ》四として、宇迦《うか》の山の山本に、底《そこ》六つ石根《いはね》に宮柱《みやばしら》ふとしり、高天の原に氷椽《ひぎ》たかしりて居れ。この奴《やつこ》。」といひき。故、その大刀・弓を持ちて、その八十神を追ひ避《さ》くる時に、坂の御尾毎に追ひ伏せ、河の瀬毎に追ひ撥ひて、始めて國を作りたまひき。故《かれ》、その八上比賣《やがみひめ》は、先《さき》の期《ちぎり》の如くみと七あたはしつ。故《かれ》、その八上比賣をば率《ゐ》て來ましつれども、その嫡妻《むかひめ》須世理毘賣を畏《かしこ》みて、その生める子をば、木の俣《また》に刺《さ》し挾《はさ》みて返り

一 坂の裾の延びた所。
二 お前、おぬし。第二人称の卑称。
三 政治的支配力(生大刀・生弓矢)を身につけて大国主神となり、宗教的支配力(天の詔琴)を身につけて宇都志国玉神となれ、つまり君主になれの意。
四 正妻。
五 出雲風土記に出雲郡宇賀郷がある。そこの山。
六 地底の岩に宮殿の柱を太く掘り立て、天空にタル木を高く上げて。壮大な宮殿を作る意の常用句で、延喜式の祝詞に散見している。
七 婚姻をした。

き。故、その子を名づけて木俣《きのまたの》神と云ひ、亦の名を御井《みゐの》神と謂ふ。

4　沼河比売求婚

この八《や》千《ち》矛神《ほこの》、高志國《こしの》の沼河比賣《ぬなかはひめ》一を婚《よば》はむとして、幸《い》行でまし時、その沼河比賣の家に到りて、歌ひたまひしく、

八千矛《やちほこ》の　神の命《みこと》は　八島國《やしまくに》二　妻枕《つまま》三きかねて　遠遠《とほとほ》し　高《こ》
志《し》の國に　賢《さか》し女《め》を　ありと聞《き》四かして　麗《くは》し女《め》を　ありと
聞こして　さ婚《よば》ひに　あり五立たし　婚《よば》ひに　あり通《かよ》はせ
大刀《たち》が緒《を》も　いまだ解《と》かずて　襲《おすひ》六をも　いまだ解かねば
孃子《をとめ》の　寝《な》七すや板戸《いたと》を　押《お》八そぶらひ　我《わ》が立たせれば　引《ひ》九
こづらひ　我が立たせれば　青山《あをやま》に　鵼《ぬえ》一〇は鳴きぬ　さ野《の》一一つ
鳥《とり》　雉《きぎし》はとよむ　庭《には》一二つ鳥《とり》　鶏《かけ》は鳴く　心痛《うれた》一三くも　鳴くなる
鳥一四か　この鳥も　打《う》一五ち止《や》めこせね　いしたふや一六　天馳使《あまはせづかひ》一七
事《こと》一八の　語言《かたりごと》も　是《こ》をば（三）

一 和名抄に越後国頸城郡沼川郷がある。そこに因んだ女性の名であろう。　二 八島の国で。一般には日本の国の中でと説かれている。
三 妻を娶ることができないで。　四 お聞きになって。下の「聞こし」も同じ。
五 常におでかけになり。
六 オスイをもまだ脱がないのに。オスイは着衣の上に重ねて着る衣装。後世の被衣のようなもの。
七 寝ている家の板戸を。
八 何度も押しゆすぶって。
九 何度も引いて。
一〇 とらつぐみのこと。
一一 雉の枕詞であるが、野の意味を残している。
一二 鶏の枕詞であるが、庭の意味を残している。以上、やがて夜も明けようとして、山では鵼が、野では雉が、家の庭では鶏が鳴く意。

とうたひたまひき。ここにその沼河比賣、未《いま》だ戸を開《ひら》かずて、
内《うち》より歌ひけらく、

八千矛《やちほこ》の　神の命《みこと》[一]　ぬえ草《くさ》の　女《め》にしあれば　我が心　浦《うら》
渚《す》の鳥ぞ　今こそは　我鳥《わどり》にあらめ　後《のち》は　汝鳥《などり》にあらむ
を　命《いのち》は　な殺《し》せたまひそ　いしたふや　天馳使《あまはせづかひ》　事の
語言《かたりごと》も　是《こ》をば㊂
青山《あをやま》に　日《ひ》が隠《かく》らば　ぬばたまの[二]　夜《よ》は出でなむ　朝日の[三]
笑《ゑ》み榮え來て　[四]栲綱《たくづの》の　白き腕《ただむき》　沫雪《あわゆき》の　若《わか》やる胸を　そ[五]
だたき　たたきまながり　眞玉手《またまで》　玉手《たまで》さし枕《ま》き　[六]百長《ももなが》に
寝《い》は寝《な》さむを　あやに　な戀《こ》ひ聞《き》こし　八千矛の　神の命
事の　語言も　是をば㊃

とうたひき。故《かれ》、その夜は合《あ》はずて、明日《くるひ》の夜、御合《みあひ》したまひき。

一三 嘆かわしくも。
一四 鳥よ。 一五 鳴くのをやめてほしいものだ。
一六 アマにかかる枕詞であろうが語義未詳。 一七 空をかける使。鳥を指すものと思われる。地上には走り使いをする部族がいた。
一八 これをば事件を伝える語り言としようの意か。

一 なよなよとした草のような。次のメの枕詞。
二 黒・夜の枕詞。
三 朝日のような花やかな笑顔をして来て。
四 白の枕詞。
五 そっとたたいたりなでたりして。
六 いついつまでも。

5 須勢理毘売の嫉妬

またその神の嫡后《おほきさき》須勢理毘賣命《の》、甚《いた》く一嫉妬《うはなりねたみ》したまひき。故《かれ》、その夫《ひこぢ》の神わびて、出雲より倭國《やまとのくに》に上《のぼ》りまさむとして、束装《よそひ》し立たす時に、片御手《かたみて》は御馬《みま》の鞍《くら》に繫《か》け、片御足《かたみあし》はその御鐙《みあぶみ》に蹈み入れて、歌ひたまひしく、

ぬばたまの　黒き御衣《みけし》を　二まつぶさに　取り装《よそ》ひ　三沖つ鳥《とり》
胸《むな》見る時　四はたたぎも　これは適《ふさ》はず　五邊《へ》つ波　そに脱《ぬ》き
棄《う》て　六鴗鳥《そにどり》の　青き御衣《みけし》を　まつぶさに　取り装ひ　沖つ
鳥　胸《むな》見る時　はたたぎも　此《こ》も適《ふさ》はず　邊つ波　そに脱
き棄《う》て　七山縣《やまがた》に　蒔《ま》きし　八あたね舂《つ》き　染木《そめき》が汁《しる》に　染《し》め
衣《ころも》を　まつぶさに　取り装ひ　沖つ鳥　胸《むな》見る時　はたた
ぎも　此《こ》し宜《よろ》し　九いとこやの　妹《いも》の命《みこと》　一〇群鳥《むらとり》の　我《わ》が群《む》れ
往《い》なば　一一引《ひ》け鳥《とり》の　我《わ》が引け往《い》なば　泣かじとは　汝《な》は言
ふとも　一二山處《やまと》の　一本薄《ひともとすすき》　一三項傾《うなかぶ》し　汝《な》が泣かさまく　一四朝雨《あさあめ》

一 前に娶った妻（コナミ）が後に娶った妻（ウワナリ）をねたむ所から、嫉妬をウワナリネタミという。
二 十分に。すっかり。
三 水鳥が胸毛をつくろう時のように。
四 袖の端をたぐり上げて見ると。
五 辺つ波の寄するそこに。
六 青の枕詞。カワセミのようなの意。
七 山の畑。
八 茜草の根をついて、その染め草の汁で染めた衣。
九 親愛なる。
一〇 群鳥のように、皆と一緒に行ったなら。
一一 引かれ鳥のように、皆に引かれて行ったなら。
一二 山のあたりのただ一本のススキのように。
一三 頸をうなだれて。
一四 霧の枕詞。

の　一霧《きり》に立たむぞ　二若草の　妻の命《みこと》　事の　語言《かたりごと》も　是《こ》を

ば㈤

とうたひたまひき。ここにその后《きさき》、大御酒坏《おほみさかづき》を取り、立ち依《よ》り

指擧《ささ》げて歌ひたまひしく、

八千矛の　神の命《みこと》や　吾《あ》が大國主《おほくにぬし》　汝《な》こそは　男《を》に坐《いま》せば

三打ち廻《み》る　島の埼埼《さきざき》　かき廻《み》る　磯《いそ》の埼《さき》四落ちず　若草の

妻持たせらめ　吾《あ》はもよ　女《め》にしあれば　五汝《な》を除《き》て　男《を》は

無し　汝《な》を除《き》て　夫《つま》は無し　六綾垣《あやかき》の　ふはやが下《した》に　七苧《むし》

衾《ぶすま》　柔《にこ》やが下《した》に　八栲衾《たくぶすま》　さやぐが下《した》に　沫雪《あわゆき》の　若やる胸

を　栲綱《たくづの》の　白き腕《ただむき》　そだたき　たたきまながり　眞玉手《またまで》

玉手さし枕《ま》き　百長《ももなが》に　九寝《い》をし寝《な》せ　一〇豊御酒《とよみき》　奉《たてまつ》らせ㈥

とうたひたまひき。かく歌ひて、すなはち一一盞結《うきゆひ》して、一二うながけ

りて今に至るまで鎭《しづ》まり坐《ま》す。これを一三神語《かむがたり》と謂《い》ふ。

一 霧のようにためいきが出るであろう。
二 妻の枕詞。　三「打ち」は次の「かき」と共に接頭語。あなたがめぐる。
四 洩れずに(どこでも)。
五 あなたをさしおいて外に。
六 綾織物の壁代がふわりとしている下で。
七 カラムシで作った寝具のやわらかな下で。
八 カジの木の繊維で作った白い寝具のざわざわとしている下で。
九 おやすみなさいませ。
一〇 召しあがれ。この句の下に、「事の語言も是をば」の句が恐らく落ちているのであろう。
一一 酒杯を交して心の変らないことを結び固めること。
一二 互に首に手をかけ合って(仲睦まじく)。
一三 歌曲上の名称。

6 大国主の神裔

故《かれ》、この大國主神《の》、胸形《むなかた》の奥津宮《おきつみや》に坐《ま》す神、多紀理毘賣命《たきりびめの》を娶《めと》して生める子は、一阿遲鉏高日子根神《あぢすきたかひこねの》。次に妹高比賣命《いもたかひめの》。亦の名は下光比賣命《したてるひめの》。この阿遲鉏高日子根神《の》は、今、二迦毛大御神《かものおほみ》と謂ふぞ。大國主神《の》、また神屋楯比賣命《かむやたてひめの》を娶《めと》して生める子は、三事代主神《ことしろぬしの》。また八島牟遲能神《やしまむぢの》の女《むすめ》、鳥耳神《とりみみの》を娶して生める子は、鳥鳴海神《とりなるみの》。この神、日名照額田毘道男伊許知邇神《ひなてりぬかたびちをいこちにの》を娶して生める子は、國忍富神《くにおしとみの》。この神、葦那陀迦神《あしなだかの》、亦の名は八河江比賣《やがはえひめ》を娶して生める子は、速甕《はやみか》の多氣佐波夜遲奴美神《たけさはやぢぬみの》。この神、天之甕主神《あめのみかぬしの》の女《むすめ》、前玉比賣《さきたまひめ》を娶して生める子は、甕主日子神《みかぬしひこの》。この神、淤加美神《おかみの》の女、比那良志毘賣《ひならしびめ》を娶して生める子は、多比理岐志麻流美神《たひりきしまるみの》。この神、比比羅木《ひひらぎ》の其花麻豆美神《そのはなまづみの》の女、活玉前玉比賣神《いくたまさきたまひめの》を娶して生める子は、美呂浪神《みろなみの》。この神、敷山主神《しきやまぬしの》の女、青沼馬沼押比賣《あをぬまうまぬまおしひめ》を娶して生める子は、布忍富鳥鳴海神《ぬのおしとみとりなるみの》。こ

一 この神は雷神である。
二 奈良県南葛城郡葛城村に鎮座の神。
三 下文には八重言代主神とある。言知り主、即ち託宣を掌る神の意か。以下の神々は名義未詳。

の神、若盡女神《わかつくしめの》を娶して生める子は、天日腹大科度美神《あめのひばらおほしなどみの》。この神、天狹霧神《あめのさぎりの》の女、遠津待根神《とほつまちねの》を娶して生める子は、遠津山岬《とほつやまさき》多良斯神《たらしの》。

右の件《くだり》の八島士奴美神《やじまじぬみの》以下《よりしも》、遠津山岬帶神《とほつやまさきたらしの》以前《よりさき》を、[一]十七世《とをまりななよ》の神と稱《まを》す。

7 少名毘古那神と国作り

故《かれ》、大國主神《の》、[二]出雲の御大《みほ》の御前《みさき》に坐《ま》す時、[三]波の穗《ほ》より[四]天《あめ》の羅摩船《かかみぶね》に乘りて、[五]鵝の皮を[六]内剝《うつはぎ》に剝《は》ぎて衣服《きもの》にして、歸《よ》り來《く》る神ありき。ここにその名を問はせども答へず、また所從《みとも》の諸神《かみたち》に問はせども、皆「知らず。」と白《まを》しき。ここに[七]谷蟆《たにくく》白《まを》しつらく、「こは[八]崩彥《くえびこ》ぞ必ず知りつらむ。」とまをしつれば、すなはち崩彥を召して問はす時に、「こは神產巢日神《かみむすひの》の御子、[九]少名毘古《すくなびこ》那神《なの》ぞ。」と答へ白しき。故《かれ》ここに神產巢日の御祖命《みおやの》に白し上げたまへば、答へ告《の》りたまひしく、「こは實《まこと》に我が子ぞ。子の

一 実数は十五世。

二 島根県八束郡美保の岬。

三 白く高く立つ波頭。

四 ガガイモ。その実を割ると小舟の形に似ている。

五 鵝では大き過ぎ、皮というのにも当たらない。記伝には蛾の誤りとしてヒムシと訓んでいる。

六 丸剝ぎにして。

七 ひきがえる。

八 かかし(案山子)。

九 小人の意か。名義未詳。

中に、我が手俣《たなまた》より漏《く》きし子ぞ。故《かれ》、汝《いまし》葦原色許男《の》命と兄弟《あにおと》となりて、その國を作り堅《かた》めよ。」とのりたまひき。故、それより、大穴牟遲と少名毘古那と、二柱の神相並《なら》ばして、この國を作り堅めたまひき。然《さ》て後は、その少名毘古那《の》神は、[一]常世國《とこよの》に度《わた》りましき。故、その少名毘古那《の》神を顯《あら》はし白せし謂《い》はゆる崩彦は、今者《いま》に[二]山田のそほどといふぞ。[三]この神は、足は行かねども、盡《ことごと》に天の下の事を知れる神なり。

ここに大國主神《の》、愁《うれ》ひて告《の》りたまひしく、「吾獨《あれひとり》して何《いか》にかよくこの國を得《え》作らむ。孰《いづ》れの神と吾《あれ》と、能《よ》くこの國を相作らむや。」とのりたまひき。この時に海を光《てら》して依《よ》り來《く》る神ありき。その神の言《の》りたまひしく、「よく我[四]が前を治めば、吾《あれ》能く共與《とも》に相作り成さむ。若《も》し然らずは國成り難《がた》けむ。」とのりたまひき。ここに大國主神《の》曰《まを》ししく、「然らば治め奉る狀《さま》は奈何《いか》にぞ。」とまをしたまへば、「吾《あれ》をば[五]倭の青垣の東の山の上《へ》に拜《いつ》き

一 海のあなた極遠の地にあるとこしえの齢の国。書紀の一書には、熊野の御崎から常世郷へ行ったとも、淡島から粟茎にはじかれて常世郷に行ったとも伝えている。

二 山田の「そほづ」と同じで、かかしのことと言われている。

三 かかしに対する古代農民の信仰をあらわしている。

四 わたしを祭ったなら。

五 大和の国の周囲を青垣のようにめぐっている山の東の山上に祭れ。

奉《まつ》れ。」と答へ言《の》りたまひき。こは[一]御《み》諸《もろ》山の上《へ》に坐《ま》す神なり。

8 大年神の神裔

故《かれ》、その大年神《おほとしの》、神活須毘神《かむいくすびの》の女《むすめ》、伊怒比賣《いのひめ》を娶《めと》して生める子は、[二]大國御魂神《おほくにみたまの》。次に[三]韓神《からの》。次に曾富理神《そほりの》。次に白日神《しらひの》。次に[四]聖神《ひじりの》。五神 また、香用比賣《かよひめ》を娶して生める子は、大香山戸臣神《おほかがやまとおみの》。次に[五]御年神《みとしの》。二柱 また、天知迦流美豆比賣《あめちかるみづひめ》を娶して生める子は、奥津日子神《おきつひこの》。次に奥津比賣命《おきつひめの》、亦の名は[六]大戸比賣神《おほべひめの》。こは諸人《もろひと》のもち拜《いつ》く竈神《かまの》ぞ。次に大山咋神《おほやまくひの》、亦の名は山末之大主神《やますゑのおほぬしの》。[七]この神は近《ちか》つ淡海《あふみの》國の日枝《ひえ》の山に坐《ま》し、また[八]葛野《かづの》の松尾《の》に坐して、[九]鳴鏑《なりかぶら》を用《も》つ神ぞ。次に[一〇]庭津日神《にはつひの》。次に[一一]阿須波神《あすはの》。次に[一二]波比岐神《はひきの》。次に香山戸臣神《かがやまとおみの》。次に羽山戸神《はやまとの》。次に庭高津日神《にはたかつひの》。次に大土神《おほつちの》、亦の名は[一三]土之御祖神《つちのみおやの》。九神《ここのはしら》。

上《かみ》の件《くだり》の大年《の》神の子、大國御魂《の》神以下《よりしも》、大土《の》神以前《よりさき》は、幷《あは》せて十六神《とをまりむはしら》。

一 奈良県磯城郡三輪山の大神(オオミワ)神社の祭神。
二 この国の神霊の意。
三 文字通り韓(朝鮮)の神の意か。
四 日知りの神、即ち暦日を掌る神の意か。
五 前の大年神、後の若年神と同じく、年穀を掌る神。
六 竈(へっつい)の神。祈年祭の祭神の一。
七 滋賀県滋賀郡坂本の日枝神社。後世山王という。
八 京都市右京区にある松尾神社。
九 鳴鏑の矢を持つ神。本朝月令に引く秦氏本系帳に、「初秦氏女子、出㆓葛野河㆒、瀚㆓濯衣裳㆒。時有㆓一矢㆒、自㆑上流下。女子取㆑之還来、刺㆓置戸上㆒。……戸上矢者、松尾大明神是也。」とある。
一〇 家敷を照らす日の神。
一一・一二 共に宅神。祈年祭祝詞に見える。
一三 大地母神。

羽山戸神《の》、大氣都比賣神《おほげつひめの》を娶して生める子は、若山咋神《わかやまくひの》。次に若年神《わかとしの》。次に妹若沙那賣神《いもわかさなめの》[一]。次に彌豆麻岐神《みづまきの》[二]。次に夏高津日神《なつたかつひの》、亦の名は夏之賣神《なつのめの》。次に秋毘賣神《あきびめの》。次に久久年神《くくとしの》[三]。次に久久紀《くくき》[四]若室葛根神《わかむろつなねの》。

上の件の羽山の子以下《よりしも》、若室葛根以前《よりさき》は、幷せて八神《やはしら》。

葦原中国の平定

1 天菩比神

天照大御神の命《みこと》もちて、「豊葦原《とよあしはら》[五]の千秋長五百秋《ちあきのながいほあき》の水穗國《みづほの》は、我が御子、正勝吾勝勝速日天忍穗耳命《まさかつあかつかちはやひあめのおしほみみの》の知らす國ぞ。[六]」と言《こと》よさしたまひて、天降《あまくだ》したまひき。ここに天《の》忍穗耳命《の》、天《あめ》の浮橋《うきはし》に立たして詔《の》りたまひしく、「豊葦原の千秋《の》長五百秋の水穗國《の》はいたく[七]騒《さや》ぎてありなり。」と告《の》りたまひて、更に還り上《のぼ》りて、天照大神に請《まを》したまひき。ここに高御産巣日神《たかみむすひの》、天照大御神の命《みこと》もちて、天の安の河原《かはら》に、八百萬《やほよろづ》の神を神集《かむつど》へに集《つど》へて、

一 田植えをする早乙女の神格化か。
二 灌漑を掌る神。
三 年穀の茎の成長を掌る神。
四 新築の家屋の神。
五 豊かな葦原で長く久しく稲穂のみのる国の意の称辞。書紀には「千五百秋之瑞穂国」とある。
六 お治めになる国。
七 ひどく騒いでいるということである。「なり」は伝聞の助動詞。

思金《おもひかねの》神に思はしめて詔りたまひしく、「この葦原《の》中《つ》國は、我が御子の知らす國と言依《ことよ》さしたまへりし國なり。故《かれ》、この國に道《ち》[一]速振《はやぶ》る荒振《あらぶ》る國つ神等《ども》の多《さは》なりと以爲《おも》ほす。これ何《いづ》れの神を使《つか》はしてか言趣《ことむ》[二]けむ。」とのりたまひき。ここに思金《の》神また八百萬の神、議《はか》りて白《まを》ししく、「天菩比《あめのほひの》神、これ遣はすべし。」とまをしき。故、天《の》菩比《の》神を遣はしつれば、すなはち大國主《の》神に媚《こ》[三]び附きて、三年《みとせ》に至るまで復《かへりごと》[四] 奏《まを》さざりき。

2 天若日子

ここをもちて高御産巣日《の》神、天照大御神、また諸《もろもろ》の神等《かみたち》に問ひたまひしく、「葦原《の》中《つ》國に遣はせる天菩比《あめのほひの》神、久しく復《かへりごと》 奏《まを》さず。また何《いづ》れの神を使はさば吉《よ》けむ。」ととひたまひき。ここに思金《の》神、答へ白ししく、「天津國玉《あまつくにたまの》[五]神の子、天若日子《あめのわかひこ》[六]を遣はすべし。」とまをしき。故《かれ》ここに天之《あめの》[七]麻迦古《まかこ》弓《ゆみ》、天之《あめの》[八]波波矢《ははや》を天《の》若日子に賜ひて遣はしき。ここに天《の》若日子、その國に降り到る卽

一 暴威をふるう。
二 説得する、説伏する意。荒ぶる神を対象とするのが本義。景行紀に「巧レ言調二暴神一。」とあるのがそれに近い。転じて平定の意にも用いられる。
三 へつらい従って。
四 復命しなかった。
五 天の国魂の神の意。ウツシクニタマの神に対している。
六 書紀には天稚彦とある。天上界の若彦(世子)の意。
七 鹿を射る弓の意か。書紀には「天鹿児弓」とある。
八 大きな矢の羽をつけた矢の意か。書紀には「天羽羽矢」とある。

ち、大國主《の》神の女《むすめ》、下照比賣《したてるひめ》を娶《めと》し、またその國を獲《え》むと慮《おもひはか》りて、八年《やとせ》に至るまで復奏さざりき。

故《かれ》ここに天照大御神、高御産巣日《の》神、また諸の神等《たち》に問ひたまひしく、「天《の》若日子久しく復奏さず。また曷《いづ》れの神を遣はしてか、天《の》若日子が淹留《ひさしくとど》まる所由《ゆゑ》を問はむ。」ととひたまひき。ここに諸の神また思金《の》神、「雉《きぎし》、名は鳴女《なきめ》を遣はすべし。」と答へ白しし時に、詔《の》りたまひしく、「汝《なれ》行きて天《の》若日子に問はむ状《さま》は、『汝《いまし》を葦原《の》中《つ》國に使はせる所以《ゆゑ》は、その國の荒振《あらぶ》る神等《ども》を、言趣《ことむ》け和《やは》せとなり。何《いか》にか八年《やとせ》に至るまで復奏さざる。』ととへ。」とのりたまひき。

故ここに鳴女《なきめ》、天《あめ》より降り到りて、天《の》若日子の門《かど》なる湯津楓《ゆつかつら》[一]の上に居《ゐ》て、委曲《まつぶさ》に天つ神の詔りたまひし命《みこと》の如《ごと》言ひき。ここに天佐具賣《あめのさぐめ》[二]、この鳥の言ふことを聞きて、天《の》若日子に語りて言ひしく、「この鳥は、その鳴く音《こゑ》甚《いと》惡《あ》し。故《かれ》、射《い》殺《ころ》すべし。」と云

一 枝葉の繁っている楓。カツラは香木とも書かれている。

二 書紀には「天探女」とある。陰密なものを探り出す巫女。ここは鳥の鳴き声を聞いて吉凶を判断している。

ひ進む卽ち、天《の》若日子、天つ神の賜へりし天之《あめの》波士《はじ》弓[一]、天之《あめの》[二]加《か》久《く》矢を持ちて、その雉《きぎし》を射殺しき。ここにその矢、雉の胸より通りて、逆《さかしま》に射上《いあ》げらえて、天の安の河の河原に坐《ま》す天照大御神、高木《たかぎの》神の御所《みもと》に逮《いた》りき。この高木《の》神は、高御産巣日《の》神の別《また》の名ぞ。故《かれ》、高木《の》神、その矢を取りて見たまへば、血、その矢の羽に著《つ》けり。ここに高木《の》神、「この矢は、天《の》若日子に賜へりし矢ぞ。」と告《の》りたまひて、すなはち諸の神等《たち》に示《み》せて詔りたまひしく、「或《も》し天《の》若日子、命《みこと》を誤《あやま》たず、悪しき神を射つる矢の至《きた》りしならば、天《の》若日子に中《あた》らざれ。或《も》し邪《きたな》き心有らば、天《の》若日子この矢に禍《まが》れ[三]。」と云ひて、その矢を取りて、その矢の穴より衝《つ》き返《かへ》し下《くだ》したまへば、天《の》若日子が朝床《あさとこ》[四]に寝《いね》し高胸坂《たかむなさか》[五]に中《あた》りて死にき。これ還矢[六]の本なり。またその雉還らざりき。故《かれ》今に諺《ことわざ》に、「雉《きぎし》[七]の頓使《ひたづかひ》。」と曰《い》ふ本これなり。

故《かれ》、天《の》若日子の妻《つま》、下照比賣の哭《な》く聲、風[八]の與《むた》響きて天《あめ》に到り

一 櫨（はじ）の木で作った弓。
二 鹿を射る矢。以上、弓矢の名称が前のと違っている。前後資料を異にしたためであろう。
三 災難あれ。ここでは死んでしまえ。
四 朝寝ている床。胡床（あぐら）とするのは誤り。
五 胸のこと。
六 天神を射た矢が、天から投げ返されて、射た者の胸板を貫く。これはいわゆるニムロッドの矢の型の説話である。
七 行ったきりの使。今いう「梨のつぶて」と同意。
八 風と共に。

き。ここに天《あめ》なる天《の》若日子の父、天津國玉《の》神またその妻子《めこ》聞きて、降《くだ》り來て哭《な》き悲しみて、すなはち其處《そこ》に喪屋《もや》[一]を作りて、河《かは》[二]鴈《がり》を岐佐理持《きさりもち》とし、鷺《さぎ》[三]を掃持《ははきもち》とし、翠鳥《そにどり》[四]を御食人《みけびと》とし、雀《すずめ》[五]を碓女《うすめ》とし、雉《きぎし》[六]を哭女《なきめ》とし、かく[七]行なひ定めて、日八日夜八夜《ひやかよやよ》を遊びき。

この時、阿遲志貴高日子根《あぢしきたかひこねの》神到《き》て、天《の》若日子の喪《も》[八]を弔《とぶら》ひたまふ時に、天より降り到《き》つる天《の》若日子の父、またその妻、皆哭きて云ひしく、「我が子は死なずてありけり。我が君は死なずてましけり。」と云ひて、手足に取り懸《かか》りて哭き悲しみき。その過《あやま》ちし所以《ゆゑ》は、この二柱の神の容姿《かたち》、甚《いと》よく相似たり。故《かれ》ここをもちて過《あやま》ちき。ここに阿遲志貴高日子根《の》神、大《いた》く怒りて曰《い》ひしく、「我《あ》は愛《うるは》[九]しき友なれこそ弔ひ來つれ。何《なに》とかも吾《あ》を穢《きたな》き死人《しにびと》に比《くら》ぶる。」と云ひて、御佩《はか》せる十掬劔《とつかつるぎ》を抜きて、その喪屋《もや》を切り伏せ、足もちて蹶《く》[一〇]ゑ離《はな》ち遣《や》りき。こは美濃《みのの》[一一]國の藍見《あゐみ》河の

一 死骸を安置する家。
二 雁を、葬送の時、死者の食物を頭にのせて行く者とし。
三 鷺を箒持ちとし。
四 カワセミを死者に供える御饌を作る者とし。
五 雀を米つき女とし。
六 雉を泣き女とし。
七 このようにそれぞれの役割りをきめて、八日八夜の間歌舞をした。
八 おくやみを言われる時。
九 親友だからこそ、くやみに来たのだ。
一〇 蹴飛ばした。
一一 岐阜県長良川の上流。喪屋が落ちて来て山となったので喪山という。

河上の喪山《もやま》ぞ。その持ちて切れる大刀《たち》の名は、[一]大量《おほはかり》と謂ひ、亦の名は[二]神度劒《かむどのつるぎ》と謂ふ。故、阿治志貴高日子根神《の》は、忿《いか》りて飛び去りし時、その同母妹《いろも》、高比賣命《の》、その御名《みな》を顯《あら》はさむと思ひき。故《かれ》、歌ひしく、

[三]天《あめ》なるや　弟棚機《おとたなばた》の　項《うな》がせる　玉の御統《みすまる》　御統に　穴玉はや　み谷　二《ふた》渡らす　阿治志貴高《あぢしきたか》　日子根《ひこね》の神ぞ。（七）

とうたひき。この歌は[四]夷振《ひなぶり》なり。

3　建御雷神

ここに天照大御神、詔りたまひしく、「また曷《いづ》れの神を遣はさば吉《よ》けむ。」とのりたまひき。ここに思金神《の》また諸の神白《まを》ししく、「天の安の河の河上の天《あめ》の石屋《いはや》に坐《ま》す、名は[五]伊都之尾羽張《いつのをはばりの》神、これ遣はすべし。もしまたこの神にあらずは、その神の子、[六]建御雷之男神《たけみかづちのをの》、これ遣はすべし。またその天尾羽張神《の》は、逆《さかしま》に天の安の河の水を塞《せ》き上《あ》げて、道を塞きて居《を》る故《ゆゑ》に、他神《あだしかみ》は得

一・二　名義未詳。

三　天上界にいるうら若い機織り女が、頸にかけておいでの一本の緒に貫き統べた首飾りの玉。首飾りの玉よ、ああ。その玉のように谷二つにも渡って照り輝いておいでのアジシキタカヒコネの神である。この歌は雷神の電光を讃嘆したもの。

四　歌曲の名。田舎風の歌曲の意。

五　書紀には「稜威雄走神」とある。名義未詳。

六　雷神であり、同時に刀剣の神である。

行かじ。故《かれ》、別《こと》に[一]天迦久《あめのかくの》神を遣はして問ふべし。」とまをしき。故ここに天《の》迦久《の》神を使はして、天《の》尾羽張《の》神に問はしし時に、答へ白ししく、「恐《かしこ》し。仕《つか》へ奉《まつ》らむ。然れどもこの道には、僕《わ》が子、建御雷《の》神を遣はすべし。」とまをして、すなはち貢進《たてまつ》りき。ここに[二]天《の》鳥船《の》神を建御雷《の》神に副《そ》へて遣はしたまひき。

4　事代主神の服従

ここをもちてこの二《ふた》はしらの神、出雲《の》國の[三]伊那佐《いなさ》の小《を》濱《ばま》に降り到りて、十掬劒《とつかつるぎ》を抜きて、逆《さかしま》に浪の穂に刺し立て、その[四]劒の前《さき》に趺《あぐ》み坐《ま》して、その大國主《の》神に[五]問ひて言《の》りたまひしく、「天照大御神、高木《の》神の命《みこと》もちて、問ひに使はせり。汝《いまし》が[六]うしはける葦原《の》中《つ》國は、我が御子の知らす國ぞと言依《ことよ》さしたまひき。故《かれ》、汝が心は奈何《いか》に。」とのりたまひき。ここに答へ白ししく、「僕《あ》は得《え》白《まを》さじ。我が子、八重言代主《やへことしろぬしの》神、これ白すべし。然るに[七]鳥《と》遊《がり》をし、魚《な》取りて、[八]御大《みほ》の前《さき》に往きて、未だ還り來《こ》ず。」とま

一 鹿の神格化。鍛冶に使う鞴(ふいご)が鹿の皮で作られたために、鹿神が特別に使することになったのであろう。この条は刀剣の製作と密接な関係があるように思われる。　二 雷は船に乗って天空と地上を往来するものと信ぜられていた。　三 書紀には「五十田狭之小汀」とある。　四 剣の切っ先に足を組んですわって。　五 武力に訴えずに、話し合いで事を解決しようとしたのである。　六 ウシハクという語の主体は常に神である。宗教的意義において神が治め、または占める意。　七 鳥を狩ったり、魚を取ったりするために。書紀には「以㆑釣㆑魚為㆑楽(ワザ)。或曰、遊㆑鳥為㆑楽。」とある。遊はカリ(猟)の意。　八 美保の御崎。

をしき。故ここに天《の》鳥船《の》神を遣はして、八重事代主《の》神を徴《め》し來《き》て、問ひたまひし時に、その父の大神に語りて言ひしく、「恐《かしこ》し。この國は、一天《あま》つ神の御子《みこ》に立奉《たてまつ》らむ。」といひて、すなはちその船を蹈み傾《かたぶ》けて、二天《あま》の逆手《さかて》を青柴垣《あをふしかき》に打ち成して、隱《かく》りき。

5 建御名方神の服従

故ここにその大國主《の》神に問ひたまひしく、「今汝《いまし》が子、事代主《の》神、かく白しぬ。また白すべき子ありや。」ととひたまひき。ここにまた白ししく、「また我が子、三建御《たけみ》名方《なかたの》神あり。これを除《お》きては無《な》し。」とまをしき。かく白す間に、その建御名方《の》神、千引《ちびき》の石《いは》を手末《たなすゑ》に擎《ささ》げて來て、「誰ぞ我が國に來て、四忍び忍《しの》びにかく物言ふ。然らば力競《ちからくら》べせむ。故《かれ》、我先《われさき》に五その御手を取らむ。」と言ひき。故《かれ》、その御手を取らしむれば、すなはち六立氷《たちひ》に取り成し、また劒刃《つるぎば》に取り成しつ。故ここに懼《おそ》りて退《しぞ》き居《を》り

一 天照大神の御子の意。水穂の国の統治者を指す。
二 逆手を打って、その船を神霊のこもる青い柴の垣に化して、その内に隠れた。逆手を打つのは呪術の一種。書紀には「於㆓海中㆒、造㆓八重蒼柴籬㆒(アオフシガキ)踏㆓船枻㆒(フナノヘ)而避之。」とある。事代主神の隠退は、出雲の宗教的支配力を皇室に譲っての服従を意味する。
三 大国主神の子孫の系譜には見えない神。長野県諏訪神社の祭神。名義不詳。
四 こそこそとそのように物を言っているのは。
五 あなたの手を摑もう。力競べは握力の強さを争うのである。
六 摑むと氷柱と化し、また剣の刃と化した。

き。ここにその建御名方神《の》の手を取らむと[一]乞ひ歸《かへ》して取りたまへば、[二]若葦《わかあし》を取るが如《ごと》、搤《つか》み批《ひし》ぎて投げ離ちたまへば、すなはち逃げ去《い》にき。故、追ひ往きて、[三]科野國《しなのの》の州羽《すは》の海に迫め到りて、殺さむとしたまひし時、建御名方神《の》白ししく、「恐《かしこ》し。我《あ》をな殺したまひそ。この地《ところ》を除《お》きては、他處《あだしところ》に行かじ。また我が父、大國主神《の》の命《みこと》に違《たが》はじ。八重事代主神《の》の言《こと》に違はじ。この葦原《の》中《つ》國は、天つ神の御子の命の隨《まにま》に獻らむ。」とまをしき。[四]

6 大国主神の国譲り

故《かれ》、更にまた還り來て、その大國主神《の》に問ひたまひしく、「汝《いまし》が子等《こども》、事代主神《の》、建御名方神《の》の二《ふた》はしらの神は、天つ神の御子の命の隨《まにま》に違はじと白しぬ。故、汝が心は奈何《いか》に。」ととひたまひき。ここに答へ白ししく、「僕《あ》が子等《こども》、二はしらの神の白す隨《まにま》に、僕《あ》は違はじ。この葦原《の》中《つ》國は、命の隨に既に獻らむ。ただ僕《あ》が住所《すみか》をば、天つ神の御子の[五]天津日繼《あまつひつぎ》知らしめす、とだ[六]

一 反対に所望して。
二 若い葦を摑むように摑みつぶして。
三 長野県の諏訪湖。
四 建御名方神の降伏は、出雲の政治的支配力を皇室に譲っての服従を意味する。
五 天照大神の大御業を受け継ぎになる。
六 記伝には「富み足る」の意とし、安藤正次は琉球語のテダ(太陽)を活用させたテダルの転で、太陽の照り輝く意であろうとした。

一 記伝には御庖厨の竈の上の炊煙の立ちのぼる所の意としているが、巣は住所で、ここは宮殿の意とすべきであろう。 二 壮大な宮殿を作って下さるならば(既出)。
三 多くの曲りこんだ所を経

る天《あめ》[一]の御《み》巣《す》如《な》して、底《そこ》[二]つ石根《いはね》に宮柱《みやばしら》[三]ふとしり、高天の原に氷木《ひぎ》たかしりて治《をさ》めたまはば、僕《あ》は百足《ももた》らず八十《やそ》坰手《くまで》に隱《かく》りて侍《さもら》ひなむ。また僕が子等《こども》、[四]百八十《ももやそ》神《がみ》は、すなはち八重事代主《の》神、神の[五]御尾前《みをさき》となりて仕《つか》へ奉《まつ》らば、違《たが》ふ神はあらじ。」とまをしき。かく白して、出雲國《の》の多藝志《たぎし》の小濱《をばま》に、[六]天《あめ》の御舍《みあらか》を造りて、[七]水《みな》戸《との》神の孫《ひこ》、櫛八玉《くしやたまの》神、[八]膳夫《かしはで》となりて、天の御饗《みあへ》を獻りし時に、禱《ほ》き白して、櫛八玉《の》神、鵜《う》に化《な》りて、海《うみ》の底に入り、底の赤土《はに》を咋《く》ひ出《い》でて、天の[九]八十平瓮《やそびらか》を作りて、[一〇]海布《め》の柄《から》を鎌《か》りて、[一一]燧《ひきり》臼《うす》に作り、[一二]海蓴《こも》の柄《から》をもちて[一三]燧杵《ひきりぎね》に作りて、火を鑽《き》り出でて云ひしく、

この我が燧《き》れる火は、高天の原には、神産巣日《かみむすひ》の御祖命《みおやの》の、とだる天《あめ》の新巣《にひす》の凝烟《すす》の、八《や》拳《つか》垂《た》るまで焼《た》き擧げ、地《つち》の下《した》は、底《そこ》つ石根《いはね》に焼《た》き凝《こ》らして、[一四]栲縄《たくなは》の、千尋縄《ちひろなは》打ち延《は》へ、釣《つり》せし海人《あま》の、[一五]口大《くちおほ》の、尾翼鱸《をはたすずき》、さわさわに、控《ひ》き依《よ》せ騰《あ》

て行く片隅の国。「百足らず」は枕詞。

四 書紀の一書には、大国主神の子は一八一神とあり、出雲国造神賀詞には、出雲鎮座の神を一八六社、延喜式神名帳には一八七座とある。 五 神々の先頭に立ち、またしんがりとなって。神々を統率する意。 六 宮殿。ここは出雲大社を指す。 七 河口を掌する神。 八 料理人。 九 多くの平たい皿。 一〇 ワカメやアラメの類の茎を刈り取って。 一一 錐揉式発火法に用いる小穴のある板。ここは海布の株をそれに見立てたのであろう。 一二 どんな植物か不明。 一三 錐揉式発火法に用いる先の尖った棒。 一四 カジの木の繊維で作った白い縄。 一五 口の大きい、尾の鰭のピンと張ったスズキ。

げて、打竹《さきたけ》[一]の、とをとをに、天《あめ》[二]の眞魚咋《まなぐひ》、獻る。
といひき。故、建御雷神《の》、返り參上《まゐのぼ》りて、葦原《の》中《つ》國を言向《ことむ》け和《や》
平《は》しつる狀《さま》を、復奏したまひき。

邇邇芸命

1 天孫の誕生

ここに天照大御神、高木神《の》の命もちて、太子《ひつぎのみこ》正勝吾勝勝速日天《の》忍穗耳命《の》に詔りたまひしく、「今、葦原《の》中《つ》國を平《ことむ》け訖《を》へぬと白せり。故、言依《ことよ》さしたまひし隨《まにま》に、降《くだ》りまして知らしめせ。」とのりたまひき。ここにその太子正勝吾勝勝速日天《の》忍穗耳命《の》、答へ白したまひしく、「僕《あ》は降らむ裝束《よそひ》しつる間に、子生《あ》れ出でつ。名は天邇岐志國邇岐志天津日高日子番能邇邇藝命《あめにきしくににきしあまつひこひこほのににぎの》[三]ぞ。この子を降すべし。」とまをしたまひき。この御子は、高木神《の》の女《むすめ》、萬幡豐秋津師比賣命《よろづはたとよあきづしひめの》[四]に御合《みあひ》して、生みませる子、天火明命《あめのほあかりの》。次に日子番能邇邇藝命《ひこほのににぎの》二柱なり。ここをもちて白したまひ

一 割り竹の簀も撓むほどに。
二 おさかなの料理。
三 アメニキシクニニキシは「天饒し国饒し」の称辞か。天津日高は天皇に相当する人の尊称、ホノニニギは「穂の饒々」の意か。稲穂の豊かにみのることに因んだ名であろう。
四 名義未詳。書紀には栲幡千千姫とある。

し隨に、日子番能邇邇藝《の》命に詔科《みことおほ》せて、「この豐葦原《の》水穗《の》國は、汝《いまし》知らさむ國ぞと言依さしたまふ。故、命の隨に天降るべし。」とのりたまひき。

2 猿田毘古神

ここに日子番能邇邇藝《の》命、天降りまさむとする時に、天《あめ》[一]の八衢《やちまた》に居《ゐ》て、上《かみ》は高天の原を光《てら》し、下《しも》は葦原《の》中《つ》國を光《てら》す神、ここにあり。故ここに天照大御神、高木《の》神の命もちて、天《の》宇受賣《の》神に詔りたまひしく、「汝《いまし》は手弱女人《たわやめ》にはあれども、い[二]對《むか》ふ神と面《おも》勝《か》つ神なり。故、專《もは》ら汝往きて問はむは、『吾《あ》が御子の天降り爲《す》る道を、誰ぞかくて居る。』ととへ。」とのりたまひき。故、問ひたまふ時に、答へ白ししく、「僕《あ》は國つ神、名は猿田毘古《さるだびこの》[三]神ぞ。出で居る所以《ゆゑ》は、天つ神の御子天降りますと聞きつる故《ゆゑ》に、御前《みさき》[四]に仕《つか》へ奉《まつ》らむとして、參向《まゐむか》へ侍《さもら》ふぞ。」とまをしき。

一 天降りの途中にある方々への分かれ道。

二 相対する神と面とむかって気おくれしない神。

三 伊波普猷はサルダは古い琉球語サダル(先導の意)の転じた語と解しているが明らかではない。

四 御先導をしようと思って。

3 天孫降臨

ここに天兒屋命《あめのこやねの》、布刀玉命《ふとだまの》、天宇受賣命《あめのうずめの》、伊斯許理度賣命《いしこりどめの》、玉《たま》祖命《のやの》、并《あは》せて[一]五伴緒《いつとものを》を支ち加《わか》[二]へて、天降したまひき。ここにその招《を》[三]きし八尺《やさか》の勾璁《まがたま》、鏡、また草薙劒《くさなぎの》、また常世思金神《とこよのおもひかねの》、手《た》力男神《ぢからをの》、天石門別神《あめのいはとわけの》[四]を副《そ》へ賜ひて、詔りたまひしく、「これの鏡は、専《もは》ら我が御魂《みたま》として、吾が前《まへ》を拜《いつ》くが如《ごと》拜《いつ》き奉《まつ》れ。次に思金神《の》は、前[五]の事を取り持ちて、政《まつりごと》せよ。」とのりたまひき。この二柱の神は、さくくしろ[六]、五十《い》[七]鈴《すず》の宮に拜《いつ》き祭る。次に登《と》[八]由《ゆ》宇《う》氣神《けの》、こは外宮《とつみや》[九]の度相《わたらひ》に坐す神ぞ。次に天《の》石戸別神《の》、亦の名は櫛石窻神《くしいはまどの》[一〇]と謂ひ、亦の名は豐石窻神《とよいはまどの》と謂ふ。この神は御門《みかど》の神なり。次に手力男神《の》は佐那那縣《さなながた》[一一]に坐す。故、その天兒屋命《の》は、中臣連等の祖。布刀玉命《の》は忌部首等の祖。天宇受賣命《の》は、猿女君等の祖。伊斯許理度賣命《の》は、作鏡連等の祖。玉祖命《のの》は、玉祖連等の祖。故ここに天津日子番能邇邇藝命《の》に詔りたまひて、天《あま》[一二]の石位《いはくら》を離《はな》

一 書紀の一書には五部神とある。伴・部は同一職業の団体、緒は長の意。
二 書紀の一書には「使二配侍一焉。」とある。それぞれの職業を分掌させて天孫に従わせ。
三 天照大神を石屋戸から招き出した。玉と鏡にかかる。
四 この神は石屋戸の条には見えない。門を守る岩石の神。
五 神の朝廷の政事を身に引き受けて。
六 裂く釧の意で、五十鈴の枕詞。
七 伊勢神宮の内宮。
八 この神も前には見えない。食物を掌る神。
九 伊勢神宮の外宮。
一〇 奇岩真門の意で、御門祭の祭神。
一一 サナの県の意。神名帳に伊勢の国多気郡佐那神社がある。
一二 高天の原なる岩石の御座を離れ。

れ、[一]天の八重《やへ》たな雲を押し分けて、稜威《いつ》の道別《ちわ》き道別《ちわ》きて、[二]天の浮橋にうきじまり、そり立たして、[三]竺紫《つくし》の日向《ひむか》の高千穂《たかちほ》のくじふる嶺《たけ》に天降りまさしめき。故ここに天忍日命《あめのおしひの》、天津《あまつ》久米命《くめの》の二人、天の[四]石靫《いはゆぎ》を取り負ひ、[五]頭椎《くぶつち》の大刀《たち》を取り佩《は》き、天の波《は》士《じ》弓を取り持ち、天の眞鹿兒矢《まかこ》を手挾《たばさ》み、御前《みさき》に立ちて仕へ奉りき。故、その天《の》忍日《の》命、こは大伴連等の祖。天津久米《の》命、こは久米直等の祖なり。ここに詔りたまひしく、「[六]此地《ここ》は韓國《からくに》に向ひ、笠沙《かささ》の御前《みさき》を眞《ま》來通《きとほ》りて、朝日の直刺《たださ》す國、夕日の日照る國なり。故、此地《ここ》は甚吉《いとよ》き地《ところ》。」と詔りたまひて、底つ石根に宮柱ふとしり、高天の原に氷椽《ひぎ》たかしりて坐《ま》しき。

4 猿女の君

故ここに天《の》宇受賣《の》命に詔りたまひしく、「この御前《みさき》に立ちて仕へ奉りし猿田毘古《の》大神は、專ら顯《あら》はし申せし汝《いまし》送り奉れ。またその神の御名は、[七]汝負ひて仕へ奉れ。」とのりたまひき。ここ

一 八重にたなびく天雲を押し分け、威風堂々と道を別けて。　二 以下難解の句。書紀には「自二槵日二上天浮橋一、立二於浮渚平処一、(ウキジマリタヒラニタタシ)」とある。　三 南の霧島山とも北の宮崎県高千穂とも言われているが明らかでない。　四 矢を入れる武具。　五 柄頭が塊状をなしている大刀。　六 以下、原文のままでは意が通じにくい。書紀には「膂肉之空国」(ソジシノムナクニヲ)自二頓丘一覓レ国行去(ヒタヲヨリクニマギトホリテ)到二於吾田長屋笠狭之碕一矣。」とある。韓国は空国ではなく、やはり朝鮮を指しているのではあるまいか。　七 お前が取って自分の名とせよ。猿の名をもらった猿女の君は、鎮魂祭の歌舞・

をもちて猿女君等《さるめのきみども》、その猿田毘古の男神《をがみ》の名を負ひて、女《をみな》を猿女《の》君と呼ぶ事これなり。

故、その猿田毘古神《の》、阿邪訶《あざか》[一]に坐《ま》す時、漁《いさり》して、比良夫貝《ひらぶがひ》[二]にその手を咋《く》ひ合はさえて、海鹽《うしほ》[三]に沈み溺《おぼ》れたまひき。故、その底に沈み居《ゐ》たまひし時の名を、底《そこ》どく御魂《みたま》と謂ひ、その海水《うしほ》のつぶたつ[四]時の名を、つぶたつ御魂と謂ひ、そのあわさく[五]時の名を、あわさく御魂と謂ふ。

ここに猿田毘古神《の》を送りて、還り到りて、すなはち悉《ことごと》に鰭《はた》の廣《ひろ》[六]物《もの》、鰭《はた》の狹物《さもの》を追ひ聚《あつ》めて、「汝《な》は天つ神の御子に仕へ奉らむや。」と問ひし時に、諸の魚皆「仕へ奉らむ。」と白す中に、海鼠《こ》[七]白さざりき。ここに天《の》宇受賣《の》命、海鼠に云ひしく、「この口や答へぬ口。」といひて、紐小刀《ひもかたな》もちてその口を拆《さ》きき。故、今に海鼠の口拆くるなり。ここをもちて御世《みよみよ》、島の速贄《はやにへ》[八]獻る時に、猿女君《の》等《ども》に給ふなり。

大嘗祭の前行に奉仕した。

一 三重県壱志郡の地名。
二 どんな貝か不明。
三 海水。
四 水粒がぶつぶつとあがる時。
五 水の沫が割れる時。
六 海の大小の魚。
七 ナマコ。
八 志摩の国から朝廷に貢進する産物、特に食料品。速は初物の意であろう。

5 木花の佐久夜毘売

ここに天津《あまつ》日高《ひこ》日子《ひこ》番能《ほの》邇邇《にに》藝能《ぎの》命、笠沙《かささ》の御前《みさき》に、麗《うるは》しき美人《をとめ》に遇《あ》ひたまひき。ここに「誰《た》が女《むすめ》ぞ。」と問ひたまへば、答へ白ししく、「大山津見神《おほやまつみの》の女、名は[一]神阿多都比賣《かむあたつひめ》、亦の名は[二]木花《このはな》の佐久夜毘賣《さくやびめ》と謂ふ。」とまをしき。また「汝《いまし》の兄弟《はらから》ありや。」と問ひたまへば、「我が姉、[三]石長比賣《いはながひめ》あり。」と答へ白しき。ここに詔りたまひしく、「吾《あれ》汝《いまし》に[四]目合《まぐはひ》せむと欲《おも》ふは奈何《いか》に。」とのりたまへば、「僕《あ》は得《え》白《まを》さじ。僕《あ》が父大山津見神《の》ぞ白さむ。」と答へ白しき。故、その父大山津見神《の》に、乞ひに遣はしたまひし時、大《いた》く歡喜《よろこ》びて、その姉石長比賣を副《そ》へ、[五]百取《ももとり》の机代《つくゑしろ》の物を持たしめて、奉《たてまつ》り出《いだ》しき。故ここにその姉は甚《いと》凶醜《みにく》きによりて、見畏《みかしこ》みて返し送りて、ただその弟《おと》木花の佐久夜毘賣を留めて、一宿《ひとよ》婚《まぐはひ》したまひき。ここに大山津見神《の》、石長比賣を返したまひしによりて、大《いた》く恥ぢて、白し送りて言ひしく、

一 薩摩の国阿多郡（鹿児島県日置郡）の阿多の地に因んだ名。神は美称。
二 美人を木の花の美しさにたとえた名。
三 岩が長く変らないことにたとえた名。
四 婚姻。
五 机の上に置く多くの品物の意で、聟取りの場合に女の方から男に与えるもの。

「我が女二《ふ》たり並《なら》べて立奉《たてまつ》りし由《ゆゑ》は、石長比賣を使[一]はさば、天つ神の御子の命《いのち》は、雪零《ふ》り風吹くとも、恒《つね》に石《いわ》の如くに、常《とき》[二]は に堅《かき》はに動かずまさむ。また木花の佐久夜毘賣を使はさば、木《こ》の花の榮ゆるが如《ごと》榮えまさむと誓《うけ》ひて貢進《たてまつ》りき。かくて石長比賣を返さしめて、ひとり木花の佐久夜毘賣を留めたまひき、故、天つ神の御子の御壽《みいのち》は、木の花[三]のあまひのみまさむ。」といひき。故、ここをもちて今に至るまで、天皇命等《すめらみことたち》[四]の御命《みいのち》長くまさざるなり。

故《かれ》、後《のち》に木花の佐久夜毘賣、參出《まゐで》て白ししく、「妾《あ》は妊身《はら》めるを、今産《う》む時に臨《な》りぬ。この天つ神の御子[五]は、私《わたくし》[六]に産むべからず。故《かれ》、請《まを》す。」とまをしき。ここに詔りたまひしく、「佐久夜毘賣、一宿《ひとよ》[七]にや妊める。これ我が子には非じ、必ず國つ神の子ならむ。」とのりたまひき。ここに答へ白ししく、「吾が妊みし子、もし國つ神の子ならば、産むこと幸《さき》[八]くあらじ。もし天つ神

一 お側にお使いになるならば。
二 いつまでも変らずに。
三 木の花のように、ただもろくはかなくていらっしゃるでしょう。書紀の一書には「其生兒、必如二木華之移落一」とある。
四 書紀の一書には、「磐長姫、恥恨而唾泣之曰、顕見蒼生(ウツシキアオヒトクサ)者、如二木華之俄遷転一、当二衰去一矣。此世人短折(イノチミジカキ)之縁也。」とある。
五 天つ神を父とする子。
六 こっそりひとりで。
七 ただ一夜の交りで妊娠したのか。
八 無事ではあるまい。

の御子ならば、幸《さき》くあらむ。」とまをして、すなはち[一]戸無き八《や》尋殿《ひろどの》を作りて、その殿の内に入り、土をもちて塗り塞《ふた》ぎて、産む時に方《あた》りて、火をその殿に著けて産みき。故、その火の盛《さか》りに燒《も》ゆる時に生める子の名は、火照《ほでりの》命。こは隼人阿多君の祖。次に生める子の名は、火須勢理《ほすせりの》命。次に生める子の御名は、火遠理《ほをりの》命。亦の名は天津日高日子穗穗手見《あまつひこひこほほでみの》命。柱三。

火遠理命

1 海幸彦と山幸彦

故、火照《ほでりの》命は海幸彦《うみさちびこ》[二]として、鰭《はた》[三]の廣物《ひろもの》、鰭《はた》の狹物《さもの》を取り、火遠理《ほをりの》命は山幸彦《やまさちびこ》[四]として、毛《け》[五]の麤物《あらもの》、毛《け》の柔物《にこもの》を取りたまひき。ここに火遠理《の》命、その兄火照《の》命に、「各《おのおの》[六]さちを相易《あひか》へて用ゐむ。」と謂ひて、三度《みたび》乞ひたまへども、許さざりき。然れども遂に纔《わづ》かに相易《あひか》ふることを得たまひき。ここに火遠理《の》命、海《うみ》[七]さちをもちて魚釣らすに、都《かつ》[八]て一つの魚も得たまはず、またその鉤《つりばり》を海

一 出入口のない大きな家。書紀には無戸室（ウツムロ）とある。
二 海の獲物を得る男。漁夫。海人。
三 海の大小の魚。
四 山の獲物を得る男。猟人。
五 いろいろな獸。
六 獲物を得る道具。
七 釣り針。
八 全く。

に失ひたまひき。ここにその兄火照《の》命、その鉤を乞ひて曰ひしく、「山[一]さちも、己《おの》がさちさち、海さちも、己がさちさち。今は各さち返さむ。」と謂ひし時に、その弟《おと》火遠理《の》命、答へて曰《の》りたまひしく、「汝《いまし》の鉤は、魚釣りしに一つの魚も得ずて、遂に海に失ひつ。」とのりたまひき。然れどもその兄強《あなが》[二]ちに乞ひ徴《はた》りき。故、その弟、御佩《みはかし》の十拳劒《とつかつるぎ》を破りて、五百鉤《いほはり》を作りて、償《つぐの》ひたまへども取らず。また一千《ち》鉤《はり》を作りて、償ひたまへども受けずて、「なほその正本《もと》の鉤を得む。」と云ひき。

2 海神の宮訪問

ここにその弟、泣き患《うれ》ひて海邊《うみべ》に居《ゐ》ましし時に、鹽椎神《しほつちの》[三]來て、問ひて曰《い》ひしく、「何《いか》にぞ虚空津日高《そらつひこ》[四]の泣き患ひたまふ所由《ゆゑ》は。」といへば、答へて言《の》りたまひしく、「我と兄と鉤を易へて、その鉤を失ひつ。ここにその鉤を乞ふ故に、多くの鉤を償へども受けずて、『なほその本《もと》の鉤を得む。』と云ひき。故、泣き患

一「山さち」は弓矢。弓矢も釣り針も各自銘々の道具だから、もはやお互に道具をもと通りに返そう。

二 無理に戻せと責めたてた。

三 潮路を掌る神の意であろう。書紀には塩土老翁とある。

四 皇太子に相当する日の御子の尊称。

ふぞ。」とのりたまひき。ここに鹽椎神《の》、「我《あれ》、汝命《いましみこと》の爲《ため》に善[一]き議《ことはかり》をなさむ。」と云ひて、すなはち[二]无間勝間《まなしかつま》の小船《をぶね》を造り、その船に載《の》せて、教へて曰ひしく、「我《あれ》その船を押し流さば、差暫《ややしま》し往《い》でませ。[三]味《うま》し御路《みち》あらむ。すなはちその道に乗りて往でまさば、[四]魚鱗《いろこ》の如《ごと》造れる宮室《みや》、それ綿津見神《わたつみ》の宮ぞ。その神の御門《みかど》に到りましなば、傍《かたへ》の[五]井《ゐ》の上《へ》に湯津香木《ゆつかつら》あらむ。故、その[六]木の上に坐《ま》さば、その海神《わたの》の女《むすめ》、見て相議《あひはか》らむぞ。」といひき。故、教への隨《まにま》に少し行きまししに、備《つぶ》さにその言《こと》の如くなりしかば、すなはちその香木《かつら》に登りて坐《ま》しき。ここに海神《わたの》の女、豐《とよ》玉毘賣《たまびめ》の從婢《まかだち》、玉器《たまもひ》を持ちて水を酌《く》まむとする時に、井に光《かげ》ありき。仰ぎ見れば、麗しき壯夫《をとこ》ありき。甚異奇《いとあや》しと以爲《おも》ひき。ここに火遠理命《の》、その婢《まかだち》を見て、水を得まく欲《ほ》しと乞ひたまひき。婢すなはち水を酌みて、玉器に入れて貢進《たてまつ》りき。ここに水を飲まさずて、[七]御頸《みくび》の璵《たま》を解きて口に含《ふふ》みて、その玉器に唾《つば》き

一 よい工夫をしてあげよう。
二 目が堅くつまった竹籠の小舟。書紀には無目籠とある。今もヴェトナムでは細い竹で編んだお椀型の小舟が用いられている。
三 よい潮路。書紀には可怜小汀（ウマシオバマ）とある。
四 魚のうろこのように屋根をふいた宮殿。楚辞の九歌、河伯篇に「魚鱗屋兮竜堂」とあり、その注に「河伯所レ居、以二魚鱗一蓋レ屋、堂画二蛟竜文一。」とある。
五 泉のほとりに枝葉の繁った楓があろう。
六 井のほとりの樹木に神が降臨するという信仰に基づいている。
七 首かざりの玉を緒からはずして。

入れたまひき。ここにその璵[一]、器《もひ》に著きて、婢璵を得離《えはな》たず。故、璵著ける任《まにま》に豐玉毘賣命《の》に進《たてまつ》りき。ここにその璵を見て、婢に問ひて曰ひしく、「もし人、門《かど》の外《と》にありや。」といへば、答へて曰ひしく、「人ありて、我が井の上《へ》の香木《かつら》の上《うへ》に坐《いま》す。甚《いと》麗しき壯夫《をとこ》ぞ。[二]我が王《きみ》に益《ま》して甚《いと》貴し。故、その人水を乞はす故に、水を奉れば、水を飲まさずて、この璵を唾き入れたまひき。これ得離《えはな》たず。故、入れし任《まにま》に將《も》ち來て獻りぬ。」といひき。ここに豐玉毘賣命《の》、奇《あや》しと思ひて、出で見て、すなはち見感《みめ》でて、目合《まぐはひ》して、その父に白ししく、「吾が門《かど》に麗しき人あり。」とまをしき。ここに海神《の》、自ら出で見て、「この人は、天津日高《あまつひこ》の御子、虛空津日高《そらつひこ》ぞ。」と云ひて、すなはち內に率《ゐ》て入りて、[三]海驢《みち》の皮の疊八重《やへ》を敷き、亦絁疊《きぬだたみ》八重をその上に敷き、その上に坐《ま》せて、百取《ももとり》の机代《つくゑしろ》の物を具《そな》へ、御饗《みあへ》して、すなはちその女豐玉毘賣を婚《まぐはひ》せしめき。故、三年《みとせ》に至るまでその

一 唾液の呪力によって玉が器にくっついたのである。即ち神霊が器についたのである。

二 海神を指す。

三 アシカの皮の敷物。

國に住[一]みたまひき。

3　火照命の服従

ここに火遠理命《の》、その初[二]めの事を思ほして、大きなる一歎《なげき》したまひき。故、豊玉毘賣命《の》、その歎きを聞かして、その父に白《まを》ししく、「三年《みとせ》住みたまへども、恒《つね》は歎かすことも無かりしに、今夜《こよひ》大きなる一歎《なげき》したまひつ。もし何の由《ゆゑ》ありや。」とまをしき。故、その父の大神、その聟夫《むこ》に問ひて曰《い》ひしく、「今旦《けさ》我が女の語るを聞けば、『三年坐《ま》せども、恒は歎かすことも無かりしに、今夜《こよひ》大きなる歎きしたまひつ。』と云ひき。もし由《ゆゑ》ありや。また此間《ここ》に到《き》ませる由《ゆゑ》は奈何《いか》に。」といひき。ここにその大神に、備《つぶさ》にその兄の失せにし鉤を罰《はた》[三]りし状《さま》の如く語りたまひき。ここをもちて海神《の》、悉に海の大小魚《とほしろくちひさきうを》どもを召《よ》び集めて、問ひて曰ひしく、「もしこの鉤を取れる魚ありや。」といひき。故、諸の魚ども白ししく、「頃者《このごろ》、赤海鯽魚《たひ》[四]、喉《のみど》に鯁《のぎ》[五]あ

一 トヨタマ姫と同棲された。
二 釣り針をなくしてそれを探しに来た最初の目的を思い出して。書紀には「猶有㆓憶㆑郷之情㆒」とある。
三 戻せと責めたてた事。
四 鯽はフナ、海鯽はチヌ(黒鯛)、それの赤いのだから鯛となる。
五 のどにささった魚の骨。

りて、物得食《えく》はずと愁ひ言へり。故、必ずこれ取りつらむ。」とまをしき。ここに赤海鯽魚《たひ》の喉《のみど》を探《さぐ》れば、鉤ありき。すなはち取り出でて、洗ひ清《す》まして、火遠理《の》命に奉りし時に、その綿津見《の》大神誨《をし》へて曰《い》ひしく、「この鉤を、その兄に給はむ時に、言《の》り[一]たまはむ状《さま》は、『この鉤[二]は、おぼ鉤《ち》、すす鉤《ぢ》、貧鉤《まぢち》、うる鉤《ぢ》。』と云ひて、後手《しりへで》[三]に賜へ。然《しか》してその兄、高田《あげた》[四]を作らば、汝命《いましみこと》は下田《くぼた》[五]を營《つく》りたまへ。その兄、下田を作らば、汝命は高田を營りたまへ。然《しか》したまはば、吾《あれ》[六]水を掌《し》れる故に、三年の間、必ずその兄貧窮《まづ》しくあらむ。もしそれ然《しか》したまふ事を恨怨《うら》みて攻《せ》め戰《たたか》はば、鹽盈珠《しほみつたま》[七]を出して溺らし、もしそれ愁《うれ》ひ請《まを》さば、鹽《しほ》[八]乾珠《ふるたま》を出して活《い》かし、かく惚《なや》まし苦しめたまへ。」と云ひて、鹽盈珠、鹽乾珠幷《あは》せて兩箇《ふたつ》を授けて、すなはち悉に鮫魚《わに》どもを召《よ》び集めて、問ひて曰ひしく、「今、天津日高《あまつひこ》の御子、虚空津《そらつ》日高《ひこ》、上《うは》[九]つ國に出幸《い》でまさむとしたまふ。誰れは幾日《いくか》に送り奉

一 呪っておっしゃることは。
二 この鉤は、心のふさがる鉤、心のたけり狂う鉤、貧乏な鉤、愚かな鉤。書紀の一書には「貧窮之本、飢饉之始、困苦之根。」「貧鉤、滅鉤、落薄鉤。」などとある。
三 人を呪う時の行為。
四 高い所にある乾いた田。
五 低い所にある湿潤の田。
六 私は水を自在に支配しているから。古く水の支配者は海神と信ぜられていた。
七・八 海水の干満を自由にする呪力を有する玉。乾(フル)は上二段活用の連体形。
九 葦原中国。現実の世界。海神の宮は海底にあると信ぜられていた。

りて、覆奏《かへりごとまを》すぞ。」といひき。故、[一]各己が身の尋長《ひろたけ》の隨に、日を限りて白す中に、[二]一尋鮫《ひとひろわに》白ししく、「僕《あ》は一日《ひとひ》に送りて、すなはち還り來む。」とまをしき。故ここにその一尋鮫に、「然らば汝《なれ》送り奉れ。もし海中《わたなか》を渡る時、な惶畏《かしこ》ませまつりそ。」と告《の》りて、すなはちその鮫の頸に載せて、送り出しき。故、期《ちぎ》りしが如《ごと》、一日《ひとひ》の内に送り奉りき。その鮫を返さむとせし時、佩《は》かせる紐小刀《ひもかたな》を解きて、その頸に著けて返したまひき。故、その一尋鮫は、今に[三]佐《さ》比持神《ひもちの》と謂ふ。ここをもちて備《つぶさ》に海《の》神の教へし言《こと》の如くして、その鉤を與へたまひき。故、それより以後《のち》は、[四]稍兪《やや》に貧しくなりて、更に荒き心を起こして迫め來ぬ。攻めむとする時は、鹽盈珠を出して溺らし、それ愁ひ請《まを》せば、鹽乾珠を出して救ひ、かく惚《なや》まし苦しめたまひし時に、[五]稽首《のみ》白《まを》ししく、「僕《あ》は今より以後《のち》は、[六]汝命《いましみこと》の晝夜《ひるよる》の守護人《まもりびと》となりて仕へ奉らむ。」とまをしき。故、今に至るまで、[七]その溺れし時の種《くさ》

一 各自の身長に随って日数をきめて。書紀の一書には「諸鰐魚、各随㆓其長短㆒、定㆓日数㆒。」とある。

二 一尋だから一日というのである。この一日は最短時間を意味している。

三 サヒは刀剣の意。刀剣を持っている神。鮫や鱶の暴威をあらわしている。

四 次第に。

五 頓首して、叩頭して。

六 書紀の一書には、「兄知㆔弟有㆓神徳㆒、遂以伏㆓事其弟㆒。是以、火酢芹命苗裔、諸隼人等、至㆑今不㆑離㆓天皇宮墻之傍㆒、代㆓吠狗㆒而奉事者也。」とある。後世隼人（九州南部にいた異民族）が宮廷の儀式に、犬吠えをして宮門を守護したことの起原を説明したもの。

七 隼人舞の起原説明。書紀の一書には、「於㆑是兄著㆓

種《ぐさ》の態《わざ》、絶えず仕へ奉るなり。

4 鵜葺草葺不合命

ここに海神《の》の女、豊玉毘賣命《の》、自ら參出《まゐで》て白ししく、「妾《あ》は已《すで》に妊身《はら》めるを、今產む時に臨《な》りぬ。こを念《おも》ふに、天つ神の御子は、海原に生むべからず。故、參出到《まゐでき》つ。」とまをしき。ここにすなはちその海邊の波限《なぎさ》に、鵜《う》の羽《は》を葺草《かや》にして、產殿《うぶや》を造りき。ここにその產殿、未だ葺《ふ》き合《あ》へぬに、一御腹《みはら》の急《あわただ》しさに忍《しの》びず。故、產殿に入りましき。ここに產みまさむとする時に、その夫《ひこぢ》に白したまひしく、「凡《すべ》て二他國《あだしくに》の人は、產む時に臨《な》れば、本つ國の形をもちて產《う》むなり。故、妾《あれ》今、本の身をもちて產まむとす。願はくは、妾《あ》をな見たまひそ。」と言《まを》したまひき。ここにその言《こと》を奇《あや》しと思ほして、その產まむとするを竊伺《かきま》みたまへば、八尋鮫《わに》に化《な》りて、三匍匐《は》ひ委蛇《もこよ》ひき。すなはち見驚き畏みて、遁《に》げ退《そ》きたまひき。ここに豊玉毘賣命《の》、その伺見《かきまみ》たまひし

犢鼻二、以レ赭塗レ掌塗レ面、告二其弟一曰、吾汚レ身如レ此。永為二汝俳優者一。乃挙レ足踏行、学二其溺苦之状一。初潮漬レ足時、則為二足占一、至レ膝時、則挙レ足、至レ股時、則走廻、至レ腰時、則捫レ腰、至レ腋時、則置二手於胸一、至レ頸時、則挙レ手飄掌。自レ爾及レ今、曾無二廃絶一。」とある。

一 お腹の御子が急に生まれそうになったのにこらえきれないで。
二 他の世界。異郷。
三 這ってうねりくねりしていた。

事を知らして、心恥《うらは》づかしと以爲《おも》ほして、すなはちその御子を生み置きて、「妾恒《あれつね》は、海つ道《ぢ》を通して往來《かよ》はむと欲《おも》ひき。然れども吾が形を伺見《かきまみ》たまひし、これ甚作《いとは》づかし。」と白したまひて、すなはち[一]海坂《うなさか》を塞《さ》へて返り入りましき。ここをもちてその産みましし御子を名づけて、天津日高日子波限建鵜葺草葺《あまつひこひこ[二]なぎさたけうがやふき》不合命《あへずの》と謂ふ。

然れども後は、その伺《かきま》みたまひし情《こころ》を恨みたまへども、戀しき心に忍びずて、[三]その御子を治養《ひた》しまつる縁《よし》によりて、その弟《おと》、玉依毘賣《たまよりびめ》に附けて、歌を獻りたまひき。その歌に曰ひしく、

赤玉《あかだま》は　緒《を》さへ光れど　[四]白玉《しらたま》の　君が裝《よそひ》し　貴くありけり

（八）

といひき。ここにその夫《ひこぢ》答へて歌ひたまひしく、

[五]沖つ鳥　[六]鴨著《ど》く島に　[七]我が率寢《ゐね》し　妹《いも》は忘れじ　[八]世のことごとに

（九）

一 海神の国とこの国との境界。

二 波打ち際の産屋を鵜の羽でまだ葺いてしまわないうちにお生まれになった勇ましい男の意。

三 妹の玉依姫が御子を養育するゆかりによって、その妹に託して。

四 白玉のような君の御姿。

五 鴨の枕詞であるが、沖の意を残している。

六 鴨の寄りつく遠い島。

七 わたしが共寝をした。

八 一生の間。

とうたひたまひき。故、日子穂穂手見命《の》は、高千穂の宮に五百《いほちま》八十《りやそ》歳《とせ》坐《ま》しき。御陵《みはか》はすなはちその高千穂の山の西にあり。

この天津日高日子波限建鵜葺草葺不合命《の》、その姨《をば》玉依毘賣命《の》を娶《めと》して、生みませる御子の名は、五瀬《いつせ》命《の》。次に稲氷《いなひ》命《の》。次に御《み》毛沼《けぬ》命《の》。次に若御《わかみ》毛沼《けぬ》命《の》、亦の名は豊御毛沼命《の》、亦の名は神倭《かむやまと》[一]伊波禮毘古《いはれびこ》命《の》。四柱

故、御毛沼命《の》は、波の穂を跳《ふ》みて常世《とこよ》國《の》に渡りまし、稲氷命《の》は、妣《はは》の國として海原に入りましき。

一 神武天皇。神武・崇神などの漢風の諡号(おくりな)は平安初期に定められたもののようである。

古事記　中つ巻

神武天皇

1 東征

神倭伊波《かむやまといは》禮《れ》毘《び》古命《この》、その同母兄《いろせ》五瀬命《いつせの》と二柱、高千穂宮《たかちほのみや》に坐《ま》して議《はか》りて云《の》りたまひけらく、「何地《いづこ》に坐《ま》さば、平らけく天《あめ》の下《した》の政《まつりごと》を聞《き》こしめさむ。なほ東《ひむがし》に行かむ。[一]」とのりたまひて、すなはち日向《ひむか》より發《た》たして[二]筑紫に幸行《い》でましき。故《かれ》、[三]豐《とよ》國の宇沙《うさ》に到りましし時、その[四]土人《くにびと》、名は宇沙都比古《うさつひこ》、宇沙都比賣《うさつひめ》の二人、[五]足一騰宮《あしひとつあがりのみや》を作りて、大御饗《おほみあへ》獻りき。其地《そこ》より遷《うつ》りまして、竺紫《つくし》の[六]岡田《をかだの》宮に一年《ひととせ》坐しき。またその國より上《のぼ》り幸《い》でまして、[七]阿岐《あきの》國の多祁理《たけりの》宮に七年《ななとせ》坐しき。またその國より遷り上り幸《い》でまして、[八]吉備《きび》の高島《の》宮に八年《やとせ》坐しき。故、その國より上り

一 書紀には「及㆓年四十五歳㆒、謂㆓諸兄及子等㆒曰、…抑又聞㆓於塩土老翁㆒曰、東有㆓美地㆒。青山四周。…余謂、彼地必当㆑足㆘以恢㆓弘天業㆒光㆗宅天下㆖。蓋六合之中心乎。…何不㆓就而都㆒之乎。」とある。

二 後の筑前・筑後。

三 大分県宇佐郡宇佐。

四 土着の人。

五 書紀には一柱騰宮とある。構造不明。

六 福岡県遠賀郡芦屋。書紀には筑紫国崗水門とある。

七 広島県。所在不明。書紀には埃宮とある

八 岡山県。所在不明。書紀にも高島宮とある。

幸でまし時、龜の甲に乘りて、釣《つり》しつつ打ち羽擧《はぶ》き[一]來《く》る人、[二]速吸門《はやすひのと》に遇《あ》ひき。ここに喚《よ》び歸《よ》せて、「汝《な》は誰ぞ。」と問ひたまへば、「僕《あ》は國つ神ぞ。」と答へ曰《まを》しき。また、「汝《な》は[三]海道《うみつぢ》を知れりや。」と問ひたまへば、「能《よ》く知れり。」と答へ曰《まを》しき。また、「從《みとも》に仕《つか》へ奉《まつ》らむや。」と問ひたまへば、「仕へ奉らむ。」と答へ曰しき。故《かれ》ここに[四]槁機《さを》を指し渡して、その御船に引き入れて、すなはち名を賜ひて、槁根津日子《さをねつひこ》と號《なづ》けたまひき。こは倭國造等の祖。

故、その國より上り行《い》でまし時、[五]浪速《なみはや》の渡《わたり》を經《へ》て、[六]青雲の白《しら》肩津《かたのつ》に泊《は》てたまひき。この時、[七]登美《とみ》の那賀須泥毘古《ながすねびこ》、軍《いくさ》を興して待ち向《むか》へて戰ひき。ここに御船に入れたる楯《たて》を取りて下《お》り立ちたまひき。故、其地《そこ》を號《なづ》けて楯津《たてつ》と謂《い》ひき。今者《いま》に日下《くさか》の蓼《たで》津《つ》と云ふ。ここに登美毘古《とみびこ》と戰ひたまひし時、五瀬命《の》、御手に登美毘古が[八]痛矢串《いたやぐし》を負ひたまひき。故ここに詔《の》りたまひしく、

一 羽ばたきして来る人。
二 豊予海峡。古事記は東征の順路が不合理である。書紀が速吸の門を宇佐の前に置いているのが正しい。
三 海路、航路。
四 棹。
五 難波の渡。
六 書紀には河内国草香邑青雲白肩之津とある。
七 大和の登美の地にいたナガスネビコ(長髄彦)。
八 猛烈な矢を受けられた。

「吾《あ》は日神《ひの》の御子として、日に向ひて戰ふこと良《よ》[一]からず。故、賤《いや》しき奴《やつこ》が痛手《いたで》を負ひぬ。今者《いま》より行き廻《めぐ》りて、背《そびら》に日を負ひて撃たむ。」と期《ちぎ》りたまひて、南の方《かた》より廻《めぐ》り幸《い》でましし時、血沼《ちぬの》[二]海に到りて、その御手の血を洗ひたまひき。故、血沼《の》海とは謂ふなり。其地《そこ》より廻り幸でまして、紀國《きの》[三]の男《を》の水門《みなと》に到りて詔りたまひしく、「賤しき奴が手を負ひてや死なむ。」と男建《をたけ》[四]びして崩《かむあが》りましき。故、その水門《みなと》を號けて男の水門と謂ふ。陵《みはか》はすなはち紀國《の》[五]の竈山《かまやま》にあり。

故、神倭伊波禮毘古命《の》、其地《そこ》より廻り幸でまして、熊野村《くまのの》[六]に到りましし時、大熊《おほくま》[七]髪《ほの》かに出で入りてすなはち失せき。ここに神倭伊波禮毘古命《の》、倏忽《にはか》に惑《を》[八]えまし、また御軍《みいくさ》も皆惑《を》えて伏《ふ》しき。この時熊野の高倉下《たかくらじ》[九]、一《ひと》ふりの横刀《たち》を賚《も》ちて、天つ神の御子の伏したまへる地《ところ》に到りて獻りし時、天つ神の御子、すなはち寤《さ》め起《お》きて、「長く寝《ね》つるかも。」と詔りたまひき。故、その

一 不吉である。書紀には「逆二天道一也」とある。

二 和泉国和泉郡茅渟海。

三 紀伊の国(和歌山県)。

四 雄々しく叫んで。

五 紀伊の国名草郡の竈山墓。

六 紀伊の国牟婁郡。

七 序文には化熊、即ち神の化身の熊とある。

八 書紀には「瘁」とある。瘁は病み疲れる意。惑は正気を失う意。

九 人名。高い倉を掌る人の意。

横刀《たち》を受け取りたまひし時、その熊野の山の荒《あら》ぶる神、自《おのづか》ら皆切り仆《たふ》さえき。ここにその惑《を》え伏せる御軍、悉に寤《さ》め起きき。

故、[一]天つ神の御子、その横刀《たち》を獲《え》し所由《ゆゑ》を問ひたまへば、高倉《たかくら》下《じ》答へ曰《まを》ししく、「己《おの》が夢《いめ》に、天照大神、高木神《の》、二柱の神の命《みこと》もちて、建御雷神《の》を召《よ》びて詔りたまひけらく、『葦原中國《のつ》はいたく騒《さや》ぎてありなり。[二]我が御子《みこ》等不平《たちやくさ》みますらし。その葦原《の》中國《つ》は、専《もは》ら汝《いまし》が言向《ことむ》けし國なり。故、汝《いまし》建御雷神《の》降るべし。』とのりたまひき。ここに答へ曰《まを》ししく、『[三]僕《あ》は降らずとも、専らその國を平《ことむ》けし横刀《たち》あれば、この刀《たち》を降すべし。この刀の名は、[四]佐士布都神と云ひ、亦の名は甕布都神と云ひ、亦の名は布都御魂と云ふ。この刀は石上神宮に坐す。この刀を降さむ状《さま》は、高倉下が倉の頂《むね》を穿《うか》ちて、それより墮《おと》し入れむ。故、[五]朝目《あさめ》吉《よ》く汝《なれ》取り持ちて、天つ神の御子に獻れ。』とまをしたまひき。故、夢の教への如に、旦《あした》に己が倉を見れば、信《まこと》に横刀《たち》ありき。故、この横刀をもちて獻りしにこそ。」とまをしき。ここにまた、高木大《の》

一 ここは神武天皇を指す。

二 自分の子ども(神武天皇)たちは病み悩んでいるらしい。

三 以下表現が不十分であるが、注の前の「降すべし」までが天照大神への答え、「この刀を降さむ状は」以下が高倉下への命令と見るべきであろう。

四 サジフツ・ミカフツ・フツの御魂のフツは、物を断ち切る音。剣の威力を示す。サジは未詳。ミカは厳(イカ)の意であろう。

五 朝目をさまして縁起のよいものを見ること。

神の命もちて覺《さと》し白《まを》しけらく、「天つ神の御子をこれより奥つ方にな入り幸《い》でまさしめそ。荒ぶる神甚多《いとさは》なり。今、天《あめ》より八《や》[一]咫烏《たがらす》を遣《つか》はさむ。故、その八咫烏引道《みちび》[二]きてむ。その立たむ後《あと》より幸《い》行でますべし。」とまをしたまひき。故、その教へ覺しの隨《まにま》に、その八咫烏の後《あと》より幸《い》行でませば、吉野《よしの》[三]河の河尻に到りましし時、筌《うへ》[四]を作《ふ》せて魚《うを》を取る人ありき。ここに天つ神の御子、「汝《な》は誰ぞ。」と問ひたまへば、「僕《あ》は國つ神、名は贄持《にへもつ》[五]の子《こ》と謂ふ。」と答へ曰《まを》しき。こは阿陀の鵜養の祖。其地《そこ》より幸《い》行でませば、尾《を》[六]生《あ》る人、井《ゐ》より出で來たりき。その井に光ありき。ここに「汝は誰ぞ。」と問ひたまへば、「僕《あ》は國つ神、名は井氷鹿《ゐひか》[七]と謂ふ。」と答へ曰しき。こは吉野首等の祖なり。すなはちその山に入りたまへば、また尾生《あ》る人に遇ひたまひき。この人巖《いはほ》を押し分けて出で來たりき。ここに「汝は誰ぞ。」と問ひたまへば、「僕は國つ神、名は石押分《いはおしわく》[八]の子《こ》と謂ふ。今、天つ神の御子幸《い》行でましつと聞けり。

一 大きな烏。
二 道案内をするであろう。
三 吉野川の上流に出るべきであるが、河尻(下流)に出たとあるのはおかしい。地理が乱れている。
四 魚をとる竹製の道具。書紀には梁(ヤナ)とある。
五 朝廷に魚などの食料品を献ずる者の意。
六 尾のあるような恰好に見えたのであろう。
七 井光の意。
八 穴居民をいうのであろう。

故、參向《まゐむか》へつるにこそ。」と答へ曰しき。こは吉野の國巣の祖。其地より[一]蹈み穿《うか》ち越えて、[二]宇陀《うだ》に幸でましき。故、宇陀の穿《うかち》と曰《い》ふ。故《かれ》ここに宇陀《うだ》に[三]兄宇迦斯《えうかし》、弟宇迦斯《おとうかし》の二人ありき。故、まづ[四]八咫烏を遣《つか》はして、二人に問ひて曰ひしく、「今、天つ神の御子幸《い》でましつ。汝等《なれども》仕へ奉らむや。」といひき。ここに兄宇迦斯、鳴鏑《なりかぶら》をもちてその使を待ち射返《いかへ》しき。故、その鳴鏑の落ちし地《ところ》を、訶夫羅前《かぶらざき》と謂ふ。待ち撃たむと云ひて軍《いくさ》を聚《あつ》めき。然れども軍を得聚《えあつ》めざりしかば、仕へ奉らむと欺陽《いつは》りて、大殿《おほとの》を作り、その殿の内に[五]押機《おし》を作りて待ちし時に、弟宇迦斯、まづ參向《まゐむか》へて、拜《をろが》みて曰《まを》しけらく、「僕《あ》が兄、兄宇迦斯、天つ神の御子の使を射返し、待ち攻めむとして軍を聚むれども、得聚《えあつ》めざりしかば、殿を作り、その内に押機《おし》を張りて待ち取らむとす。故、參向《まゐむか》へて顯《あら》はし白《まを》しつ。」とまをしき。ここに大伴連《おほとものむらじ》等の祖《おや》、道臣《みちのおみの》命、久米直等《くめのあたへら》の祖、大久米《の》命の二人、兄宇迦斯を召《よ》びて、

一 道もない荒山中を越えて行く意。
二 大和国宇陀郡。
三 書紀には兄猾・弟猾とあって、猾にウカシの訓注がある。
四 烏を神の使とする信仰に基づく。ミサキ烏。
五 ふめば打たれて圧死する仕掛け。

罵詈《の》りて云ひけらく、「[一]汝《い》が作り仕へ奉れる大殿の内には、[二]お
れまづ入りて、その仕へ奉らむとする状《さま》を明《あか》し白《まを》せ。」といひ
て、すなはち横刀《たち》の手上《たがみ》を握《とりしば》り、[三]矛《ほこ》ゆけ矢刺《やざ》して、追ひ入るる
時、すなはち己が作りし押《おし》に打たえて死にき。ここにすなはち
控《ひ》き出《いだ》して斬り散《はふ》りき。故、其地《そこ》を宇陀の血原《ちはら》と謂ふ。然《しか》して
その弟宇迦斯が獻りし大饗《おほみあへ》をば、悉にその御軍に賜ひき。この
時に歌ひけらく、

　宇陀《うだ》の　[四]高城《たかき》に　鴫罠張《しぎわなは》る　我《わ》が待つや　[五]鴫《しぎ》は障《さや》らず　[六]い
すくはし　[七]くぢら障《さや》る　[八]前妻《こなみ》が　[九]肴乞《なこ》はさば　[一〇]立柧棱《たちそば》の
[一一]身《み》の無《な》けくを　[一二]こきしひゑね　[一三]後妻《うはなり》が　肴乞《なこ》はさば　[一四]柃《いちさかき》
身《み》の多《おほ》けくを　[一五]こきだひゑね　ええ　[一六]しやごしや　こは[一七]い
のごふぞ。ああ　しやごしや　こは嘲咲《あざわら》ふぞ。（一〇）

とうたひき。故、その弟宇迦斯、こは宇陀の水取等の祖なり。
其地《そこ》より幸行《い》でまして、[一八]忍坂《おさか》の大室《おほむろ》に到りたまひし時、尾生《をあ》る

一　お前がの意であろう。書紀には虜爾とある。
二　お前。第二人称の卑称。
三　矛を振り弓に矢をつがえて。　四　高い城塞。
五　シギはわなにかからずに。
六　語義未詳。クジラの枕詞であろう。
七　鯨とも鷹(クチ)らとも解かれているが明らかでない。
八　前に娶った妻。上代は一夫多妻であった。
九　おかずを所望したら。
一〇　ソバノ木のように。
一一　身の無い部分を。
一二　句意未詳。　一三　後から娶った妻。　一四　ヒサカキのように。　一五　句意未詳。　一六　はやし詞。しや吾子しやの約言か。
一七　霊異記に期尅をイノゴフと訓んでいる。必ずぶちあたるという意か。
一八　大和国磯城郡忍坂村。

[一]土雲《つちぐも》八十建《やそたける》、その室にありて待ちいなる[二]。故ここに[三]天つ神の御子の命《みこと》もちて、饗《あへ》を八十建に賜ひき。ここに八十建に宛《あ》てて、八十膳夫《やそかしはで》を設《ま》けて、人毎に刀《たち》佩《は》けて、その膳夫等《かしはでども》に誨《をし》へて曰《い》ひしく、「歌を聞かば、一時共《もろとも》に斬れ。」といひき。故、その土雲を打たむとすることを明《あか》して、歌ひけらく、

忍坂《おさか》の　大室屋《おほむろや》に　人多《ひとさは》に　來入《きい》り居《を》り　人多《さは》に　入り居りとも　[四]みつみつし　[五]久米《くめ》の子が　[六]頭椎《くぶつつい》　[七]石椎《いしつつい》もち　[八]撃ちてし止《や》まむ　みつみつし　久米の子等《こら》が　頭椎《くぶつつい》　石椎《いしつつい》もち　今撃たば[九]良《よ》らし(二)

とうたひき。かく歌ひて、刀《たち》を拔きて、一時《もろとも》に打ち殺しき。然《さ》て後《のち》、登美毘古《とみびこ》を撃たむとしたまひし時、歌ひけらく、

みつみつし　久米の子等《こら》が　[一〇]粟生《あはふ》には　韮一莖《かみらひともと》　[一一]そねが莖《もと》　そね芽繫《めつな》ぎて　撃ちてし止《や》まむ(三)

とうたひき。また歌ひけらく、

一 文化の低い土着民。
二 唸るの意か。
三 神武天皇の仰せで。
四 語義未詳。クメの枕詞。
五 久米部の人たち。
六 柄頭が塊状をなした大刀。イは接尾語。
七 一種の石の武器。
八 撃っておわろう。撃たないでおくものか。
九 よろしい。
一〇 粟畑には臭いニラが一本まじってはえている。
一一 その根もとと芽とを一つにして。

一 山椒。ショウガと見る説もある。　二 口がヒリヒリする。　三 伊勢の枕詞。
四 はいまわっている。
五 コシタカガンガラのように。　六 この歌、書紀には、「神風の、伊勢の海の、大石に、ヤ、い這ひもとほる、

みつみつし　久米の子等《こら》が　垣下《かきもと》に　植ゑし[一]椒《はじかみ》　[二]口《くち》ひひく
吾《われ》は忘れじ　撃ちてし止まむ（三）

とうたひき。また歌ひけらく、

[三]神風《かむかぜ》の　伊勢の海の　大石《おひし》に　[四]這《は》ひ廻《もとほ》ろふ　[五]細螺《しただみ》の　い這
ひ廻《もとほ》り　撃ちてし止まむ[六]（四）

とうたひき。

また、兄師木《えしき》、弟師木《おとしき》を撃ちたまひし時、御軍《みいくさ》暫《しま》し疲《つか》れき。ここに歌ひけらく、

[七]楯並《たたな》めて　[八]伊那佐《いなさ》の山の　[九]樹《こ》の間《ま》よも　い行きまもらひ
戰へば　吾はや飢《ゑ》ぬ　[一〇]島つ鳥《とり》　[一一]鵜養《うかひ》が伴《とも》　[一二]今助《す》けに來《こ》ね（五）

とうたひき。

故ここに[一三]邇藝速日命《にぎはやひの》參赴《まゐおもむ》きて、天つ神の御子に白ししく、「[一四]天つ神の御子天降《あまくだ》りましつと聞けり。故、追ひて參降《まゐくだ》り來つ。」とまをして、すなはち[一五]天津瑞《あまつしるし》を獻りて仕へ奉りき。故、邇藝速

細螺の、細螺の、あごよ、吾子よ、とほり、撃ちてしやまむ、撃ちてしやまむ。」とあって、繰り返しが多く用いられている。　七 楯を並べて。一説にイ(射)にかかる枕詞とも言われる。　八 大和の国宇陀郡伊那佐村の山。
九 木の間から行って見張りをして。　一〇 鵜の枕詞。
一一 鵜を使って魚を取ることを職とする部民。
一二 今すぐに助けに来てくれ。
一三 系統不明。先代旧事本紀にはアメノオシホミミノ尊の子としている。
一四 神武天皇の東征を天つ神の御子の天降りと観じたのである。
一五 天つ神の御子としての徴証の品物。書紀には天羽羽矢・歩靫としている。

日《の》命、登美毘古が妹《いも》、登美夜毘賣《とみやびめ》を娶《めと》して生める子、宇摩志麻《うましま》遲《ぢの》命。臣、こは物部連、穂積婇臣の祖なり。故、かく荒《あら》ぶる神等《かみども》を言向《ことむ》け平和《やは》し、伏《まつろ》はぬ人等《ひとども》を退《そ》け撥《はら》ひて、[一]畝火《うねび》の白《か》檮原宮《しはらの》に坐しまして、天《あめ》の下《した》治《し》らしめしき。

2 皇后選定

故、日向《ひむか》に坐しし時、阿多《あた》の小椅君《をばしのきみ》の妹《いも》、名は阿比良比賣《あひらひめ》を娶《めと》して生める子は、多藝志美美命《たぎしみみの》、次に岐須美美命《きすみみの》、二柱坐しき。然れども更に大后《おほきさき》とせむ美人《をとめ》を求《ま》ぎたまひし時、大久米命《おほくめの》曰《まを》しけらく、「此間《ここ》に媛女《をとめ》あり。こを神の御子と謂ふ。その神の御子と謂ふ所以《ゆゑ》は、三島溝咋《みしまのみぞくひ》の女《むすめ》、名は[二]勢夜陀多良比賣《せやだたらひめ》、その容姿麗美《かたちうるは》しくありき。故、[三]美和《みわ》の大物主神《おほものぬしの》、見感《みめ》でて、その美人の大便《くそ》まれる時、[四]丹塗矢《にぬり》に化《な》りて、その大便《くそ》まれる溝《みぞ》より流れ下《くだ》りて、その美人の陰《ほと》を突《つ》きき。ここにその美人驚きて、立ち走り[五]いすすきき。すなはちその矢を將《も》ち來て、床の邊《べ》に置け

一 奈良県畝火山の東南の地。書紀には神武天皇の即位を辛酉年春正月庚辰朔としている。

二 セヤは未詳。ダタラはタタラで踏鞴(ふいご)のこと。鍛冶の使うふいごに因んだ名で、雷神・蛇神と密接な関係がある。

三 大和の三輪山の神。蛇神(雷神)とされている。

四 赤く塗った矢。雷神の表徴。

五 あわてふためいた。

ば、忽ちに麗《うるは》しき壮夫《をとこ》に成りて、すなはちその美人を娶《めと》して生める子、名は富登多多良伊須須岐比賣《ほとたたらいすすきひめの》命と謂ひ、亦の名は比賣《ひめ》多多良伊須氣余理比賣《たたらいすけよりひめ》（こはそのほとと云ふ事を悪みて、後に名を改めつるぞ。）と謂ふ。故、ここをもちて神の御子と謂ふなり。」とまをしき。

ここに七媛女《ななをとめ》、一高佐士野《たかさじの》に遊行《あそ》べるに、伊須氣余理比賣《いすけよりひめ》その中《なか》にありき。ここに大久米《の》命、その伊須氣余理比賣を見て、歌をもちて天皇《すめらみこと》に白しけらく、

倭《やまと》の　高佐士野《たかさじの》を　二七行《ななゆ》く　媛女《をとめ》ども　三誰《た》れをし枕《ま》かむ

（一六）

とまをしき。ここに伊須氣余理比賣は、その媛女等《をとめども》の前《さき》に立てりき。すなはち天皇、その媛女等を見したまひて、御心に伊須氣余理比賣の最前《いやさき》に立てるを知らして、歌をもちて答へたまひしく、

四かつがつも　いや先立《さきだ》てる　兄《え》をし枕かむ（一七）

一 所在不明。

二 七人通って行く。

三 その中の誰れを抱いて寝よう。詞書きと歌とが矛盾している。

四 まあまあ、まっ先に立っている年上の子を抱いて寝よう。

とこたへたまひき。ここに大久米命《の》、天皇の命《みこと》をもちて、その伊須氣余理比賣に詔《の》りし時、その大久米命《の》の[一]黥《さ》ける利目《とめ》を見て、奇《あや》しと思ひて歌ひけらく、

　[二]胡鷰子《あめ》鶺鴒《つつ》　千鳥《ちどり》ま鵐《しとと》　など黥《さ》ける利目《とめ》(一八)

とうたひき。ここに大久米命《の》、答へて歌ひけらく、

　媛女《をとめ》に　[三]直《ただ》に遇《あ》はむと　我《わ》が黥《さ》ける利目(一九)

とうたひき。故、その孃子《をとめ》、「仕へ奉らむ。」と白しき。ここにその伊須氣余理比賣命《の》の家、[四]狹井《さゐ》河の上《へ》にありき。天皇、その伊須氣余理比賣の許《もと》に幸行《い》でまして、一宿《ひとよ》御寢《みね》しましき。その河を佐韋河と謂ふ由は、その河の邊に山由理草多にありき。故、その山由理草の名を取りて、佐韋河と號けき。山由理草の本の名は佐韋と云ひき。後にその伊須氣余理比賣、宮の內に參入《まゐ》りし時、天皇御歌よみしたまひけらく、

　葦原の　[五]しけしき小屋《をや》に　[六]菅疊《すがたたみ》　いや清《さや》敷きて　我《わ》が二人

　寢し(二〇)

一 周辺に入れ墨をした鋭い目。

二 アマドリ・ツツドリ・千鳥・シトトドリのように。一説に、天地の間に千人にも勝る人であるのにの意と解かれている。未詳。

三 直接に逢おうとして。

四 大和の国城上郡。

五 きたない。荒れた。

六 菅で編んだ敷物を清らかに敷いて。

とよみたまひき。然《しか》して生《あ》れましし御子の名は、日子八井命《ひこやゐの》、
次に神八井耳命《かむやゐみみの》、次に神沼河耳命《かむぬまかはみみの》、三柱なり。

3　当芸志美美命の反逆

故、天皇《すめらみこと》崩《かむあが》りまして後、その庶兄《まませ》當藝志美美命《たぎしみみの》、その一嫡后《おほきさき》伊須氣余理比賣を娶《めと》せし時、その三はしらの弟《おと》を殺さむとして謀《たばか》る間に、その二御《み》祖《おや》伊須氣余理比賣、患《うれ》ひ苦しみて、歌をもちてその御子等《たち》に知らしめたまひき。歌ひたまひけらく、

三狹井河《さゐがは》よ　雲立ちわたり　畝火山《うねび》　木《こ》の葉騒《さや》ぎぬ　風吹かむとす（二）

とうたひたまひき。また歌ひたまひけらく、

畝火山　四晝は雲とゐ　五夕《ゆふ》されば　風吹かむとぞ　木の葉騒《さや》げる（三）

とうたひたまひき。ここにその御子聞き知りて驚きて、すなはち當藝志美美を殺さむとしたまひし時、神沼河耳命《の》、その兄《あに》神

一　皇后。
二　御母。
三　サイ川の方から雲がわきおこり、ウネビ山の木の葉がさやさやと鳴り騒いでいる。風が吹こうとしているのだ。
四　昼間は雲が流れ動き。
五　夕方になると。

八井耳命《の》に曰《まを》ししく、「汝《な》一ね、汝命《いましみこと》、兵《つはもの》を持ちて入りて、當藝志美美を殺したまへ。」とまをしき。故、兵を持ちて入りて殺さむとせし時、手足わななき二て、得《え》殺したまはざりき。故ここにその弟《おと》神沼河耳命《の》、その兄の持てる兵を乞ひ取りて、入りて當藝志美美を殺したまひき。故《かれ》またその御名を稱《たた》へて、建沼《たけぬな》河耳命《かはみみの》と謂ふ。

ここに神八井耳命《の》、弟《おと》建沼河耳命《の》に讓りて曰《まを》しけらく、「吾《あ》は仇《あた》を殺すこと能はず。汝命《いましみこと》既に仇を得《え》殺したまひき。故、吾は兄なれども上《かみ》三となるべからず。ここをもちて汝命上《かみ》となりて、天の下治らしめせ。僕《あ》は汝命を扶《たす》けて、忌人《いはひびと》四となりて仕へ奉らむ。」とまをしき。故、その日子八井命《の》は、茨田連、手島連の祖。神八井耳命《の》は、意富臣、小子部連、坂合部連、火君、大分君、阿蘇君、筑紫の三家連、雀部臣、雀部造、小長谷造、都祁直、伊余國造、科野國造、道奥の石城國造、常道の仲國造、長狹國造、伊勢の船木直、尾張の丹羽臣、島田臣等の祖なり。神沼河耳命《の》は、天の下治らしめしき。

凡《おほよ》そこの神倭伊波禮毘古《の》天皇の御年《みとし》、一百三十七歳《ももちまりみそぢまりななとせ》。御陵《みはか》五は

一 あなた。親しんで呼ぶ語。

二 ぶるぶるふるえて。

三 天皇。

四 祭りを行なう人。

五 畝火山東北陵。

畝火山の北の方の白檮《かし》の尾《を》の上にあり。

綏靖天皇

神沼河耳命《の》、一葛城《かづらき》の高岡宮《の》に坐《ま》しまして、天《あめ》の下治《したし》らしめしき。この天皇、師木県主《しきのあがたぬし》の祖《おや》、河俣毘賣《かはまたびめ》を娶《めと》して生みませる御子、師木津日子玉手見命《しきつひこたまでみの》。一柱。天皇の御年、四十五歳《よそぢまりいつとせ》。御陵は二衝田《つきだの》岡にあり。

安寧天皇

師木津日子玉手見命《の》、三片鹽《かたしほ》の浮穴宮《うきあなの》に坐しまして、天の下治らしめしき。この天皇、河俣毘賣の兄、縣主波延《はえ》の女《むすめ》、阿久斗比《あくとひ》賣《め》を娶《めと》して生みませる御子、常根津日子伊呂泥命《とこねつひこいろねの》。次に大倭日《おほやまとひ》子鉏友命《こすきともの》。次に師木津日子命《しきつひこの》。この天皇の御子等《たち》、并《あは》せて三柱の中《なか》に、大倭日子鉏友命《の》は、天の下治らしめしき。次に師木津日子命《の》の子、二王《ふたみこ》坐しき。一《ひと》りの子孫《こ》は、伊賀の須知の稲置、那婆理の稲置、三野の稲置の祖。一《ひと》りの子、和知都美命《わちつみの》は、淡道《あはぢ》の御井宮《みゐの》に坐しき。故、この王《みこ》、

一 奈良県南葛城郡。

二 同県高市郡。

三 奈良県北葛城郡。

二《ふた》りの女《むすめ》ありき。兄《いろね》の名は蠅伊呂泥《はへいろね》。亦の名は意富夜麻登久邇《おほやまとくに》阿禮比賣《あれひめの》命。弟《いろと》の名は蠅伊呂杼《はへいろど》なり。天皇の御年、四十九歳《よそぢまりここのとせ》。御陵は畝火山の御陰《みほと》にあり。

懿徳天皇

大倭日子鉏友《おほやまとひこすきともの》命、輕《かる》[一]の境岡宮《さかひをかの》に坐しまして、天の下治らしめしき。この天皇、師木縣主《の》の祖《おや》、賦登麻和訶比賣《ふとまわかひめの》命、亦の名は飯《いひ》日比賣《ひひめの》命を娶《めと》して、生みませる御子、御眞津日子訶惠志泥《みまつひこかゑしねの》命。次に多藝志比古《たぎしひこの》命。二柱。故、御眞津日子訶惠志泥《の》命は、天の下治らしめしき。次に當藝志比古《の》命は、血沼の別、多遲麻の竹別、葦井の稻置の祖。天皇の御年、四十五歳《よそぢまりいつとせ》。御陵は畝火山の眞名子《まなご》谷の上にあり。

孝昭天皇

御眞津日子訶惠志泥《の》命、葛城《かづらき》[二]の掖上宮《わきがみの》に坐しまして、天の下治らしめしき。この天皇、尾張連《のむらじ》の祖《おや》、奥津余曾《おきつよそ》の妹《いも》、名は余曾《よそ》多本毘賣《たほびめの》命を娶して、生みませる御子、天押帶日子《あめおしたらしひこの》命。次に大《おほ》

一 同高市郡。

二 奈良県南葛城郡。

倭帯日子國押人命《やまとたらしひこくにおしびとの》。二柱 故、弟《いろと》帯日子國忍人命《の》は、天の下治らしめしき。兄《いろせ》天押帯日子命《の》は、春日臣、大宅臣、粟田臣、小野臣、柿本臣、壹比韋臣、大坂臣、阿那臣、多紀臣、羽栗臣、知多臣、牟邪臣、都怒山臣、伊勢の飯高君、壹師君、近淡海國造の祖なり。天皇の御年、九十三歳《ここのそぢまりみとせ》。御陵は一掖上《わきがみ》の博多《はかた》山の上にあり。

孝安天皇

大倭帯日子國押人命《の》、二葛城の室《むろ》の秋津島宮《あきづしまの》に坐しまして、天の下治らしめしき。この天皇、姪忍鹿比賣命《めひおしかひめの》を娶して、生みませる御子、大吉備諸進命《おほきびのもろすすの》。次に大倭根子日子賦斗邇命《おほやまとねこひこふとにの》。二柱 故、大倭根子日子賦斗邇命《の》は、天の下治らしめしき。天皇の御年、一百二十三歳《ももあまりはたちまりみとせ》。御陵は三玉手《たまで》の岡の上にあり。

孝霊天皇

大倭根子日子賦斗邇命《の》、四黒田《くろだ》の廬戸宮《いほどの》に坐しまして、天の下治らしめしき。この天皇、十市縣主《とをちの》の祖、大目《おほめ》の女《むすめ》、名は細比賣《くはしひめの》命を娶して、生みませる御子、大倭根子日子國玖琉命《くにくるの》。一柱 ま

一 同前。
二 同前。
三 奈良県南葛城郡。
四 同磯城郡。

た春日《かすが》の千千速眞若比賣《ちちはやまわか》を娶して、生みませる御子、千千速比賣《の》命。一柱 また意富夜麻登玖邇阿禮比賣《おほやまとくこあれひめの》命を娶して、生みませる御子、夜麻登登母母曾毘賣《やまとともそびめの》命。次に日子刺肩別《ひこさしかたわけの》命。次に比古《ひこ》伊佐勢理毘古《いさせりびこの》命、亦の名は大吉備津日子《おほきびつひこの》命。次に倭飛羽矢若屋《やまととびはやわかや》比賣。四柱 またその阿禮比賣《あれひめの》命の弟《いろと》、蠅伊呂杼《はへいろど》を娶して、生みませる御子、日子寤間《ひこさめまの》命。次に若日子建吉備日子《わかひこたけきびひこの》命。二柱 この天皇の御子等《たち》、幷《あは》せて八柱なり。男王五、女王三。故、大倭根子日子國玖琉《の》命は、天の下治らしめしき。大吉備津日子《の》命と若建吉備津日子《の》命とは、二柱相副《あひたぐ》ひて、針間《はりま》[一]の氷河《ひかは》の前《さき》に忌瓮《いはひべ》[二]を居《す》ゑて、針間[三]を道の口として吉備國《の》を言向《ことむ》け和《やは》したまひき。故、この大吉備津日子《の》命は、吉備の上つ道臣の祖なり。次に若日子建吉備津日子《の》命は、吉備の下つ道臣、笠臣の祖。次に日子寤間《の》命は、針間の牛鹿臣の祖なり。次に日子刺肩別《の》命は、高志の利波臣、豊國の國前臣、五百原君、角鹿の海直の祖なり。天皇の御年、一百六歳《ももあまりむとせ》。御陵は片岡[四]の馬坂の上にあり。

一 播磨の国(兵庫県)。
二 清浄な瓶を置いて神を祭り行旅の無事を祈って。
三 播磨の国を道の入口として吉備の国を平定された。
四 奈良県北葛城郡。

孝元天皇

大倭根子日子國玖琉命《の》、輕《かる》[一]の堺原宮《さかひばらの》に坐しまして、天の下治らしめしき。この天皇、穗積臣等《ほづみのおみら》の祖、內色許男命《うつしこをの》の妹《いも》、內色許《うつしこ》賣命《めの》を娶して、生みませる御子、大毘古命《おほびこの》。次に少名日子建猪《すくなひこたけゐ》心命《こころの》。次に若倭根子日子大毘毘命《わかやまとねこひこおほびびの》。三柱 また內色許男命《の》の女《むすめ》、伊迦賀色許賣命《いかがしこめの》を娶して、生みませる御子、比古布都押之信命《ひこふつおしのまことの》。また河內《かふち》の青玉《あをたま》の女、名は波邇夜須毘賣《はにやすびめ》を娶して、生みませる御子、建波邇夜須毘古命《たけはにやすびこの》。一柱 この天皇の御子等《たち》、幷せて五柱なり。故、若倭根子日子大毘毘命《の》は、天の下治らしめしき。その兄《いろせ》大毘古命《の》の子、建沼河別命《たけぬなかはわけの》は、阿倍臣等の祖。次に比古伊那許士《ひこいなこじ》別命《わけの》。こは膳臣の祖なり。比古布都押之信命《の》、尾張連《の》等の祖、意富那毘《おほなび》の妹、葛城《かづらき》の高千那毘賣《たかちなびめ》を娶して、生める子、味師內宿禰《うましうちのすくね》。こは山代の內臣の祖なり。また木國造《きのくにのみやつこ》の祖、宇豆比古《うづひこ》の妹、山下影日賣《やましたかげひめ》を娶して、生める子、建內宿禰《たけうちのすくね》[二]。この建內宿禰《の》の子、幷せて九《ここの》たり。

一 同高市郡。

二 臣下である建內宿禰の系譜を帝紀の中に入れているのは異例である。これはその子孫が権勢をほしいままにしたからであろう。

男七、女二。波多《はた》の八代《やしろの》宿禰は、波多臣、林臣、波美臣、星川臣、淡海臣、長谷部君の祖なり。次に許勢《こせ》の小《を》柄《からの》宿禰は、許勢臣、雀部臣、輕部臣の祖なり。次に蘇賀《そが》の石河《の》宿禰は、蘇我臣、川邊臣、田中臣、高向臣、小治田臣、櫻井臣、岸田臣等の祖なり。次に平群《へぐり》の都久《つくの》宿禰は、平群臣、佐和良臣、馬御織連等の祖なり。次に木《き》の角《つぬの》宿禰は、木臣、都奴臣、坂本臣の祖。次に久米《くめ》の摩伊刀比賣《まいとひめ》。次に怒能伊呂《ののいろ》比賣《ひめ》。次に葛城[一]の長江曾都毘古《ながえのそつびこ》は、玉手臣、的臣、生江臣、阿藝那臣等の祖なり。また若子《わくごの》宿禰は、江野財臣の祖。この天皇の御年、五十七歳《いそぢまりななとせ》。御陵は劒池《つるぎのいけ》[二]の中の岡の上にあり。

開化天皇

若倭根子日子大毘毘《の》命、春日《かすが》[三]の伊邪河《いざかはの》宮に坐しまして、天の下治らしめしき。この天皇、旦波《たには》の大縣主、名は由碁理《ゆごり》の女、竹《たか》野《の》比賣を娶して、生みませる御子、比古由牟須美《ひこゆむすみの》命。一柱 また庶母《ままはは》伊迦賀色許賣《いかがしこめの》命を娶して、生みませる御子、御眞木入日子《みまきいりひこ》印惠《いにゑの》命。次に御眞津比賣《みまつひめの》命。二柱 また丸邇臣《わにのおみ》の祖、日子國意祁《ひこくにおけ》都《つの》命の妹、意祁都比賣《おけつひめの》命を娶して、生みませる御子、日子坐王《ひこいますのみこ》。

一 仁徳天皇の皇后イワノヒメの父。
二 奈良県高市郡。
三 奈良市

また葛城の垂見宿禰《たるみのすくね》の女、鸇《わし》比賣を娶して、生みませる御子、建豐《たけとよ》波《は》豆羅《づら》和氣《わけ》。一柱　この天皇の御子等、幷せて五柱なり。男王四、女王一。故、御眞木入日子印惠《の》命[一]は、天の下治らしめしき。その兄《せ》比古由牟須美《の》王の子、大筒木《おほつつき》垂根《たりねの》王。次に讚岐《さぬき》垂根《たりねの》王。二王　この二王《ふたみこ》の女、五柱坐しき。次に日子坐《の》王、山代《やましろ》の荏名津《えなつ》比賣、亦の名は苅幡戸辨《かりはたとべ》を娶して、生める子、大俣《おほまたの》王。次に小俣《をまたの》王。次に志夫美宿禰《しぶみのすくねの》王。三柱　また春日の建國勝戸賣《たけくにかつとめ》の女、名は沙本《さほ》の大闇見戸賣《おほくらみとめ》を娶して、生める子、沙本毘古《さほびこの》王。次に袁邪本《をざほの》王。次に沙本毘賣《の》命、亦の名は佐波遲《さはぢ》比賣。この沙本毘賣命は、伊久米天皇[二]の后となりき。次に室毘古《むろびこの》王。四柱　また近つ淡海《ちかつあふみ》[三]の御上《みかみ》の祝《はふり》がもち拜《いつ》く、天之御《あめのみ》影神《かげの》の女、息長水依比賣《おきながのみづより》を娶して、生める子は、丹波比古《たにはのひこ》多多《たた》須美知能宇斯《すみちのうしの》王。次に水之穗眞若《みづのほのまわかの》王。次に神大根《かむおほねの》王。亦の名は八瓜入日子《やつりのいりひこの》王。次に水穗五百依《みづほのいほより》比賣。次に御井津《みゐつ》比賣。五柱　またその母の弟《いろと》袁祁都《をけつ》比賣《の》命を娶して、生める子、山代《やましろ》の大筒木《おほつつき》

一 崇神天皇。
二 垂仁天皇。
三 近江の国(滋賀県)野洲郡三上の神職がお祭りしている。

眞若《まわかの》王。次に比古意須《ひこおすの》王。次に伊理泥《いりねの》王。三柱 凡《おほよ》そ日子坐王《の》の子、幷せて十一王《とをまりひとみこ》なり。故、兄大俣王《の》の子、曙立《あけたつの》王。次に菟《うな》上《かみの》王。二柱 この曙立王《の》は、伊勢の品遲部君、伊勢の佐那造の祖。菟上王《の》は、比賣陀君の祖。次に小俣王《の》は、當麻の勾君の祖。次に志夫美《の》宿禰《の》王は、佐佐君の祖なり。次に沙本毘古《の》王は、日下部連、甲斐國造の祖。次に袁邪本《の》王は、葛野の別、近つ淡海の蚊野の別の祖なり。次に室毘古《の》王は、若狹の耳別の祖。その美知能宇志《の》王、丹波《たには》の河上の摩須郎女《ますのいらつめ》を娶して、生める子、比婆須《ひばす》比賣《の》命。次に眞砥野《まとの》比賣《の》命。次に弟比賣《の》命。次に朝廷別《みかどわけの》王。四柱 この朝廷別《の》王は、三川の穗別の祖。この美知能宇斯《の》王の弟、水穗《の》眞若《の》王は、近つ淡海の安直の祖。次に神大根《の》王は、三野國の本巣國造、長幡部連の祖。次に山代の大筒木眞若《の》王、同母弟《いろと》伊理泥《の》王の女、丹波《たには》の阿治佐波毘賣《あぢさはびめ》を娶して、生める子、迦邇米雷《かこめいかづちの》王。この王《みこ》、丹波の遠津臣《とほつおみ》の女、名は高材《たかき》比賣を娶して、生める子、息《おき》長《ながの》宿禰《の》王。この王、葛城の高額《たかぬか》比賣を娶して、生める子、息長《おきなが》帶比賣《たらしひめの》命。次に虛空津《そらつ》比賣《の》命。次に息長日子《おきながひこの》王。三柱。この王は、吉備の品遲君、針

―神功皇后。

間の阿宗君の祖。また息長《の》宿禰《の》王、河俣稻依《かはまたのいなより》毘賣を娶して、生める子、大多《おほた》牟坂《むさかの》王。こは多遲摩國造の祖なり。上《かみ》に謂《い》へる建豐波豆羅和氣《の》王は、道守臣、忍海部造、御名部造、稻羽の忍海部、丹波の竹野別、依網の阿毘古等の祖なり。天皇の御年、六十三歳《むそぢまりみとせ》。御陵は伊《い》[一]邪《ざ》河の坂の上にあり。

崇神天皇

1 后妃皇子女

御眞木入日子印惠《の》命、師木《しき》[二]の水垣宮《みづがきの》に坐しまして、天の下治らしめしき。この天皇、木國造《きのくにのみやつこ》、名は荒河刀辨《あらかはとべ》の女、遠津年魚《とほつあゆ》目《め》目微比《まくはしひ》賣《め》を娶して、生みませる御子、豐木《とよき》入日《いりひ》子《この》命。次に豐《とよ》鉏《すき》入日《いりひ》賣《めの》命。二柱 また尾張連《の》の祖《おや》、意富阿麻《おほあま》比賣を娶して、生みませる御子、大入杵《おほいりきの》命。次に八坂《やさか》の入日《いりひ》子《この》命。次に沼名木《ぬなき》の入日賣《の》命。次に十市《とをち》の入日賣《の》命。四柱 また大毘古命《の》の女、御眞《みま》津《つ》比賣《の》命を娶して、生みませる御子、伊玖米《いくめ》入日《いりび》子《こ》伊沙知《いさちの》命。次に伊邪能眞若《いざのまわかの》命。次に國片《くにかた》比賣《の》命。次に千千都久和《ちちつくわ》比賣《の》命。

一 奈良市。

二 奈良県磯城郡。

次に伊賀《いが》比賣《の》命。次に倭《やまと》日子《の》命。六柱 この天皇の御子《みこ》等《たち》、幷せて十二柱《とをまりふたはしら》なり。男王七、女王五なり。故、一伊久米伊理毘古伊佐知《いくめいりびこいさち》《の》命は、天の下治らしめしき。次に豐木入日子《の》命は、上つ毛野、下つ毛野君の祖なり。妹《いも》豐鉏比賣《の》命は、伊勢の大神の宮を拜き祭りたまひき。次に大入杵《の》命は、能登臣の祖なり。次に倭日子《の》命。二この王の時、始めて陵に人垣を立てき。

2 神々の祭祀

この天皇の御世《みよ》に、三役病《えやみ》多《さは》に起こりて、人民《たみ》死にて盡《つ》きむとしき。ここに天皇愁《うれ》ひ歎《なげ》きたまひて四神牀《かむどこ》に坐《ま》しし夜、大物主大神《おほものぬしのおほかみ》、御夢《みいめ》に顯《あら》はれて曰《の》りたまひしく、「こは我が御心ぞ。故、意富《おほ》多多泥古《たたねこ》をもちて、我が御前《みまへ》を祭らしめたまはば、五神の氣《け》起こらず、國安らかに平らぎなむ。」とのりたまひき。ここをもちて六驛使《はゆまづかひ》を四方《よも》に班《あか》ちて、意富多多泥古と謂ふ人を求めたまひし時、七河内《かふち》の美努《みの》村にその人を見得《みえ》て貢進《たてまつ》りき。ここに天皇、「汝《な》は誰《た》が子ぞ。」と問ひたまへば、答へて曰《まを》ししく、「八僕《あ》は大

一 垂仁天皇。
二 始めて多くの人を御陵の周囲に垣のように立て並べて埋めた。垂仁紀二十八年十月の条に、「倭彦命薨。…於レ是集二近習者一、悉生而埋二立於陵域一。数日不レ死。…」とあるのが参考となる。
三 流行病。
四 夢に神意を得ようとして忌み清めた床。
五 神のたたり。
六 早馬による使。駅馬を使って往来する公用の使。
七 大阪府中河内郡。書紀には茅渟県陶邑(チヌノアガタノスエノムラ)とある。
八 書紀には大物主大神と活玉依媛との間にできた子としている。

物主大神《の》、陶津耳命《すゑつみみの》の女、活玉依毘賣《いくたまよりびめ》を娶して生める子、名は櫛御方命《くしみかたの》の子、飯肩巣見命《いひかたすみの》の子、建甕槌命《たけみかづちの》の子、僕《あれ》意富多多泥古ぞ。」と白しき。ここに天皇大《いた》く歡《よろこ》びて詔りたまひしく、「天の下平らぎ、人民《たみ》榮えなむ。」とのりたまひて、すなはち意富多多泥古命《の》をもちて神主《かむぬし》として、[一]御諸《みもろ》山に意富美和《おほみわ》の大神の前を拜《いつ》き祭りたまひき。また伊迦賀色許男命《の》に仰せて、天《あめ》の[二]八十《やそ》平瓮《びらか》を作り、天神《あまつかみ》　地祇《くにつかみ》の社《やしろ》を定め奉《まつ》りたまひき。また[三]宇陀《うだ》の墨坂神《すみさかの》に赤色の楯矛《たてほこ》を祭り、また[四]大坂神《の》に墨色《くろ》の楯矛を祭り、また坂の御尾の神また河の瀬の神に、悉に遺《のこ》し忘るること無く幣帛《みてぐら》を奉りたまひき。これによりて役《えやみ》の氣《け》悉に息《や》みて、國家《あめのした》安らかに平らぎき。

3　三輪山伝説

この意富多多泥古と謂ふ人を、神の子と知れる所以《ゆゑ》は、上《かみ》に云へる活玉依毘賣、その容姿《かたち》端正《うるは》しくありき。ここに壯夫《をとこ》ありて、

一　奈良県磯城郡三輪山。
二　多くの平たい皿。
三　奈良県宇陀郡。
四　同北葛城郡。

その形姿威儀《すがたよそほひ》、時《とき》に比無《たぐひ》きが、夜半《よなか》の時に儵忽《たちまち》到來《き》つ。故、相《あひ》感《め》でて、共婚《まぐは》ひして共住《すめ》る間に、[一]未だ幾時《いくだ》もあらねば、その美人《をとめ》妊身《はら》みぬ。ここに父母《ちちはは》その妊身《はら》みし事を恠《あや》しみて、その女《むすめ》に問ひて曰《い》ひけらく、「汝《な》は自《おのづか》ら妊《はら》みぬ。夫《を》無《な》きに何由《いかに》か妊身《はら》める。」といへば、答へて曰ひけらく、「麗美《うるは》しき壯夫《をとこ》ありて、その姓名《かばねな》も知らぬが、夕毎《よひごと》に到來《き》て共住《す》める間に、自然懷妊《おのづからはら》みぬ。」といひき。ここをもちてその父母、その人を知らむと欲《おも》ひて、その女に誨《をし》へて曰ひけらく、「[二]赤土《はに》を床の前に散らし、[三]巻子《へそ》紡麻《を》を針に貫《ぬ》きて、その衣《きぬ》の襴《すそ》に刺《さ》せ。」といひき。故、教への如くして旦時《あした》に見れば、針著けし麻《を》は、戸の鉤穴《かぎあな》より控《ひ》き通《とほ》りて出でて、ただ遺《のこ》れる麻《を》は[四]三勾《みわ》のみなりき。ここにすなはち鉤穴より出でし狀《さま》を知りて、糸の從《まにま》に尋ね行けば、美和《みわ》山に至りて神の社に留《とど》まりき。故、その神の子とは知りぬ。故、その麻《を》の三勾《みわ》遺《のこ》りしによりて、其地《そこ》を名づけて美和《みわ》と謂ふなり。

一 まだどれほどの時も経たないのに。

二 悪霊邪気をはらうために赤土をまき散らしたのである。

三 糸巻きに巻いた麻糸。

四 三巻き。

一 越の国。書紀には北陸とある。 二 東の方の十二国(伊勢、尾張、参河、遠江、

この意富多多泥古命は、神君、鴨君の祖。

4　建波邇安王の反逆

またこの御世に、大毘古《の》命をば[一]高志道《こしのみち》に遣はし、その子建沼河《たけぬなかは》別命《わけの》をば、[二]東《ひむがし》の方《かた》十二道《とをまりふたみち》に遣はして、その伏《まつろ》はぬ人等《ひとども》を和平《やは》さしめたまひき。又[三]日子坐《の》王をば、旦波國《たにはの》に遣はして、玖賀耳《くがみみ》之《の》御笠《みかさ》を殺さしめたまひき。故、大毘古《の》命、高志《の》國に罷《まか》り往きし時、[四]腰裳《こしも》服《き》たる少女《をとめ》、山代《やましろ》の[五]幣羅《へら》坂に立ちて歌ひけらく、

[六]御眞木入日子《みまきいりびこ》はや　御眞木入日子はや　[七]己《おの》が緒《を》を　盗《ぬす》み殺《し》せむと　[八]後《しり》つ戸《と》よ　い行き違《たが》ひ　前つ戸よ　い行き違ひ　[九]窺《うかが》はく　知らにと　御眞木入日子はや[一〇]　(二三)

とうたひき。ここに大毘古《の》命、恠《あや》しと思ひて馬を返して、その少女《をとめ》に問ひて曰ひしく、「汝《な》が謂《い》ひし言《こと》は何の言《こと》ぞ。」といひき。ここに少女答へて曰ひしく、「吾《あ》は言《ものい》はず。ただ歌を詠《よ》みつるにこそ。」といひて、すなはちその所如《ゆくへ》も見えず忽ち失せにき。

駿河、甲斐、伊豆、相模、武蔵、総、常陸、陸奥）。書紀には東海とある。

三　書紀には丹波道主命を丹波に遣わしたとある。以上の外に、書紀には吉備津彦を西道に遣わしたとあって、いわゆる四道将軍の派遣となっている。

四　腰にまとう短い裳か。

五　未詳。書紀には和珥(ワニ)坂、一云、山背(ヤマシロ)平坂とある。

六　崇神天皇の御名。

七　自身の生命。

八　後方の戸口から人目を避けて行き。　九　ねらっていることを知らずにと。

一〇　この歌、書紀には「ミマキイリヒコはや、己が緒を、殺(シ)せむと、盗まく知らに、姫遊(ヒメナソ)びすも」とある。姫遊びは女に戯れる意。

故、大毘古命《の》、更に還り參上《まゐのぼ》りて、天皇に請《まを》す時、天皇答へて詔りたまひしく、「こは爲《おも》ふに、山代國《の》に在る我が庶兄《まませ》建波邇《たけはに》安王《やすの》、一 邪《きたな》き心を起こせし表《しるし》にこそあらめ。伯父《をぢ》、軍《いくさ》を興《おこ》して行でますべし。」とのりたまひて、すなはち丸邇臣《わにの》の祖《おや》、日子國《ひこくに》夫玖命《ぶくの》を副へて遣はしし時、すなはち丸邇坂《わに》に二 忌瓮《いはひべ》を居《す》ゑて罷《まか》り往きき。ここに山代の和訶羅河《わから》三 に到りし時、その建波邇安王《の》、軍《いくさ》を興して待ち遮《さへぎ》り、各河を中に挾《はさ》みて、對《むか》ひ立ちて相挑《あひいど》みき。故、其地《そこ》を號《なづ》けて伊杼美《いどみ》と謂ふ。今は伊豆美と謂ふなり。ここに日子國夫玖《の》命、乞ひて云ひしく、「其廂《そなた》の人、まづ忌矢《いはひや》四 彈《はな》つべし。」といひき。ここにその建波爾安王《の》、射つれども得中《えあ》てざりき。ここに國夫玖命《の》の彈《はな》てる矢は、すなはち建波邇安王《の》を射《い》て死にき。故、その軍《いくさ》悉に破れて逃げ散《あら》けぬ。ここにその逃ぐる軍を追ひ迫《せ》めて、五 久須婆《くすば》の度《わたり》に到りし時、皆迫め窘《たしな》六 められて、屎《くそ》出でて褌《はかま》に懸《かか》りき。故、其地《そこ》を號《なづ》けて屎褌《くそばかま》と謂ふ。今は久須婆と謂ふ。またその逃

一 反逆心を起こした前兆であろう。少女の歌は神の知らせとされている。
二 神を祭る清浄な瓶。
三 木津川の旧名。
四 戦いのはじめに互に射合う神聖な矢。
五 大阪府北河内郡。淀川の渡し場。
六 苦しめられて。

ぐる軍を遮りて斬れば、鵜の如く河に浮きき。故、その河を號けて鵜河と謂ふなり。またその軍士《いくさびと》を斬りはふりき。故、其地を號けて[一]波布理曾能《はふりその》と謂ふ。かく平《ことむ》け訖《を》へて、參上《まゐのぼ》りて覆奏《かへりごとまを》しき。

5　初国知らしし天皇

故、大毘古命《の》は、先《さき》の命《みこと》の隨《まにま》に、高志《の》國に罷り行きき。ここに東の方より遣はさえし建沼河別と、その父大毘古と共に、[二]相津《あひづ》に往き遇ひき。故、其地《そこ》を相津と謂ふなり。ここをもちて各遣はさえし國の政《まつりごと》を和平《やは》して覆奏しき。ここに天の下太《いた》く平らぎ、人民《たみ》富み榮えき。ここに初めて[三]男《をとこ》の弓端《ゆはず》の調《みつぎ》、[四]女《をみな》の手末《たなすゑ》の調《みつぎ》を貢らしめたまひき。故、その御世を稱《たた》へて、[五]初國知《はつくにし》らしし御眞木天皇《みまきのすめらみこと》と謂ふ。またこの御世に、[六]依網《よさみの》池を作り、また[七]輕《かる》の酒折《さかをりの》池を作りき。天皇の御歳《みとし》、一百六十八歳《ももあまりむそぢまりやとせ》。戊寅の年の十二月に崩りましき。御陵は[八]山邊《やまのべ》の道の勾《まがり》の岡の上にあり。

一 京都府相楽郡。
二 福島県の会津。
三 男が弓矢で獲た鳥獣を調物として貢ること。調物は公用の諸物を諸国から朝廷に貢ること。
四 女が手先で作った絹・糸・綿布などの調物。
五 初めて人の代の国家体制をととのえて治められた天皇の意。書紀にも「御㆓肇国㆒天皇」とあり、常陸風土記にも「初国所㆑知美麻貴天皇」とある。
六 大阪市住吉区。
七 奈良県高市郡。
八 同磯城郡。

垂仁天皇

1 后妃皇子女

伊久米伊理毘古伊佐知命《の》、師木《しき》[一]の玉垣《たまがきの》宮に坐しまして、天の下治らしめしき。この天皇、沙本《さほ》毘古命《の》の妹《いろも》、佐波遲《さはぢ》[二]比賣命《の》を娶して、生みませる御子、品牟都和氣《ほむつわけ》命《の》。一柱 また旦波比古多多《たにはのひこたた》須美知宇斯《すみちのうし》王《の》の女、[三]氷羽州《ひばす》比賣命《の》を娶して、生みませる御子、印色入日子《いにしきのいりひこ》命《の》。次に大帯日子《おほたらしひこ》淤斯呂和氣《おしろわけ》命《の》。次に大中津日子《おほなかつひこ》命《の》。次に倭比賣《やまとひめ》命《の》。次に若木《わかきの》入日子命《の》。五柱 またその氷羽州比賣命《の》の弟《いろと》、沼羽田《ぬばた》の入毘賣命《の》を娶して、生みませる御子、沼帯別《ぬたらしわけ》命《の》。次に伊賀帯《いがたらし》日子命《の》。二柱 またその沼羽田の入日賣命《の》の弟《いろと》、阿邪美《あざみ》の伊理毘賣《いりびめ》命《の》を娶して、生みませる御子、伊許婆夜和氣《いこばやわけ》命《の》。次に阿邪美都《あざみつ》比賣命《の》。二柱 また大筒木垂根《おほつつきたりね》王《の》の女、迦具夜《かぐや》比賣《ひめ》命《の》を娶して、生みませる御子、袁邪辨《をざべ》王《の》。一柱 また山代の大國の淵《ふち》の女、苅羽田刀辨《かりばたとべ》を娶して、生みませる御子、落別《おちわけ》王《の》。

一 奈良県磯城郡。
二 後に見える沙本毘売である。
三 景行天皇。

次に五十《い》日帯《かたらし》日子王《の》。次に伊《い》登《と》志別王《しわけの》。またその大國の淵の女、弟《おと》苅羽田刀辨を娶して、生みませる御子、石衝別王《いはつくわけの》。次に石衝毘賣命《の》、亦の名は布多遲能伊理毘賣命《ふたぢのいりびめの》。二柱 凡《おほよ》そこの天皇の御《み》子《こ》等《たち》、十六王《とをまりむはしら》なり。男王十三、女王三。 故、大帯日子淤斯呂和氣命《の》は、天の下治らしめしき。御身の長、一丈二寸、御脛の長さ、四尺一寸ましき。 次に印色入日子命《の》は、血沼《ちぬの》池[一]を作り、また狭山《さやまの》池を作り、また日下《くさか》[二]の高津《たかつの》池を作りたまひき。また鳥《と》取《とり》[三]の河上宮《の》に坐して、横刀《たち》一千《ち》口《ふり》を作らしめ、これを石上《いそのかみの》神宮に納《をさ》め奉《まつ》り、すなはちその宮に坐して、河上部を定めたまひき。次に大中津日子命《の》は、山邊の別、三枝の別、稲木の別、阿太の別、尾張國の三野の別、吉備の石无の別、許呂母の別、高巣鹿の別、飛鳥の君、牟禮の別等の祖なり。 次に倭比賣命《の》は、伊勢の大神の宮を拜き祭りたまひき。次に伊許婆夜和氣王《の》は、沙本の穴太部の別の祖なり。 次に阿邪美都比賣命《の》は、稲瀬毘古王に嫁ひたまひき。 次に落別王《の》は、小月の山君、三川の衣の君の祖なり。 次に五十日帯日子王《の》は、春日の山君、高志の池君、春日部の君の祖。 次に伊登志和氣王《の》は、子無きによりて、子代として伊登部を定めき。 次に石衝別王《の》は、羽咋の君、三尾の君の祖。 次に布多遲能伊理毘賣命《の》は、倭建

一 大阪府泉南郡。
二 同南河内郡。
三 同泉南郡。

命の后となりたまひき。

2 沙本毘古王の反逆

この天皇、沙本《さほ》毘賣を后《きさき》としたまひし時、沙本毘賣命《の》の兄《いろせ》、沙本毘古王《の》、その同母妹《いろも》に問ひて曰ひけらく、「夫《を》と兄《いろせ》と孰《いづ》れか愛《は》しき。」といへば、「兄《いろせ》ぞ愛《は》しき。」と答《こた》へたまひき。ここに沙本毘古王《の》謀《はか》りて曰ひけらく、「汝《いまし》寔《まこと》に我《あれ》を愛《は》しと思はば、吾と汝と天の下治らさむ。」といひて、すなはち八鹽折《やしほをり》[一]の紐小刀《ひもがたな》を作りて、その妹《いろも》に授けて曰ひけらく、「この小刀《かたな》をもちて、天皇《すめらみこと》の寝たまふを刺し殺せ。」といひき。故、天皇、その謀《はかりごと》を知らしめさずて、その后の御膝《みひざ》を枕《ま》きて、御寝《みね》しましき。ここにその后、紐小刀をもちて、その天皇の御頸《みくび》を刺さむとして、三度《みたび》舉《ふ》りたまひしかども、哀《かな》しき情《こころ》に忍《しの》びずて、頸を刺すこと能はずして、泣く涙御面《みおも》に落ち溢《あふ》れき。すなはち天皇、驚き起[二]きたまひて、その后に問ひて曰《の》りたまひしく、「吾《あ》は異《け》[三]しき夢《いめ》

一 何度も繰り返して鍛えた鋭利な紐つきの小刀。書紀には匕首とある。

二 目をさまして起き上られて。

三 不思議な夢を見た。

見つ。[一]沙本の方より[二]暴雨《はやさめ》零《ふ》り來て、急《には》かに吾が面《おも》に沾《そそ》きつ。また[三]錦色《にしきいろ》の小さき蛇《へみ》、我が頸に纏繞《まつは》りつ。かくの夢は、これ何の[四]表《しるし》にかあらむ。」とのりたまひき。ここにその后、[五]爭はえじと以爲《おも》ほして、すなはち天皇に白して言ひしく、「妾《あ》が兄《いろせ》沙本毘古《の》王、妾《あれ》に問ひて曰ひしく、『夫《を》と兄と孰《いづ》れか愛《は》しき。』といひき。この[六]面《まのあたり》問《と》ふに勝《あ》へざりし故《ゆゑ》に、妾《あれ》、『兄ぞ愛しき。』と答《こた》へき。ここに妾に誂《あとら》へて曰ひけらく、『吾と汝と共に天の下を治らさむ。故、天皇を殺すべし。』と云ひて、八鹽折の紐小刀を作りて妾に授けつ。ここをもちて御頸を刺さむと欲《おも》ひて、三度擧《ふ》りしかども、哀《かな》しき情《こころ》忽《には》かに起こりて、頸を得《え》刺《さ》さずて、泣く涙の御面《みおも》に落ち沾《そそ》きき。必ずこの表《しるし》にあらむ。」とまをしたまひき。

ここに天皇、「吾《あ》は[七]殆《ほとほと》に欺かえつるかも。」と詔りたまひて、すなはち軍《いくさ》を興して沙本毘古《の》王を撃《う》ちたまひし時、その王、[八]稻城《いなぎ》

一 奈良市佐保。沙本毘古王の居所。
二 むらさめ。書紀には大雨とある。
三 錦の模様のある。
四 前兆。沙本からの暴雨は沙本毘古の謀叛、錦色の小蛇は美しい皇居。
五 争われまい。いさかっても駄目。
六 面とむかって問われるのに気おくれがしたので。
七 すんでのことで欺されるところであった。
八 稲を積んで造った応急の城。

を作りて待ち戦ひき。この時沙本毘賣命《の》、その兄《いろせ》一に得忍《えしの》びずて、後《しり》つ門《と》より逃げ出でて、その稲城に納《い》りましき。この時、その后妊身《はら》ませり。ここに天皇、その后の懐妊《はら》ませること、また愛《め》で重《おも》みしたまふこと三年《みとせ》に至《な》りぬるに忍びたまはざりき。故、その軍二を廻《もとほ》して、急《には》かに攻迫《せ》めたまはざりき。かく逗留《とどこほ》れる間に、その妊《はら》ませる御子既に産《あ》れましつ。故、その御子を出して、稲城の外《と》に置きて、天皇に白さしめたまひつらく、「もしこの御子を、天皇の御子と思ほしめさば、治めたまふべし。」とまをさしめたまひき。ここに天皇詔りたまひしく、「その兄を怨《うら》みつれども、なほその后を愛《うつく》三しむに得忍《えしの》びず。」とのりたまひき。故、すなはち后を得たまはむ心ありき。ここをもちて軍士《いくさびと》の中《なか》の力士《ちからびと》四の輕《かろ》く捷《はや》きを選《え》り聚《あつ》めて、宣《の》りたまひしく、「その御子を取らむ時、すなはちその母王《ははみこ》をも掠《かそ》五ひ取れ。髪にもあれ手にもあれ、取り獲む隨《まにま》に、掬《つか》みて控《ひ》き出《いだ》すべし。」とのりた

一 兄を思うにたえずして。
二 軍隊で取り囲ませて。
三 いとしくてたまらない。
四 力の強い人で動作の軽快な人。
五 奪い取れ。

まひき。ここにその后、豫《かね》てその情《こころ》を知らしめして、悉にその髪を剃《そ》り、髪もちてその頭を覆《おほ》ひ、また玉の緒を腐《くた》して、三重《みへ》に手に纏《ま》かし、また酒もちて御衣《みけし》を腐し、全《また》き衣《みけし》の如服《ごとけ》しき。かく設《ま》け備へて、その御子を抱きて、城《き》の外《と》にさし出したまひき。ここにその力士等《ちからびとども》、その御子を取りて、すなはちその一御祖《みおや》を握《と》りき。ここにその御髪を握《と》れば、御髪自《おのづか》ら落ち、その御手を握れば、玉の緒また絶え、その御衣《みけし》を握れば、御衣すなはち破れつ。ここをもちてその御子を取り獲て、その御祖を得《え》ざりき。故、その軍士等《ども》、還り來て奏言《まを》しけらく、「御髪自ら落ち、御衣易《やす》く破れ、また御手に纏かせる玉の緒もすなはち絶えき。故、御祖を獲ず、御子を取り得《え》つ。」とまをしき。ここに天皇悔い恨みたまひて、玉作りし人等《ども》を悪《にく》まして、その二地《ところ》を皆奪ひたまひき。故、諺《ことわざ》に三「地得《ところえ》ぬ玉作《たまつくり》。」と曰《い》ふなり。

また天皇、その后に命詔《みことのり》したまひしく、「凡《おほよ》そ子の名は必ず

一 御母をつかまえようとした意。
二 私有地。
三 記伝に、賞を得ようとしてしたことによって、却って罰を受けるような事のたとえと言っている。

母の名づくるを、何とかこの子の御名をば稱《まを》さむ。」とのりたまひき。ここに答へて白ししく、「今、火の[一]稲城を焼く時に當たりて、火中《ほなか》に生《あ》れましつ。故、その御名は[二]本牟智和氣《ほむちわけ》の御子と稱《まを》すべし。」と白しき。また命詔《みことの》りしたまひしく、「何《いか》にして[三]日足《ひた》し奉《まつ》らむ。」とのりたまへば、答へて白ししく、「[四]御母《みおも》を取り、[五]大湯坐《おほゆゑ》、若湯坐《わかゆゑ》を定めて、日足し奉るべし。」とまをしき。故、その后の白せし隨《まにま》に日足し奉りき。またその后に問ひて曰《の》りたまひしく、「[六]汝《いまし》の堅めし瑞《みづ》の小佩《をひも》は誰れかも解かむ。」とのりたまへば、答へて白ししく、「旦波比古多多須美智宇斯王《たにはのひこたたすみちのうしの》の女、名は兄比賣《え》、弟比賣《おと》、この二はしらの女王《ひめみこ》、[七]浄《きよ》き公民《たみ》なり。故、使ひたまふべし。」とまをしき。然して遂にその沙本比古《の》王を殺したまひしかば、その同母妹《いろも》もまた從ひき。

3　本牟智和気王

故、その御子を率《ゐ》て遊びし狀《さま》は、尾張の[八]相津にある[九]二俣榲《ふたまたすぎ》を二《ふた》

一　古事記には稲城を焼くことは見えないが、書紀には「将軍八綱田、放レ火焚二其城一。」とある。
二　前にはホムツワケとある。火内別の意か。
三　養育しましょうか。
四　乳母。
五　赤子に湯を浴せる人。大は正、若は従。
六　あなたが結び堅めた私の美しい下紐。
七　忠誠な良民。
八　所在不明。
九　二股に分かれている杉の木を伐って、そのまま二股の丸木舟に作って。

俣《またを》小舟《ぶね》に作りて、持ち上《のぼ》り來て、倭《やまと》の[一]市師《いちしの》池、[二]輕《かるの》池に浮かべて、その御子を率《ゐ》て遊びき。然るにこの御子、[三]八《や》拳《つか》鬚《ひげ》心《むね》の前《さき》に至るまで[四]眞《ま》事《こと》とはず。故、今[五]高往《たかゆ》く鵠《くくひ》の音《こゑ》を聞きて、始めて[六]あぎとひしたまひき。故、ここに山《の》邊の[七]大鶙《おほたか》を遣はして、その鳥を取らしめたまひき。故、この人その鵠を追ひ尋ねて、[八]木《きの》國より針間《はりまの》國に到り、また追ひて稻羽《いなばの》國に越え、すなはち旦波《たにはの》國、多遲《たぢ》麻《まの》國に到り、東の方に追ひ廻《めぐ》りて、近《ちか》つ淡海《あふみの》國に到り、すなはち三《み》野《のの》國に越え、尾張《の》國より傳ひて科野《しなのの》國に追ひ、遂に高志《こしの》國に追ひ到りて、[九]和那美《わなみ》の水門《みなと》に網《あみ》を張りて、その鳥を取りて持ち上《のぼ》りて獻りき。故、その水門を號《なづ》けて和那美の水門と謂ふなり。

[一〇]またその鳥を見たまはば、物言はむと思ほせしに、思ほすが如くに言ひたまふ事なかりき。

ここに天皇患《うれ》ひたまひて、御寢《みね》しませる時、御夢に覺《さと》して曰《の》りたまひけらく、「我が宮を天皇の御舍《みあらか》の如《ごと》修理《をさめつく》りたまはば、御

一 奈良県磯城郡。
二 同高市郡。
三 幾握りもある長いアゴヒゲが胸元に垂れさがるまで。(既出)
四 物を言わなかった。
五 空を高く飛んで行く白鳥。
六 アゴを動かすこと。口をパクパクさせて物を言おうとされた。
七 人名。
八 以下、紀伊国→播磨国→因幡国→丹波国→但馬国→近江国→美濃国→尾張国→信濃国→越国の順序である。
九 所在不明。
一〇 天皇は、御子がその鳥を再び見られたならば、物を言われるであろうと予期されていたが、予期されていたように物をおっしゃらなかった。然るに書紀には、御子が「弄㆓是鵠㆒、遂得㆓言語㆒」とある。

子必ず眞事《まこと》とはむ。」とのりたまひき。かく覺《さと》したまふ時、太《ふと》占《まに》に占相《うらな》ひて、何れの神の心ぞと求めしに、その祟《たた》りは出雲の大神の御心なりき。故、その御子をしてその大神の宮を拜《をろが》ましめに遣はさむとせし時、誰人《たれびと》を副へしめば吉《よ》けむとうらなひき。ここに曙立王《あけたつの》ト《うら》[一]に食《あ》ひき。故、曙立《の》王に科《おふ》せて、誓《うけ》ひ白《まを》さしめつらく、「この大神を拜むによりて、誠に驗《しるし》あらば、この鷺巣《さぎすの》[二]池の樹《き》に住む鷺や、誓《うけ》[三]ひ落ちよ。」とまをさしめき。かく詔りたまひし時、誓《うけ》ひしその鷺、地《つち》に墮《お》ちて死にき。また「誓《うけ》ひ活《い》きよ。」と詔りたまへば、更に活《い》きぬ。また甜白檮《あまかし》[四]の前《さき》にある葉廣熊白檮《はびろくまかし》[五]を、誓《うけ》ひ枯らし、また誓《うけ》ひ生かしき。ここに名を曙立《の》王に賜ひて、倭者《やま》師木《としき》登美《とみ》豐朝倉《とよあさくらの》曙立《の》王と謂ひき。すなはち曙立《の》王、菟上《うなかみの》王の二王《ふたはしら》をその御子に副へて遣はしし時、那良戸《ならと》[六]よりは跛《あしなへ》[七]盲《めしひ》遇《あ》はむ。大坂戸[八]よりもまた跛盲遇はむ。ただ木戸[九]ぞこれ掖月《わきど》[一〇]の吉き戸《と》とト《うらな》ひて出で行かしし時、到ります地毎《ところごと》に

一 そのト占があたった。ウラカタに出た。
二 奈良県高市郡。
三 神への誓約のままに地上に落ちよ。
四 奈良県高市郡。
五 葉の広い大きな樫の木。
六 奈良県北部の奈良山越えの入口。山城へ出る。
七 イザリやメクラに逢って不吉である。
八 大阪山越えの入口。河内へ出る。
九 真土山越えの入口。紀伊に出る。
一〇 脇の入口(迂廻してゆく道)で縁起のよい入口。月は戸の誤写であろう。

[一]品遅部《ほむちべ》を定めたまひき。

故、出雲に到りて、大神を拝《をろが》み訖《を》へて還り上《のぼ》ります時に、肥《ひの》[二]河の中に黒[三]き巣橋《すばし》を作り、假宮《かりみや》を仕《つか》へ奉《まつ》りて坐《ま》さしめき。ここに出雲國造《のくにのみやつこ》の祖《おや》、名は岐比佐都美《きひさつみ》、青葉の山を餝《かざ》りて、その河《かは》下《しも》に立てて、大御食《おほみけ》獻らむとする時に、その御子詔《の》りたまひしく、「この河下に、青葉の山の如きは、山と見えて山に非ず。もし出雲の石硐《いはくま》[四]の曾宮《その》に坐す葦原色許男《あしはらしこを》[五]大神をもち拜《いつ》く祝《はふり》[六]の大《おほ》廷《には》か。」と問ひたまひき。ここに御伴《みとも》に遣はさえし王等《みこたち》、聞き歡《よろこ》び見喜びて、御子をば檳榔《あぢまさ》[七]の長穗《ながほの》宮に坐せて、驛使《はゆまづかひ》を貢上《たてまつ》りき。ここにその御子、一宿《ひとよ》肥長比賣《ひながひめ》と婚《まぐは》ひしましき。故、その美人《をとめ》を竊伺《かきまみ》たまへば、蛇《をろち》なりき。すなはち見畏《みかしこ》みて逃《に》げたまひき。ここにその肥長比賣患《うれ》ひて、海原を光《てら》して船より追ひ來たりき。故、益《ますます》見畏《みかしこ》みて、山の[八]たわより御船を引き越して逃げ上《のぼ》り行《い》でましき。ここに覆奏言《かへりごとまを》ししく、「大神を拜みたまひし

一 ホムチワケの御名代としての部民。
二 斐伊川。
三 皮つきの丸太を組んで作った橋。
四 どの社を指したものか不明。
五 大国主神の別名。
六 神職の祭場か。
七 「檳榔の」は、実際にビローの葉で葺いた意か、地名か、それとも枕詞か、明らかでない。
八 山が低く撓んでいる所。山のたをりと同じ。

によりて、大御子物詔《ものの》りたまひき。故、參上《まゐのぼ》り來つ。」とまをしき。故、天皇歡喜《よろこ》ばして、すなはち菟上《の》王を返して、神の宮を造らしめたまひき。ここに天皇、その御子によりて、鳥《と》取部《とりべ》、鳥甘部《とりかひべ》、品遲部《ほむぢべ》、大湯坐《おほゆゑ》、若湯坐《わかゆゑ》を定めたまひき。

4 円野比売

またその后の白したまひし隨《まにま》に、美和能宇斯《の》王の女等《むすめたち》、比婆須《ひばす》比賣《の》命、次に弟《おと》比賣《の》命、次に歌凝《うたごり》比賣《の》命、次に圓野《まとの》比賣《の》命、幷せて四柱を喚《め》上《さ》げたまひき。然るに比婆須比賣《の》命、弟比賣《の》命の二柱を留めて、その弟王《おとみこ》二柱は、甚凶醜《いとみにく》きによりて、本《もと》つ土《くに》[一]に返し送りたまひき。ここに圓野比賣慚《は》ぢて言ひけらく、「同じ兄弟《はらから》の中《なか》に、姿醜きをもちて還さえし事、隣里《ちかきさと》に聞こえむ、これ甚慚《いとはづか》し。」といひて、山代[二]國《の》の相樂《さがらか》に到りし時、樹の枝に取り懸《さが》りて死なむとしき。故、其地《そこ》を號《なづ》けて懸木《さがりき》と謂ひしを、今は相樂《さがらか》と云ふ。また弟國《おとくに》[三]に到りし時、遂に峻《ふか》き淵《ふち》に墮《お》ちて死に

一 生まれ故郷。ここでは丹波。

二 京都府相楽郡。

三 同乙訓郡。

き。故、其地を號けて墮國《おちくに》と謂ひしを、今は弟國《おとくに》と云ふなり。

5 多遲摩毛理

また天皇、三宅連《みやけのむらじ》等の祖、名は多遲摩毛理《たぢまもり》一を常世《とこよ》二の國に遣はして、非時《ときじく》三の香《かく》の木《の》實を求めしめたまひき。故、多遲摩毛理、遂にその國に到りて、その木實《このみ》を採りて縵八縵《かげやかげ》四、矛八矛《ほこやほこ》を將《も》ち來《き》たりし間に、天皇既に崩《かむあが》りましき。ここに多遲摩毛理、縵四縵《かげよかげ》、矛四矛《ほこよほこ》を分けて、大后に獻り、縵四縵、矛四矛を天皇の御陵の戸に獻り置きて、その木《の》實を擎《ささ》げて、叫《さけ》び哭《な》きて白ししく、「常世《の》國の非時の香の木《の》實を持ちて參上りて侍《さもら》ふ。」とまをして、遂に叫び哭きて死にき。その非時の香の木《の》實は、これ今の橘なり。この天皇の御年、一百五十三歲《ももあまりいそぢまりみとせ》。御陵は菅原《すがはら》五の御立野《みたちの》の中にあり。またその大后比婆須比賣命《の》の時、石祝作《いしきつくり》六を定め、また土師部《はにしべ》七を定めたまひき。この后は、狹木《さき》八の寺間《てらま》の陵《はか》に葬《はふ》りまつりき。

一 新羅の王子天之日矛の玄孫。
二 海のあなたに遠く離れた不老不死の国。ここでは済州島あたりではあるまいかとする説がある。
三 その時節でなくいつでもある香りのよい木の実。
四 縵は橘の実を緒でつないで鬘のように輪にしたもの、矛は枝に実をつけたままのものであろう。
五 奈良県生駒郡。
六 石棺を作る部民。祝は棺の誤写であろう。
七 赤土で種々の器物を作る部民。
八 奈良県生駒郡。

景行天皇

1 后妃皇子女

大帶日子《おほたらしひこ》淤斯呂和氣《おしろわけの》天皇、纏向《まきむく》[一]の日代宮《ひしろの》に坐しまして、天の下治らしめしき。この天皇、吉備臣等《きびのおみら》の祖、若建吉備津日子《わかたけきびつひこ》の女、名は針間《はりま》の伊那毘能大郎女《いなびのおほいらつめ》を娶して、生みませる御子、櫛角別《くしつぬわけ》王。次に大碓命《おほうすの》。次に小碓命《をうすの》[二]、亦の名は倭男具那命《やまとをぐなの》[三]。次に倭根子命《やまとねこの》。次に神櫛王《かむくしの》。五柱 また八尺《やさか》の入日子命《いりひこの》の女、八坂《やさか》の入日《いりひ》賣命《めの》を娶して、生みませる御子、若帶日子命《わかたらしひこの》。次に五百木《いほき》の入日子命《の》。次に押別命《おしわけの》。次に五百木の入日賣命《の》。また妾《みめ》の子、豐《とよ》戸別王《とわけの》。次に沼代郎女《ぬのしろのいらつめ》。また妾《みめ》の子、沼名木郎女《ぬなきのいらつめ》。次に香余理《かごより》比賣命《ひめの》。次に若木《わかき》の入日子王《の》。次に吉備《きび》の兄日子王《えひこの》。次に高木比賣命《ひめの》。次に弟比賣命《の》。また日向《ひむか》の美波迦斯毘賣《みはかしびめ》を娶して、生みませる御子、豐國別王《とよくにわけの》。また伊那毘能大郎女の弟《おと》、伊那毘能《いなびの》若郎女《わかいらつめ》を娶して、生みませる御子、眞若王《まわかの》。次に日子人《ひこひと》の大兄《おほえの》

一 同磯城郡。
二 倭建命。
三 書紀には日本童男とある。

王。また倭建命《やまとたけるの》の曾孫《ひひこ》、名は須《す》賣《め》伊《い》呂《ろ》大中日子王《おほなかつひこの》の女、訶具《かぐ》漏《ろ》比賣を娶して、生みませる御子、大枝王《おほえの》。凡《おほよ》そこの大帶日子《の》天皇の御子等、錄《しる》せるは廿一王《はたちまりひとはしら》、入れ記さざるは五十九王《いそぢまりここのはしら》、幷せて八十王《やそはしら》の中に、若帶日子命《の》と倭建命《の》、また五百木の入日子命《の》と、この三王《みはしら》は、太子《ひつぎのみこ》の名を負ひたまひ、それより餘《ほか》の七十七王《ななそぢまりななはしら》は、悉に國國の國造《くにのみやつこ》[一]、また和氣《わけ》、また稻置《いなぎ》、縣主《あがたぬし》に別けたまひき。故、若帶日子命《の》[二]は、天の下治らしめしき。小碓命《の》は、東西《ひむがしにし》の荒ぶる神、また伏《まつろ》はぬ人等《ひとども》を平《ことむ》けたまひき。次に櫛角別王《の》は、茨田の下の連等の祖。次に大碓命《の》は、守君、大田君、島田君の祖。次に神櫛《の》王は、木國の酒部の阿比古、宇陀の酒部の祖。次に豐國別王《の》は、日向國造の祖なり。

2 大碓命

ここに天皇、三野《みのの》國造《の》の祖、大根王《おほねの》の女、名は兄《え》比賣、弟《おと》比賣の二《ふた》りの孃子《をとめ》、その容姿《かたち》麗美《うるは》しと聞こしめし定めて、その御子大碓命《の》を遣はして喚上《めさ》げたまひき。故、その遣はさえし大碓命《の》、

一 以下はすべて地方官のカバネ(姓)である。和気は別。
二 成務天皇。

召《め》上《さ》げずて、すなはち己《おの》れ自《みづか》らその二《ふた》りの孃子《をとめ》と婚《まぐは》ひして、更に他《あだ》し女人《をみな》を求めて、詐《いつは》りてその孃女《をとめ》と名づけて貢上《たてまつ》りき。ここに天皇、その他《あだ》し女なることを知らして、恒《つね》に[一]長眼《ながめ》を經《へ》しめ、また婚《まぐは》ひしたまはずて、惚《くる》しめたまひき。故、その大碓命《の》、兄比賣を娶して生める子、押黑《おしぐろ》の兄日子王《えひこの》。こは三野の宇泥須和氣の祖。また弟比賣を娶して生める子、押黑の弟日子王《の》。こは牟宜都君等の祖。この御世に、[二]田部《たべ》を定め、また[三]東《あづま》の淡水門《あはのみなと》を定め、また[四]膳《かしはで》の大伴部《おほともべ》を定め、また倭の[五]屯家《みやけ》を定め、また[六]坂手《さかての》池を作りて、すなはち竹をその堤《つつみ》に植ゑたまひき。

3　小碓命の西征

天皇、小碓命《をうすの》に詔りたまひしく、「何《なに》しかも[七]汝《いまし》の兄《いろせ》は、[八]朝夕《あさゆふ》の大御食《おほみけ》に參出來《まゐでこ》ざる。專《もは》ら汝[九]ねぎ教へ覺《さと》せ。」とのりたまひき。かく詔りたまひて以後《よりのち》、五日《いつか》に至りて、なほ參出《まゐで》ざりき。ここに天皇、小碓命《の》に問ひたまひしく、「何《なに》しかも汝の兄は、久し

一 難解の句であるが、長く見てばかりおらせるの意か。
二 朝廷の御料田をつくる部民。
三 神奈川県三浦御崎と千葉県安房郡との間の海門。定めは開きの意。
四 膳は料理人。
五 屯倉とも書く。田部を使役して御料田をつくらせ、その収穫を納める倉およびその官舎をも含めていう。
六 奈良県磯城郡。
七 大碓命を指す。
八 朝廷における朝夕の会食。二心のないことを示す意味で行なわれた。
九 慰撫して会食に出るように教えさとせ。

く參出ざる。もし未《いま》だ誨《をし》へずありや。」ととひたまへば、「既にねぎつ。」と答へ白しき。また「如何《いか》にかねぎつる。」と詔りたまへば、答へて白しけらく、「[一]朝曙《あさけ》に厠《かはや》に入りし時、待ち捕へて[二]搤《つか》み批《ひし》ぎて、その[三]枝《えだ》を引き闕《か》きて、薦《こも》に裹《つつ》みて投げ棄《う》てつ。」とまをしき。

ここに天皇、その御子の建《たけ》く荒き情《こころ》を惶《かしこ》みて詔りたまひしく、「西の方に[四]熊曾建《くまそたける》[五]二人あり。これ伏《まつろ》はず[六]禮《ゐや》無き人等《ひとども》なり。故、その人等を[七]取れ。」とのりたまひて遣はしき。この時に當たりて、その[八]御髮を額《ぬか》に結《ゆ》ひたまひき。ここに小碓命《の》、その[九]姨《をば》倭比賣命《の》の[一〇]御《み》衣《そ》御《み》裳《も》を給はり、劍《つるぎ》を御懷《みふところ》に納《い》れて幸行《い》でましき。故、熊曾建の家に到りて見たまへば、その家の邊《ほとり》に軍《いくさ》三重に圍《かく》み、室《むろ》を作りて居《を》りき。ここに[一一]御室樂《みむろうたげ》せむと言ひ動《とよ》みて、食物《をしもの》を設《ま》け備へき。故、その傍《かたはら》を遊び行《ある》きて、その樂《うたげ》の日を待ちたまひき。ここにその樂の日に臨《な》りて、[一二]童女《をとめ》の髮の如《ごと》その結はせる御

一 あけがた。
二 つかみつぶして。
三 手足を引きもいで。
四 熊曾の国の勇猛な人。
五 書紀には川上タケル一人としている。
六 不敬反逆の者どもである。
七 殺せ。
八 年のころ十五六であった。額に結う髪をヒサゴバナという。少年の髪形。
九 父帝の妹で伊勢神宮に奉仕されていた。
一〇 倭比売の御衣裳を頂かれたことは、天照大神の御加護を賜わる意である。
一一 新築落成の酒宴。
一二 ウナイ(垂髪)。

髪を梳《けづ》り垂れ、その姨《をば》の御衣御裳を服《け》して、既に童女の姿になりて、女人《をみな》の中に交《まじ》り立ちて、その室《むろ》の内《うち》に入りましき。ここに熊曾建兄弟《あにおと》二人、その孃子《をとめ》を見感《みめ》でて、[一]己《おの》が中に坐《ま》せて盛《さか》りに樂《うたげ》しつ。故、その酣《たけなは》なる時に臨《な》りて、懷《ふところ》より劒を出《いだ》し、[二]熊曾の衣《ころも》の衿《くび》を取りて、劒もちてその胸より刺《さ》し通《とほ》したまひし時、その弟建《おとたける》、見畏みて逃げ出でき。すなはち追ひてその室の[三]椅《はし》の本《もと》に至りて、その[四]背皮《そびら》を取りて、劒を尻《しり》より刺し通したまひき。ここにその熊曾建白言《まを》しつらく、「その刀《たち》をな動かしたまひそ。僕《われ》白言《まを》すことあり。」とまをしき。ここに暫《しま》し許《ゆる》して押し伏せたまひき。ここに「汝命《いましみこと》は誰れぞ。」と白言《まを》しき。ここに詔りたまひつらく、「吾は纏向《まきむく》の日代《ひしろの》宮に坐しまして、大八島國知らしめす、[五]大帶日子淤斯呂和氣《の》天皇の御子、名は[六]倭男具那王《やまとをぐなの》ぞ。[七]おれ熊曾建二人、伏《まつろ》はず禮《ゐや》無しと聞こしめして、おれを取《と》殺れと詔りたまひて遣はせり。」とのりたまひき。ここにその熊曾

一 二人の間に坐らせて。
二 兄の熊曾の着物の襟。
三 階段の下。
四 背中。
五 景行天皇。
六 大和の少年の意。少年英雄譚としての面影を見せている。
七 お前。（既出）

建白しつらく、「信《まこと》に然《しか》ならむ。西の方に吾《われ》二人を除《お》きて、建《たけ》く強き人無し。然るに大倭《おほやまとの》國に、吾二人に益《まさ》りて建き男《を》は坐しけり。ここをもちて吾《われ》御名を獻らむ。今より後は、倭建《やまとたけるの》[一]御子《みこ》と稱《たた》ふべし。」とまをしき。この事白し訖へつれば、すなはち熟苽《ほぞち》[二]の如《ごと》振り折《た》ちて殺したまひき。故、その時より御名を稱《たた》へて、倭建命《の》と謂ふ。然《しか》して還り上《のぼ》ります時、山の神、河の神、また穴戸《あなど》[三]の神を、皆言向け和《やは》して參上《まゐのぼ》りたまひき。すなはち出雲國《の》に入りまして、その出雲建《いづもたける》[四]を殺さむと欲《おも》ひて到りまして、すなはち友と結《な》りたまひき。故、竊《ひそ》かに赤檮《いちひ》[五]もちて、詐刀《こだち》[六]に作り、御佩《みはかし》として、共に肥河《ひの》[七]に沐《かはあみ》したまひき。ここに倭建命《の》、河より先《さき》に上《あが》りまして、出雲建が解き置ける横刀《たち》を取り佩《は》きて、「刀《たち》を易《か》へむ。」と詔りたまひき。故、後《のち》に出雲建河より上りて、倭建命《の》の詐刀《こだち》を佩《は》きき。ここに倭建命《の》、「いざ刀合《たち》[八]はさむ。」と誂《あとら》へて云《の》りたまひき。ここに各その刀を抜きし時、

一 大和の国の勇猛な人の意。書紀には日本武尊と記している。
二 熟した瓜。
三 海峡の神。
四 出雲の国の勇猛な人。
五 ブナノ木科のイチイガシ。
六 にせの刀。木刀。
七 斐伊川。
八 さあ試合をしよう。

出雲建詐刀《こだち》を得《え》抜かざりき。すなはち倭建命《の》、その刀を抜きて出雲建を打ち殺したまひき。ここに御歌よみしたまひしく、

　やつめさす[一]　出雲建が　佩《は》ける刀《たち》　黒葛多纏《つづらさはま》き[二]　さ身《み》無し[三]
　にあはれ(二四)

とうたひたまひき。故、かく撥《はら》ひ治《をさ》めて、參上《まゐのぼ》りて覆奏《かへりごとまを》したまひき。

4　小碓命の東伐

ここに天皇、また頻《し》き[四]て倭建命《の》に詔りたまひしく、「東の方[五]十二道《とをまりふたみち》の荒《あら》ぶる神、また伏《まつろ》はぬ人等《ひとども》を言向け和平《やは》せ。」とのりたまひて、吉備臣等の祖《の》、名は御鉏友耳建日子《みすきともみみたけひこ》を副へて遣はしし時、杠谷樹《ひひらぎ》[六]の八尋矛《やひろほこ》を給ひき。故、命《みこと》を受けて罷《まか》り行《い》でましし時、伊勢の大御神宮《の》に參入《まゐい》りて、神[七]の朝廷《みかど》を拜《をろが》みて、すなはちその姨《をば》倭比賣命《の》に白したまひけらくは、「天皇既に[八]吾《あれ》死ねと思ほす所以《ゆゑ》か、何《なに》しかも西の方の惡《あ》しき人等《ひとども》を撃ちに遣はし

一「やくもたつ」の転訛。出雲の枕詞。

二アオカズラをたくさん巻いていて。

三刀身がなくて、ああ気の毒だ。

四重ねて。

五東の方の十二国。(既出)

六ヒイラギで作った長い桙。悪霊邪気をはらう力を持っていると信じられた。書紀には斧鉞とある。

七神のまします所。「天皇(スメラ)が朝廷」に対する。

八全く私が死んだらよいと思っておいでのせいか。

て、返り參上り來《こ》し間、一未だ幾時《いくだ》も經《あ》らねば、軍衆《いくさびとども》を賜はずて、今更に東の方十二道の惡しき人等を平けに遣《こと》はすらむ。これによりて思惟《おも》へば、なほ吾《あれ》既に死ねと思ほしめすなり。」とまをしたまひて、患《うれ》ひ泣きて罷ります時に、倭比賣命《の》、草薙劒《くさなぎのたち》を賜ひ、また御嚢《みふくろ》を賜ひて、「もし急《とみ》の事あらば、この嚢の口を解きたまへ。」と詔りたまひき。

故、尾張國《の》に到りて、尾張國《の》造《の》の祖、美夜受《みやず》比賣の家に入りましき。すなはち婚《まぐは》ひせむと思ほししかども、また還り上《のぼ》らむ時に婚ひせむと思ほして、期《ちぎ》り定めて東《あづま》の國に幸《い》でまして、悉に山河の荒ぶる神、また伏《まつろ》はぬ人等を言向け和平《やは》したまひき。

故ここに相武國《さがむの》に到りまししし時、その國造《の》詐《いつは》りて白ししく、「この野の中に大沼あり。この沼の中に住める神、二甚道《いとち》速振《はやぶ》る神なり。」とまをしき。ここにその神を看行《みそな》はしに、その野に入りましき。ここにその國造《の》、火をその野に著けき。故、欺か

一まだどれほどの時も経たないのに。

二ひどく荒れすさぶ。

えぬと知らして、その姨倭比賣命《の》の給ひし嚢《ふくろ》の口を解《あ》き開けて見たまへば、[一]火《ひ》打《うち》その裏《うち》にありき。ここにまづその御刀《みはかし》もちて[二]草を苅り撥《はら》ひ、その火打もちて火を打ち出でて、[三]向火《むかひび》を著けて焼き退《そ》けて、還り出でて皆その國造《の》等《ども》を切り滅して、すなはち火を著けて焼きたまひき。故、今に[四]焼遣《やきづ》と謂ふ。

それより入り幸《い》でまして、[五]走水《はしりみづ》の海を渡りたまひし時、その渡《わたり》の神浪を興して、船を廻《めぐ》らして得《え》進み渡りたまはざりき。ここにその后《きさき》、名は弟橘比賣命《おとたちばなひめの》白したまひしく、「妾《あれ》、御子に易《かは》りて海の中に入らむ。御子は遣はさえし政《まつりごと》を遂《と》げて覆奏したまふべし。」とまをして、海に入りたまはむとする時に、[六]菅疊《すがだたみ》八重《やへ》、皮疊八重、絁疊《きぬ》八重を波の上に敷きて、その上に下《お》りましき。ここにその暴浪《あらなみ》自《おのづか》ら伏《な》ぎて、御船得《え》進みき。ここにその后歌ひたまひしく、

[七]さねさし　相模《さがむ》の小野《をの》に　[八]燃《も》ゆる火の　火中《ほなか》に立ちて　[九]問

一 燧。火打ち石と火打ち金。当時は非常に珍しい発火の道具であった。
二 安全地帯を作ったのである。
三 向うから燃えて来る火に対して、こちらからつけた火。ホソケ(火退け)。
四 静岡県焼津町。従って古事記に相模の国としているのはおかしい。
五 浦賀水道。
六 これらの敷物は既出。
七 相模の枕詞。語義未詳。
八 国造がつけたために燃える野火。物語から離して見れば、春の野に燃える野火。
九 わたしの安否をたずねた夫よ。物語から離して見れば、私に言い寄った君よの意。

ひし君はも（二五）

とうたひたまひき。故、七日《なぬか》の後《のち》、その后の御櫛海邊《みくしうみべ》に依りき。すなはちその櫛を取りて、御陵を作りて治《をさ》め置きき。

それより入り幸《い》でまして、悉に荒《あら》ぶる[一]蝦夷《えみし》等《ども》を言向《ことむ》け、また山河の荒ぶる神等《ども》を平和《やは》して、還り上《のぼ》り幸《い》でます時、[二]足柄《あしがら》の坂本《さかもと》に到りて、[三]御粮《みかれひを》食す處に、その坂の神、白き鹿《か》に化《な》りて來立《きた》ちき。ここにすなはちその咋《く》ひ遺《のこ》したまひし[四]蒜《ひる》の片端《かたはし》をもちて、待ち打ちたまへば、その目に中《あた》りてすなはち打ち殺したまひき。故、その坂に登り立ちて、[五]三《み》たび歎《なげ》かして、「[六]吾妻《あづま》はや。」と詔《の》りたまひき。故、その國を號けて[七]阿豆麻《あづま》と謂ふ。

すなはちその國より越えて、[八]甲斐《かひ》に出でまして、[九]酒折宮《さかをりの》に坐しし時、歌ひたまひしく、

[一〇]新治《にひばり》　筑波《つくは》を過ぎて　幾夜《いくよ》か寝《ね》つる（二六）

とうたひたまひき。ここにその御火焼《みひたき》の老人《おきな》、[一一]御歌に續《つ》ぎて歌

一 今のアイヌ人の祖先。
二 神奈川県足柄山。書紀には碓日坂とある。
三 乾飯。旅行用の食糧。カリテ。
四 百合科の食用植物。ラッキョウに似ている。
五 しみじみとためいきをおつきになって。
六 わが妻よ。
七 東国。
八 山梨県。
九 甲府の東方にあったと言い伝えられている。
一〇 茨城県(常陸の国)の地名。
一一 御歌に自分の歌を連ねつづけて。

ひしく、

[一]かがなべて　夜《よ》には九夜《ここのよ》　日《ひ》には十日《とをか》を（二七）

とうたひき。ここをもちてその老人を譽《ほ》めて、すなはち東《あづま》の國《の》造を給ひき。

その國より[二]科野國《しなのの》に越えて、すなはち科野の坂の神を言向《ことむ》けて、[三]尾張《の》國に還り來て、先《さき》の日に期《ちぎ》りたまひし美夜受《みやず》比賣の許《もと》に入りましき。ここに大御食《おほみけ》獻りし時、その美夜受比賣、大御酒盞《さかづき》を捧げて獻りき。ここに美夜受比賣、それ[四]襲《おすひ》の襴《すそ》に、月經《つきのさはり》著きたりき。故、その月經を見て御歌《みうた》よみしたまひしく、

[五]ひさかたの　[六]天《あめ》の香具《かぐ》山　[七]利鎌《とかま》に　さ渡る鵠《くび》　[八]弱細《ひはぼそ》　手弱《たわや》

腕《がひな》を　[九]枕《ま》かむとは　我《あれ》はすれど　さ寝《ね》むとは　我《あれ》は思へど

汝《な》が著《け》せる　襲《おすひ》の裾《すそ》に　[一〇]月立ちにけり（二八）

とうたひたまひき。ここに美夜受比賣、御歌に答へて曰《い》ひしく、

[一一]高光《たかひか》る　[一二]日の御子　[一三]やすみしし　我《わ》が大君　[一四]あらたまの

一　日に日を並べて。日数を重ねて。
二　信濃の国(長野県)。
三　愛知県。
四　着衣の上に重ねて着るもの。(既出)
五　アメ(天)の枕詞。久方または久堅の意か。
六　大和の天の香具山。
七　鋭い鎌のように、空を渡って行く白鳥。以上序。
八　かよわくて細い、しなやかな腕を。
九　枕としようとはするが。
一〇　新月が現われたことだ。月経がはじまって裾に血がついているのをたとえたのである。
一一　日の枕詞。
一二　太陽のように光りかがやく皇子。
一三　語義未詳。わが大君の枕詞。　一四　語義未詳。年や月の枕詞。

年《とし》が來經《きふ》れば　あらたまの　月は來經往《きへゆ》く　一諾《うべ》な諾《うべ》な諾《うべ》な
二君待ち難《がた》に　我《わ》が著《け》せる　襲《おすひ》の裾に　月立たなむよ（二九）

といひき。故ここに御合《みあひ》したまひて、その御刀《みはかし》の草薙劒《の》を、その美夜受比賣の許に置きて、伊《い》三吹《ぶき》の山の神を取りに幸行《い》でましき。

ここに詔りたまひしく、「この山の神は、四徒手《むなで》に直《ただ》に取りてむ。」とのりたまひて、その山に騰《のぼ》りましし時、白猪《しろゐ》山の邊に逢《あ》へり。その大きさ牛の如くなりき。ここに五言擧《ことあげ》して詔りたまひしく、「この白猪に化《な》れるは、その神の使者《つかひ》ぞ。今殺さずとも、還らむ時に殺さむ。」とのりたまひて騰《のぼ》りましき。ここに六大氷雨《おほひさめ》を零《ふ》らして、倭建命《の》を打ち七惑《まど》はしき。（この白猪に化れるは、その神の使者にあらずて、その神の正身に當たりしを、言擧によりて惑はさえつるなり。）故、還り下《くだ》りまして、八玉倉部《たまくらべ》の清泉《しみづ》に到りて息《いこ》ひましし時、九御心稍《やや》に寤《さ》めましき。故、その清泉《しみづ》を號けて、居寤《ゐさめ》の清泉《しみづ》と謂ふ。

一　ほんにほんに。
二　あなたを待ちきれないで。
三　滋賀県と岐阜県との堺にある。
四　素手で真正面から殺そう。
五　自己の意志を言い立てて。コトアゲはタブー（禁戒）であった。
六　雹、霰。大雨の意にも用いられた。
七　正気を失わしめた。書紀には「失レ意如レ酔」とある。
八　所在不明。滋賀県の醒が井はその伝説地。
九　徐々に意識を回復された。

5　倭建命の薨去

其地《そこ》より發《た》たして、當藝野《たぎの》[一]の上に到りましし時、詔りたまひしく、「吾が心、恒《つね》に虚《そら》より翔《かけ》り行かむと念《おも》ひつ。然るに今吾が足得歩《えあゆ》まず、[二]たぎたぎしくなりぬ。」とのりたまひき。故、其地を號《なづ》けて當藝《たぎ》と謂ふ。其地より差少《ややすこ》し幸《い》行でますに、甚疲《いとつか》れませるによりて、御杖を衝《つ》きて稍《やや》[三]に歩みたまひき。故、其地を號けて杖衝《つゑつき》[四]坂と謂ふ。尾津《をつ》[五]の前《さき》の一つ松の許《もと》に到りまししに、先《さき》に御食《みをし》したまひし時、其地に忘れたまひし御刀《みはかし》、失《う》せずてなほありき。ここに御歌《みうた》よみしたまひしく、

尾張《をはり》[六]に　直《ただ》に向へる　尾津《をつ》の崎なる　一つ松　あせを[七]　一つ松　人にありせば　大刀《たち》佩《は》けましを　衣著《きぬき》せましを　一つ松　あせを（三〇）

とうたひたまひき。其地より幸《い》でまして、三重[八]《の》村に到りましし時、また詔りたまひしく、「吾が足は三重《みへ》[九]の勾《まがり》の如くして甚疲《いと》

一 岐阜県養老郡。　二 足もとがトボトボしてはかどらなくなった。　三 そろそろと。　四 三重県三重郡。　五 同桑名郡。サキ(前)は突き出た所。　六 尾張の国にまともに向っている。　七 はやし詞。私の親しいお方よの意。書紀には「あはれ」とある。　八 三重県三重郡。　九 難解の句。道が三重に曲っているようにの意か。マガリを糫餅・飴の意とする説もある。

一 三重県鈴鹿郡。　二 故郷を偲ばれて。　三 もっともすぐれた国。書紀にはマホラマとある。ロバはラマの転音であろう。マは接頭語、ホは秀、ラマは確実性をあらわす接尾語。　四 畳み重ねたようにくっつ

れたり。」とのりたまひき。故、其地を號けて三重と謂ふ。それより幸行《い》でまして、[一]能煩野《のぼの》に到りましし時、[二]國を思《しの》ひて歌ひたまひしく、

倭《やまと》は　國のまほろば[三]　[四]たたなづく　[五]青垣《あをかき》　山隱《やまごも》れる　倭しうるはし(三一)

とうたひたまひき。また歌ひたまひしく、

命《いのち》の　[六]全《また》けむ人は　[七]疊薦《たたみこも》　平群《へぐり》の山の　熊白檮《くまかし》が葉を　[八]髻《う》華《ず》に插せ　[九]その子(三二)

とうたひたまひき。この歌は[一〇]國思《くにしの》ひ歌なり。また歌ひたまひしく、

[一一]愛《は》しけやし　吾家《わぎへ》の方《かた》よ　雲居《くもゐ》起《た》ち來《く》も(三三)

とうたひたまひき。こは[一二]片歌《かたうた》なり。この時[一三]御病甚急《みやまひいとには》かになりぬ。ここに御歌よみしたまひしく、

[一四]孃子《をとめ》の　床《とこ》の邊《べ》に　我《わ》が置きし　[一五]つるぎの大刀《たち》　その大刀

いている。

五 国の周囲をめぐっている青々とした垣のような山の内に籠っている。

六 無事な人。　七 畳んだ薦の意で、へ(重)に係る枕詞。　八 かざし(挿頭)と同じ。樫の葉を髪に挿すのは長寿を祈る類似呪術。　九 その人々よ。　一〇 歌曲上の名称。

一一 なつかしい自分の家の方から雲がわいて来るよ。

一二 国思ひ歌の片歌の意。片歌は五・七・七の三句から成っているが、独立性をもたない歌で、これを二首連ねると旋頭歌となる。以上三首は、書紀には景行天皇が日向でよまれた思邦歌とされている。

一三 危篤になった。

一四 ミヤズ姫を指す。

一五 大刀は刀剣の総称。

はや（三四）

と歌ひ竟《を》ふる卽ち崩《かむあが》りましき。ここに驛使《はゆまづかひ》を貢上《たてまつ》りき。ここに倭に坐す后等《きさきたち》また御子等《みこたち》、諸《もろもろ》下《くだ》り到りて、御陵を作り、すなはち其地《そこ》[一]のなづき田《だ》に匍匐《は》ひ廻《もとほ》りて、哭《な》きまして歌ひたまひしく、

なづきの田の　稲幹《いながら》に　稲幹に　匍《は》ひ廻《もとほ》ろふ　野老蔓《ところづら》[二]（三五）

とうたひたまひき。ここに八尋白智鳥《やひろしろちどり》[三]に化《な》りて、天《あめ》に翔《かけ》りて濱に向きて飛び行《い》でましき。ここにその后また御子等、その小竹《しの》の苅杙《かりくひ》[四]に、足跳《き》り破れども、その痛《いた》きを忘れて哭《な》きて追ひたまひき。この時に歌ひたまひしく、

淺小竹原《あさじのはら》[五]　腰なづむ　空は行かず[六]　足よ行くな（三六）

とうたひたまひき。またその海鹽《うしほ》[七]に入りて、なづみ行きまししし時に、歌ひたまひしく、

海處《うみが》[八]行けば　腰なづむ　大河原《おほかはら》[九]の　植《う》ゑ草《ぐさ》　海處《うみが》はいさよ

一 ノボ野の御陵の周囲の田。
二 ヤマノイモの蔓。
三 大きな白鳥。魂が白鳥に化すという古代信仰。
四 切り株。
五 丈の低い篠原を行くと、篠が腰にまつわって難渋する。
六 (鳥のように)空は飛んで行かずに、足でトボトボと歩いて行くよ。
七 海水。
八 海に入って行くと、海水が腰にまつわって難渋する。
九 広い川の水面に生えている草のように、海の中ではためらうことだ。

ふ(三七)

とうたひたまひき。また飛びてその礒《いそ》に居《ゐ》たまひし時に、歌ひたまひしく、

濱つ千鳥《ちどり》　濱[一]よは行かず　磯傳《いそづた》ふ(三八)

とうたひたまひき。この四《よ》歌《うた》は、皆その御葬《みはふり》に歌ひき。故、今に至るまでその歌は、天皇の大御葬《おほみはふり》に歌ふなり。故、その國より飛び翔り行きて、[二]河内《かふち》國の志幾《しき》に留まりましき。故、其地に御陵を作りて鎭《しづ》まり坐さしめき。すなはちその御陵を號けて、白鳥《しらとり》の御陵と謂ふ。然るにまた其地より更に天《あめ》に翔りて飛び行《い》でましき。凡そこの倭建《の》命、國を平《ことむ》けに廻《めぐ》り行《い》でましし時、久《く》米直《めのあたへ》の祖、名は七拳脛《ななつかはぎ》、恒《つね》に[三]膳夫《かしはで》として、從《したが》ひ仕へ奉りき。

6 倭建命の子孫

この倭建《の》命、[四]伊玖米《いくめの》天皇の女、布多遲能伊理毘賣《ふたぢのいりびめの》命を娶して、生みませる御子、帶中津日子《たらしなかつひこの》命。一柱　またその海に入りたまひ

一 歩きやすい浜をば飛んで行かずに、歩きにくい磯を伝って行くことだ。

二 大阪府南河内郡。

三 料理人。(既出)

四 垂仁天皇。

し弟橘比賣《の》命を娶して、生みませる御子、若建王《わかたけるの》。一柱 また近《ちか》つ淡海《あふみ》の安《やすの》國《の》造の祖、意富多牟和氣《おほたむわけ》の女、布多遲比賣を娶して、生みませる御子、稻依別王《いなよりわけの》。一柱 また吉備臣《の》建日子《たけひこ》の妹《いも》、大吉備建比賣を娶して、生みませる御子、建貝兒王《たけかひこの》。一柱 また山代の玖玖麻毛理比賣《くくまもりひめ》を娶して、生みませる御子、足鏡別王《あしかがみわけの》。一柱 また一妻《あるみめ》の子、息長田別王《おきながたわけの》。凡そこの倭建《の》命の御子等、并せて六柱なり。故、帶[一]中津日子《の》命は、天の下治らしめしき。次に稻依別《の》王は、犬上君、建部君等の祖。次に建貝兒《の》王は、讚岐の綾君、伊勢の別、登袁の別、麻佐の首、宮首の別等の祖。足鏡別《の》王は、鎌倉の別、小津、石代の別、漁田の別の祖なり。次に息長田別《の》王の子、杙俣長《くひまたなが》日子《の》王。この王の子、飯野眞黑比賣《いひのまぐろひめの》命。次に息長眞若中《おきながまわかなかつ》比賣《ひめ》。次に弟比賣。三柱 故、上《かみ》に云へる若建《の》王、飯野眞黑比賣《の》を娶して、生める子、須賣伊呂大中日子《すめいろおほなかつひこの》王。この王、淡海《あふみ》の柴《しば》野《の》入杵《いりき》の女、柴野比賣を娶して、生める子、迦具漏《かぐる》比賣《の》命。故、大[二]帶日子《の》天皇、この迦具漏比賣《の》命を娶して、生みませる子、大

一 仲哀天皇。

二 景行天皇。

江王《の》。一柱 この王、庶妹銀王《ままいもしろがねの》を娶して、生める子、大名方王《おほながたの》。次に大中比賣命《おほなかつの》。二柱 故、この大中比賣命《つの》は、香坂王《かごさかの》、忍熊王《おしくまの》の御祖《みおや》なり。

この大帯日子天皇《の》の御年、一百三十七歳《ももあまりみそぢまりななとせ》。御陵は山邊《の》[一]の道の上にあり。

成務天皇

若帯日子天皇《の》、近つ淡海の志賀《しが》[二]の高穴穗宮《たかあなほの》に坐しまして、天の下治らしめしき。この天皇、穗積臣《の》等の祖、建忍山垂根《たけおしやまたりね》の女、名は弟財郎女《おとたからのいらつめ》を娶して、生みませる御子、和訶奴氣王《わかぬけの》。一柱 故、建内宿禰《の》を大臣《おほおみ》[三]として、大國小國《おほくにをくに》の國造《くにのみやつこ》を定めたまひ、また國國の堺《さかひ》、また大縣小縣《おほあがた》の縣主《あがたぬし》を定めたまひき。天皇の御年、九十五歳《ここのそぢまりいつとせ》。乙卯の年の三月十五日に崩りましき。御陵は沙紀《さき》[四]の多他那美《たたなみ》にあり。

一 奈良県磯城郡。
二 滋賀県大津市。
三 宮廷の臣中の最高位置に対する尊称。
四 奈良県生駒郡。

仲哀天皇

1 后妃皇子女

帯中日子《たらしなかつひこの》天皇、穴門《あなど》[一]の豐浦《とよらの》宮、また筑紫《つくし》[二]の訶志比《かしひの》宮に坐しまして、天の下治らしめしき。この天皇、大江《の》王の女、大中津比賣《の》命を娶して、生みませる御子、香坂《かごさかの》王。忍熊《おしくまの》王。二柱 また息長《おきなが》[三]帯比賣《たらしひめの》命 こは大后なり。 を娶して、生みませる御子、品夜《ほむや》和《わ》氣《けの》命。次に[四]大鞆《おほとも》和《わ》氣《けの》命。亦の名は品陀《ほむだ》和《わ》氣《けの》命。二柱 この[五]太子《ひつぎのみこ》の御名、大鞆和氣《の》命と負はせる所以《ゆゑ》は、初めて生《あ》れましし時、鞆《とも》の如き宍《しし》、御腕《みただむき》に生《あ》りき。故、その御名に著けき。ここをもちて腹に[六]坐して國に中《あた》りたまひしを知りぬ。この御世に、淡道《あはぢ》の屯家《みやけ》を定めたまひき。

2 神功皇后の新羅征討

その大后息長帯日賣《の》命は、當時《そのかみ》神[七]を歸《よ》せたまひき。故、天皇筑紫の訶志比《かしひの》宮に坐しまして、熊曾《くまその》國を撃たむとしたまひし時、

一 下関市長府。
二 福岡市香椎。
三 神功皇后。
四 応神天皇。
五 書紀には「皇太后摂政三年、立為二皇太子一。(時年三)」とある。
六 母后の御腹の中におられて国の政にあずかられたの意か。応神天皇のことを胎中天皇という。
七 神霊を招きよせて神意を受けられた。

天皇御琴を控《ひ》かして、建内《の》宿禰《の》大臣沙庭《さには》[一]に居《ゐ》て、神の命《みこと》を請《こ》ひき。ここに大后神を歸《よ》せたまひて、言《こと》教へ覺《さと》し詔りたまひしく、「西の方に國[二]有り。金《くがね》銀《しろがね》を本《はじめ》として、目の炎耀《かがや》く種種《くさぐさ》の珍《めづら》しき寶、多《さは》にその國にあり。吾《われ》今その國を歸《よ》[三]せたまはむ。」とのりたまひき。ここに天皇答へて白したまひしく、「高き地《ところ》に登りて西の方を見れば、國土《くに》は見えず。ただ大海のみあり。」とのりたまひて、詐《いつはり》をなす神と謂《い》ひて、御琴を押し退《そ》けて控《ひ》きたまはず、默《もだ》して坐しき。ここにその神、大《いた》く忿《いか》りて詔りたまひしく、「凡そこの天の下は、汝《いまし》の知らすべき國にあらず。汝は一《ひと》[四]道《みち》に向ひたまへ。」とのりたまひき。ここに建内《の》宿禰《の》大臣白しけらく、「恐《かしこ》し、我が天皇《おほきみ》[五]、なほその大御琴あそばせ。」とまをしき。ここに稍《やや》[六]にその御琴を取り依《よ》せて、なまなまに[七]控《ひ》きましき。故、幾久《いくだ》[八]もあらずて、御琴の音《おと》聞こえざりき。すなはち火を擧げて見れば、既に崩《かむあが》りたまひぬ。ここに驚き懼《お》ぢて、殯《あらきの》[九]

一 忌み清めた祭場。そこにいて託宣を請う人をも審神者(サニワ)と言った。
二 書紀には新羅国としている。
三 帰服させよう。
四 人の行くべきただ一つの道。死の国。
五 やはりその御琴をお弾きなさいませ。
六 そろそろと。
七 しぶしぶと。
八 どれほどの時間もたたないで。
九 葬るまでの間、屍を安置する所。

宮《みや》に坐《ま》せて、更に國の一大幣《おほぬさ》を取りて、二生剝《いきはぎ》、逆剝《さかはぎ》、三阿離《あはなち》、溝埋《みぞうめ》、四屎戸《くそへ》、五上通下通婚《おやこたはけ》、六馬婚《うまたはけ》、牛婚《うしたはけ》、鷄婚《とりたはけ》、犬婚《いぬたはけ》の罪の類《たぐひ》を種種《くさぐさ》求《ま》ぎて、國の七大祓《おほはらへ》をして、また建內《の》宿禰沙庭《さには》に居《ゐ》て、神の命《みこと》を請ひき。ここに教へ覺したまふ狀《さま》、具《つぶ》さに先《さき》の日の如くにして、「凡そこの國は、八汝命《いましみこと》の御腹に坐す御子の知らさむ國なり。」とさとしたまひき。ここに建內《の》宿禰、「恐《かしこ》し、我が大神、その九神の腹に坐す御子は、何《いづ》れの御子ぞや。」と白せば、「男子《をのこご》ぞ。」と答へて詔りたまひき。ここに具《つぶ》さに請ひけらく、「今かく言《こと》教へたまふ大神は、その御名を知らまく欲《ほ》し。」とこへば、すなはち答へて詔りたまひしく、「こは天照大神の御心ぞ。また一〇底筒男《そこつつのを》、中筒男《の》、上筒男《の》の三柱の大神ぞ。（この時にその三柱の大神の御名は顯はれき。）今寔《まこと》にその國を求めむと思ほさば、天神地祇《あまつかみくにつかみ》、また山神《の》また河海の諸《もろもろ》の神に、悉に幣帛《みてぐら》を奉り、一一我が御魂《みたま》を船の上に坐《ま》せて、眞木《まき》の灰を瓠《ひさご》に納《い》れ、また箸《はし》また一二葉盤《ひらで》を多《さは》に作りて、皆皆大海

一 罪穢れを贖うために筑紫の国から品物を取り立てて。
二 獣の皮を生きながら、また逆さに剝ぐ残忍な行為。
三 田の畔をこわし、溝を埋める農耕の妨害。
四 屎を放って神聖な場所を穢す行為。
五 親子間の不倫な婚姻。
六 馬・牛・鶏・犬などを奸淫する不倫な行為。
七 筑紫の国をあげて罪穢れを払う行事をして。
八 神功皇后を指す。
九 皇后に神がかかっているので、皇后を神と言ったのである。
一〇 住吉神社の祭神。
一一 神功紀には「既而神有レ誨曰、和魂服二玉身一而守二寿命一、荒魂為二先鋒一而導二師船一。」とある。
一二 木の葉で作った皿。

に散らし浮かべて度《わた》りますべし。」とのりたまひき。

故、備《つぶ》さに教へ覺したまひし如くにして、軍《いくさ》を整へ船雙《な》めて度《わた》り幸《い》でましし時、海原の魚、大き小さきを問はず、悉に御船を負ひて渡りき。ここに順風《おひかぜ》大《いた》く起こりて、御船[一]浪の従《まにま》にゆきき。故、その御船の波瀾《なみ》、新羅《しらぎ》の國に押し騰《あが》りて、既に國半《なから》に到りき。ここにその[二]國王《こにきし》、畏惶《かしこ》みて奏言《まを》しけらく、「今より以後《のち》は、天皇の命《みこと》の隨《まにま》に、[三]御馬甘《みまかひ》として、年毎に船雙《な》めて、[四]船腹《ふなばら》乾《ほ》さず、柂檝《さをかぢ》乾《ほ》さず、[五]天地《あめつち》の共與《むた》、退《や》むこと無く仕へ奉らむ。」とまをしき。故《かれ》ここをもちて新羅國《の》は御馬甘と定め、百濟國《くだらの》は[六]渡《わたり》の屯家《みやけ》と定めたまひき。ここにその[七]御杖を、新羅の國主《こにきし》の門《かど》に衝《つ》き立てて、すなはち墨江《すみのえの》大神の[八]荒御魂《あらみたま》を、國守ります神として祭り鎭めて還り渡りたまひき。

故、その[九]政《まつりごと》未だ竟《を》へざりし間に、その懷妊《はら》みたまふが産《あ》れまさむとしき。すなはち御[一〇]腹を鎭《しづ》めたまはむとして、石を取りて

一　波が寄せるのにまかせて進んだ。以上、神慮に従ったために神の奇瑞があらわれたのである。
二　コニキシは古い朝鮮語で王の意。
三　御料馬を飼育する部民。
四　常に船を浮かべ操っての意。
五　永久に停止することなく。
六　海を渡った向うにある屯家。
七　皇后が杖を新羅王の門に突き立てられたのは、占有権を表示したもので、新羅をわが領有とする意。
八　和(ニギ)御魂に対する神靈の動的方面。
九　新羅征討の御仕事。
一〇　こどもが生まれないように、御腹を鎮め落ちつかせようとして。

御裳の腰に纏《ま》かして、筑紫國《の》に渡りまして、その御子は生《あ》れましつ。故、その御子の生《あ》れましし地《ところ》を號けて宇美《うみ》[一]と謂ふ。またその御裳に纏きたまひし石は、筑紫國《の》の伊斗村《いとの》[二]にあり。また筑紫の末羅縣《まつらのあがた》[三]の玉島里《の》に到りまして、その河の邊に御食《みをし》したまひし時、四月《うづき》の上旬《はじめ》に當たりき。ここにその河中の礒《いそ》に坐《ま》して、御裳の糸を抜き取り、飯粒《いひぼ》を餌《ゑ》にして、その河の年魚《あゆ》その河の名を小河と謂ふ。またその礒の名を勝門比賣と謂ふ。を釣りたまひき。故、四月の上旬《はじめ》の時、女人《をみな》、裳の糸を抜き、粒《いひぼ》を餌にして、年魚を釣ること、今に至るまで絶えず。

3 忍熊王の反逆

ここに息長帯日賣命《の》、倭に還り上《のぼ》ります時、人の心疑はしきによりて、喪船《もふね》[四]を一つ具《そな》へて、御子をその喪船に載《の》せて、まづ「御子は既に崩りましぬ。」と言ひ漏さしめたまひき。かく上《のぼ》り幸《い》でます時、香坂王《かごさかの》、忍熊王《おしくまの》聞きて、待ち取らむと思ひて、斗《と》[五]

一 福岡県粕屋郡。
二 同糸島郡。同郡深江にその石があったと伝えている。
三 佐賀県東松浦郡の玉島川。
四 柩をのせた船。
五 兵庫県武庫郡。

賀野《がの》に進み出でて、[一]誓約獦《うけひがり》をしき。ここに香坂《の》王、歴木《くぬぎ》に騰《のぼ》り坐《ゐ》て是《み》るに、大きなる怒猪《いかりゐ》出でて、その歴木《くぬぎ》を掘《ほ》りて、すなはちその香坂《の》王を咋《く》ひ食《は》みき。その弟《いろと》忍熊《の》王、その態《わざ》を畏《かしこ》まずて、軍《いくさ》を興して待ち向へし時、喪船《もふね》に赴《おもむ》きて空船《むなふね》を攻めむとしき。ここにその喪船より軍を下《お》ろして相戰ひき。この時忍熊《の》王、難波《なには》の吉師部《きしべ》の祖、伊佐比《いさひの》宿禰を將軍《いくさのきみ》とし、太子《ひつぎのみこ》の御方《みかた》は、丸《わ》邇臣《にの》の祖、難波根子建振熊《なにはねこたけふるくま》命《の》を將軍《いくさのきみ》としき。故、追ひ退けて山代に到りし時、還り立ちて、各退かずて相戰ひき。ここに建振熊命《の》、[二]權《たばか》りて云はしめけらく、「息長帶日賣命《の》は既に崩りましぬ。故、更に戰ふべきこと無し。」といはしめて、すなはち弓《ゆ》絃《づる》を絶《た》ちて、欺陽《いつは》りて歸服《まつろ》ひぬ。ここにその將軍、既に詐《いつはり》を信《う》けて、弓を弭《はづ》し兵《つはもの》を藏《をさ》めき。ここに[三]頂髮《たぎふさ》の中より、[四]設《ま》けし弦《つる》一の名をうさゆづると云ふ。を採り出《いだ》して、更に張りて追ひ撃ちき。故、[五]逢《あふ》坂に逃げ退きて、對《むか》ひ立ちてまた戰ひき。ここに追ひ迫《せ》めて[六]沙《さ》沙《さ》

一 神に誓って狩をして神意をうかがい、吉凶を判断する行為。
二 はかりごとをめぐらして。
三 頭上で束ねた髪。モトドリ。
四 かねて用意していた弦。
五 京都府と滋賀県との堺。
六 琵琶湖の南の地。

那美《なみ》に敗り、悉にその軍《いくさ》を斬りき。ここにその忍熊《の》王と伊佐比《の》宿禰と、共に追ひ迫めらえて、船に乗りて[一]海に浮かびて歌ひけらく、

[二]いざ吾君《あぎ》　振熊《ふるくま》が　[三]痛手《いたて》負《お》はずは　[四]鳰鳥《にほどり》の　[五]淡海《あふみ》の湖《うみ》に
[六]潜《かづ》きせなわ（三九）

とうたひて、すなはち海に入りて共に死にき。

4　気比の大神と酒楽の歌

故、建内《の》宿禰《の》命、その太子《ひつぎのみこ》を率《ゐ》て、禊《みそぎ》せむとして、淡海《あふみ》また若《わか》狭《さの》國を經《へ》歷し時、[七]高志《こし》の前《みちのくち》の角鹿《つぬが》に假宮《かりみや》を造りて坐さしめき。ここに其地《そこ》に坐す伊奢沙和氣《いざさわけの》大神の命《みこと》、夜の夢《いめ》に見えて云《の》りたまひしく、「吾が名を御子の御名に易《か》へまく欲《ほ》し。」とのりたまひき。ここに言禱《ことほ》きて白ししく、「恐《かしこ》し、命《みこと》の隨《まにま》に易《か》へ奉らむ。」とまをせば、またその神詔りたまひしく、「明日《あす》の旦《あした》、濱に幸《い》でますべし。名を易《か》へし[八]幣獻《まひ》らむ。」とのりたまひき。故、

一　琵琶湖。
二　さあ、あなた。
三　重い手傷を受けないで。ズハはズシテの意。
四　カイツブリのように。
五　琵琶湖に。
六　もぐりたいなあ。ナは願望、ワは感動の助詞。
七　越前の国敦賀。
八　贈り物。

その旦《あした》濱に幸行《い》でましし時、鼻毀《やぶ》[一]りし入鹿《いるか》魚、既に一浦《ひとうら》に依れり。ここに御子、神に白さしめて云《の》りたまひしく、「我《あれ》に御食《みけ》[二]の魚給《な》へり。」とのりたまひき。故、またその御名を稱《たた》へて、御食《みけ》津《つ》大神と號《なづ》けき。故、今に氣比《けひ》大神と謂ふ。またその入鹿《いる》魚《か》の鼻の血臭《くさ》かりき。故、その浦を號けて血浦《ちうら》と謂ひき。今は津奴賀《つぬが》と謂ふ。

ここに還り上りましし時、その御祖《みおや》息長帶日賣《の》命、待酒《まちざけ》[三]を釀《か》みて獻らしき。ここにその御祖、御歌《みうた》よみしたまひしく、

　この御酒《みき》は　我《わ》が御酒ならず　酒の司《くしかみ》[四]　常世《とこよ》に坐《いま》す　石立《いはた》たす　少名御神《すくなみかみ》の　神壽《かむほ》[五]き　壽《ほ》き狂《くる》ほし　豐壽《とよほ》き　壽《ほ》き廻《もとほ》し　獻《まつ》り來《こ》し御酒《みき》ぞ　乾《あ》[六]さず食《を》せ　ささ（四〇）

とうたひたまひき。かく歌ひて大御酒を獻りたまひき。ここに建內《の》宿禰《の》命、御子の爲《ため》に答へて歌ひけらく、

　この御酒《みき》を　釀《か》みけむ人は　その鼓《つづみ》[七]　臼《うす》に立てて　歌ひつ

一 鼻を傷つけて捕えた海豚。

二 大神の食料とされる魚を下さった。

三 来る人を待って作る酒。待つ人が無事に来ることを祈るための酒。

四 酒を掌るお方で、常世の国においでになり、この国では石像としてお立ちになっておいでのスクナビコナノ神が。

五 滅茶苦茶に祝福し、祝福しつくして。

六 酒杯を乾かさずに。アサズには、余さず・残さず・浅くせずなどと解する説もある。ササははやし詞。

七 その鼓を酒を造る臼の側に置いて。（その鼓の音に合わせて）

つ　醸《か》（一）みけれかも　舞ひつつ　醸みけれかも　この御酒の
御酒の　あや（二）にうた樂《だの》し　ささ（四二）
とうたひき。こは酒樂《さかくら》（三）の歌なり。
（四）凡そ帶中津日子《の》天皇の御年、五十二歳《いそぢまりふたとせ》。壬戌の年の六月十一日に崩りましき。御陵は河内《かふち》の惠賀《ゑが》の長江《ながえ》にあり。皇后は御年一百歳にして崩りましき。狭城の楯列の陵に葬りまつりき。

応神天皇

1 后妃皇子女

品陀和氣命《ほむだわけの》、輕島《かるしま》（五）の明宮《あきらの》に坐しまして、天の下治らしめしき。この天皇、品陀眞若王《ほむだまわかの》の女、三柱の女王《ひめみこ》を娶《めと》したまひき。一《ひと》はしらの名は高木の入日賣《の》命。次に中《つ》日賣《の》命。次に弟日賣《の》命。この女王等の父、品陀眞若王は、五百木の入日子命、尾張連の祖、建伊那陀宿禰の女、志理都紀斗賣を娶して、生める子なり。故、高木の入日賣の子、額田大中日子命《ぬかたのおほなかつひこの》。次に大山守命《おほやまもりの》。次に伊奢之《いざの》眞若《の》命。次に妹《いも》大原《の》郎女。次に高目《こむくの》郎女。五柱 中《つ》日賣《の》命の御子、木《き》の荒田《の》郎女。次に大雀《おほさざきの》命。次に根鳥《ねとりの》命。三柱 弟日賣《の》命の御子、阿倍《あべの》

一 酒を造ったからか。
二 無暗に愉快千万だ。
三 歌曲上の名称。酒の座で歌う歌の意であろう。琴歌譜には「酒坐歌」とある。
四 大阪府南河内郡。皇后の陵は奈良県生駒郡。
五 奈良県高市郡。

郎女。次に阿具知《あはぢ》の三腹《の》郎女。次に木《き》の菟野《うのの》郎女。次に三野《みのの》郎女。五柱 また丸邇《わに》の比布禮能意富美《ひふれのおほみ》の女、名は宮主矢河枝比賣《みやぬしやかはえ》を娶して、生みませる御子、宇遲《うぢ》能和紀《のわき》郎子《いらつこ》。次に妹《いも》八田《やたの》若郎《わきいら》女《つめ》。次に女鳥《めどりの》王。三柱 またその矢河枝比賣の弟《いろと》、袁那辨《をなべの》郎女を娶して、生みませる御子、宇遲之《うぢの》若《わき》郎女。一柱 また咋俣長日《くひまたながひ》子《この》王の女、息長眞《おきながま》若《わか》中《つ》比賣を娶して、生みませる御子、若沼《わかぬ》毛二《けふたま》俣《たの》王。一柱 また櫻井の田部《の》連の祖、島垂根《しまたりね》の女、糸井《いとゐ》比賣を娶して、生みませる御子、速總別《はやぶさわけの》命。一柱 また日向の泉《いづみの》長《なが》比賣を娶して、生みませる御子、大羽《おほば》江《えの》王。次に小羽《をば》江《えの》王。次に幡《はた》日《ひ》之若郎女。三柱 また迦具漏《かぐろ》比賣を娶して、生みませる御子、川原田《かはらだの》郎女。次に玉《の》郎女。次に忍《お》坂《さかの》大中《つ》比賣。次に登富志《とほしの》郎女。次に迦多遲《かたぢの》王。五柱 また葛城《かづらき》の野《のの》伊呂賣《いろめ》を娶して、生みませる御子、伊奢能麻和迦《いざのまわかの》王。一柱 この天皇の御子等、幷せて廿《はたちまり》六《む》王《はしら》なり。男王十一、女王十五。この中《なか》に、[一]大雀《おほさざきの》命は、天の下治らしめしき。

一 仁徳天皇。仁徳紀に、天皇誕生の日に木菟(ツク)が産殿に入り、同じ日に武内宿彌の妻が出産すると鷦鷯(サザキ)が産屋に入った。共に吉祥だから鳥の名を取りかえて子の名にしようと父帝が仰せられて、皇子を大鷦鷯皇子、大臣の子を木菟宿彌と名づけたとある。

2 大山守命《の》と大雀命《の》

ここに天皇、大山守命と大雀命とに問ひて詔りたまひしく、「汝等《いましたち》は、兄《え》[一]の子と弟《おと》の子と孰《いづ》れか愛《は》しき。」とのりたまひき。天皇この問を發したまひし所以は、宇遲能和紀郎子に天の下治らさしめむ心ありつればなり。ここに大山守命《の》は、「兄《え》の子ぞ愛《は》しき。」と白したまひき。次に大雀命《の》は、天皇の問ひたまひし大御情を知らして白したまひしく、「兄《え》の子は既に人と成りて、これ悒《いぶせ》[二]きこと無きを、弟《おと》の子は未だ人と成らねば、これぞ愛《は》しき。」とまをしたまひき。ここに天皇詔りたまひしく、「雀《さざき》[三]、吾君《あぎ》の言《こと》ぞ、我が思ふが如くなる。」とのりたまひて、すなはち詔り別けたまひしく、「大山守命《の》は山海[四]の政《まつりごと》をせよ。大雀命《の》は食國《をすくに》[五]の政を執《と》りて白したまへ。宇遲能和紀郎子は天津日《あまつひ》[六]繼《つぎ》を知らしめせ。」とのりわけたまひき。故、大雀命《の》は天皇の命《みこと》に違《たが》ひたまふことなかりき。

3 矢河枝比売

一 年上の子と年下の子。

二 心配はないが。

三 雀（サザキ。大雀命を指す）よ、あなたの言うことが。

四 海部・山部・山守部などの部民を掌る仕事。書紀には山川林野を掌らしむとある。

五 天下の政治を行ないなさい。

六 天皇の位におつきなさい。

一時《あるとき》、天皇[一]近つ淡海國《の》に越え幸《い》でましし時、[二]宇遅野《うぢの》の上に御立《みた》ちしたまひて、[三]葛野《かづの》を望《みさ》けて歌ひたまひしく、

[四]千葉《ちば》の　葛野《かづの》を見れば　[五]百千足《ももちだ》る　家庭《やには》も見ゆ　[六]國の秀《ほ》も見ゆ（四二）

とうたひたまひき。故、[七]木幡村《こはたの》に到りましし時、麗美《うるは》しき嬢子《をとめ》、その[八]道衢《ちまた》に遇《あ》ひき。ここに天皇その嬢子に問ひて曰《の》りたまひしく、「汝《な》は誰が子ぞ。」とのりたまへば、答へて白ししく、「丸《わ》邇《に》の比布禮能意富美《ひふれのおほみ》の女、名は宮主矢河枝比賣《みやぬしやかはえ》ぞ。」とまをしき。天皇すなはちその嬢子に詔りたまひしく、「吾明日《あれあす》還り幸《い》でまさむ時、汝《な》が家に入りまさむ。」とのりたまひき。故、矢河枝比賣、委曲《まつぶさ》にその父に語りき。ここに父答へて曰ひけらく、「こは天皇にますなり。恐《かしこ》し、我が子仕へ奉れ。」と云ひて、その家を嚴餝《よそほひかざ》りて候《さもら》ひ待てば、明日《またのひ》入りましき。故、大御饗《おほみあへ》を獻りし時、その女矢河枝比賣命《の》に、大御酒盞《さかづき》を取らしめて獻り

一　近江。滋賀県。
二　京都府宇治郡。
三　京都市。今の桂川流域の平野。
四　多くの葉の意で、「葛」にかかる枕詞。
五　たくさん満ち満ちている人家の庭。
六　国土のすぐれたところ。この歌は国見の歌である。
七　京都府宇治郡。
八　道のわかれた所。

き。ここに天皇、その大御酒盞を取らしめながら御歌《みうた》よみしたまひしく、

[一]この蟹《かに》や　何處《いづく》の蟹　[二]百傳《ももづた》ふ　角鹿《つぬが》の蟹　[三]横去《よこさ》らふ　何處《いづく》に到る　[四]伊《い》知《ち》遲《ぢ》島　美《み》島に著《と》き　[五]鳰鳥《みほどり》の　[六]潛《かづ》き息《いき》づき　[七]しなだゆふ　[八]佐佐那美路《ささなみぢ》を　すくすくと　我《わ》が行《い》ませばや　木幡《こはた》の道に　遇《あ》はしし孃子《をとめ》　後姿《うしろで》は　[九]小楯《をだて》ろかも　[一〇]齒並《はな》みは　椎菱《しひひしな》如す　櫟井《いちひゐ》の　丸《わ》邇《に》坂《さ》の土《に》を　初土《はつに》は　膚《はだ》赤らけみ　底土《しはに》は　丹《に》黑《ぐろ》き故《ゆゑ》　[一一]三《み》つ栗《ぐり》の　その中つ土《に》を　[一二]かぶつく　眞火《まひ》には當《あ》てず　[一三]眉畫《まよが》き　濃《こ》に畫《か》き垂《た》れ　遇はしし女人《をみな》　[一四]かもがと　我《わ》が見し子ら　かくもがと　我《あ》が見し子に　[一五]うたたけだに　對《むか》ひ居《を》るかも　い添《そ》ひ居《を》るかも(四三)

とうたひたまひき。かく御合《みあひ》したまひて、生みませる御子は、宇遲能和紀郎子なり。

4　髪長比売

一 このカニはどこのカニだ。古代においては、カニは鹿と共に山海の珍味として食膳に上せられ、これらに扮装した歌舞も行なわれた。この歌はそれと関連をもつものと思われる。万葉集巻十六「乞食者歌二首」参照。
二 多くの地を伝って行く意からここは遠い遠い。
三 横にあるいて行くのは。
四 所在不明。
五 カイツブリのように。
六 潛きは軽く添えた語で息づきが主意。
七 坂路が上り下りしている意か。
八 ササナミ(琵琶湖南岸の地名)へ行く道。
九 楯のようにすらりとしていることだ。ロは確実性を表わす接尾語。
一〇 歯並びは椎や菱の実のように真っ白で。

天皇、日向《の》國の諸縣《もろがたの》君の女、名は髪長《かみなが》比賣、その顔容《かたち》麗美《うるは》しと聞こしめして、使ひたまはむとして喚上《めさ》げたまひし時、その太子大雀《の》命、その嬢子《をとめ》の難波津に泊《は》てたるを見て、その姿容《かたち》の端正《うるは》しきに感《め》でて、すなはち建内《の》宿禰《の》大臣に誂《あとら》へて告《の》りたまひけらく、「この日向より喚上《めさ》げたまひし髪長比賣は、天皇の大《おほ》御所《みもと》に請ひ白して、吾《あれ》に賜はしめよ。」とのりたまひき。ここに建内《の》宿禰《の》大臣、[一]大命《おほみこと》を請へば、天皇すなはち髪長比賣をその御子に賜ひき。賜ひし状《さま》は、天皇[二]豊明《とよのあかり》聞こしめしし日に、髪長比賣に大[三]御酒の柏《かしは》を握《と》らしめて、その太子に賜ひき。ここに御歌よみしたまひしく、

[四]いざ子ども　野《の》蒜《びる》摘《つ》みに　蒜《ひる》摘《つ》みに　我《わ》が行く道の　香ぐ
はし　花橘は　上枝《ほつえ》は　[五]鳥居《とりゐ》枯《が》らし　下枝《しづえ》は　人取り枯《が》ら
し　三《み》つ栗《ぐり》の　中つ枝《え》の　[六]ほつもり　[七]赤ら嬢子《をとめ》を　[八]いざさ
さば　[九]良《よ》らしな(四四)

一一 中の枕詞。
一二 句義未詳。 一三 眉を濃く尻下りにかいて。
一四 こうもしたい(ああもしたい)。
一五 句義未詳。

一 天皇の御意見を乞うと。
二 御宴。お酒を召し上られた日。
三 お酒を盛る柏の葉。酒杯の一種。
四 さあ皆の者。
五 鳥がとまってなくしてしまい。
六 句義未詳。書紀にはフホゴモリとある。含み隠りの意か。以上は次句の序。
七 紅顔のおとめ。
八 句義未詳。書紀にはイザサカバとある。
九 よろしいよ。

とうたひたまひき。また御歌《みうた》よみしたまひしく、

水溜《みづたま》る[一] 依網《よさみ》の池の 堰杙《ゐぐひ》打《う》ちが[二] 插しける知らに[三] 蓴繰《ぬなはく》り[四] 延《は》へけく知らに 我《わ》が心しぞ いや愚《をこ》にして 今ぞ悔《くや》しき（四五）

とうたひたまひき。かく歌ひて賜ひき。故、その嬢子を賜はりて後、太子歌ひたまひしく、

道の後《しり》[五] 古波陀嬢子《こはだをとめ》[六]を 雷《かみ》[七]の如《ごと》 聞こえしかども 相枕枕《あひまくらま》[八]く（四六）

とうたひたまひき。また歌ひたまひしく、

道の後 古波陀嬢子は 争はず[九] 寝《ね》[一〇]しくをしぞも 愛《うるは》しみ思《おも》ふ（四七）

とうたひたまひき。

5 国主の歌・百済の朝貢

また吉野《よしの》[一一]の國主等《くずども》、大雀命《の》の佩《は》かせる御刀《みたち》を瞻《み》て歌ひけらく、

一 池の枕詞。
二 イゼキの杭を打つ人が。
三 杭を挿したことを知らないで。
四 ジュンサイがその茎を延ばしていることを知らないで。
五 遠いところにある国の。
六 コハダは日向の地名か。
七 雷のようにとどろく評判が聞こえていたが。
八 その女と共寝をすることだ。
九 抵抗せずにおとなしく。
一〇 寝たことを。
一一 吉野川上流の山中にいた土民。

一 大雀命の称辞。

[一]品陀《ほむた》の　日の御子　大雀《おほさざき》　大雀　佩《は》かせる大刀《たち》　本[二]つるぎ
[三]末《すゑ》ふゆ　[四]冬木《ふゆき》如《の》す　[五]からが下樹《したき》の　さやさや（四八）

とうたひき。[六]また吉野の[七]白檮上《かしのふ》に[八]横臼《よくす》を作りて、その横臼《よくす》に大御酒を醸《か》みて、その大御酒を獻りし時、[九]口鼓《くちつづみ》を撃《う》ち、[一〇]伎《わざ》をなして歌ひけらく、

白檮《かし》の上《ふ》に　横臼《よくす》を作り　横臼《よくす》に　釀みし大御酒《おほみき》　[一一]うまらに　聞《き》こしもち食《を》せ　[一二]まろが父《ち》（四九）

とうたひき。この歌は、國主等《くずども》[一三]大贄《おほにへ》を獻る時時、恒に今に至るまで詠《なが》むる歌なり。[一四]

この御世に、海部《あまべ》、山部、山守部、伊勢部を定めたまひき。また劒池《つるぎのいけ》を作りき。また新羅人《しらぎびと》參渡《まゐわた》り來つ。ここをもちて建内《の》宿禰《の》命引き率《ゐ》て、堤池に役《えだ》ちて、[一六]百濟池《くだらのいけ》を作りき。また[一五]百濟の國主《こにきし》照古《せうこ》王《わう》、牡馬《をま》壹疋《ひとつ》、牝馬《めま》壹疋《ひとつ》を阿知吉師《あちきし》に付《つ》けて貢上《たてまつ》りき。（この阿知吉師は阿直史等の祖。）また横刀《たち》また大鏡を貢上りき。また百濟《の》國に、「も

二　大刀のつば元が鋭利であるとの意か。　三　大刀の切っ先が氷のように冴えているとの意か。　四　枕詞。　五　幹の下に生えている小さな木が、サヤサヤとそよぐように、サヤサヤ（清明）としている。　六　またクズどもは。　七　地名。カシの生えている所の意。　八　横長い臼。　九　口から音を出して拍子をとり。　一〇　手ぶり身ぶりよろしく。　一一　おいしく召し上れ。　一二　私たちのお父さん。　一三　朝廷に献る土地土地の産物。クズの貢物は、菌・栗・年魚の類であった。　一四　宮内省式に「凡諸節会、吉野国栖、献二御贄一奏二歌笛一。」とある。　一五　百済第六世の近肖古王のこと。　一六　書紀には阿直岐（アチキ）とある。キシは官等。

し賢《さか》しき人あらば貢上れ。」と科《おほ》せたまひき。故、命《みこと》を受けて貢上れる人、名は和邇吉師《わにきし》。すなはち論語十巻《とまき》、[一]千字文一巻《ひとまき》、并せて十一巻《とをまりひとまき》をこの人に付けてすなはち貢進《たてまつ》りき。この和爾吉師は文首等の祖。また[二]手人《てひと》韓鍛《からかぬち》、名は卓素《たくそ》、また[三]呉服《くれはとり》の西素《さいそ》二人を貢上りき。また秦造《はたのみやつこ》の祖、漢直《あやのあたへ》の祖、また酒を醸《か》むことを知れる人、名は仁番《にほ》、亦の名は須須許理《すすこり》等《ども》、参渡《まゐわた》り来つ。故、この須須許理、大御酒を醸みて献りき。ここに天皇、この献りし大御酒に[四]うらげて、御歌よみしたまひしく、

須須許理《すすこり》が　醸《か》みし御酒《みき》に　我酔《われゑ》ひにけり　[五]事無酒《ことなぐし》　笑酒《ゑぐし》
に　我酔ひにけり（五〇）

とうたひたまひき。かく歌ひて幸行《い》でましし時、御杖をもちて[六]大坂の道中《みちなか》の大石を打ちたまへば、その石走り避《さ》りき。故、諺《ことわざ》に「[七]堅石《かたしは》も酔人《ゑひびと》を避《さ》く。」といふなり。

6　大山守命の反逆

一 千字文はまだ出来ていなかったのに、それを貢ったとあるのは不審である。
二 技術者としての朝鮮鍛冶。
三 呉の国のはたおりの女工。
四 浮き浮きした気持になって。
五 無事平安な酒、笑いを催す愉快な酒に。この歌は施頭歌である。
六 大和から河内へ越える坂。
七 堅い岩でも酔っ払いをばよける。

故、天皇崩《かむあが》りましし後、大雀《の》命は天皇の命《みこと》に従ひて、天の下を宇《う》遅《ぢ》能《の》和《わ》紀《き》郎子《いらつこ》に譲りたまひき。ここに大山守《の》命は天皇の命に違《たが》ひて、なほ天の下を獲むと欲《おも》ひて、その弟皇子《おとみこ》を殺さむ情《こころ》ありて、竊《ひそ》かに[一]兵《つはもの》を設《ま》けて攻めむとしき。ここに大雀《の》命、その兄の兵《つはもの》を備ふることを聞かして、すなはち使者《つかひ》を遣はして、宇遅能和紀郎子に告《つ》げしめたまひき。故、聞き驚かして、兵《いくさ》びとを[二]河の邊《べ》に伏《ふ》せ、またその山の上に、[三]絁垣《きぬがき》を張り[四]帷幕《ひきまく》を立てて、詐《いつは》りて[五]舎人《とねり》を王《みこ》にして、露《あら》はに呉床《あぐら》に坐《ま》せ、百官《もものつかさ》恭敬《ゐやま》ひ往き來する狀《さま》、既に王子《みこ》の坐す所の如くして、更にその兄王《あにみこ》の河を渡らむ時の爲《ため》に、[六]船檝《ふねかぢ》を具《そな》へ餝《かざ》り、さな葛《かづら》の根を舂《つ》き、その汁の滑《なめ》を取りて、その船の中の[七]簀《す》椅《ばし》に塗りて、蹈《ふ》みて仆《たふ》るべく設《ま》けて、その王子《みこ》は、布《ぬの》の[八]衣褌《きぬはかま》を服《け》して、既に賤《いや》しき人の形《すがた》になりて、檝《かぢ》を執りて船に立ちたまひき。ここにその兄王、兵士《いくさびと》を隱《かく》し伏《ふ》せ、衣《ころも》の中に鎧《よろひ》を服《き》て、河の邊に到りて、船に乘らむと

一 武器を準備して。
二 宇治川のほとりにひそませ。
三 荒絹で作った幕を張り。
四 四方に引きまわした幕で、陣営に設けられる。
五 側近に仕えている男。
六 船の櫓や櫂。
七 簀の子。
八 上衣と下衣(ズボン)。

する時に、その嚴餝《よそひかざ》りし處を望《みさ》けて、弟王《おとみこ》その呉床《あぐら》に坐すと以《お》爲《も》ひ、都《かつ》[一]て檝を執りて船に立ちませるを知らずて、すなはちその[二]執檝者《かぢとり》に問ひて曰ひけらく、「この山に忿怒《いか》れる大猪ありと傳《つて》に聞けり。吾《われ》その猪を取らむと欲《おも》ふ。もしその猪を獲むや。」といひき。ここに執檝者《かぢとり》、「能《あた》はじ。」と答へて曰ひき。また「何由《なにしか》も。」と問へば、答へて曰ひしく、「[三]時時也往往也《よりよりところどころ》に取らむとすれども得ざりき。ここをもちて能はじと白すなり。」といひき。河中に渡り到りし時、その船を傾《かたぶ》けしめて、水の中に墮《おと》し入れき。ここにすなはち浮かび出でて、水の隨《まにま》に流れ下《くだ》りき。すなはち流れて歌ひけらく、

[四]ちはやぶる　[五]宇治《うぢ》の渡《わたり》に　[六]棹執《さをと》りに　速《はや》けむ人し　[七]我《わ》が許《もこ》
に來《こ》む(五二)

とうたひき。ここに河の邊に伏せ隱せし兵《いくさ》びと彼廂此廂《そなたこなた》、一時共《もろとも》に興りて、[八]矢刺して流しき。故、[九]訶和羅《かわら》の前《さき》に到りて沈

一 全く。
二 船頭(弟王が変装した)。
三 折々、時たま。
四 宇治の枕詞。
五 宇治川の渡し場で。
六 棹を操ることのすばやい人は。
七 わたしのところに助けに来てくれ。
八 弓に矢をつがえて、大山守命を追い流した。
九 山城国綴喜郡河原村の地か。

み入りき。故、鉤《かぎ》をもちてその沈みし處を探れば、その衣の中の甲《よろひ》に繋《か》かりて、かわらと鳴りき。故、其地《そこ》を號《なづ》けて訶和羅の前《さき》と謂ふ。ここにその骨《かばね》[一]を掛《か》き出《いだ》しし時、弟王《おとみこ》歌ひたまひしく、

[二]ちはやひと　宇治《うぢ》の渡《わたり》に　渡り瀬《ぜ》に　立てる　梓弓《あづさゆみ》檀《ま》弓《ゆみ》　[三]い伐《き》らむと　心は思《も》へど　い取らむと　心は思《も》へど　本方《もとへ》[四]は　君を思ひ出《で》　末方《すゑへ》[五]は　妹《いも》を思ひ出《で》　苛《いら》[六]なけく　そこに思ひ出《で》　かなしけく　ここに思ひ出　い伐らずぞ來《く》る　梓弓檀弓（五二）

とうたひたまひき。故、その大山守命《の》の骨《かばね》は、那良《なら》山に葬《はふ》りき。この大山守命《の》は、土形君、幣岐君、榛原君等の祖。

ここに大雀命《の》と宇遲能和紀郎子と二柱、各天の下を譲りたまひし間に、海人《あま》大贄《おほにへ》を貢りき。ここに兄は辭《いな》びて弟に貢らしめ、弟は辭《いな》びて兄に貢らしめて、相譲りたまひし間に、既に多《あまた》の日を經き。かく相譲りたまふこと、一二時《ひとときふたとき》にあらざりき。故、

一　屍の意。
二　宇治の枕詞。
三　その弓の材を伐ろうと。イは接頭語。
四　本は弓の縁語。一方には。
五　末も弓の縁語。他方には。
六　いらいらとして。

海人既に往《ゆ》き還《き》に疲れて泣きき。故、諺に「海人《あま》[一]や、己が物によりて泣く。」と曰ふ。然るに宇遅能和紀郎子は早く崩りましき。故、大雀《の》命、天の下治らしめしき。

7 天之日矛

また昔、[二]新羅《しらぎ》の國主《こにきし》の子ありき。名は天之日矛《あめのひぼこ》と謂ひき。この人參《まゐ》渡り來つ。參渡り來つる所以《ゆゑ》は、新羅《の》國に一つの沼あり。名は阿具《あぐ》沼と謂ひき。この沼の邊《ほとり》に、一賤《あるいや》しき女《をみな》晝寢しき。ここに日《ひ》虹の如く耀《かがや》きて、その陰上《ほと》に指ししを、また一賤《あるいや》しき夫《をとこ》、その狀《さま》を異《あや》しと思ひて、恒にその女人《をみな》の行《わざ》を伺ひき。故、この女人、その晝寢せし時より妊身《はら》みて、[三]赤玉を生みき。ここにその伺へる賤しき夫《をとこ》、その玉を乞ひ取りて、恒に裹《つつ》みて腰に著《つ》けき。この人田を山谷《たに》の間に營《つく》りき。故、耕人等《たびとども》の飲食《をしもの》を、一つの牛に負《おふ》せて山谷《たに》の中に入るに、その國主《こにきし》の子、天之日矛に遇逢《あ》ひき。ここにその人に問ひて曰ひしく、「何《なに》しかも汝《な》は

一 普通の人は物が欲しくても得られないのに、海人は自分の持っているものを持てあまして泣く。

二 書紀には垂仁天皇の三年のこととし、播磨風土記には神代のこととしている。

三 太陽托胎卵生説話の一つである。

飲食《をしもの》を牛に負せて山谷《たに》に入る。汝《な》は必ずこの牛を殺して食ふならむ。」といひて、すなはちその人を捕へて、獄囚《ひとや》に入れむとすれば、その人答へて曰ひしく、「吾《あれ》牛を殺さむとにはあらず。唯田人《ただたびと》の食《をしもの》を送るにこそ。」といひき。然れどもなほ赦《ゆる》さざりき。ここにその腰の玉を解きて、その國主の子に幣《まひ》一しつ。故、その賤しき夫《をとこ》を赦して、その玉を將《も》ち來て、床の邊《べ》に置けば、すなはち美麗《うるは》しき孃子《をとめ》に化《な》りき。仍《よ》りて婚《まぐは》ひして嫡妻《むかひめ》二としき。ここにその孃子、常に種種《くさぐさ》の珍味《ためつもの》を設《ま》けて、恒にその夫《ひこぢ》に食はしめき。故、その國主の子、心奢《おご》りて妻《め》を詈《の》るに、その女人の言ひけらく、「凡そ吾《あれ》は、汝《いまし》の妻《め》となるべき女《をみな》にあらず。吾が祖《おや》三の國に行かむ。」といひて、すなはち竊《ひそ》かに小船《をぶね》に乘りて逃げ渡り來て、難波に留まりき。こは難波の比賣碁曾の社に坐す阿加流比賣神と謂ふ。

ここに天之日矛、その妻《め》の遁《に》げしことを聞きて、すなはち追ひ渡り來て、難波に到らむとせし間、その渡の神、塞《さ》へて入れざ

一 贈り物。

二 正妻。

三 祖先の国。

りき。故、更に還りて多遲摩國《たぢまの》[一]に泊《は》てき。すなはちその國に留まりて、多遲摩の俣尾《またを》の女、名は前津見《まへつみ》を娶して、生める子、多遲摩母呂須玖《たぢまもろすく》。この子、多遲摩斐泥《ひね》。この子、多遲摩比那良《ひなら》岐《き》。この子、多遲麻毛理《もり》。次に多遲摩比多訶《ひたか》。次に清日子《きよひこ》。（三柱）この清日子、當摩《たぎま》の咩斐《めひ》を娶して、生める子、酢鹿《すが》の諸男《もろを》。次に妹菅竈由良度美《いもすがかまゆらどみ》。故、上《かみ》に云へる多遲摩比多訶、その姪、由良度美を娶して、生める子、葛城《かづらき》の高額比賣《たかぬか》命《の》。[二]（こは息長帶比賣命の御祖なり。）

故、その天之日矛の持ち渡り來《こ》し物は、玉津寶《たまつたから》と云ひて、[三]珠二《たまふた》貫《つら》。また[四]浪振る領巾《ひれ》、浪切る領巾、風振る領巾、風切る領巾。また奥津《おきつ》鏡、邊津《へつ》鏡、幷せて八種《やくさ》なり。[五]（こは伊豆志の八前の大神なり。）

8　秋山の下氷壯夫と春山の霞壯夫

故、この神の女、名は伊豆志袁登賣神《いづしをとめの》坐しき。故、[六]八十《やそ》神この伊豆志袁登賣を得むと欲《おも》へども、皆得婚《えまぐは》ひせざりき。ここに二はしらの神ありき。兄は[七]秋山《あきやま》の下氷《したび》壯夫《をとこ》と號《なづ》け、弟は[八]春山の霞《かすみ》

一　但馬の国。
二　神功皇后の御母である。
三　玉を緒に貫いたもの二つ。
四　波を振り起こす呪力のある領巾。
五　兵庫県出石郡の出石神社の祭神。
六　おおぜいの男神。
七　秋の山の木の葉が赤く色づいたさまの擬人化。
八　春の山に霞がたなびいているさまの擬人化。

壮夫《をとこ》と名づけき。故、その兄、その弟に謂ひけらく、「吾《われ》伊豆志袁登賣を乞へども、得婚《えまぐは》ひせざりき。汝《な》はこの嬢子《をとめ》を得むや。」といへば、「易《やす》く得む。」と答へて曰ひき。ここにその兄曰ひけらく、「もし汝《なれ》、この嬢子を得ることあらば、[一]上下《かみしも》の衣服《きもの》を避《さ》り、身の高《たけ》を量《はか》りて[二]甕酒《はらざけ》を醸《か》み、また山河の物を悉に備へ設けて、[三]うれづくをせむ。」と云ひき。ここにその弟、兄の言ひしが如く、具《つぶ》さにその母に白せば、すなはちその母、藤《ふぢ》葛《かづら》を取りて、[四]一宿《ひとよ》の間に、衣褌《きぬはかま》また[五]襪沓《したくつくつ》を織り縫ひ、また弓矢を作りて、その衣褌等《きぬはかまども》を服《き》せ、その弓矢を取らしめて、その嬢子の家に遣はせば、その衣服《きもの》また弓矢、悉に藤の花になりき。ここにその春山の霞壮夫、その弓矢を嬢子の厠《かはや》に繫《か》けき。ここに伊豆志袁登賣、その花を異《あや》しと思ひて、将《も》ち來る時に、その嬢子の後《しり》に立ちて、その[六]屋に入る卽ち、婚《まぐは》ひしつ。故、一《ひと》りの子を生みき。ここにその兄に白して曰ひしく、「吾は伊豆志袁

一 上下の衣服をぬいで譲り。
二 甕の中に造る酒。
三 賭(カケ)。
四 一夜のうちに。
五 くつした。
六 母屋に入るや否や乙女に通じた。

登賣を得つ。」といひき。ここにその兄、弟の婚ひしつることを慷慨《うれた》みて、そのうれづくの物を償《つぐの》はざりき。ここに愁《うれ》ひてその母に白しし時、御《み》祖《おや》[一]答へて曰ひけらく、「[二]我が御世の事、能《よ》くこそ神習はめ。また[三]現《うつ》しき青人草《あをひとくさ》習へや、その物償はぬ。」といひて、その兄《え》の子を恨みて、すなはちその伊豆志河《いづしかは》の河島の一節竹《ひとよだけ》を取りて、[四]八目《やめ》の荒籠《あらこ》を作り、その河の石を取り、鹽[五]に合《あ》へてその竹の葉に裹《つつ》みて、[六]詛《とこ》はしめて言ひけらく、「この竹の葉の青むが如く、この竹の葉の萎《しな》ゆるが如く、[七]青み萎《しな》えよ。またこの[八]鹽の盈《み》ち乾《ふ》るが如く、[九]盈《み》ち乾《ひ》よ。またこの石の沈むが如く、[一〇]沈み臥《こや》せ。」といひき。かく詛《とこ》はしめて、烟《かまど》の上に置きき。ここをもちてその兄、八年《やとせ》の間、干萎《ひしな》え病《や》み枯《か》れぬ。故、その兄患《うれ》ひ泣きて、その御祖に請《こ》へば、すなはちその[一一]詛戸《とこひど》を返さしめき。ここにその身本《もと》の如く安らかに平《たひら》ぎき。こは神うれづくの言の本なり。

9 天皇の御子孫

一 御母。
二 わたしが生きている間の事は、よく神様に見習おう。
三 現実の人間を見習ってか、賭の品物を出さない。
四 多くの目のあるあらい竹籠。
五 塩(海水の象徴)でまぜあわせて。
六 弟に呪わせて。
七 「青み」の方には意味がなく、ただ「萎えよ」の意。興廃・緩急などの漢語と同様である。
八 海水。
九 「盈ち」には意味がない。乾よ、すなわち体が乾からびよ。
一〇 衰弱してくたばれ。
一一 呪いの品物を竈の上から取り除かせた。

またこの一品陀《の》天皇の御子、若野毛二俣《の》王、その母の弟、百師木《ももしき》伊呂辨《いろべ》、亦の名は弟日賣眞若比賣命《おとひめまわかひめの》を娶して、生める子、大《おほ》郎子《いらつこ》。亦の名は意富富杼王《おほほどの》。次に忍坂《おさか》の大中津比賣命《の》。次に田井の中《なか》比賣。次に田宮の中比賣。次に藤原の琴節郎女《ことふしの》。次に取《とり》賣王《めの》。次に沙禰王《さねの》。七王 故、意富富杼王《の》は、三國君、波多君、息長坂君、酒人君、山道君、筑紫の末多君、布勢君等の祖なり。また根鳥王《の》、庶妹《ままいも》三腹郎女《の》を娶して、生める子、中《なか》日子王《の》。次に伊和島王《いわじまの》。二柱 また堅石王《かたしはの》の子は、久奴王《くぬの》なり。

凡そこの品陀天皇《の》の御年、一百三十歳《ももあまりみそとせ》。甲午の年の九月九日に崩りましき。御陵は二川内《かふち》の惠賀《ゑが》の裳伏《もふし》の岡にあり。

一 応神天皇。

二 大阪府南河内郡。

古事記　下つ巻

大雀《おほさざきの》皇帝《すめらみこと》起《よ》り豊御食炊屋比賣《とよみけかしきやひめの》命に盡《いた》るまで、凡そ十九天皇《とをまりここのすめらみこと》

仁徳天皇

1 后妃皇子女・聖帝

大雀命《おほさざきのみこと》、一難波の高津《たかつの》宮に坐《ざ》しまして、天の下治《し》らしめしき。この天皇、葛城《かづらき》の曾都毘古《そつびこ》の女、石之日賣命《いはのひめの》大后を娶して、生みませる御子、大江《おほえ》の伊邪本和氣《いざほわけの》命。次に墨江《すみのえ》の中津王。次に蝮《たぢひ》の水齒別《みづはわけの》命。次に男淺津間若子宿禰《をあさづまわくごのすくねの》命。四柱 また上《かみ》に云へる日向の諸縣《もろがたの》君、牛諸《うしもろ》の女、髮長比賣を娶して、生みませる御子、波多毘能《はたびの》大郎子《おほいらつこ》、亦の名は大日下《おほくさかの》王。次に波多毘能若郎女《わきいらつめ》、亦の名は長日《ながひ》比賣命《の》、亦の名は若日下部《わかくさかべの》命。二柱 また庶妹《ままいも》八田《やたの》若郎女を娶したまひき。また庶妹宇遲能《うぢの》若郎女を娶したまひき。この二柱は、御子無《な》かりき。この大雀《の》天皇の御子等《みこたち》、幷《あは》せて六《む》

一 大阪市。

王《はしら》なり。男王五柱、女王一柱。故、[一]伊邪本和氣《の》命は、天の下治《し》らしめしき。次に[二]蝮《たぢひ》の水齒別《の》命もまた、天の下治らしめしき。次に[三]男淺津間若子《の》宿禰《の》命もまた、天の下治らしめしき。

この天皇の御世に、大后石《おほきさきいは》之日賣《の》命の御名代《みなしろ》として、葛城部《かづらきべ》を定め、また太子《ひつぎのみこ》伊邪本和氣《の》命の御名代として、壬生部《みぶべ》を定め、また水齒別《の》命の御名代として、蝮部《たぢひべ》を定め、また大日下《の》王の御名代として、大日下部《おほくさかべ》を定め、若日下部《の》王の御名代として、若日下部を定めたまひき。また[四]秦人《はたびと》を役《えだ》ちて[五]茨田《まむだの》堤また茨田三宅《のみやけ》を作り、また丸邇《わにの》池、依網《よさみの》池を作り、また難波の堀江を掘りて海に通はし、また[六]小椅江《をばしのえ》を掘り、また[七]墨江《すみのえ》の津を定めたまひき。

ここに天皇、高《たか》山に登りて、四方《よも》の國を見たまひて詔りたまひしく、「國の中《なか》に[八]烟發《けぶりた》たず。國皆貧窮《まづ》し。故、今より三年《みとせ》に至るまで、悉に人民《たみ》の[九]課《みつぎ》、役《えだち》を除《ゆる》せ。」とのりたまひき。ここをもちて大殿破《や》れ壞《こほ》れて、悉に雨漏れども、[一〇]都《かつ》て修《をさ》め理《つく》ることな

一 履中天皇。
二 反正天皇。
三 允恭天皇。
四 弓月君が連れて来た中国からの帰化人を使役して。
五 大阪府北河内郡。
六 大阪市東成区。
七 大阪市住吉区。
八 炊煙。
九 課は朝廷に納める品物、役は労役。
一〇 全く修理することなく。

く、[一]械《うつはもの》をもちてその漏る雨を受けて、漏らざる處に遷り避けましき。後に國の中を見たまへば、國に烟《けぶり》滿てり。故、人民《たみ》富めりと爲《おも》ほして、今はと課《みつぎ》、役《えだち》を科《おほ》せたまひき。ここをもちて百姓《おほみたから》榮えて、役使《えだち》に苦しまざりき。故、その御世を稱《たた》へて、[二]聖《ひじりの》帝《みかど》の世と謂ふなり。

2　皇后の嫉妬・黒日売

その大后石之日賣命《の》、甚多《いとまね》く嫉妬《ねた》みたまひき。故、天皇の使はせる妾《みめ》は、宮の中《なか》に得臨《えゆ》かず、[三]言立《ことだ》てば、[四]足もあがかに嫉妬《ねた》みたまひき。ここに天皇、吉備の海部直《あまべのあたへ》の女、名は黒日賣、その容姿端正《かたちうるは》しと聞こしめして、喚上《めさ》げて使ひたまひき。然るにその大后の嫉《ねた》みを畏《かし》みて、本《もと》つ國に逃げ下《くだ》りき。天皇、高臺《たかどの》に坐《ま》して、その黒日賣の船出でて海に浮かべるを望《のぞ》み瞻《み》て歌ひたまひしく、

沖方《おきへ》には　[五]小船《をぶね》連《つら》らく　[六]くろざやの　[七]まさづ子《こ》吾妹《わぎも》　[八]國へ

一 器物。
二 徳の高い天皇。儒教的聖天子の思想が影響している。
三 普通と違ったことを言ったりしたりすると。目立ったことをすると。
四 足をばたばたさせて。
五 船が連なっていることだ。
六 サに係る枕詞か。サは刀剣意味する語。
七 わたしの愛人のまさづ子が。
八 故郷へ下って行かれることよ。

下《くだ》らす(五三)

とうたひたまひき。故、大后この御歌を聞きて、大《いた》く忿《いか》りまして、人を大浦に遣はして、[一]追ひ下《お》ろして、歩《かち》より追ひ去《や》りたまひき。ここに天皇、その黒日賣を戀ひたまひて、大后を欺きて曰《の》りたまひしく、「淡道島を見むと欲《おも》ふ。」とのりたまひて、幸行《い》でましし時、淡道島に坐して、遙《はろばろ》に望《みさ》けて歌ひたまひしく、

[二]おしてるや　難波の崎よ　出で立ちて　我《わ》が國見れば　淡《あは》島《しま》　自凝島《おのごろしま》　檳榔《あぢまさ》の　島も見ゆ　[三]放《さけ》つ島見ゆ(五四)

とうたひたまひき。すなはちその島より傳ひて、吉備國《の》に幸行《い》でましき。ここに黒日賣、その國の[四]山方《やまがた》の地《ところ》に[五]大坐《おほま》しまさしめて、大御飯《おほみけ》を獻りき。ここに大御《おほみ》[六]羹《あつもの》を煮《に》むとして、其地《そこ》の[七]菘菜《あをな》を採《つ》む時に、天皇その孃子《をとめ》の菘《あをな》を採《つ》める處に到りまして歌ひたまひしく、

山縣《やまがた》に　蒔《ま》ける菘菜《あをな》も　吉備人《きびひと》と　共にし採《つ》めば　樂《たの》しく

一 船から追い下ろして、陸路を追放された。
二 難波の枕詞。
三 放れ島。
四 山の畠。
五 居らせての敬語。
六 熱い汁物。
七 タカナ(大芥菜)であろう。

もあるか(五五)

とうたひたまひき。天皇上《のぼ》り幸《い》でます時、黒日賣御歌を獻りて曰《い》ひしく、

倭方《やまとへ》に　西風《にし》吹き上げて　[一]雲離《ばな》れ　[二]退《そ》き居《を》りとも　我《われ》忘れめや(五六)

といひき。また歌ひけらく、

倭方《やまとへ》に　往くは誰《た》が夫《つま》　[三]隱水《こもりづ》の　[四]下《した》よ延《は》へつつ　往くは誰が夫(五七)

とうたひき。

3　八田若郎女

これより後《のち》時、大后[五]豐樂《とよのあかり》したまはむとして、[六]御綱柏《みつながしは》を採りに、[七]木《きの》國に幸行《い》でましし間に、天皇、八田《の》若郎女と婚《まぐは》ひしたまひき。ここに大后、御綱柏を御船に積み盈《み》てて、還り幸《い》でます時、[八]水取司《もひとりのつかさ》に[九]駈使《つか》はえし吉備國《の》の兒島の仕丁《よぼろ》、これ己が國に

一 雲が離れるように。以上序。
二 遠く離れていても。
三 シタ(下)の枕詞。
四 人目を忍んで先へ先へと行くのは、誰れの夫か。ほかならぬ私の夫だ。
五 御酒宴。
六 ウコギ科の常緑喬木のカクレミノ。葉は三裂または五裂する。酒をこれに盛る。
七 紀伊の国(和歌山県)。
八 飲料水などを掌る役所。
九 民間から徴用されて使役される人夫。

退《まか》るに、灘波の大渡に、後《おく》れたる[一]倉人女《くらびとめ》の船に遇ひき。すなはち語りて云ひしく、「天皇は、比日《このごろ》八田《の》若郎女と婚ひしたまひて、晝夜《ひるよる》戯れ遊びますを、もし大后はこの事[二]聞こしめさねかも、静かに遊び幸行《い》でます。」といひき。ここにその倉人女、この語る言《こと》を聞きて、すなはち御船に追ひ近づきて、状《ありさま》を具《つぶ》さに、仕丁《よぼろ》の言《こと》の如く白しき。ここに大后大《いた》く恨み怒りまして、その御船に載《の》せし御綱柏は、悉に海に投げ棄《う》てたまひき。故、其地《そこ》を號《なづ》けて[三]御津前《みつのさき》と謂ふ。すなはち宮に入りまさずて、[四]その御船を引き避《よ》きて、堀江に泝《さかのぼ》り、河の隨《まにま》に山代に上《のぼ》り幸《い》でましき。

この時歌ひたまひしく、

[五]つぎねふや　[六]山代河《やましろがは》を　河上《かはのぼ》り　我《わ》が上《のぼ》れば、河の邊《べ》に
生《お》ひ立《だ》てる　[七]烏草樹《さしぶ》を　烏草樹《さしぶ》の木　其《し》が下《した》に　生《お》ひ立《だ》て
る　[八]葉廣《はびろ》　五百箇眞椿《ゆつまつばき》　[九]其《し》が花の　照り坐《いま》し　[一〇]其《し》が葉の
廣《ひろ》り坐《いま》すは　大君ろかも（五八）

一 蔵司の女孺か。
二 お聞きにならないからか。
三 御津の崎。
四 難波の船着場を避けて運河をさかのぼり、淀川に出て、上流の山城に上って行かれた。
五 山代の枕詞。
六 淀川。上流は木津川。
七 シャクナゲ科の常緑灌木のシャシャンボ。しかしその下に椿が生えていたとすると、木が小さ過ぎるようである。或いは同名異木か。
八 広い葉がたくさん繁っている椿。ユツを「斎つ」即ち神聖なの意にとる説もある。
九 その花のように御顔も照り輝いていらっしゃり。
一〇 その葉のように寛やかにゆったりとしていらっしゃるのは、大君であるよ。ロは確実性を表わす接尾語。

とうたひたまひき。すなはち山代より廻《めぐ》りて、[一]那良《なら》の山口《の》に到りまして歌ひたまひしく、

　つぎねふや　山代河を　宮上り　我が上れば　あをによし[二]
　奈良を過ぎ　[三]小楯《をだて》　[四]倭《やまと》を過ぎ　我《わ》が見が欲《ほ》し國は　[五]葛城高《かづらきたか》
　宮《みや》　吾家《わぎへ》のあたり（五九）

とうたひたまひき。かく歌ひて還りたまひて、暫《しま》し[六]筒木《つつき》の韓人《からびと》、名は[七]奴理能美《ぬりのみ》の家に入りましき。

天皇、大后山代より幸《い》でましぬと聞こしめして、舍人《とねり》名は鳥山と謂ふ人を使はして、御歌を送りて曰《の》りたまひしく、

　山代に　[八]い及《し》け鳥山　い及《し》けい及《し》け　吾《あ》が愛妻《はしづま》に　い及《し》き
　遇《あ》はむかも（六〇）

とのりたまひき。また續《つ》ぎて丸邇《わにの》臣口子《くちこ》を遣はして歌ひたまひしく、

　[九]御諸《みもろ》の　その高城《たかき》なる　大猪子《おほゐこ》が原　[一〇]大猪子が　腹にある

一 奈良山の入口。
二 奈良の枕詞。
三 ヤマ（山）の枕詞。
四 この倭は、大和の国の東方の地名。
五 葛城の高宮（地名）。
六 京都府綴喜郡。
七 百済からの帰化人で、ヌリのオミ（使主）の意。
八 追いつけ。
九 三輪山のあの高いとりでの中にある。
一〇 上の大猪子が原という地名を同音異語の大猪子が腹に転換している。

[一]肝向《きもむか》ふ　心をだにか　相思はずあらむ(六一)

とうたひたまひき。また歌ひたまひしく、

つぎねふ　山代女《やましろめ》の　木鍬《こくは》持ち　[二]打ちし大根《おほね》　[三]根《ね》白《じろ》の　白《しろた》
腕《だむき》　[四]枕《ま》かずけばこそ　知らずとも言はめ(六二)

とうたひたまひき。故、この口子《の》臣、この御歌を白す時、大《いた》く雨ふりき。ここにその雨を避《よ》けず、前つ殿戸《とのど》に参伏《まゐふ》せば、違《たが》ひて後《しり》つ戸に出でたまひ、後《しり》つ殿戸に参伏せば、違ひて前つ戸に出でたまひき。ここに匍匐《は》ひ進み赴きて、庭中《にはなか》に跪《ひざまづ》きし時、[五]水《にはた》潦《づみ》腰に至りき。その臣《おみ》、紅《あか》き紐《ひも》著けし青摺《あをずり》の衣《きぬ》を服《き》たり。故、水潦紅き紐に拂《ふ》れて、青皆紅き色に變《な》りき。ここに口子《の》臣の妹《いも》、口日《くちひ》賣《め》、大后に仕へ奉れり。故、この口日賣歌ひけらく、

山代の　筒木《つつき》の宮に　物申《ものまを》す　吾《あ》が兄《せ》の君は　涙ぐましも
(六三)

とうたひき。ここに大后、その所由《ゆゑ》を問ひたまひし時、答へて

一 心の枕詞。以上はこの歌の序。
二 耕作したダイコン。打つは田畠を打つの打つと同じ。
三 ダイコンの根が白いように。
四 枕としなかったのなら。共寝をしなかったのならの意。ケは過去の助動詞キの未然形。
五 庭にたまった雨水。

白しけらく、「僕《あ》が兄《せ》口子《の》臣なり。」とまをしき。

ここに口子《の》臣、またその妹口比賣、また奴理能美、三《み》人《たり》議《はか》りて、天皇に奏《まを》さしめて云《い》ひしく、「大后の幸行《い》でまし所以《ゆゑ》は、奴理能美が養《か》へる虫、一度《ひとたび》は匐《は》ふ虫になり、一度は[一]鼓《つづみ》になり、一度は[二]飛ぶ鳥になりて、[三]三《み》色《くさ》に變《かは》る奇《あや》しき虫あり。この虫を看行《みそな》はしに入りまししにこそ。更に[四]異心《ことごころ》無し。」といひき。かく奏《まを》す時に、天皇詔りたまひしく、「然らば吾《あれ》も奇異《あや》しと思ふ。故、見に行かむと欲《おも》ふ。」とのりたまひて、[五]大宮より上り幸《い》でまして、奴理能美の家に入りましし時、その奴理能美、己が養《か》へる三《み》種《くさ》の虫を大后に獻りき。ここに天皇、その大后の坐せる殿戸に御《み》立《た》ちしたまひて、歌ひたまひしく、

つぎねふ　山代女《やましろめ》の　木《こ》鍬《くは》持ち　[六]打ちし大根《おほね》　[七]さわさわに
汝《な》が[八]いへせこそ　[九]打ち渡す　[一〇]やがはえなす　來《き》入《い》り參《まゐ》來《く》れ
（六四）

一 諸本に文字の異同が甚だしいが「鼓」に従った。繭である。繭の形が鼓に似ているからである。記伝には「殼」に従いカヒコと訓み、卵の意としている。
二 蛾。
三 幼虫→繭→蛾と三種類に変化する不思議な虫。蚕のことである。
四 それ以外の意図はない。
五 難波の高津の宮。
六 この句までは序。
七 ダイコンがサワサワ(爽々)に、を、サワサワ(騒々)に、に転換したのである。
八 語法上に疑問がある。言うものだからの意か。
九 見渡される。
一〇 生い茂った木のように(おおぜいの人を連れて)の意であろう。

とうたひたまひき。この天皇と大后と歌ひたまひし六《む》歌は、志《し》[一]都《つ》歌の歌返《うたひかへ》しなり。

天皇、八田若《の》郎女を戀ひたまひて、御歌を賜ひ遣はしたまひき。

その歌に曰《い》ひしく、

八田《やた》の　一本菅《ひともとすげ》は　子持たず　立[二]ちか荒れなむ　あたら[三]菅《すが》原《はら》　言《こと》[四]をこそ　菅原《すげはら》と言はめ　あたら清《すが》し女《め》(六五)

といひき。ここに八田若郎《の》女、答へて歌ひたまひしく、

八田の　一本菅は　獨居《ひとりを》りとも　大君し　よしと聞こさば　獨居りとも(六六)

とうたひたまひき。故、八田《の》若郎女の御名代《みなしろ》として、八田部を定めたまひき。

4　女鳥王と速総別王の反逆

天皇、その弟速總別王《おとはやぶさわけの》を媒《なかびと》[五]として、庶妹女鳥王《ままいもめどりの》を乞ひたまひき。

ここに女《の》鳥王、速總別《の》王に語りて曰《い》ひけらく、「大[六]后の強《おず》きに

一 歌曲上の名称。しずかに歌う歌の意か。歌返しは、一曲を歌い了えてから、更に調子をかえて歌い返す意であろう。

二 立ったままで荒れ朽ちるであろうか。

三 惜しい菅だ。原は軽く添えた語。

四 言葉の上では。

五 結婚の仲人。

六 皇后の御気性が烈しいのが原因で、八田若郎女を御寵愛なさることがおできにならない。

よりて、八田《の》若郎女を治《をさ》めたまはず。故、仕へ奉らじと思ふ。吾《あ》は汝命《いましみこと》の妻《め》にならむ。」といひて、すなはち相婚《あ》ひき。ここをもちて速總別王《の》、復奏《かへりごとまを》さざりき。ここに天皇、女鳥王《の》の坐《いま》す所に直《ただ》[一]に幸《い》でまして、その殿戸の閾《しきみ》の上に坐《いま》しき。ここに女鳥王《の》、機《はた》に坐して服織《みそお》りたまへり。ここに天皇歌ひたまひしく、

　女鳥《めどり》の　我《わ》が王《おほきみ》の　織《お》ろす[二]機《はた》　誰《た》[三]が料《たね》ろかも（六七）

とうたひたまひき。女鳥王《の》答へて歌ひたまひしく、

　高行《たかゆ》[四]くや　速總別《はやぶさわけ》の　御襲料《みおすひがね》[五]（六八）

とうたひたまひき。故、天皇その情《こころ》を知りたまひて、宮に還り入りましき。この時、その夫《ひこぢ》速總別王《の》到來《き》ましし時、その妻《め》女鳥王《の》歌ひたまひしく、

　雲雀《ひばり》[六]は　天《あめ》に翔《かけ》る　高行くや　速總別《はやぶさわけ》[七]　鷦鷯《さざき》取らさね（六九）

とうたひたまひき。天皇この歌を聞きたまひて、すなはち軍《いくさ》を興《おこ》して殺さむとしたまひき。ここに速總別王《の》、女鳥王《の》、共に逃

一 直接お出かけになって。
二 織ろすは織らすと同じ。織っていらっしゃる機は。
三 どなたの衣服にするためのものですか。ロは確実性を表わす接尾語。
四 隼の枕詞。
五 オスイにするためのものです。
六 ヒバリのような小さい鳥でも、天空を自由にかけまわっている。
七 まして隼の名をもつハヤブサワケ様、天をかけってあの鷦鷯(仁徳天皇)をお取りになって下さい。

げ退《そ》きて、[一]倉椅山《くらはし》に騰《のぼ》りき。ここに速總別王《の》歌ひたまひしく、

[二]梯立《はした》ての　倉椅山《くらはし》を　嶮《さが》しみと　[三]岩かきかねて　我《わ》が手取らすも(七〇)

とうたひたまひき。また歌ひたまひしく、

梯立《はした》ての　倉椅山は　嶮《さが》しけど　妹《いも》と登れば　嶮《さが》しくもあらず(七一)

とうたひたまひき。故、其地《そこ》より逃げ亡《う》せて、[四]宇陀《うだ》の蘇邇《そに》に到りし時、御軍《みいくさ》追ひ到りて殺しき。

その将軍山部大楯連《いくさのきみやまべのおほたてのむらじ》、その女鳥王《の》の御手に纏《ま》かせる[五]玉釧《たまくしろ》を取りて、己が妻《め》に與へき。この後《のち》、豊樂《とよのあかり》したまはむとする時、氏氏の女等《をみなども》、皆[六]朝《みかどまゐ》參りしき。ここに大楯連《の》の妻、その王《みこ》の玉釧を、己が手に纏きて參り赴きき。ここに大后石之日賣命《の》、自《みづか》ら大御酒《き》の柏《かしは》を取りて、諸《もろもろ》の氏氏の女等《をみなども》に賜ひき。ここに大后、その玉釧を見知りたまひて、御酒の柏を賜はずて、すなはち引

一 奈良県磯城郡。
二 倉の枕詞。
三 岩に取りすがることができないで。
四 奈良県宇陀郡。
五 玉をつけた腕輪。
六 宮中に参内した。

き退《そ》けたまひて、その夫《を》大楯《の》連を召し出《いだ》して詔りたまひしく、「その王等《みこたち》、禮無《ゐやな》[一]きによりて退《しぞ》けたまひき。こは異《け》しき事無くこそ。それの奴《やつこ》や、己が君の御手に纏かせる玉釧を、膚《はだ》も熅《あたた》けきに剝《は》ぎ持ち來て、すなはち己が妻《め》に與へつる。」とのりたまひて、すなはち死刑《ころすつみ》を給ひき。

5 雁の卵の祥瑞

また一時《あるとき》、天皇豐樂《とよのあかり》したまはむとして、日《ひ》[二]女《め》島に幸行《い》でまし時、その島に鴈卵《かりこ》生みき。ここに建内《の》宿禰《の》命を召して、歌をもちて鴈の卵《こ》生みし狀《さま》を問ひたまひき。その歌に曰《の》りたまひしく、

たまきはる[三]　内《うち》[四]の朝臣《あそ》　汝《な》こそは　世《よ》[五]の長人《ながひと》　そらみつ[六]
倭《やまと》の國に　雁卵《かりこ》生《む》と聞くや（七二）

とのりたまひき。ここに建内《の》宿禰、歌をもちて語りて白ししく、

高光る　日の御子　諾《うべ》[七]しこそ　問ひたまへ　まこそに[八]　問

一 不敬な行為があったから遠ざけられたのである。
二 大阪府三島郡。
三 内の枕詞。
四 建内宿禰を指す。
五 世の中に長く生きている人。
六 倭の枕詞。
七 なるほどお尋ねになる。お尋ねになるのは尤もなことでございます。
八 ほんとにお尋ねになる。

ひたまへ　吾《あれ》こそは　世の長人　そらみつ　倭の國に　雁
卵生《こむ》と　未《いま》だ聞かず(七三)

とまをしき。かく白して、御琴を給はりて歌ひけらく、

[一]汝《な》が御子や　[二]終《つひ》に知らむと　雁は卵生《こむ》らし(七四)

とうたひき。こは[三]本岐《ほき》歌の片《かた》歌なり。

6　枯野という船

この御世に、[四]兎寸《？き》河の西に一つの高樹ありき。その樹の影、旦《あさ》日《ひ》に當たれば、淡道《あはぢ》島に逮《およ》び、夕日に當たれば、[五]高安《たかやす》山を越えき。故、この樹を切りて船を作りしに、甚捷《いとはや》く行く船なりき。時にその船を號《なづ》けて枯野《からの》と謂ひき。故、この船をもちて旦夕《あさゆふ》淡道島の寒泉《しみづ》を酌《く》みて、[六]大御水《おほみもひ》獻りき。この船、破《や》れ壞《こほ》れて鹽を焼き、その焼け遺《のこ》りし木を取りて琴に作りしに、その音七里《ななさと》に響《とよ》みき。ここに歌ひけらく、

枯野《からの》を　[七]鹽に焼き　其《し》が餘り　琴に作り　かき彈《ひ》くや　[八]由《ゆ》

一 あなたの御子様が。これを汝が王即ち仁徳天皇とする説もある。
二 どこどこまでも天下をお治めになる吉兆として。
三 歌曲上の名称。寿き歌の意。
四 所在不明。訓みも不明。
五 大阪府中河内郡。
六 天皇の飲料水。
七 塩を作るために焼き。
八 由良海峡。

良《ら》の門《と》の　門中《となか》の海石《いくり》[一]に　触れ立つ[二]　浸漬《なづ》[三]の木の　さやさ[四]や(七五)

とうたひき。こは志都歌《しつうた》の歌返《うたひかへ》しなり。

この天皇の御年、八十三歳《やそぢまりみとせ》。丁卯の年の八月十五日に崩りましき。　御陵は毛受《もず》[五]の耳原《みみはら》にあり。

履中天皇

1　后妃皇子女

子《みこ》[六]、伊邪本和氣命《いざほわけの》、伊波禮《いはれ》[七]の若櫻宮《の》に坐しまして、天の下治らしめしき。この天皇、葛城の曾都毘古《そつびこ》の子、葦田宿禰《あしだの》の女、名は黒比賣命《の》を娶して、生みませる御子、市邊《いちのべ》の忍齒王《おしはの》。次に御《み》馬王《まの》。次に妹青海郎女《あをみの》、亦の名は飯豐郎女《いひとよの》。　杜三

2　墨江中王の反逆

本《もと》、灘波の宮に坐しましし時、大嘗《おほにへ》[八]に坐して豐明《とよのあかり》したまひし時、大御酒にうらげて[九]大御寝《おほみね》したまひき。ここにその弟墨江中王《すみのえのなかつ》、

一　岩礁。
二　波に触れて生えている。
三　海水に浸っている海藻のように。
四　琴の音がさやかである。
五　大阪府堺市。
六　先帝の御子の意。先帝との続き柄を示す。
七　奈良県磯城郡。
八　大嘗(新嘗)祭で。
九　浮き浮きしたよい気持になって。

天皇を取《一》らむと欲《おも》ひて、火を大殿に著けき。ここに倭《やまと》の漢直《あやのあたへ》の祖《おや》、阿知直《あちのあたへ》二盗み出して、御馬《みま》に乗せて倭に幸《い》でまさしめき。故、多遅比野《たぢひの》三に到りて寤《さ》めまして、「此間《ここ》は何處《いづく》ぞ。」と詔りたまひき。ここに阿知《の》直白しけらく、「墨《の》江《の》中《つ》王、火を大殿に著けましき。故、率《ゐ》て倭に逃《に》ぐるなり。」とまをしき。ここに天皇歌ひたまひしく、

多遅比野《たぢひの》に　寝むと知りせば　立薦《たつごも》四も　持ちて來《こ》ましもの

寝むと知りせば（七六）

とうたひたまひき。波邇賦坂《はにふ》五に到りて、灘波の宮を望み見たまへば、その火なほ炳《しる》くありき。ここに天皇また歌ひたまひしく、

波邇布坂《はにふざか》　我《わ》が立ち見れば　かぎろひの六　燃ゆる家群《いへむら》　妻《つま》

が家のあたり（七七）

とうたひたまひき。故、大坂の山《の》口に到り幸《い》でましし時、一《ひと》りの女人《をみな》に遇ひたまひき。その女人の白しけらく、「兵《つはもの》を持てる

一　殺そう。

二　こっそり連れ出して。

三　大阪府南河内郡。

四　風よけの薦。防壁。

五　大阪府南河内郡。

六　燃ゆるの枕詞。独立歌として見れば、春の野に立つ陽炎（カゲロウ）。

人等《ひとども》、多《さは》にこの山を塞《さ》[一]へたり。當岐麻道《たぎまち》[二]より廻りて越え幸《い》でますべし。」とまをしき。ここに天皇歌ひたまひしく、

大坂《おほさか》に　遇[三]ふや嬢子《をとめ》を　道問へば　直《ただ》[四]には告《の》らず　當藝麻《たぎま》道《ち》を告る（七八）

とうたひたまひき。故、上《のぼ》り幸《い》でまして、石上《いそのかみの》[五]神《の》宮に坐しましき。

3　水歯別命と曾婆訶理

ここにその同母弟《いろと》水齒別《の》命、參赴《まゐおもむ》きて謁《まを》[六]さしめたまひき。ここに天皇詔らしめたまひけらく、「吾《あ》は汝命《いましみこと》のもし墨江《のの》中《っ》王と同《おや》じ心ならむかと疑ひつ。故、相[七]言はじ。」とのらしめたまへば、答へて白しけらく、「僕《あ》は穢邪《きたな》[八]き心無し。また墨江《のの》中《っ》王と同《おや》じくあらず。」とまをしたまひき。また詔らしめたまひけらく、「然らば今還り下《くだ》りて、墨江《のの》中《っ》王を殺して上《のぼ》り來ませ。その時に吾《あれ》必ず相言はむ。」とのらしめたまひき。故、すなはち難波

一 人を通さないようにふさいでいる。
二 奈良県北葛城郡の当麻（タイマ）へ越える道。
三 逢った乙女に。
四 まっすぐに行けとは言わずに、遠廻りの当麻への道を行けと言う。
五 奈良県山辺郡。
六 面会を申し入れさせになった。
七 語り合うまい。
八 反逆心。

に還り下りて、墨《の》江《の》中《つ》王に近く習《つか》ふる隼人《はやびと》[一]、名は曾婆加里《そばかり》を欺きて云《の》りたまひしく、「もし汝《なれ》、吾《あ》が言《こと》に従はば、吾《あれ》天皇となり、汝《な》を大臣《おほおみ》に作《な》して、天の下治らしめさむは那何《いかに》ぞ。」とのりたまひき。曾婆訶里《そばかり》、「命《みこと》の随《まにま》に。」と答へ白しき。ここに多《さは》に祿《もの》をその隼人に給ひて曰《の》りたまひしく、「然らば汝《な》[二]が王《みこ》を殺せ。」とのりたまひき。ここに曾婆訶里、己《おの》が王《みこ》の厠《かはや》に入るを竊《ひそ》かに伺ひて、矛をもちて刺して殺しき。故、曾婆訶里を率《ゐ》て倭に上り幸《い》でます時、大坂の《の》山口に到りて以爲《おも》ほしけらく、曾婆訶里、吾《あ》が爲《ため》には大《おほ》き功《いさを》あれども、既に己が君を殺せし、これ義《みち》ならず。然れどもその功《いさを》に賽《むく》いぬは、信《まこと》無しと謂ひつべし。既にその信《まこと》を行なはば、還りてその情《こころ》こそ惶《かし》こけれ。故、その功に報《むく》ゆれども、その正身《ただみ》[三]を滅してむとおもほしき。ここをもちて曾婆訶里に詔りたまひしく、「今日は此間《ここ》に留まりて、まづ大臣の位を給ひて、明日《あす》上り幸《い》

一 九州南部に住んでいた種族。

二 お前の仕えている王子。

三 本人。

でまさむ。」とのりたまひて、その山《の》口に留まりて、すなはち假宮《かりみや》を造りて、忽《には》かに豐樂《とよのあかり》したまひて、すなはちその隼人に大臣の位を賜ひ、百官《もものつかさ》をして拜《をろが》ましめたまふに、隼人歡喜《よろこ》びて、志遂げぬと以爲《おも》ひき。ここにその隼人に詔りたまひしく、「今日大臣と同《おや》じ盞《つき》の酒を飲まむ。」とのりたまひて、共に飲みたまふ時に、面《おも》を隱《かく》す大鋺《おほまり》に、その進むる酒を盛《も》りき。ここに王《み》子《こ》先《さき》に飲みたまひて、隼人後に飲みき。故、その隼人飲む時に、大鋺面《おほまりおも》を覆《おほ》ひき。ここに席《むしろ》の下に置きし劒を取り出して、その隼人の頸《くび》を斬りたまひて、すなはち明日《あす》上り幸《い》でましき。故、其《そ》地《こ》を號《なづ》けて近飛鳥《ちかつあすか》[一]と謂ふ。上りて倭に到りて詔りたまひしく、「今日は此間《ここ》に留まりて祓禊《はらへ》をして、明日《あす》參出《まゐで》て神《の》宮を拜《をろが》まむとす。」とのりたまひき。故、其地を號けて遠飛鳥《とほつあすか》[二]と謂ふ。故、石上《いそのかみの》神《の》宮に參出て、天皇に奏《まを》さしめたまひしく、「政《まつりごと》既に平《ことむ》け訖《を》へて參上《まゐのぼ》りて侍《さもら》ふ。」とまをさしめたまひき。ここに召

一 河内の飛鳥。

二 大和の飛鳥。水歯別命の皇居(多治比の柴垣宮)からの遠近によって名づけたのである。

し入れて相語らひたまひき。天皇、ここに阿知《の》直を始めて藏《くらの》[一]官《つかさ》に任《ま》け、また粮地《たどころ》[二]を給ひき。

またこの御世に、若櫻部臣《の》等《ども》に若櫻部の名を賜ひ、また比賣陀《ひめだの》君等《ども》に姓《かばね》を賜ひて比賣陀の君と謂ひき。また伊波禮部《いはれべ》を定めたまひき。天皇の御年、六十四歳《むそぢまりよとせ》。（壬申の年の正月三日に崩りましき。）御陵は毛受《もず》[三]にあり。

反正天皇

弟《いろと》、水齒別命《の》、多治比《たぢひ》[四]の柴垣宮《しばかきの》に坐しまして、天の下治らしめしき。この天皇、御身《みみ》の長《たけ》、九尺二寸半《ここのさかあまりふたきいつきだ》。御齒の長さ一寸《ひとき》、廣さ二分《ふたきだ》、上下《かみしも》等《ひと》しく齊《ととの》ひて、既[五]に珠《たま》を貫《ぬ》けるが如くなりき。天皇、丸邇《わに》の許碁登臣《こごとの》の女、都怒郎女《つのの》を娶して、生みませる御子、甲斐郎女《かひの》。次に都夫良郎女《つぶらの》。（二柱）また同《おや》じ臣の女、弟比賣を娶して、生みませる御子、財王《たからの》。次に多訶辨郎女《たかべの》。并せて四《よ》王《はしら》なり。天皇の御年、六十歳《むそとせ》。（丁丑の年の七月崩りましき。）御陵は毛受野《もずの》にあ

一 物の出納をつかさどる役。
二 田地。
三 大阪府堺市。
四 同南河内郡。
五 全く。

り。

允恭天皇

1 后妃皇子女

弟《いろと》、男《を》淺津《あさづ》間《ま》若子《わくごの》宿禰《の》命、遠飛鳥宮《とほつあすかの》に坐しまして、天の下治らしめしき。この天皇、意富本杼《おほほどの》王の妹《いも》、忍坂《おさか》の大中津比賣《の》命を娶して、生みませる御子、木梨《きなし》の輕《かるの》王。次に長田《の》大郎女。次に境《さかひ》の黒日子《の》王。次に穴穗《あなほの》命。次に輕《かるの》大郎女、亦の名は衣通《そとほしの》郎女。御名を衣通王と負はせる所以は、その身の光、衣より通り出づればなり。次に八瓜《やつり》の白日子《の》王。次に大長谷《おほはつせの》命。次に橘《の》大郎女。次に酒見《さかみの》郎女。九柱 凡そ天皇の御子等、九《ここの》柱《はしら》なり。男王五、女王四。この九王の中《なか》に、[一]穴穗《の》命は天の下治らしめしき。次に[二]大長谷《の》命、天の下治らしめしき。

2 天皇の即位と氏姓の正定

天皇初め天津《あまつ》日《ひ》繼《つぎ》知らしめさむとせし時、天皇辭《いな》びて詔りたまひしく、「我《われ》は一つの長き病《やまひ》あり。日繼知らしめすこと得じ。」

一 安康天皇。
二 雄略天皇。

とのりたまひき。然れども大后を始めて、諸《もろもろ》の卿等《まへつぎみたち》、堅く奏《まを》すによりて、すなはち天の下治らしめしき。この時、新良《しらぎ》[一]の國主《こにきし》、御《み》調八十一艘《つぎやそまりひとふね》を貢進《たてまつ》りき。ここに御調《みつぎ》の大使《おほきつかひ》、名は金波鎭《こむはちむ》[二]漢紀武《かむきむ》と云ふ、この人深く藥方《くすりのみち》を知れり。故、帝皇《すめらみこと》の御病を治《をさ》め差《い》やしき。

ここに天皇、天の下の氏氏名名[三]の人等《ども》の氏姓《うぢかばね》[四]の忤《たが》ひ過《あやま》てるを愁ひたまひて、味白檮《あまかし》[五]の言八十禍津日《ことやそまがつひ》の前《さき》に、探湯瓮《くかべ》[六]を居《す》ゑて、天の下の八十友緒《やそとものを》[七]の氏姓を定めたまひき。また木梨の輕太子《かるのひつぎのみこ》の御名代として、輕部《かるべ》を定め、大后の御名代として、刑部《おさかべ》を定め、大后の弟《いろと》、田井《の》中《つ》比賣の御名代として、河部を定めたまひき。天皇の御年、七十八歲《ななそぢまりやとせ》。甲午の年の正月十五日に崩りましき。御陵は河内[八]の恵《ゑ》賀《が》の長枝《ながえ》にあり。

3 軽太子と衣通王

天皇崩《かむあが》りましし後《のち》、木梨の輕《の》太子、日繼知らしめすに定まれ

一 新羅に同じ。
二 金は姓、波鎮は新羅の爵位、漢紀は新羅の王族の号、武は名。
三 諸氏諸職の人々。
四 氏は家の名、姓は朝廷から賜わる家の階級。それが自然にまた故意に乱れていたのである。
五 大和国高市郡甘樫。
六 湯をたぎらせその中に手を漬けさせて正邪を判断する卜占を行なう土釜。
七 多くの職業団体の長。
八 大阪府南河内郡。

るを、未だ位に即《つ》きたまはざりし間に、その同母妹《いろも》輕《の》大郎女に一姧《たは》けて歌ひたまひしく、

二あしひきの　山田を作り　山高《だか》み　三下樋《したび》を走せ《わし》　四下娉《したど》ひに
我《わ》が娉《と》ふ妹《いも》を　下泣《したな》きに　我《わ》が泣く妻を　昨夜《こぞ》こそは　安《やす》
く肌觸《はだふ》れ(七九)

とうたひたまひき。こは五志良宜《しらげ》歌なり。また歌ひたまひしく、

笹葉《ささば》に　打つや霰《あられ》の　六たしだしに　七率寝《ゐね》てむ後《のち》は　人は離《か》
ゆとも　八愛《うるは》しと　九さ寝しさ寝てば　一〇刈薦《かりこも》の　亂れば亂れ
さ寝しさ寝てば(八〇)

とうたひたまひき。こは一一夷振《ひなぶり》の上歌《あげうた》なり。

ここをもちて百官《もものつかさ》また天の下の人等《ひとども》、輕《の》太子に背きて、穴穗《の》御子に歸《よ》りき。ここに輕《の》太子畏みて、大前小前宿禰《おほまへをまへの》の大臣《おほおみ》の家に逃げ入りて、兵器《つはもの》を備へ作りたまひき。その時に作りたまひし矢は、その箭の内を銅にせり。故、その矢を號けて輕箭と謂ふ。穴穗《の》御子もまた、兵器《つはもの》を作りたまひき。この王子の作りたまひし矢は、

一 不倫の婚姻をして。異腹の兄弟姉妹間の婚姻は許されていたが、同腹のそれは不倫とされた。
二 山の枕詞。
三 地中に埋めた木製の水路。ワシセは走らせの意であろうが、語法不明。以上序。
四 人目を忍んで言いよる私の愛人に。ヲはニの意。
五 歌曲上の名称。尻上げ歌の意か。
六 霰が笹の葉を打つ音のタシダシをタシダシ(確々)の意に転換している。確かに。
七 共寝をしてしまった後は、あの人は離れ去るともしかたがない。ここまでで一首の歌と見る説もある。
八 いとしいといって。愛する人との意にとる説もある。
九 寝てしまったならば。
一〇 乱れの枕詞。
一一 歌曲上の名称。上歌は

すなはち今時の矢なり。これを穴穂箭と謂ふ。ここに穴穂御子《の》、軍《いくさ》を興して大前小前宿禰《の》の家を圍《かく》みたまひき。ここにその門《かど》に到りましし時、大《いた》く氷雨《ひさめ》零《ふ》りき。故、歌ひたまひしく、

（八一）
大前《おほまへ》　小前宿禰《をまへすくね》が　[一]金門蔭《かなとかげ》　かく寄り來《こ》ね　[二]雨立ち止めむ

とうたひたまひき。ここにその大前小前宿禰《の》、手を擧げ膝を打ち、[三]儛《ま》ひかなで歌ひ參來《まゐき》つ。その歌に曰《い》ひしく、

[四]宮人《みやひと》の　[五]脚結《あゆひ》の子鈴《こすず》　落ちにきと　[六]宮人《みやひと》とよむ　[七]里人《さとびと》もゆめ（八二）

といひき。この歌は[八]宮人振《みやひとぶり》なり。かく歌ひ參歸《まゐき》て白しけらく、「我が天皇《おほきみ》の御子、同母兄《いろせ》の王《みこ》に兵《いくさ》をな及《や》りたまひそ。もし兵を及《や》りたまはば、必ず人咲《わら》はむ。僕《あれ》捕へて貢進《たてまつ》らむ。」とまをしき。ここに兵《いくさ》を解《と》きて退《そ》きましき。故、大前小前宿禰《の》、その輕《の》太子を捕へて、率《ゐ》て參出《まゐで》て貢進《たてまつ》りき。その太子、捕へらえて

調子を上げて歌う歌。

一 堅固な門の蔭に。
二 立ちながら雨をやませよう。
三 舞いおどり。
四 宮廷の人。
五 袴をかかげて結ぶ紐につけた小鈴。
六 宮廷の人が騒ぎ立てている。
七 民間の人も忌み慎んで騒ぐな。
八 歌曲上の名称。歌の初句から来た名。

歌ひたまひしく、

天飛《あまだ》む[一]　輕《かる》の孃子《をとめ》　いた泣かば　人知りぬべし　波佐《はさ》[二]の山の　鳩[三]の　下《した》泣きに泣く（八三）

とうたひたまひき。また歌ひたまひしく、

天飛《あまだ》む　輕孃子《かるをとめ》　したたにも[四]　寄り寝てとほれ　輕孃子ども（八四）

とうたひたまひき。故、その輕《の》太子は、伊余《いよ》[五]の湯《ゆ》に流《なが》しき。また流さえむとしたまひし時、歌ひたまひしく、

天飛《あまと》ぶ　鳥も使ひぞ　鶴《たづ》が音《ね》の　聞こえむ時は　我《わ》が名問はさね（八五）

とうたひたまひき。この三《み》歌は天田振《あまだぶり》[六]なり。また歌ひたまひしく、

王《おほきみ》[七]を　島[八]に放《はぶ》らば　船餘《ふなあま》り[九]　い歸《がへ》り來《こ》むぞ　我《わ》が疊《たたみ》[一〇]ゆめ　言《こと》をこそ　疊と言はめ　我《わ》が妻はゆめ（八六）

一 軽の枕詞。元来は雁(カリ)に係ったものと思われる。
二 所在不明。
三 鳩のように忍び音に泣くがよい。
四 したたかにも。しっかりと。
五 道後温泉。
六 歌曲上の名称。これも初句から来た名。
七 皇族を指す。ここは軽太子。
八 島に追放するなら。
九 帰るの枕詞。語義未詳。
一〇 私の敷物を忌み清めて置け。

一 歌曲上の名称。
二 アヒネのネに係る枕詞。

とうたひたまひき。この歌は夷振《ひなぶり》の一片下《かたおろ》しなり。その衣通王《の》、歌を獻りき。その歌に曰《い》ひしく、

二夏草《なつくさ》の　三あひねの濱の　蠣貝《かきがひ》に　足蹈《あしふ》ますな　四あかしてとほれ(八七)

といひき。故、後《のち》また戀ひ慕《しの》ひ堪《あ》へずて、追ひ往きし時、歌ひたまひしく、

五君が往《ゆ》き　六け長くなりぬ　七山たづの　八迎へを行かむ　待つには待たじ　ここに山たづと云ふは、これ今の造木なり。(八八)

とうたひたまひき。故、追ひ到りましし時、待ち懷《おも》ひて歌ひたまひしく、

九隱《こも》り國《く》の　一〇泊瀬《はつせ》の山の　一一大峽《おほを》には　幡張《はたは》り立《だ》て　さ小峽《をを》には　幡張り立《だ》て　大峽《おほを》にし　一二なかさだめる　思ひ妻《づま》あはれ　一三槻《つく》弓の　一四臥《こ》やる臥《こ》やりも　梓《あづさ》弓　起《た》てり起《た》てりも　一五後《のち》も取り見る　思ひ妻あはれ(八九)

三 所在不明。　四 夜の明けるのを待って行きなさい。
五 あなたの旅行きは。
六 時久しくなった。
七 迎えの枕詞。細注には山タヅは造木とある。造木はニワトコで、その葉が対生するので迎えの枕詞としたのであろう。
八 迎えに行こう、待つことはすまい。この歌、万葉集には磐姫皇后の歌とされ、「君が行きけ長くなりぬ山たづね迎へか行かむ待ちにか待たむ」(巻二、八五)と伝えている。　九 泊瀬の枕詞。　一〇 泊瀬(奈良県磯城郡)の渓谷を囲む山々。
一一 峡(ヲ)は丘・峰の意。
一二 難解の句。仲定めるか。
一三 次の梓弓と共に枕詞。
一四 臥しては起き、起きては臥して。
一五 後には相見る。

とうたひたまひき。また歌ひたまひしく、

隠り國《く》の　泊瀬の河の　上《かみ》つ瀬に　齋杙《いくひ》[一]を打ち　下《しも》つ瀬に　眞杙《まくひ》を打ち　齋杙には　鏡を懸《か》け　眞杙には　眞玉《またま》を懸け[二]　眞玉如《な》す　吾《あ》が思《も》ふ妹《いも》　鏡如《な》す　吾《あ》が思《も》ふ妻　ありと言はばこそに　家にも行かめ　國[三]をも偲《しの》はめ（九〇）

とうたひたまひき。かく歌ひて、すなはち共に自《みづか》ら死にたまひき。故、この二《ふた》歌は讀《よみ》[四]歌なり。

安康天皇

1 押木の玉縵

御子《みこ》、穴穂《の》御子、石上《いそのかみ》[五]の穴穂《の》宮に坐しまして、天の下治らしめしき。天皇、同母弟《いろと》大長谷王子《おほはつせのみこ》[六]の爲《ため》に、坂本《の》臣等の祖、根臣《ねのおみ》を、[七]大日下王《おほくさかの》の許《もと》に遣はして、詔らしめたまひしく、「汝命《いましみこと》の妹《いろも》、若日下王《わかくさかの》を、大長谷《の》王子に婚《あ》はせむと欲《おも》ふ。故、貢るべし。」とのらしめたまひき。ここに大日下《の》王、四《よ》たび拜《をろが》みて白しけら

一 清浄な杙。
二 以上は序。
三 故郷をもなつかしもう。この歌の類歌が万葉集巻十三に見える（三二六三）。
四 歌曲上の名称。
五 奈良県山辺郡。
六 後の雄略天皇。
七 仁徳帝の御子、安康天皇の叔父にあたる。

く、「もしかくの大命《おほみこと》もあらむと疑ひつ。故、外《と》に出さずて置きつ。これ恐《かしこ》し、大命の隨《まにま》に奉進《たてまつ》らむ。」とまをしき。然れども言《こと》[一]もちて白す事、それ禮無《ゐやな》しと思ひて、すなはちその妹の禮《ゐや》[二]物《じろ》として、押木《おしき》[三]の玉縵《たまかづら》を持たしめて貢獻《たてまつ》りき。根《の》臣、すなはちその禮物《ゐやじろ》の玉縵を盗み取りて、大日下《の》王を讒《よこ》して曰ひしく、「大日下《の》王は、勅命《おほみこと》を受けずて曰《の》りたまひつらく、『己[四]が妹や、等《ひと》し族《うがら》の下席《したむしろ》にならむ。』とのりたまひて、横刀《たち》の手上《たがみ》[五]を取りて、怒りましつ。」といひき。故、天皇大《いた》く怒りまして、大日下《の》王を殺して、その王の嫡妻《むかひめ》、長田《の》大郎女を取り持ち來て、皇《おほ》后《きさき》としたまひき。

2　目弱王の乱

これより以後《のち》、天皇神牀《かむどこ》[六]に坐して晝寢したまひき。ここにその后《きさき》に語りて曰《の》りたまひけらく、「汝《いまし》思ほす所ありや。」とのりたまへば、答へて曰《まを》したまひけらく、「天皇の敦《あつ》き澤《めぐみ》を被《かがふ》りて、

一 ただ口頭だけでお受け申すことは失礼だと思って。
二 敬意を表わす贈り物。
三 書紀には立縵・磐木縵ともある。未詳。
四 自分の妹は、同族の下敷きになろうか。なりはしない。
五 柄(つか)。
六 御床。

何か思ふ所あらむ。」とまをしたまひき。ここにその大后の先《さき》[一]の子、目弱王《まよわの》、これ年七歳《ななとせ》なりき。この王《みこ》、その時に當たりて、その殿《との》の下に遊べり。ここに天皇、その少《わか》き王の殿の下に遊べるを知らしめさずて、詔りたまひしく、「吾《あ》は恒に思ふ所あり。何ぞといへば、汝《いまし》の子目弱王《の》、人と成りし時、吾がその父王《ちちみこ》を殺せしを知りなば、還[二]りて邪《きたな》き心あらむとするか。」とのりたまひき。ここにその殿の下に遊べる目弱王《の》、この言《こと》を聞き取りて、すなはち天皇の御寝《みね》しませるを竊《ひそ》かに伺ひて、その傍《かたへ》の大《た》刀《ち》を取りて、すなはちその天皇の頸を打ち斬りて、都夫良意富《つぶらおほ》美《み》の家に逃げ入りき。

天皇の御年、五十六歳《いそぢまりむとせ》。御陵は菅原《すがはら》[三]の伏見《ふしみ》の岡にあり。

ここに大長谷王子《の》、當時《そのかみ》童男《をぐな》[四]なりき。すなはちこの事を聞きたまひて、慷愾《うれた》み忿怒《いか》りて、すなはちその兄《いろせ》黒日子王《の》の許《もと》に到りて曰《まを》したまひけらく、「人天皇を取りつ[五]。那何《いかに》かせまし。」とま

一 先の夫大日下王との間の子。
二 却って復讐心を抱くのではあるまいか。
三 奈良県生駒郡。
四 少年。
五 殺した。

をしたまひき。然るにその黒日子王《の》、驚かずて怠緩《おほろか》[一]の心ありき。ここに大長谷王《の》、その兄を詈《の》りて言ひけらく、「一つには天皇にまし、一つには兄弟《はらから》にますを、何《なに》か恃《たの》む心も無くて、その兄《いろせ》を殺せしことを聞きて、驚かずて怠《おほろか》なる。」といひて、すなはちその衿《ころものくび》を握《と》りて控《ひ》き出して、刀《たち》を抜きて打ち殺したまひき。またその兄白日子王《の》に到りて、狀《ありさま》を告ぐること前《さき》の如くなりしに、緩《おほろか》なることもまた、黒日子王《の》の如くなりき。すなはちその衿を握《と》りて引き率《ゐ》て來て、小治田《をはりだ》[二]に到りて、穴を掘りて立てる隨《まにま》に埋みしかば、腰を埋む時に至りて、兩《ふた》つの目走り抜けて死にき。

また軍《いくさ》を興して都夫良意美《つぶらおみ》の家を圍《かく》みたまひき。ここに軍を興して待ち戰ひて、射《い》出づる矢、葦《あし》[三]の如く來たり散りき。ここに大長谷王《の》、矛を杖にして、その內を臨みて詔りたまひしく、「我《わ》[四]が相言へる孃子《をとめ》は、もしこの家にありや。」とのりたまひき。

一 大して気にもかけなかった。

二 奈良県高市郡。

三 葦の花が飛び散るように飛来した。

四 私が言い交した女。訶良比売を指す。

ここに都夫良意美、この詔命《おほみこと》を聞きて、自《みづか》ら參出《まゐで》て、佩《は》ける兵《つはもの》を解きて、八《や》度《たび》拜《をろが》みて白ししく、「一先《さき》の日問ひたまひし女子《むすめ》、訶良比賣《からひめ》は侍《さもら》はむ。また五《い》つ處の二屯宅《みやけ》を副へて獻らむ。謂はゆる五村の屯宅は、今の葛城の五村の苑人なり。然るにその三正身《ただみ》、參向《まゐむか》はざる所以《ゆゑ》は、往古《いにしへ》より今時《いま》に至るまで、四臣連《おみむらじ》の五王《みこ》の宮に隱《かく》ることは聞けど、未だ王子《みこ》の臣《やつこ》の家に隱《かく》りまししを聞かず。ここをもちて思ふに、賤《いや》しき奴《やつこ》意富美《おほみ》は、力を竭《つく》して戰ふとも、更に勝つべきこと無けむ。然れども己れを恃《たの》みて、隨《やつこ》の家に入りましし王子《みこ》は、死にても棄《う》てじ。」とまをしき。かく白して、またその兵《つはもの》を取りて、還り入りて戰ひき。ここに力窮《きは》まり矢盡きぬれば、その王子に白しけらく「僕《あ》は手悉に傷《お》ひぬ。矢もまた盡きぬ。今は得《え》戰はじ。如何《いかに》か。」とまをしき。その王子答へて詔りたまひしく、「然らば更に爲《せ》むすべ無し。今は吾を殺《し》せよ。」とのりたまひき。故、刀《たち》をもちてその王子を刺し殺して、すなはち己が頸を切りて死

一 先日妻問いされた訶良比売は、お側にお仕えするでありましょう。
二 これは私有の屯倉である。
三 本人。訶良比売。
四 臣・連のような臣下。
五 皇族。

にき。

3 市辺の忍歯王の難

これより以後《のち》、淡海《あふみ》の佐佐紀《ささき》の山《の》君の祖、名は韓帒《からぶくろ》白ししく、「淡海の久多綿《くたわた》[一]の蚊屋野《かやの》は、多《さは》に猪鹿《しし》あり。その立てる足は荻《すすき》原《はら》の如く、指擧《ささ》げたる角《つの》は枯樹《かれき》の如し。」とまをしき。この時市邊《いちのべ》[二]の忍齒王《おしはの》を相率《あひゐ》て、淡海に幸行《い》でまして、その野に到りませば、各異《こと》に假宮《かりみや》を作りて宿りましき。ここに明くる旦《あした》、未だ日出でざりし時、忍齒王《の》、平《なぐ》[三]しき心もちて、御馬に乗りし隨《まにま》に、大長谷《の》王の假宮の傍《かたへ》に到り立たして、その大長谷王《の》子の御伴人《みともびと》に詔りたまひしく、「未だ寤めまさざるか。早く白すべし。夜は既に曙《あ》けぬ。獦庭《かりには》に幸《い》でますべし。」とのりたまひて、すなはち馬を進めて出で行きたまひき。ここにその大長谷王《の》の御所《みもと》に侍《さもら》ふ人等《ひとども》白ししく、「[四]うたて物云ふ王子《みこ》ぞ。故、[五]愼しみたまふべし。また[六]御身を堅めたまふべし。」とまをしき。すなはち

一 所在不明。

二 履中天皇の御子。大長谷王（雄略天皇）の従兄弟。

三 別段どうという心もなくお気軽に。

四 大変なことを言う王子ですぞ。

五 用心なさいませ。

六 しっかり武装なさいませ。

衣《みそ》の中に甲《よろい》を服《け》し、弓矢を取り佩《は》かして、馬に乗りて出で行きたまひて、倏忽《たちまち》の間に、馬より往き雙《なら》びて、矢を抜きてその忍齒《の》王を射落して、すなはちまたその身を切りて、[一]馬槽《うまぶね》に入れて土《つち》と等しく埋みたまひき。

ここに市《の》邊《の》王の王子《みこ》等《たち》、意祁王《おけの》、袁祁王《をけの》、二柱この亂れを聞きて逃げ去りたまひき。故、[二]山代の苅羽井《かりばゐ》に到りて、[三]御粮《みかれひを》食す時、[四]面黥《まさ》ける老人《おきな》來て、その粮を奪ひき。ここにその二《ふた》はしらの王《みこ》言《の》りたまひしく、「粮は惜《を》しまず。然れども汝《な》は誰人《たれ》ぞ。」との りたまへば、答へて曰ひしく、「我は山代の[五]猪甘《ゐかひ》ぞ。」といひき。

故、[六]玖須婆《くすば》の河を逃げ渡りて、[七]針間國《はりまの》に至り、その國人《くにびと》、名は[八]志自牟《しじむ》の家に入りて、身を隱したまひて、[九]馬甘牛甘《うまかひうしかひ》に役《つか》はえたまひき。

雄略天皇

1 后妃皇子女

一 馬のかいば桶に入れて平地と同じ高さに埋めた。塚を築かなかったのである。
二 京都府相楽郡。
三 旅に持って行く糧食。
四 目に入れ墨をした老人。
五 豚を飼う部民。
六 淀川の渡し場。
七 播磨の国。
八 播磨の地名のシジミ(縮見・志深)を人名に誤ったのであろう。
九 馬飼・牛飼として使役された。

大長谷若建《おほはつせわかたけの》命、[一]長谷《はつせ》の朝倉宮《の》に坐しまして、天の下治らしめしき。天皇、大日下王《の》の妹《いろも》、若日下部王《の》を娶したまひき。子無かりき。また都夫良意富美の女、韓《から》比賣を娶して、生みませる御子、白《しら》髪《がの》命。次に妹若帯《いもわかたらし》比賣《の》命。二柱　故、白髪太子《のひつぎのみこ》の御名代《みなしろ》として、白髪部《しらがべ》を定め、また長谷部《はつせべ》の舎人《とねり》を定め、また河瀬の舎人を定めたまひき。この時[二]呉人参渡《くれびとまゐわた》り來つ。その呉人を[三]呉原《くれはら》に安置《お》きたまひき。故、其地を號けて呉原と謂ふ。

2 皇后求婚

初め[四]大后、[五]日下《くさか》に坐しし時、[六]日下の直越《ただごえ》の道より、河内《かふち》に幸行《い》でましき。ここに山の上に登りて國の内を望《みさ》けたまへば、[七]堅魚《かつを》を上げて舎屋《や》を作れる家ありき。天皇その家を問はしめて云《の》りたまひしく、「その堅魚を上げて舎《や》を作れるは誰《た》が家ぞ。」とのりたまへば、答へて白ししく、「[八]志幾《しき》の大縣主《おほあがたぬし》の家ぞ。」とまをしき。ここに天皇詔りたまひしく、「[九]奴《やつこ》や、己が家を天皇の御《み》

一 奈良県磯城郡。
二 中国南方の人。
三 奈良県高市郡。檜隈野と同じ。
四 皇后、若日下部王。
五 大阪府北河内郡。
六 大和から生駒山の南を越えて河内に出る道で、これが一番近道だから直越の道といったのである。
七 堅魚木。
八 河内の国志紀郡。
九 あいつめが。

舎《あらか》に似せて造れり。」とのりたまひて、すなはち人を遣はしてその家を焼かしめたまふ時に、その大縣主懼《お》ぢ畏みて、[一]稽首《のみ》白ししく、「奴《やつこ》にあれば、奴隨《やつこなが》らに覺《さと》らずて、過《あやま》ち作りしは甚《いと》畏し。故、[二]稽首《のみ》の御幣《みまひ》の物を獻らむ。」とまをして、布《ぬの》を白き犬に繋《か》け、鈴を著けて、己が族《うがら》名は腰佩《こしはき》と謂ふ人に、犬の繩《なは》を取らしめて獻上《たてまつ》りき。故、その火を著くることを止《や》めしめたまひき。すなはちその若日下部《の》王の許《もと》に幸行《い》でまして、その犬を賜ひ入れて詔らしめたまひしく、「この物は、今日道に得つる奇《めづら》しき物ぞ。故、[三]妻問《つまど》ひの物。」と云ひて賜ひ入れたまひき。ここに若日下部《の》王、天皇に奏《まを》さしめたまひしく、「[四]日に背《そむ》きて幸行《い》でましし事、甚恐《いとかしこ》し。故、[五]己れ直《ただ》に參上《まゐのぼ》りて仕へ奉らむ。」とまをさしめたまひき。ここをもちて宮に還り上ります時に、その山の坂の上に行き立たして歌ひたまひしく、

　[六]日下部《くさかべ》の　此方《こち》の山と　[七]疊薦《たたみこも》　[八]平群《へぐり》の山の　[九]此方此方《こちごち》の

一　ひれふして。
二　謝罪の贈り物。
三　求婚のしるしの贈り物。
四　太陽に背中を向けておいでになったこと。
五　私の方から直接宮中に参ってお仕えしましょう。
六　河内の国の日下。
七　へに係る枕詞。
八　大和の国平群郡の山。
九　あちこちの山と山との間に。

山の峡《かひ》に　立ち栄《ざか》ゆる　葉廣熊白檮《はびろくまかし》　本《もと》には　[一]いくみ竹生《だけお》ひ　末方《すゑへ》には　[二]たしみ竹生《だけお》ひ　いくみ竹　[三]いくみは寝ず　たしみ竹　[四]たしには率寝《ゐね》ず　[五]後もくみ寝む　その思ひ妻《づま》　あはれ（九一）

とうたひたまひき。すなはちこの歌を持たしめて、使を返したまひき。

3　赤猪子

また一時《あるとき》、天皇遊び行《い》でまして、[六]美和《みわ》河に到りましし時、河の邊《べ》に衣《きぬ》洗へる童女《をとめ》ありき。その容姿《かたち》甚麗《いとうるは》しくありき。天皇その童女に問ひたまひしく、「汝《な》は誰が子ぞ。」ととひたまへば、答へて白ししく、「己が名は引田部《ひけたべ》の赤猪子《あかゐこ》と謂ふぞ。」とまをしき。ここに詔らしめたまひしく、「汝《な》は夫《を》に嫁《あ》はざれ。今喚《め》してむ。」とのらしめたまひて、宮に還りましき。故、その赤猪子、天皇の命《みこと》を仰ぎ待ちて、既に八十歳《やそとせ》を經《へ》き。ここに赤猪子

一　こんもりと茂った竹。イは接頭語。
二　タは接頭語、シミは茂み。茂った竹。
三　寝所に籠っては寝ず。
四　たしかに共寝はせず。
五　後には二人で隠って寝よう。
六　泊瀬の下流、三輪山のあたりをいう。

以爲《おも》ひけらく、命《みこと》を望《おふ》ぎし間に、已《すで》に多き年を經《へ》て、姿體《すがた》痩《や》せ萎《しぼ》みて、更に恃《たの》む所無し。然れども待ちし情《こころ》を顯《あらは》さずては、悒《いぶせ》[一]きに忍《しの》びず、とおもひて、[二]百取《ももとり》の机 代物《つくゑしろもの》を持たしめて、參出《まゐで》て貢獻《たてまつ》りき。然るに天皇、既に先に命《の》りたまひし事を忘らして、その赤猪子に問ひて曰《の》りたまひしく、「汝《な》は誰れしの老女《おみな》ぞ。何由以《なにしかも》參來《まゐき》つる。」とのりたまひき。ここに赤猪子、答へて白しく、[三]「その年のその月、天皇の命を被《かがふ》りて、大命《おほみこと》を仰ぎ待ちて、今日に至るまで八十歳を經《へ》き。今は容姿《かたち》既に耆《お》いて、更に恃む所無し。然れども己が志《こころざし》を顯し白さむとして參出《まゐで》しにこそ。」とまをしき。ここに天皇、大《いた》く驚きて、「吾《あ》は既に先《さき》の事を忘れつ。然るに汝《な》は志を守り命《みこと》を待ちて、徒《ただ》に盛りの年を過《す》ぐしし、これ甚愛悲《いとかな》し。」とのりたまひて、心の裏《うち》に婚《まぐは》ひせむと欲《おも》ほししに、その極めて老いしを憚《はばか》りて、婚《まぐは》ひを得成《えな》したまはずて、御歌を賜ひき。その歌に曰《い》ひしく、

一 気がふさいで仕方がない。
二 おびただしい聟引き出物。
三 某年某月。

[一]御諸《みもろ》の　嚴白檮《いつかし》がもと　白檮《かし》がもと　[二]ゆゆしきかも　白檮《かし》原童女《はらをとめ》（九二）

といひき。また歌ひたまひしく、

[三]引田《ひけた》の　若栗栖原《わかくるすばら》　[四]若くへに　率寝《ゐね》てましもの　老いにけるかも（九三）

とうたひたまひき。ここに赤猪子の泣く涙、悉にその服《け》せる[五]丹《に》摺《ずり》の袖を濕《ぬ》らしつ。その大御歌に答へて歌ひけらく、

御諸《みもろ》に　[六]つくや玉垣《たまかき》　[七]つき餘《あま》し　[八]誰《た》にかも依《よ》らむ　神の宮《みや》人《ひと》（九四）

とうたひき。また歌ひけらく、

[九]日下江《くさかえ》の　入江の蓮《はちす》　花蓮《はなばちす》　身の盛《さか》り人《びと》　[一〇]羨《とも》しきろかも（九五）

とうたひき。ここに多《あまた》の祿《もの》をその老女《おみな》に給ひて、返し遣はしたまひき。故、この四歌は志都《しつ》歌なり。

一 三輪山の神威のある樫の木の下、その樫の木の下のように。以上は序。
二 忌み憚られるよ。
三 引田の若い栗林のように。
四 若い時分に共寝をすればよかったのに。
五 赤い色をすりつけた衣服の袖。
六 築く玉垣。
七 築き残しのように、取り残された私は。
八 誰れに頼ろうか、神の宮に奉仕している女は。
九 河内の国の日下の入江。
一〇 羨ましいことだなあ。

4 吉野

天皇、吉野の宮に幸行《い》でましし時、吉野川の濱《ほとり》に童女《をとめ》ありき。その形姿《すがた》美麗《うるは》しくありき。故、この童女と婚《まぐは》ひして、宮に還りましき。後更にまた吉野に幸行《い》でましし時、その童女の遇ひし所に留まりまして、其處《そこ》に大御《おほみ》[一]呉床《あぐら》を立てて、その御呉床に坐して、御琴を彈《ひ》きて、その孃子に儛《ま》はしめたまひき。ここにその孃子の好く儛へるによりて、御歌を作《よ》みたまひき。その歌に曰ひしく、

　[二]呉床座《あぐらゐ》の　神の御手もち　彈《ひ》く琴に　舞する女《をみな》　[三]常世《とこよ》にも

　　がも（九六）

といひき。すなはち[四]阿岐豆野《あきづの》に幸《い》でまして、御獦《みかり》したまひし時、天皇御呉床《みあぐら》に坐しましき。ここに蝈御腕《あむみただむき》を咋《く》ふ卽ち、蜻蛉《あきづ》來てその蝈《あむ》を咋ひて飛びき。ここに御歌を作《よ》みたまひき。その歌に曰ひしく、

一 足を組んですわる台。床几のようなもの。

二 呉床にすわっていらっしゃる天皇の御手で。

三 永久にこのままであって欲しいものだ。

四 吉野の宮附近の野か。

み吉野《えしの》の　袁牟漏《をむろ》が嶽《たけ》に　猪鹿《しし》伏《ふ》すと　誰れぞ　[一]大前《おほまへ》に奏《まを》す　[二]やすみしし　我《わ》が大君の　猪鹿《しし》待つと　呉床《あぐら》に坐《いま》し　[三]白栲《しろたへ》の　[四]衣手《そて》著《き》そなふ　[五]手腓《たこむら》に　蝱《あむ》[六]かきつき　その蝱《あむ》を　蜻蛉《あきづ》早咋《はやぐ》ひ　かくの如《ごと》　名に負はむと　[七]そらみつ　倭《やまと》の國を　蜻蛉島《あきづしま》とふ(九七)

といひき。故、その時よりその野を號けて阿岐豆野《あきづの》と謂ふ。

5　葛城山

また一時《あるとき》、天皇[八]葛城《かづらき》の山の上に登り幸《い》でましき。ここに大猪《おほゐ》出でつ。すなはち天皇[九]鳴鏑《なりかぶら》をもちてその猪を射たまひし時、その猪怒りて、[一〇]唸《うた》き依《よ》り來つ。故、天皇その唸《うた》きを畏みて、[一一]榛《はりのき》の上に登りましき。ここに歌ひたまひしく、

やすみしし　我《わ》が大君の　[一二]遊ばしし　[一三]猪《しし》の病猪《やみしし》の　唸《うた》き畏《かしこ》み　我が逃げ登りし　[一四]在丘《ありを》の　榛《はり》の木の枝《えだ》(九八)

とうたひたまひき。

一　天皇の御前に。
二　我が大君の枕詞。
三　袖の枕詞。
四　袖をきちんとそろえていらっしゃる。
五　手のふくらんだ部分。
六　とりつき。くっつき。
七　倭の枕詞。
八　大和と河内の国境にある。
九　射ると音を発する鏑矢。
一〇　うなる意であろう。
一一　ハンノ木。赤楊。
一二　狩をして射られた。
一三　猪で、しかも手負いの猪の。
一四　そこにある丘。

また一時、天皇葛城山に登り幸《い》でまし時、百官《もものつかさ》の人等《ひとたち》、悉に紅《あか》き紐著けし青摺《あをずり》の衣服《きもの》を給はりき。その時その向[一]へる山の尾より、山の上に登る人ありき。既に天皇の[二]鹵簿《みゆきのつら》に等しく、またその裝束《よそひ》の狀《さま》、また人衆《ひとかず》、相似て[三]傾《かたよ》らざりき。ここに天皇望《みさ》けまして、問はしめて曰《の》りたまひしく、「この倭《の》國に、吾《あれ》を除《お》きてまた王《きみ》は無きを、今誰れしの人ぞかくて行く。」とのりたまへば、すなはち答へて曰《まを》す狀《さま》もまた天皇の命《みこと》の如くなりき[四]。ここに天皇大《いた》く忿《いか》りて[五]矢刺《やざ》したまひ、百《の》官の人等《たち》悉に矢刺しき。ここにその人等《ども》もまた皆矢刺しき[六]。故、天皇また問ひて曰《の》りたまひしく、「然らばその名を告《の》れ。ここに各名を告りて矢彈《はな》たむ。」とのりたまひき。ここに答へて曰《まを》しけらく、「吾先《あれさき》に問はえき。故、吾先に名告りをせむ。吾《あ》は[七]悪事《まがこと》も一言《ひとこと》、善言《よごと》も一言、言ひ離つ神、葛城の一言主《ひとことぬしの》大神ぞ。」とまをしき。天皇ここに惶畏《かしこ》みて白したまひしく、「恐《かしこ》し、我が大神、[八]現《うつ》しおみあらむ

一 向いの山の尾根。
二 行列。
三 どちらも同じであった。
四 山彦(木霊)の現象に基づく伝説か。
五 弓に矢をつがえられ。
六 蜃気楼の現象に基づく伝説か。
七 凶事でも吉事でも一言で言い放つ神。この神の一言で凶事も吉事も決まる意であろう。
八 語義未詳。現実のお姿の意か。

とは覺《さと》らざりき。」と白して、大御刀《たち》また弓矢を始めて、百官《の》の人等の服《け》せる衣服《きもの》を脱がしめて、拜《をろが》みて獻りたまひき。ここにその一言主《の》大神、[一]手打ちてその捧げ物を受けたまひき。故、天皇の還り幸《い》でます時、その大神、[二]滿《み》山の末より長谷《はつせ》の山口《の》に送り奉りき。この一言主《の》大神は、その時に顯《あらは》れたまひしなり。

6　金鉏岡・長谷の百枝槻

また天皇、丸邇《わに》の佐都紀《さつきの》臣の女、袁杼《をど》比賣を婚《よば》ひに、[三]春日《かすが》に幸行《い》でましし時、媛女《をとめ》道に逢ひき。すなはち幸行《いでまし》を見て、岡の邊《べ》に逃げ隱《かく》りき。故、御歌を作《よ》みたまひき。その御歌に曰《の》りたまひしく、

媛女《をとめ》の　い隱《かく》る岡を　[四]金鉏《かなすき》も　五百箇《いほち》もがも　[五]鉏《す》き撥《ば》ぬる
もの（九九）

とのりたまひき。故、その岡を號《なづ》けて金鉏《かなすきの》岡と謂ふ。

また天皇、長谷《はつせ》の[六]百枝《ももえ》槻《つき》の下に坐しまして、豐樂《とよのあかり》したまひし時、

一　よろこびの拍手をして。嘉納する所作。
二　山の峰から。
三　奈良市の東部。
四　金属製の鉏がたくさんあればよいがなあ。
五　鉏いて土を取りのけようものを。
六　枝の繁ったケヤキ。

[一]伊勢《の》國の三重婇《みへのうねべ》、大御盞《おほみうき》を指擧《ささ》げて獻りき。ここにその百枝槻の葉、落ちて大御盞《うき》に浮かびき。その婇《うねべ》、落葉の盞《うき》に浮かべるを知らずて、なほ大御酒《き》を獻りき。天皇その盞に浮かべる葉を看行《みそな》はして、その婇を打ち伏せ、刀《たち》をその頸にさし充てて、斬らむとしたまひし時、その婇、天皇に白して曰ひけらく、「吾《あ》が身をな殺したまひそ。白すべき事あり。」といひて、すなはち歌ひけらく、

[二]纏向《まきむく》の　日代《ひしろ》の宮は　[三]朝日の　日照《ひで》る宮　夕日《ゆふひ》の　日がけ
る宮　竹の根の　[四]根垂《ねだ》る宮　木《こ》の根の　[五]根蔓《ねば》ふ宮　[六]八百土《やほに》
よし　[七]い築《きづ》きの宮　[八]眞木《まき》さく　[九]檜《ひ》の御門《みかど》　[一〇]新嘗屋《にひなへや》に　生《お》ひ
立《だ》てる　[一一]百足《ももだ》る　槻《つき》が枝《え》は　上枝《ほつえ》は　天《あめ》を覆《お》へり　中つ枝《え》
は　東《あづま》を覆《お》へり　下枝《しづえ》は　[一二]鄙《ひな》を覆《お》へり　上枝《ほつえ》の　枝《え》の末葉《うらば》
は　中つ枝に　落ち觸《ふ》らばへ　中つ枝の　枝《え》の末葉《うらば》は　下《しも》
つ枝《え》に　落ち觸《ふ》らばへ　下枝《しづえ》の　枝の末葉は　[一三]あり衣《きぬ》の

一 伊勢の国の三重から出た采女。采女は地方の豪族の女子を選抜して宮廷に奉仕させたもの。
二 景行天皇の皇居の名。この歌は元来景行天皇讃美の歌であったが、それが雄略天皇に結びつけられたものと思われる。
三 朝日夕日の照り輝く宮殿。
四 根が垂れてはびこる宮殿。
五 根が延びてはびこる宮殿。
六 築きの枕詞。
七 土台をしっかり築き堅めた宮殿。
八 檜の枕詞。
九 檜造りの宮殿。
一〇 新嘗の祭りをされる宮殿。すなわち次の新嘗屋。
一一 枝葉が十分に茂っている。
一二 鄙は地方の意であるが、ここは東国に対して西国を指す。
一三 三重の枕詞。

[一]三重《みへ》の子《こ》が　指擧《ささが》せる　瑞玉盞《みづたまうき》に　[二]浮きし脂《あぶら》　落ちなづさひ　[三]水《みな》こをろこをろに　是《こ》しも　あやに恐《かしこ》し　高光る　日の御子　事の　語言《かたりごと》も　是《こ》をば(一〇〇)

とうたひき。故、この歌を獻りつれば、その罪を赦《ゆる》したまひき。

ここに大后歌ひたまひき。その歌に曰《の》りたまひしく、

倭《やまと》の　この高市《たけち》に　[四]小高《こだか》る　市《いち》の高處《つかさ》　新嘗屋《にひなへや》に　生《お》ひ立《だ》てる　葉廣《はびろ》　五百箇《ゆつ》眞椿《まつばき》　其《そ》が葉の　廣《ひろ》りいまし　その花の　照りいます　高光る　日の御子に　豐御酒《とよみき》　[五]獻《たてまつ》らせ　事の　語言《かたりごと》も　是《こ》をば(一〇一)

とのりたまひき。すなはち天皇歌ひたまひしく、

[六]ももしきの　大宮人《おほみやひと》は　[七]鶉鳥《うづらとり》　[八]領巾《ひれ》取り懸《か》けて　[九]鶺鴒《まなばしら》　尾《を》行《ゆ》き合《あ》へ　[一〇]庭雀《にはすずめ》　うずすまり居《ゐ》て　今日もかも　[一一]酒《さか》みづくらし　高光る　日の宮人《みやひと》　事の　語言も　是《こ》をば(一〇二)

とうたひたまひき。この三歌は[一二]天語歌《あまがたりうた》なり。故、この豐樂《の》にそ

一 三重の女がささげておいでのりっぱな酒杯に。
二 浮いた脂のように落ちつかり。
三 水がコオロコオロと鳴って固まるように（落葉が酒杯の中に浮かんでいる）。オノゴロ島が出来た神代の故事に因んだ寿詞。
四 小高くなっている市の高処。
五 さし上げなさい。
六 大宮の枕詞。
七 鶉（頸から胸にかけて白い斑がある）のように。
八 白い布を肩にかけて。御饌に奉仕する采女がかけたのである。
九 セキレイが尾を動かし交るように、行ったり来たりして裳裾を交錯させ。
一〇 庭の雀のように群がっていて。
一一 酒宴を催しているらしい。
一二 歌曲上の名称。天語連などが歌い伝へた物語風の歌の意。

の三重婇《の》を譽《ほ》めて、多《あまた》の祿《もの》を給ひき。この豊樂《の》の日、また春日の袁杼《をど》比賣、大御酒を獻りし時、天皇歌ひたまひしく、

一水灌《みなそそ》く　臣《おみ》の嬢子《をとめ》　二秀罇《ほだり》取らすも　秀罇《ほだり》取り　堅く取らせ
三下堅《したがた》く　彌堅《やがた》く取らせ　秀罇取らす子（一〇三）

とうたひたまひき。こは四宇岐《うき》歌なり。ここに袁杼比賣、歌を獻りき。その歌に曰ひしく、

やすみしし　我《わ》が大君の　五朝とには　い倚《よ》り立《だ》たし　夕《ゆふ》とには　い倚《よ》り立《だ》たす　六脇机《わきづき》が下《した》の　板にもが　七あせを（一〇四）

といひき。こは志都《しつ》歌なり。

天皇の御年、一百二十四歲《ももあまりはたちまりよとせ》。己巳の年の八月九日に崩りましき。御陵は八河内の多治《たぢ》比《ひ》の高鷲《たかわし》にあり。

清寧天皇

1　二王子発見

御子《みこ》、白髮大倭根子命《しらにのおほやまとねこの》、九伊波禮《いはれ》の甕栗宮《みかくりの》に坐しまして、天の下

一 臣の枕詞。
二 りっぱな酒瓶を手に持っておいでだ。
三 しんからしっかり、いよいよしっかり持ちなさい。
四 歌曲上の名称。盞歌の意。
五 朝にはと同じ。トは間の意。
六 脇息の下の板になりたいものだ。
七 はやし詞。
八 大阪府南河内郡。
九 奈良県磯城郡。

治らしめしき。この天皇、皇后無く、また御子も無かりき。故、御名代として白髪部を定めたまひき。故、天皇崩りましし後、天の下治らしめすべき王《みこ》無かりき。ここに日《ひ》継《つぎ》知らしめす王《みこ》を問ふに[一]、市邊《いちのべ》の忍齒別《おしはわけの》王の妹《いろも》、忍海《おしぬみの》郎女、亦の名は飯豐《いひとよの》王、葛[二]城の忍海《おしぬみ》の高木の角刺《つのさしの》宮に坐しましき。

ここに山部《やまべの》連小楯《をたて》を針間《はりまの》[三]國の宰《みこともち》に任《ま》けし時、その國の人民《たみ》、名は志自牟《しじむ》の新室《にひむろ》に到りて樂《うたげ》しき。ここに盛りに樂《うた》げて、酒《さけ》酣《たけなは》にして次第《つぎてつぎて》[四]に皆儛ひき。故、火焼《た》きの少子二口《わらはふたり》、竈《かま》の傍《かたへ》に居《ゐ》たる、その少子等《わらはども》に儛はしめき。ここにその一《ひと》りの少子《わらは》の曰ひけらく、「汝兄《なせ》先《さき》に儛へ。」といへば、その兄もまた曰ひけらく、「汝弟《なおと》先に儛へ。」といひき。かく相讓りし時、その會《つど》へる人等《ども》、その相讓る状《さま》を咲《わら》ひき。ここに遂に兄儛ひ訖《を》へて、次に弟儛はむとする時に、詠《ながめごと》[五]して曰ひしく、

物部《もののふ》[六]の、我《わ》が夫子《せこ》の、取り佩《は》ける、大刀《たち》[七]の手上《たがみ》に、丹畫《にか》き

一 尋ね求めたところが。
二 奈良県南葛城郡。
三 播磨の国の国司。
四 貴賤老若の順序にしたがって。
五 声を長く引いて歌うこと。
六 武人である私の良人。
七 大刀の柄に赤い色を塗りつけ。

著《つ》け、その緒《を》は、[一]赤幡《あかはた》を載《かざ》り、[二]立てし赤幡、[三]見ればい隠《かく》る、[四]山の三尾《みを》の、竹をかき苅《か》り、[五]末押《すゑお》し縻《なび》かすなす、[六]八紘《やつを》の琴を調《ととの》ふる如《ごと》、天《あめ》の下治《をさ》めたまひし、[七]伊邪本和氣《いざほわけ》の、天皇《すめらみこと》の御子《みこ》、市邊《いちのべ》の、押齒王《おしはのみこ》の、[八]奴末《やつこすゑ》。

といひき。ここにすなはち小楯《の》連聞き驚きて、床《とこ》より墮《お》ち轉《まろ》びて、その室《むろ》の人等《ども》を追ひ出《いだ》して、その二柱の王子《みこ》を、左右《ひだりみぎ》の膝の上に坐《ま》せて、泣き悲しみて、人民《たみ》を集《つど》へて假宮を作り、その假宮に坐せまつり置きて、驛使《はゆまづかい》を貢上《たてまつ》りき。ここにその姨《をば》飯豐《の》王、聞き歡《よろこ》ばして、[九]宮に上《のぼ》らしめたまひき。

2 袁祁命と志毘臣

故、天の下治らしめさむとせし間に、平群臣《へぐりの》の祖、名は志毘臣《しびのおみ》、[一〇]歌垣《うたがき》に立ちて、その袁祁命《をけの》の婚《よば》はむとしたまふ美人《をとめ》の手を取りき。その孃子《をとめ》は、菟田首等《うだのおびとども》の女、名は大魚《おほうを》なり。ここに袁祁命《の》もまた歌垣に立ちたまひき。ここに志毘臣《の》歌ひけらく、

一 赤い布ぎれで飾り。
二 立てた赤い大きな旗。
三 見ると恐れて隠れる。ここまでは序。
四 山の尾根の。
五 竹の末を押しなびかせるように。
六 八紘の琴の調子をととのえるように。
七 履中天皇。
八 このいやしい奴の私は、子孫である。
九 角刺の宮に播磨から上らせた。
一〇 若い男女が集まって、互に歌をかけあう行事。

大宮《おほみや》の　一彼《をと》つ端手《はたで》　隅傾《すみかたぶ》けり（一〇五）

とうたひき。かく歌ひて、その歌の二末《すゑ》を乞ひし時、袁祁《の》命歌ひたまひしく、

三大匠《おほたくみ》　拙劣《をぢな》みこそ　隅傾けれ（一〇六）

とうたひたまひき。ここに志毘《の》臣、また歌ひけらく、

王《おほきみ》の　四心を緩《ゆら》み　臣《おみ》の子の　八重《やへ》の柴垣《しばがき》　入り立たずあり

（一〇七）

とうたひき。ここに王子《みこ》、また歌ひたまひしく、

五潮瀬《しほせ》の　波折《なを》りを見れば　六遊び來《く》る　鮪《しび》が端手《はたで》に　妻立てり見ゆ（一〇八）

とうたひたまひき。ここに志毘《の》臣いよよ忿《いか》りて歌ひけらく、

大君の　王子《みこ》の柴垣《しばかき》　七八《や》節《ふ》結《じま》り　八結《しま》り廻《もとほ》し　切れむ柴垣　焼けむ柴垣（一〇九）

とうたひき。ここに王子《みこ》、また歌ひたまひしく、

一　あちらの方の脇。
二　末の句。本の句に対する。
三　大工が下手だから。
四　心がのんびりしているから。
五　潮の流れる浅瀬の波が折れくずれるあたりを見ると。
六　およいで来る。
七　結び目がたくさんある。
八　垣を厳重に結いめぐらしていても。

大魚《おふを》[一]よし　鮪《しび》突く海人《あま》よ　其《し》[二]があれば　心戀《うらこほ》しけむ　鮪突[三]
く鮪（一一〇）

とうたひたまひき。かく歌ひて、闘《かが》[四]ひ明《あか》して、各退《まか》りき。明くる旦之《あした》時、意祁《おけの》命、袁祁《をけの》命二柱議《はか》りて云《の》りたまひしく、「凡《おほよ》そ朝廷《みかど》の人等《ども》は、旦《あした》は朝廷《みかど》に參赴《まゐおもむ》き、晝は志毘の門《かど》に集《つど》へり。また今は志毘必ず寢《いね》つらむ。またその門《かど》に人無けむ。故、今にあらざれば謀《はか》るべきこと難《かた》けむ。」とのりたまひて、すなはち軍《いくさ》を興して志毘臣《の》の家を圍《かく》みて、すなはち殺したまひき。

ここに二柱の王子《みこ》等《たち》、各天の下を相讓りたまひき。意祁命《の》、その弟《いろと》袁祁命《の》に讓りて曰《の》りたまひしく、「針間《はりま》の志自牟《しじむ》の家に住みし時、汝命《いましみこと》名を顯《あらは》したまはざらましかば、更に天の下臨《し》らす君にあらざらまし。これ既に汝命の功《いさを》なり。故、吾《あ》は兄《いろせ》にはあれども、なほ汝命先《さき》に天の下治らしめせ。」とのりたまひて、堅く讓りたまひき。故、得《え》辭《いな》びたまはずて、袁祁命《の》先に天の下

一　鮪の枕詞。
二　その鮪が離れて行ったら。
三　鮪を突く鮪(志毘臣)。
四　歌をかけ合って夜を明かして。

治らしめしき。

顕宗天皇

1 置目老媼

[一]伊《い》弉《ざ》本《ほ》別《わけの》王の御子、市邊《いちのべ》の忍齒《おしはの》王の御子、袁《を》祁《け》の石巣《いはす》別《わけの》命、近《ちかつ》[二]飛鳥《あすか》宮《の》に坐しまして、天の下治らしめすこと八歳《やとせ》なりき。天皇、石木《いはきの》王の女、難波《の》王を娶したまひ、子《こ》無かりき。

この天皇、その父王《ちちみこ》市《の》邊《の》王の御骨《みかばね》[三]を求めたまふ時、淡海《あふみの》國にある賤《いや》しき老媼《おみな》、參出《まゐで》て白しけらく、「王子《みこ》の御骨《みかばね》を埋《うづ》みしは、專《もは》ら吾《あれ》よく知れり。またその御齒をもちて知るべし。御齒は三枝[四]の如き押齒にましき。」とまをしき。ここに民《たみ》を起こして土を掘りて、その御骨を求めき。すなはちその御骨を獲《え》て、その蚊屋野《かやの》の東の山に、御陵を作りて葬《ほふ》りたまひて、韓帒《からぶくろ》の子等《こども》をもちてその陵を守らしめたまひき。然《さ》て後にその御骨を持ち上《のぼ》りたまひき。故、還り上りまして、その老媼《おみな》を召して、その失はず見置きて、その

一 履中天皇。

二 大阪府南河内郡。

三 御屍。

四 瑞香科の灌木で、枝が三つ叉になっている。

地《ところ》を知りしを譽《ほ》めて、名を賜ひて置目老媼《おきめのおみな》[一]と號《なづ》けたまひき。仍《よ》りて宮の内に召し入れて、敦《あつ》く廣く慈《めぐ》びたまひき。故、その老媼の住める屋は、近く宮の邊に作りて、日毎に必ず召しき。故、鐸《ぬりて》[二]を大殿の戸に懸けて、その老媼を召さむと欲《おも》ほす時は、必ずその鐸《ぬりて》を引き鳴らしたまひき。ここに御歌を作《よ》みたまひき。その歌に曰《の》りたまひしく、

淺茅原《あさぢはら》[三]　小谷《をだに》[四]を過ぎて　百傳《ももづた》ふ[五]　鐸響《ぬてゆら》くも　置目來《おきめく》らしも

（一一一）

とのりたまひき。ここに置目老媼白《の》しけらく、「僕《あ》は甚《いと》老いにき。本《もと》つ國に退《まか》らむと欲《おも》ふ。」とまをしき。故、白しし隨《まにま》に退《まか》る時、天皇見送りて歌ひたまひしく、

置目もや　淡海《あふみ》の置目　明日《あす》よりは　み山隱《がく》りて　見えずかもあらむ（一一二）

とうたひたまひき。

一　目をつけておいたおばあさん。

二　大鈴。

三・四　共に地名であろう。

五　枕詞か。

初め天皇、難《わざはひ》に逢ひて逃げたまひし時、その御粮《みかれひ》を奪ひし猪甘《ゐかひ》の老人《おきな》を求めたまひき。こを求め得《え》て、喚上《めさ》げて、飛鳥河の河原に斬りて、皆その族《うがら》の膝の筋《すぢ》を断《た》ちたまひき。ここをもちて今に至るまで、その子孫《うみのこ》、倭に上《のぼ》る日は、必ず自《おのづか》ら跛《あしなへ》[一]くなり。故、よくその老《おきな》の在る所を見《み》しめき。故、其地《そこ》を志米須《しめす》と謂ふ。

一 びっこを引く。

2 御陵の土

天皇、深くその父王《ちちみこ》を殺したまいし大長谷《の》天皇[二]を怨みたまひて、その靈《みたま》に報《むく》いむ[三]と欲《おも》ほしき。故、その大長谷《の》天皇の御陵を毀《こほ》たむと欲《おも》ほして、人を遣はしたまふ時、その同母兄《いろせ》意祁《おけの》命、奏言《まを》したまひしく、「この御陵を破《や》り壊《こほ》つは、他人《あだしびと》を遣はすべからず。専《もは》ら僕自《あれみづか》ら行きて、天皇の御心の如く、破《や》り壊《こほ》ちて參出《まゐで》む。」とまをしたまひき。ここに天皇詔りたまひしく、「然らば命《みこと》の随《まにま》に幸行《い》でますべし。」とのりたまひき。ここをもちて意祁《の》命、自ら下《くだ》り幸《い》でまして、少《すこ》しその御陵の傍《かたへ》を掘りて、還り

二 雄略天皇。

三 仕返しをしよう。

上りて復奏言《かへりごとまを》したまひしく、「既に掘り壞《こぼ》ちぬ。」とまをしたまひき。ここに天皇、その早く還り上らししことを異《あや》しみて詔りたまひしく、「如何《いか》に破《や》り壞《こぼ》ちたまひぬる。」とのりたまへば、答へて白したまひしく、「少しその陵の傍《かたへ》の土を掘りつ。」とまをしたまひき。天皇詔りたまひしく、「父王の仇《あた》を報いむと欲《おも》へば、必ず悉にその陵を破り壞たむに、何《なに》しかも少し掘りたまひつる。」とのりたまへば、答へて曰《まを》したまひしく、「然《し》かせし所以《ゆゑ》は、父王の怨みをその靈に報いむと欲《おも》ほすは、これ誠に理《ことわり》なり。然れどもその大長谷《の》天皇は、父の怨みにはあれども、還りては我《わ》が從父《をぢ》[一]にまし、また天の下治らしめしし天皇なり。ここに今單《ひとへ》に父の仇といふ志を取りて、悉に天の下治らしめしし天皇の陵を破りなば、後の人必ず誹謗《そし》らむ。ただ父王の仇は報いざるべからず。故、少しその陵の邊を掘りつ。既に是《か》く恥《はぢ》みせつれば、後の世に示すに足らむ。」とまをしたまひき。かく

一　実際は従兄弟にあたる。

奏《まを》したまへば、天皇答へて詔りたまひしく、「こもまた大《いた》く理《ことわり》なり。命《みこと》の如くにて可《よ》し。」とのりたまひき。故、天皇崩りまして、すなはち意祁《の》命、天津日繼知らしめしき。天皇の御年、三十八歳《みそぢまりやとせ》。天の下治らしめすこと八歳《やとせ》なりき。御陵は片岡[一]の石坏《いはつき》の岡の上にあり。

仁賢天皇

袁祁《の》王の兄《いろせ》、意祁《の》命、石上《いそのかみ》[二]の廣高《ひろたかの》宮に坐しまして、天の下治らしめしき。天皇、大長谷若建《の》天皇の御子、春日《の》大郎女を娶して、生みませる御子、高木《の》郎女。次に財《たからの》郎女。次に久須毘《くすび》郎女。次に手白髪《たしらがの》郎女。次に小長谷若雀《をはつせのわかさざきの》命。次に眞若《まわかの》王。また丸邇《わに》の日爪《ひつまの》臣の女、糠若子《ぬかのわくごの》郎女を娶して、生みませる御子、春日の山田《の》郎女。この天皇の御子、幷《あは》せて七柱なり。この中に、小長谷[三]《の》若雀《の》命は天の下治らしめしき。

一 奈良県北葛城郡。

二 奈良県磯城郡。

三 武烈天皇。

武烈天皇

小長谷若《の》雀《の》命、長谷《はつせ》[一]の列木《なみきの》宮に坐しまして、天の下治らしめすこと八歳《やとせ》なりき。この天皇、太子《ひつぎのみこ》無かりき。故、御子代《みこしろ》として、小長谷部《をはつせべ》を定めたまひき。御陵は片岡の石坏《いはつき》の岡にあり。天皇既に崩りまして、日續《ひつぎ》知らすべき王《みこ》無かりき。故、品太《ほむだの》[二]天皇の五世《いつつぎ》の孫《ひこ》、袁本杼《をほどの》命を近つ淡海《の》國より上りまさしめて、手白髪《の》命に合[三]はせて、天の下を授け奉りき。

継体天皇

品太《ほむだの》王の五世《いつつぎ》の孫《みこ》、袁本杼《をほどの》命、伊波禮《いはれ》[四]の玉穂《たまほの》宮に坐しまして、天の下治らしめしき。天皇、三尾《みをの》君等の祖、名は若比賣を娶して、生みませる御子、大郎子《おほいらつこ》。次に出雲《の》郎女。二柱 また尾張《の》連等の祖、凡連《おほしのむらじ》の妹、目子《の》郎女を娶して、生みませる御子、廣《ひろ》國押建金日《くにおしたけかなひの》命。次に建小《たけを》廣國押楯《ひろくにおしたての》命。二柱 また意祁《の》天皇の御子、手白髪《の》命 こは大后なり。を娶して、生みませる御子、天國押《あめくにおし》波《は》流《る》岐《き》廣《ひろ》

一 奈良県磯城郡。
二 応神天皇。
三 結婚させて。
四 奈良県磯城郡。

庭命《にはの》。柱一 また息長眞手王《おきながまての》の女、麻《を》組郎《くみの》女を娶して、生みませる御子、佐佐宜郎《ささげの》女。柱一 また坂田大俣王《のおほまたの》の女、黑比賣を娶して、生みませる御子、神前郎《かむざきの》女。次に田郎《の》女。次に白坂活日子《しらさかのいくひこの》郎女。次に野郎《の》女、亦の名は長目比賣。柱四 また三尾君《の》加多夫《かたぶ》の妹、倭比賣を娶して、生みませる御子、大郎女。次に丸高王《まろこの》。次に耳王《みみの》。次に赤比賣郎《の》女。柱四 また阿倍《あべ》の波延《はえ》比賣を娶して、生みませる御子、若屋郎《の》女。次に都夫良郎《つぶらの》女。次に阿豆王《あづの》。柱三

この天皇の御子等《みこたち》、幷せて十九王《とをまりここのはしら》なり。男七、女十二。 この中に、[一]天國押波流岐廣庭命《の》は、天の下治らしめしき。次に[二]廣國押建金日《の》命、天の下治らしめしき。次に[三]建小廣國押楯《の》命、天の下治らしめしき。次に佐佐宜王《ささげの》は、伊勢神宮《のの》を拜《いつ》きたまひき。この御世に、竺紫君《つくしの》石井《いはゐ》、天皇の命《みこと》に從はずして、多《まね》く禮《ゐや》無かりき。故、物部荒甲《もののべのあらかひ》の大連《おほむらじ》、大伴の金村《かなむら》の連二人を遣はして、石井《いはゐ》を殺したまひき。

一 欽明天皇。
二 安閑天皇。
三 宣化天皇。

天皇の御年、四十三歳《よそぢまりみとせ》。丁未の年の四月九日に崩りましき。御陵《みはか》は[一]三島の藍《あゐ》の御陵なり。

安閑天皇

御子、廣國押建金日《ひろくにおしたけかなひの》命、[二]勾《まがり》の金箸《かなはしの》宮に坐しまして、天の下治らしめしき。この天皇、御子無かりき。乙卯の年の三月十三日に崩りましき。御陵は[三]河内の古市《ふるち》の高屋《の》村にあり。

宣化天皇

弟《いろと》、建小廣國押楯《たけをひろくにおしたての》命、[四]檜坰《ひのくま》の廬入野《いほりのの》宮に坐しまして、天の下治らしめしき。天皇、意祁《の》天皇の御子、橘の中《つ》比賣《の》命を娶して、生みませる御子、石《いし》比賣《の》命。次に小《を》石《いし》比賣《の》命。次に倉《くら》の若江《の》王。また川内《かふち》の若子《わくご》比賣を娶して、生みませる御子、火穂《ほのほの》王。次に恵《ゑ》波《はの》王。この天皇の御子等、幷せて五王《いつはしら》なり。男三、女二。故、火《の》穂《の》王は、志比陀君の祖。恵波《の》王は、韋那君、多治比君の祖なり。

欽明天皇

一 大阪府三島郡。

二 奈良県高市郡。

三 大阪府南河内郡。

四 奈良県高市郡。

弟《おと》、天國押波流岐廣庭《あめくにおしはるきひろにはの》天皇、師木島《しきしま》[一]の大宮に坐しまして、天の下治らしめしき。天皇、檜坰《ひのくまの》天皇の御子、石《いし》比賣《の》命を娶して、生みませる御子、八田《やたの》王。次に沼名倉太玉敷《ぬなくらふとたましきの》命。次に笠縫《かさぬひの》王。三柱 またその弟《いろと》小石比賣《の》命を娶して、生みませる御子、上《かみの》王。一柱 また春日の日《ひ》爪臣《つまの》の女、糠子《ぬかごの》郎女を娶して、生みませる御子、春日《の》山田《の》郎女。次に麻呂古《まろこの》王。次に宗賀《そが》の倉《くらの》王。三柱 また宗賀《そが》の稻目宿禰大臣《いなめのすくねのおほおみ》の女、岐多斯《きたし》比賣を娶して、生みませる御子、橘《たちばな》の豐日《とよひの》命。次に妹石坰《いはくまの》王。次に足取《あとりの》王。次に豐御氣炊屋《とよみけかしぎや》比賣《の》命。次に亦麻呂古《またまろこの》王。次に大宅《おほやけの》王。次に伊美賀古《いみがこの》王。次に山代《やましろの》王。次に妹大伴《おほともの》王。次に櫻井の玄《ゆみはりの》王。次に麻奴《まぬの》王。次に橘の本《もと》の若子《わくごの》王。次に泥杼《ねどの》王。十三柱 また岐多志《きたし》比賣《の》命の姨《をば》、小兄《をえ》比賣を娶して、生みませる御子、馬木《うまきの》王。次に葛城《の》王。次に間人穴太部《はしひとのあなほべの》王。次に三枝部穴太部《さきぐさべのあなほべの》王、亦の名は須賣伊呂杼《すめいろど》。次に長谷部《はつせべ》の若雀《わかさざきの》命。五柱 凡そこの天皇の御子等、幷せて廿五《はたちまりいつ》

一 奈良県磯城郡。

王《はしら》なり。この中に、[一]沼名倉太玉敷命《の》は、天の下治らしめしき。次に[二]橘の豊日命《の》、天の下治らしめしき。次に[三]豊御氣炊屋比賣命《の》、天の下治らしめしき。次に[四]長谷部の若雀命《の》、天の下治らしめしき。并せて四王《よはしら》、天の下治らしめしき。

敏達天皇

御子、沼名倉太玉敷命《ぬなくらふとたましきの》、[五]他田宮《をさだの》に坐しまして、天の下治らしめすこと、一十四歳《とをまりよとせ》なりき。この天皇、庶妹《ままいも》豊御食炊屋比賣命《の》を娶して、生みませる御子、靜貝王《しづかひの》、亦の名は貝鮹王《かひたこの》。次に竹田王《の》、亦の名は小貝王《をかひの》。次に小治田王《をはりだの》。次に葛城王《の》。次に宇毛理王《うもりの》。次に小張王《をはりの》。次に多米王《ための》。次に櫻井《さくらゐ》の玄王《ゆみはりの》。八柱 また伊勢の大鹿首《おほかのおびと》の女、小熊子郎女《をくまこの》を娶して、生みませる御子、布斗《ふと》比賣命《の》。次に寶王《の》、亦の名は糠代比賣王《ぬかでの》。二柱 また息長眞手王《おきながまての》の女、比呂比賣命《ひろの》を娶して、生みませる御子、忍坂《おさか》の日子人《ひこひと》の太子《ひつぎのみこ》、亦の名は麻呂古王《まろこの》。次に坂騰王《さかのぼりの》。次に宇遲王《うぢの》。三柱 ま

一 敏達天皇。
二 用明天皇。
三 推古天皇。
四 崇峻天皇。
五 奈良県磯城郡。

た春日の中若子《つ》の女、老女子《おみなこの》郎女を娶して、生みませる御子、難波《の》王。次に桑田《の》王。次に春日《の》王。次に大俣《の》王。四柱 この天皇の御子等、幷せて十七王《とをまりななはしら》の中に、日子人太子《の》、庶妹田村《の》王、亦の名は糠代《ぬかで》比賣《の》命を娶して、生みませる御子、岡本[一]宮《の》に坐しまして、天の下治らしめしし天皇。次に中津《の》王。次に多良《たらの》王。三柱 また漢《あやの》王の妹、大俣《の》王を娶して、生みませる御子、智奴《ちぬの》王。次に妹桑田《の》王。二柱 また庶妹玄《の》王を娶して、生みませる御子、山代《の》王。次に笠縫《の》王。二柱 幷せて七王《ななはしら》なり。甲辰の年の四月六日に崩りましき。 御陵は川内[二]の科《し》長《なが》にあり。

用明天皇

弟《おと》、橘の豊日《の》命、池邊[三]《の》宮に坐しまして、天の下治らしめすこと、三歳《みとせ》なりき。この天皇、稲目《いなめの》宿禰の大臣の女、意富藝多志《おほぎたし》比賣を娶して、生みませる御子、多米《ための》王。一柱 また庶妹《ままいも》間人《はしひとの》穴太部《あなほべの》王を娶して、生みませる御子、[四]上宮《うへつみや》の厩戸豊聰耳《うまやどのとよとみみの》命。次に久米《の》

一 舒明天皇。

二 大阪府南河内郡。

三 奈良県磯城郡。

四 聖徳太子。

王。次に植栗王《ゑくりの》。次に茨田王《まむだの》。四柱 また當麻《たぎま》の倉首《くらのおびと》比呂《ひろ》の女、飯女《いひめ》の子《こ》を娶して、生みませる御子、當麻王《たぎまの》。次に妹須賀志呂《すがしろ》古郎女《この》。この天皇。丁未の年の四月十五日に崩りましき。 御陵は石寸《いはれ》[一]の掖上《いけのうへ》にありしを、後に科長《しなが》の中の陵に遷《うつ》しき。

崇峻天皇

弟《おと》、長谷部《はつせべ》の若雀《わかさざきの》天皇、倉椅《くらはし》[二]の柴垣宮《しばかきの》に坐しまして、天の下治らしめすこと、四歳《よとせ》なりき。壬子の年の十一月十三日に崩りましき。 御陵は倉椅の岡の上にあり。

推古天皇

妹《いも》、豊御食炊屋比賣《とよみけかしぎやひめの》命、小治田宮《をはりだの》[三]に坐しまして、天の下治らしめすこと、三十七歳《みそぢまりななとせ》なりき。戊子の年の三月十五日癸丑の日に崩りましき。 御陵は大野[四]の岡の上にありしを、後に科長《しなが》の大き陵に遷しき。

一 奈良県磯城郡。
二 奈良県磯城郡。
三 同高市郡。
四 同宇陀郡。

古事記　上卷　幷レ序

臣安萬侶言。夫、混元既凝、氣象未レ效。無レ名無レ爲。誰知二其形一。然、乾坤初分、參神作二造化之首一、陰陽斯開、二靈爲二群品之祖一。所以、出二入幽顯一、日月彰二於洗レ目、浮二沈海水一、神祇呈二於滌レ身。故、太素杳冥、因二本敎一而識二孕レ土產レ嶋之時一、元始綿邈、賴二先聖一而察二生レ神立レ人之世一。寔知、懸レ鏡吐レ珠、而百王相續、喫レ劍切レ蛇、以萬神蕃息與。議二安河一而平二天下一、論二小濱一而淸二國土一。是以、番仁岐命、初降二于高千嶺一、神倭天皇、經二歷于秋津嶋一。化熊出レ川、天劍獲二於高倉一、生尾遮レ徑、大烏導二於吉野一。列レ儛攘レ賊、聞レ歌伏レ仇。卽、覺レ夢而敬二神祇一。所以稱二賢后一。望レ烟而撫二黎元一。於レ今傳二聖帝一。定レ境開レ邦、制二于近淡海一、正レ姓撰レ氏、勒二于遠飛鳥一。雖二步驟各異、文質不レ同、莫レ不下稽レ古以繩二風猷於既頽一、照レ今以補中典敎於欲上レ絕。

曁下飛鳥淸原大宮御二大八州一天皇御世上、潛龍體レ元、洊雷應レ期。開二夢歌一而相レ纂レ業、投二夜水一而知レ承レ基。然、天時未レ臻、蟬二蛻於南山一、人事共給、虎二步於東國一。皇輿忽駕、淩二渡山川一、六師雷震、三軍電逝。杖矛擧レ威、猛士烟起、絳旗耀レ兵、凶徒瓦解。

未レ移二浹辰一、氣沴自淸。乃、放レ牛息レ馬、愷悌歸二於華夏一、卷レ旌戢レ戈、儛詠停二於都邑一。歲次二大梁一、月踵二夾鐘一、淸原大宮、昇卽二天位一。道軼二軒后一、德跨二周王一。握二乾符一而摠二六合一、得二天統一而包二八荒一。乘二二氣之正一、齊二五行之序一、設二神理一以奬レ俗、敷二英風一以弘レ國。重加、智海浩汗、潭探二上古一、心鏡煒煌、明覩二先代一。

於レ是天皇詔之、朕聞、諸家之所レ賷帝紀及本辭、旣違二正實一、多加二虛僞一。當二今之時一、不レ改二其失一、未レ經二幾年一、其旨欲レ滅。斯乃、邦家之經緯、王化之鴻基焉。故惟、撰二錄帝紀一、討二覈舊辭一、削レ僞定レ實、欲レ流二後葉一。時有二舍人一。姓稗田、名阿禮、年是廿八。爲レ人聰明、度レ目誦レ口、拂レ耳勒レ心。卽、勅二語阿禮一、令レ誦二習帝皇日繼及先代舊辭一。然、運移世異、未レ行二其事一矣。

伏惟、皇帝陛下、得レ一光宅、通レ三亭育。御二紫宸一而德被二馬蹄之所一レ極、坐二玄扈一而化照二船頭之所一レ逮。日浮重レ暉、雲散非レ烟。連レ柯幷レ穗之瑞、史不レ絕レ書、列レ烽重レ譯之貢、府無二空月一。可レ謂下名高二文命一、德冠中天乙上矣。

於レ焉、惜二舊辭之誤忤一、正二先紀之謬錯一、以二和銅四年九月十八日一、詔二臣安萬侶一、撰二錄稗田阿禮所レ誦之勅語舊辭一以獻上者、謹隨二詔旨一、子細採摭。然、上古之時、言意並朴、敷レ文構レ句、於レ字卽難。已因レ訓述者、詞不レ逮レ心。全以レ音連者、事趣更長。是以今、或一句之中、交二用音訓一、或一事之內、全以レ訓錄。卽、辭理叵レ見、以レ注明、意況易レ解、更非レ注。亦、於レ姓日下、謂二玖沙訶一、於レ名帶字、謂二多羅斯一、如レ此之類、隨レ本不レ改。大抵所レ記者、自二天地開闢一始、以訖二于小治田御世一。故、天御中主神以下、日子波限建鵜草葺不合命以前、爲二上卷一、神倭伊波禮毘古天皇以下、品陀御世以前、爲二中卷一、大雀皇帝以下、小治田大宮以前、爲二下卷一、幷錄二三卷一、謹以獻上。臣安萬侶、誠惶誠恐、頓首頓首。

和銅五年正月廿八日

正五位上勳五等太朝臣安萬侶

天地初發之時、於高天原成神名、天之御中主神。訓高下天云阿麻。下效此。次高御產巢日神。次神產巢日神。此三柱神者、並獨神成坐而、隱身也。

次國稚如浮脂而、久羅下那州多陀用弊流之時、流字以上十字以音。如葦牙因萌騰之物而成神名、宇摩志阿斯訶備比古遲神。此神名以音。次天之常立神。訓常云登許、訓立云多知。此二柱神亦、獨神成坐而、隱身也。

上件五柱神者、別天神。

次成神名、國之常立神。訓常立亦如上。次豐雲上野神。此二柱神亦、獨神成坐而、隱身也。

次成神名、宇比地邇上神、次妹須比智邇去神。此二神名以音。次角杙神、次妹活杙神。二柱 次意富斗能地神、次妹大斗乃辨神。此二神名亦以音。次於母陀流神、次妹阿夜上訶志古泥神。此二神名皆以音。次伊邪那岐神、次妹伊邪那美神。此二神名亦以音如上。

上件自國之常立神以下、伊邪那美神以前、并稱神世七代。上二柱獨神、各云一代。次雙十神、各合二神云一代也。

於是天神諸命以、詔伊邪那岐命、伊邪那美命、二柱神、修理固成是多陀用弊流之國、賜天沼矛而、言依賜也。故、二柱神立訓立云多多志。天浮橋而、指下其沼矛以畫者、鹽許々袁々呂々邇此七字以音。畫鳴訓鳴云那志。而、引上時、自其矛末垂落鹽之累積、成嶋。

是淤能碁呂嶋。自レ淤以下四字以レ音。

於二其嶋一天降坐而、見二立天之御柱一、見二立八尋殿一。於レ是問二其妹伊邪那美命一曰、汝身者如何成。答下白吾身者、成成不二成合一處一處在上。爾伊邪那岐命詔、我身者、成成而成餘處一處在。故以二此吾身成餘處一、刺下塞汝身不二成合一處上而、以三爲生二成國土一。生奈何。訓レ生云二宇牟一。下效レ此。伊邪那美命、答二曰然善一。爾伊邪那岐命詔、然者吾與レ汝行二廻逢是天之御柱一而、爲二美斗能麻具波比一。此七字以レ音。如レ此之期、乃詔、汝者自レ右廻逢、我者自レ左廻逢。約竟廻時、伊邪那美命、先言二阿那邇夜志愛上袁登古袁一、此十字以レ音。下效レ此。後伊邪那岐命、言二阿那邇夜志愛上袁登賣袁一、各言竟之後、告二其妹一曰、女人先言不レ良。雖レ然久美度邇此四字以レ音。興而生子、水蛭子。此子者入二葦船一而流去。次生二淡嶋一。是亦不レ入二子之例一。

於レ是二柱神議云、今吾所レ生之子不レ良。猶宜レ白二天神之御所一。卽共參上、請二天神之命一。爾天神之命以、布斗麻邇爾上此五字以レ音。卜相而詔之、因二女先言一而不レ良。亦還降改言。

故爾反降、更往二廻其天之御柱如レ先。於レ是伊邪那岐命、先言二阿那邇夜志愛袁登賣袁一、後妹伊邪那美命、言二阿那邇夜志愛袁登古袁一。如レ此言竟而御合、生子、淡道之穗之狹別嶋。訓レ別云二和氣一。下效レ此。次生二伊豫之二名嶋一。此嶋者、身一而有二面四一。每レ面有レ名。故、伊豫國謂二愛上比賣一、此三字以レ音。下效レ此也。讚岐國謂二飯依比古一、粟國謂二大宜都比賣一、此四字以レ音。土左國謂二建依別。次生隱伎之三子嶋。亦名天之忍許呂別。許呂二字以音。次生筑紫嶋。此嶋亦、身一而有面四。毎面有名。故、筑紫國謂白日別、豐國謂豐日別、肥國謂建日向日豐久士比泥別、自久至泥以音。熊曾國謂建日別。曾字以音。次生伊伎嶋。亦名謂天比登都柱。自比至都以音。訓天如天。次生津嶋。亦名謂天之狹手依比賣。次生佐度嶋。次生大倭豐秋津嶋。亦名謂天御虛空豐秋津根別。故、因此八嶋先所生、謂大八嶋國。

然後、還坐之時、生吉備兒嶋。亦名謂建日方別。次生小豆嶋。亦名謂大野手比賣。次生大嶋。亦名謂大多麻流別。自多至流以音。次生女嶋。亦名謂天一根。訓天如天。次生知訶嶋。亦名謂天之忍男。次生兩兒嶋。亦名謂天兩屋。自吉備兒嶋至天兩屋嶋幷六嶋。

既生國竟、更生神。故、生神名、大事忍男神。次生石土毘古神、訓石云伊波、亦毘古二字以音。下效此也。次生石巢比賣神、次生大戸日別神、次生天之吹男神、次生大屋毘古神、次生風木津別之忍男神、訓風云加邪、訓木以音。次生海神、名大綿津見神、次生水戸神、名速秋津日子神、次妹速秋津比賣神。自大事忍男神至秋津比賣神、幷十神。

此速秋津日子、速秋津比賣二神、因河海持別而、生神名、沫那藝神、那藝二字以音。下效此。次沫那美神、那美二字以音。下效此。次頰那藝神、次頰那美神、次天之水分神、訓分云久麻理。下效此。次國之水分神、次天之久比奢母智神、自久以下五字以音。下效此。次國之久比奢母智神。自沫那藝神至國之久比奢母智神、幷八神。

次生風神、名志那都比古神、（此神名以音。）次生木神、名久久能智神、（此神名以音。）次生山神、名大山上津見神、次生野神、名鹿屋野比賣神。亦名謂野椎神。（自志那都比古神至野椎、幷四神。）此大山津見神、野椎神二神、因山野持別而、生神名、天之狹土神、（訓土云豆知。下效此。）次國之狹土神、次天之狹霧神、次國之狹霧神、次天之闇戶神、次國之闇戶神、次大戶惑子神、（訓惑云麻刀比。下效此。）次大戶惑女神。（自天之狹土神至大戶惑女神、幷八神也。）次生神名、鳥之石楠船神、亦名謂天鳥船。次生大宜都比賣神。（此神名以音。）次生火之夜藝速男神。（夜藝二字以音也。）亦名謂火之炫毘古神、亦名謂火之迦具土神。（迦具二字以音。）因生此子、美蕃登（此三字以音。）見炙而病臥在。多具理邇（此四字以音。）生神名、金山毘古神、（訓金云加那。下效此。）次金山毘賣神。次於屎成神名、波邇夜須毘古神。（此神名以音。）次波邇夜須毘賣神。（此神名亦以音。）次於尿成神名、彌都波能賣神、次和久產巢日神。此神之子、謂豐宇氣毘賣神。（自宇以下四字以音。）故、伊邪那美神者、因生火神、遂神避坐也。（自天鳥船至豐宇氣毘賣神、幷八神也。）

凡伊邪那岐、伊邪那美二神、共所生嶋壹拾肆嶋、神參拾伍神。（是伊邪那美神、未神避以前所生。唯意能碁呂嶋者、非所生。亦蛭子與淡嶋、不入子之例也。）

故爾伊邪那岐命詔之、愛我那邇妹命乎、（那邇二字以音。下效此。）謂易子之一木乎上、乃匍匐御枕方、匍匐御足方而哭時、於御淚所成神、坐香山之畝尾木本、名泣澤女神。故、其所二神避一之伊邪那美神者、葬下出雲國與二伯伎國一堺比婆之山上也。於レ是伊邪那岐命、拔下所二御佩一之十拳劒上、斬二其子迦具土神之頸一。爾著二其御刀前一之血、走二就湯津石村一、所レ成神名、石拆神。次根拆神。次石筒之男神。三神 次著二御刀本一血亦、走二就湯津石村一、所レ成神名、甕速日神。次樋速日神。次建御雷之男神。亦名建布都神。布都二字以レ音。下效レ此。 亦名豐布都神。三神 次集二御刀之手上一血、自二手俣一漏出、所レ成神名、訓レ漏云二久伎一。闇淤加美神。淤以下三字以レ音。下效レ此。 次闇御津羽神。

上件自二石拆神一以下、闇御津羽神以前、并八神者、因二御刀一、所レ生之神者也。

所レ殺迦具土神之於レ頭所レ成神名、正鹿山上津見神。次於レ胸所レ成神名、淤縢山津見神。淤縢二字以レ音。 次於レ腹所レ成神名、奥山上津見神。次於レ陰所レ成神名、闇山津見神。次於二左手一所レ成神名、志藝山津見神。志藝二字以レ音。 次於二右手一所レ成神名、羽山津見神。次於二左足一所レ成神名、原山津見神。次於二右足一所レ成神名、戸山津見神。自二正鹿山津見神一至二戸山津見神一、并八神。 故、所レ斬之刀名、謂二天之尾羽張一、亦名謂二伊都之尾羽張一。伊都二字以レ音。

於レ是欲レ相二見其妹伊邪那美命一、追二往黄泉國一。爾自二殿縢戸一出向之時、伊邪那岐命語詔之、愛我那邇妹命、吾與レ汝所レ作之國、未二作竟一。故、可レ還。爾伊邪那美命答白、悔哉、不二速來一。吾者爲二黄泉戸喫一。然愛我那勢命、那勢二字以レ音。下效レ此。 入來坐之事恐。故、欲レ還、且與二黄泉神一相論。莫レ視レ我。如レ此白而、還二入其殿內一之間、甚久難レ待。故、刺二左之御美豆良一三字以レ音。下效レ此。湯津津間櫛之男柱一箇取闕而、燭二一火一入見之時、宇士多加禮許呂呂岐弖、此十字以レ音。於レ頭者大雷居、於レ胸者火雷居、於レ腹者黑雷居、於レ陰者拆雷居、於二左手一者若雷居、於二右手一者土雷居、於二左足一者鳴雷居、於二右足一者伏雷居、幷八雷神成居。

於レ是伊邪那岐命、見畏而逃還之時、其妹伊邪那美命、言レ令レ見レ辱レ吾、即遣二豫母都志許賣一此六字以レ音。令レ追。爾伊邪那岐命、取二黑御縵一投棄、乃生二蒲子一。是摭食之間、逃行、猶追、亦刺二其右御美豆良一之湯津津間櫛引闕而投棄、乃生レ笋。是拔食之間、逃行。且後者、於二其八雷神一、副二千五百之黄泉軍一令レ追。爾拔下所二御佩一之十拳劍上而、於二後手一布伎都都此四字以レ音。逃來、猶追、到二黄泉比良此二字以レ音。坂之坂本一時、取下在二其坂本一桃子三箇上待擊者、悉迯返也。爾伊邪那岐命、告二其桃子一、汝如レ助レ吾、於二葦原中國一所レ有、宇都志伎此四字以レ音。青人草之、落二苦瀨一而患惚時、可レ助告、賜レ名號二意富加牟豆美命一。自レ意至レ美以レ音。最後其妹伊邪那美命、身自追來焉。爾千引石引二塞其黄泉比良坂一、其石置レ中、各對立而、度二事戸一之時、伊邪那美命言、愛我那勢命、爲レ如レ此者、汝國之人草、一日絞二殺千頭一。爾伊邪那岐命詔、愛我那邇妹命、汝爲レ然者、吾一日立二千五百產屋一。是以一日必千人死、一日必千五百人生也。故、號二其伊邪那美命一謂二黄泉津大神一。亦云、以二其追斯伎斯一此三字以レ音。而、號二道敷大神一。亦所レ塞二其黄泉坂一之石者、號二道反之大神一、亦謂二塞坐黄泉戸大神一。故、其所レ謂黄泉比良坂者、今謂二出雲國之伊賦夜坂一也。

是以伊邪那伎大神詔、吾者到二於伊那志許米上志許米岐此九字以レ音。穢國一而在祁理。此二字以レ音。故、吾者爲二御身之禊一而、到二坐竺紫日向之橘小門之阿波岐此三字以レ音。原一而、禊祓也。

故、於二投棄御杖一所レ成神名、衝立船戸神。次於二投棄御帶一所レ成神名、道之長乳齒神。次於二投棄御囊一所レ成神名、時量師神。次於二投棄御衣一所レ成神名、和豆良比能宇斯能神。此神名以レ音。次於二投棄御褌一所レ成神名、道俣神。次於二投棄御冠一所レ成神名、飽咋之宇斯能神。自レ宇以下三字以レ音。次於二投棄左御手之手纏一所レ成神名、奥疎神。訓レ奥云二於伎一。下效レ此。訓レ疎云二奢加留一。下效レ此。次奥津那藝佐毘古神、自レ那以下五字以レ音。下效レ此。次奥津甲斐辨羅神。自レ甲以下四字以レ音。下效レ此。次於二投棄右御手之手纏一所レ成神名、邊疎神。次邊津那藝佐毘古神。次邊津甲斐辨羅神。

右件自二船戸神一以下、邊津甲斐辨羅神以前、十二神者、因レ脱二著レ身之物一、所レ生神也。

於レ是詔之、上瀬者瀬速、下瀬者瀬弱而、初於二中瀬一墮迦豆伎而滌時、所二成坐一神名、八十禍津日神。訓レ禍云二摩賀一。下效レ此。次大禍津日神。此二神者、所レ到二其穢繁國一之時、因二汚垢一而所レ成神之者也。次爲レ直二其禍一而所レ成神名、神直毘神。毘字以レ音。下效レ此。次大直毘神。次伊豆能賣神。并三神也。伊以下四字以レ音。次於二水底一滌時、所レ成神名、底津綿上津見神。次底筒之男命。於二中滌一時、所レ成神名、中津綿上津見神。次中筒之男命。於二水上一滌時、所レ成神名、上津綿上津見神。訓レ上云二宇閇一。次上筒之男命。此三柱綿津見神者、阿曇連等之祖神以伊都久神也。伊以下三字以レ音。下效レ此。故、阿曇連等者、其綿津見神之子、宇都志日金拆命之子孫也。宇都志三字以レ音。其底筒之男命、中筒之男命、上筒之男命三柱神者、墨江之三前大神也。於レ是洗二左御目一時、所レ成神名、天照大御神。次洗二右御目一時、所レ成神名、月讀命。次洗二御鼻一時、所レ成神名、建速須佐之男命。須佐二字以レ音。

右件八十禍津日神以下、速須佐之男命以前、十四柱神者、因レ滌二御身一、所レ生者也。

此時伊邪那伎命、大歡喜詔、吾者生二生子一而、於二生終一得二三貴子一、卽其御頸珠之玉緒母由良邇此四字以レ音。下效レ此。取由良迦志而、賜二天照大御神一而詔之、汝命者、所レ知二高天原一矣、事依而賜也。故、其御頸珠名、謂二御倉板擧之神一。訓二板擧一云二多那一。次詔二月讀命一、汝命者、所レ知二夜之食國一矣、事依也。訓レ食云二袁須一。次詔二建速須佐之男命一、汝命者、所レ知二海原一矣、事依也。

故、各隨二依賜之命一、所レ知看之中、速須佐之男命、不レ治二所レ命之國一而、八拳須至二于心前、啼伊佐知伎也。〈自伊下四字以音。下效此。〉其泣狀者、青山如枯山泣枯、河海者悉泣乾。是以惡神之音、如狹蠅皆滿、萬物之妖悉發。故、伊邪那岐大御神、詔速須佐之男命、何由以、汝不治所事依之國而、哭伊佐知流。爾答白、僕者欲罷妣國根之堅州國。故哭。爾伊邪那岐大御神大忿怒詔、然者汝不可住此國、乃神夜良比爾夜良比賜也。〈自夜以下七字以音。〉故、其伊邪那岐大神者、坐淡海之多賀也。

故於是速須佐之男命言、然者請天照大御神將罷、乃參上天時、山川悉動、國土皆震。爾天照大御神聞驚而詔、我那勢命之上來由者、必不善心。欲奪我國耳。卽解御髮、纏御美豆羅而、乃於左右御美豆羅、亦於御縵、亦於左右御手、各纏持八尺勾璁之五百津之美須麻流之珠而、〈自美至流四字以音。下效此。〉曾毘良邇者、負千入之靫、〈訓入云能理。下效此。〉〈自曾至邇以音。〉比良邇者、附五百入之靫、亦所取佩伊都〈此二字以音。〉之竹鞆而、弓腹振立而、堅庭者、於向股蹈那豆美、〈三字以音。〉如沫雪蹶散而、伊都〈二字以音。〉之男建〈訓建云多祁夫。〉蹈建而待問、何故上來。爾速須佐之男命答白、僕者無邪心。唯大御神之命以、問賜僕之哭伊佐知流之事。故、白都良久、〈三字以音。〉僕欲往妣國以哭。爾大御神詔、汝者不可在此國而、神夜良比夜良比賜。故、以爲請將罷往之狀參上耳。無異心。爾天照大御神詔、然者汝心之淸明、何以知。於是速須佐之男命答白、各宇氣比而生子。〈自宇以下三字以音。下效レ此。

故爾各中二置天安河一而、宇氣布時、天照大御神、先乞二度建速須佐之男命所レ佩十拳劒一、打二折三段一而、奴那登母母由良爾、此八字以レ音。下效レ此。振二滌天之眞名井一而、佐賀美邇迦美而、自レ佐下六字以レ音。下效レ此。於二吹棄氣吹之狹霧一所レ成神御名、多紀理毘賣命。此神名以レ音。亦御名、謂二奥津嶋比賣命一。次市寸嶋上比賣命。亦御名、謂二狹依毘賣命一。次多岐都比賣命。三柱。此神名以レ音。速須佐之男命、乞下度天照大御神所レ纒二左御美豆良一八尺勾璁之五百津之美須麻流珠上而、奴那登母母由良邇、振二滌天之眞名井一而、佐賀美邇迦美而、於二吹棄氣吹之狹霧一所レ成神御名、正勝吾勝勝速日天之忍穂耳命。亦乞下度所レ纒二右御美豆良一之珠上而、佐賀美邇迦美而、於二吹棄氣吹之狹霧一所レ成神御名、天之菩卑能命。自レ菩下三字以レ音。亦乞下度所レ纒二御縵一之珠上而、佐賀美邇迦美而、於二吹棄氣吹之狹霧一所レ成神御名、天津日子根命。又乞下度所レ纒二左御手一之珠上而、佐賀美邇迦美而、於二吹棄氣吹之狹霧一所レ成神御名、活津日子根命。亦乞下度所レ纒二右御手一之珠上而、佐賀美邇迦美而、於二吹棄氣吹之狹霧一所レ成神御名、熊野久須毘命。自レ久下三字以レ音。并五柱。於レ是天照大御神、告二速須佐之男命一、是後所レ生五柱男子者、物實因二我物一所レ成。故、自吾子也。先所レ生之三柱女子者、物實因二汝物一所レ成。故、乃汝子也。如レ此詔別也。

故、其先所レ生之神、多紀理毘賣命者、坐二胸形之奧津宮一。次市寸嶋比賣命者、坐二胸形之中津宮一。次田寸津比賣命者、坐二胸形之邊津宮一。此三柱神者、胸形君等之以伊都久三前大神者也。故、此後所レ生五柱子之中、天菩比命之子、建比良鳥命、此出雲國造、无邪志國造、上菟上國造、下菟上國造、伊自牟國造、津嶋縣直、遠江國造等之祖也。次天津日子根命者、凡川內國造、額田部湯坐連、茨木國造、倭田中直、山代國造、馬來田國造、道尻岐閇國造、周芳國造、倭淹知造、高市縣主、蒲生稻寸、三枝部造等之祖也。

爾速須佐之男命、白二于天照大御神一、我心淸明。故、我所レ生子、得二手弱女一。因レ此言者、自我勝云而、於二勝佐備一此二字以レ音。離二天照大御神之營田之阿一此阿字以レ音。埋二其溝一、亦其於下聞二看大嘗一之殿上、屎麻理此二字以レ音。散。故、雖二然爲一、天照大御神者、登賀米受而告、如レ屎、醉而吐散登許曾此三字以レ音。我那勢之命、爲レ如レ此。又離二田之阿一、埋レ溝者、地矣阿多良斯登許曾自レ阿以下七字以レ音。我那勢之命、爲レ如レ此登此一字以レ音。詔雖レ直、猶其惡態不レ止而轉。天照大御神、坐二忌服屋一而、令レ織二神御衣一之時、穿二其服屋之頂一、逆二剝天斑馬一剝而、所二墮入一時、天服織女見驚而、於レ梭衝二陰上一而死。訓二陰上一云二富登一。故於レ是天照大御神見畏、開二天石屋戸一而、刺許母理此三字以レ音。坐也。爾高天原皆暗、葦原中國悉闇。因レ此而常夜往。於レ是萬神之聲者、狹蠅那須此二字以レ音。滿、萬妖悉發。是以八百萬神、於二天安之河原一、神集集而、訓レ集云二都度比一。高御產巢日神之子、思金神令レ思訓レ金云二加尼一。而、集常世長鳴鳥、令鳴而、取天安河之河上之天堅石、取天金山之鐵而、求鍛人天津麻羅而、麻羅二字以音。科伊斯許理度賣命自伊下六字以音。令作鏡。科玉祖命、令作八尺勾璁之五百津之御須麻流之珠而、召天兒屋命、布刀玉命布刀二字以音。下效此。而、內拔天香山之眞男鹿之肩拔而、取天香山之天之波波迦此三字以音。木名。而、令占合麻迦那波而、自麻下四字以音。天香山之五百津眞賢木矣、根許士爾許士而、自許下五字以音。於上枝、取著八尺勾璁之五百津之御須麻流之玉、於中枝、取繫八尺鏡、訓八尺云八阿多。於下枝、取垂白丹寸手、青丹寸手而、訓垂云志殿。此種種物者、布刀玉命、布刀御幣登取持而、天兒屋命、布刀詔戸言禱白而、天手力男神、隱立戸掖而、天宇受賣命、手次繫天香山之天之日影而、爲縵天之眞拆而、手草結天香山之小竹葉而、訓小竹云佐佐。於天之石屋戸伏汙氣此二字以音。蹈登杼呂許志、此五字以音。爲神懸而、掛出胸乳、裳緒忍垂於番登也。爾高天原動而、八百萬神共咲。

於是天照大御神、以爲怪、細開天石屋戸而、內告者、因吾隱坐而、以爲天原自闇、亦葦原中國皆闇矣、何由以、天宇受賣者爲樂、亦八百萬神諸咲。爾天宇受賣白言、益汝命而貴神坐。故、歡喜咲樂。如此言之間、天兒屋命、布刀玉命、指出其鏡、示奉天照大御神之時、天照大御神、逾思奇而、稍自戸出而、臨坐之時、其所隱立之天手力男神、取二其御手一引出、卽布刀玉命、以二尻久米此二字以レ音。縄一、控二-度其御後方一白言、從レ此以內、不レ得二還入一。故、天照大御神出坐之時、高天原及葦原中國、自得二照明一。

於レ是八百萬神共議而、於二速須佐之男命一、負二千位置戶一、亦切レ鬚及手足爪令レ拔而、神夜良比夜良比岐。

又食物乞二大氣津比賣神一。爾大氣都比賣、自二鼻口及尻一、種種味物取出而、種種作具而進時、速須佐之男命、立二-伺其態一、爲二穢汚而奉進一、乃殺二其大宜津比賣神一。故、所レ殺神於レ身生物者、於レ頭生レ蠶、於二二目一生二稻種一、於二二耳一生レ粟、於レ鼻生二小豆一、於レ陰生レ麥、於レ尻生二大豆一。故是神產巢日御祖命、令レ取レ茲、成レ種。

故、所二避追一而、降二出雲國之肥上河上、名鳥髮地一。此時箸從二其河一流下。於レ是須佐之男命、以三-爲人有二其河上一而、尋覓上往者、老夫與二老女一二人在而、童女置レ中泣。爾問二-賜-之汝等者誰一。故、其老夫答言、僕者國神、大山上津見神之子焉。僕名謂二足上名椎一、妻名謂二手上名椎一、女名謂二櫛名田比賣一。亦問二汝哭由者何一、答白言、我之女者、自レ本在二八稚女一。是高志之八俣遠呂智、此三字以レ音。每レ年來喫。今其可レ來時。故泣。爾問二其形如何一、答白、彼目如二赤加賀智一而、身一有二八頭八尾一。亦其身生二蘿及檜榲一、其長度二谿八谷峡八尾二而、見二其腹一者、悉常血爛也。（此謂二赤加賀知一者、今酸醤者也。）爾速須佐之男命、詔二其老夫一、是汝之女者、奉二於吾一哉、答三白恐不レ覺二御名一。爾答詔、吾者天照大御神之伊呂勢者也。（自レ伊下三字以レ音。）故今、自レ天降坐也。爾足名椎手名椎神、白二然坐者恐。立奉一。爾速須佐之男命、乃於二湯津爪櫛一取二成其童女一而、刺二御美豆良一、告二其足名椎手名椎神一、汝等、醸二八鹽折之酒一、亦作二廻垣一、於二其垣一作二八門一、毎レ門結二八佐受岐一、（此三字以レ音。）毎二其佐受岐一置二酒船一而、毎レ船盛二其八鹽折酒一而待。故、隨レ告而如レ此設備待之時、其八俣遠呂智、信如レ言來。乃毎レ船垂三入己頭一飲二其酒一。於レ是飲酔留伏寢。爾速須佐之男命、拔下其所二御佩一之十拳劒上、切三散其蛇一者、肥河變レ血而流。故、切二其中尾一時、御刀之刃毀。爾思レ怪以二御刀之前一、刺割而見者、在二都牟刈之大刀一。故、取二此大刀一、思二異物一而、白三上於天照大御神一也。是者草那藝之大刀也。（那藝二字以レ音。）故是以其速須佐之男命、宮可二造作一之地、求二出雲國一。爾到三坐須賀（此二字以レ音。下效レ此。）地一而詔之、吾來二此地一、我御心須賀須賀斯而、其地作レ宮坐。故、其地者於レ今云二須賀一也。玆大神、初作二須賀宮一之時、自二其地一雲立騰。爾作二御歌一。其歌曰、

夜久毛多都　伊豆毛夜幣賀岐　都麻碁微爾　夜幣賀岐都久流　曾能夜幣賀岐袁（二）

於レ是喚二其足名椎神一、告三言汝者任二我宮之首一、且負レ名號二稻田宮主須賀之八耳神一。

故、其櫛名田比賣以、久美度邇起而、所レ生神名、謂二八嶋士奴美神一。自レ士下三字以レ音。下效レ此。又娶二大山津見神之女、名神大市比賣一、生子、大年神。次宇迦之御魂神。二柱。宇迦二字以レ音。兄八嶋士奴美神、娶二大山津見神之女、名木花知流此二字以レ音。比賣一、生子、布波能母遲久奴須奴神。此神、娶二淤迦美神之女、名日河比賣一、生子、深淵之水夜禮花神。夜禮二字以レ音。此神、娶二天之都度閇知泥上神一、自レ都下五字以レ音。生子、淤美豆奴神。此神名以レ音。此神、娶二布怒豆怒神此神名以レ音。之女、名布帝耳上神一、布帝二字以レ音。生子、天之冬衣神。此神、娶二刺國大上神之女、名刺國若比賣一、生子、大國主神。亦名謂二大穴牟遲神一、牟遲二字以レ音。亦名謂二葦原色許男神一、色許二字以レ音。亦名謂二八千矛神一、亦名謂二宇都志國玉神一、宇都志三字以レ音。幷有二五名一。

故、此大國主神之兄弟、八十神坐。然皆國者、避二於大國主神一。所二以避一者、其八十神、各有下欲レ婚二稻羽之八上比賣一之心上、共行二稻羽一時、於二大穴牟遲神一負レ帒、爲二從者一率往。於レ是到二氣多之前一時、裸菟伏也。爾八十神謂二其菟一云、汝將レ爲者、浴二此海鹽一、當二風吹一而、伏二高山尾上一。故、其菟從二八十神之敎一而伏。爾其鹽隨レ乾、其身皮悉風見二吹拆一。故、痛苦泣伏者、最後之來大穴牟遲神、見二其菟一言、何由汝泣伏。菟答言、僕在二淤岐嶋一、雖レ欲レ度二此地一、無二度因一。故、欺二海和邇一此二字以レ音。下效レ此。言、吾與レ汝競、欲レ計二族之多少一。故、汝者隨二其族在一悉率來、自二此嶋一至二于氣多前一、皆列伏度。爾吾蹈二其上一、走乍讀度。於レ是知下與二吾族一孰多上。如レ此言者、見レ欺而列伏之時、吾蹈二其上一、讀度來、今將レ下レ地時、吾云、汝者我見レ欺言竟、卽伏二最端一和邇、捕レ我悉剝二我衣服一。因レ此泣患者、先行八十神之命以、誨下告浴二海鹽一、當レ風伏上。故、爲レ如レ敎者、我身悉傷。於レ是大穴牟遲神、敎二告其菟一、今急往二此水門一、以レ水洗二汝身一、卽取二其水門之蒲黃一、敷散而、輾二轉其上一者、汝身如二本膚一必差。故、爲レ如レ敎、其身如レ本也。此稻羽之素菟者也。於二今者一謂二菟神一也。故、其菟白二大穴牟遲神一、此八十神者、必不レ得二八上比賣一。雖レ負レ帒、汝命獲之。

於レ是八上比賣、答二八十神一言、吾者不レ聞二汝等之言一。將レ嫁二大穴牟遲神一。故爾八十神怒、欲レ殺二大穴牟遲神一、共議而、至二伯伎國之手間山本一云、赤猪在二此山一。故、和禮（此二字以レ音。）共追下者、汝待取。若不レ待取一者、必將レ殺レ汝云而、以レ火燒二似レ猪大石一而轉落。爾追下取時、卽於二其石一所二燒著一而死。爾其御祖命、哭患而、參二上于天一、請二神產巢日之命一時、乃遣三𧏛貝比賣與二蛤貝比賣一、令二作活一。爾𧏛貝比賣岐佐宜（此三字以レ音。）集而、蛤貝比賣待承而、塗二母乳汁一者、成二麗壯夫一（訓二壯夫一云二袁等古一。）而出遊行。

於レ是八十神見、且欺率二入山一而、切二伏大樹一、茹矢打二立其木一、令レ入二其中一、卽打二離其氷目矢一而拷殺也。爾亦其御祖命、哭乍求者、得レ見、卽折二其木一而取出活、告二其子一言、汝有二此間一者、遂爲二八十神一所レ滅、乃違二遣於木國之大屋毘古神之御所一。爾八十神、覓追臻而、矢刺乞時、自二木俣一漏逃而云、可レ參二向須佐能男命所レ坐之根堅州國一、必其大神議也。故、隨二詔命一而、參二到須佐之男命之御所一者、其女須勢理毘賣出見、爲二目合一而、相婚、還入、白二其父一言、甚麗神來。爾其大神出見而、告三此者謂二之葦原色許男一、卽喚入而、令レ寢二其蛇室一。於レ是其妻須勢理毘賣命、以二蛇比禮一二字以レ音。授二其夫一云、其蛇將レ咋、以二此比禮一三擧打撥。故、如レ敎者、蛇自靜。故、平寢出之。亦來日夜者、入二呉公與レ蜂室一、且授二呉公蜂之比禮一、敎レ如レ先。故、平出之。亦鳴鏑射二入大野之中一、令レ採二其矢一。故、入二其野一時、卽以レ火廻二燒其野一。於レ是不レ知レ所レ出之間、鼠來云、內者富良富良、此四字以レ音。外者須夫須夫。此四字以レ音。如レ此言故、蹈二其處一者、落隱入之間、火者燒過。爾其鼠、咋二持其鳴鏑一出來而奉也。其矢羽者、其鼠子等皆喫也。

於レ是其妻須世理毘賣者、持二喪具一而哭來、其父大神者、思二已死訖一、出二立其野一。爾持二其矢一以奉之時、率二入家一而、喚二入八田間大室一而、令レ取二其頭之虱一。故爾見二其頭一者、呉公多在。於レ是其妻、取三牟久木實與二赤土一、授二其夫一。故、咋二破其木實一、含二赤土一唾出者、其大神、以下爲咋二破呉公一唾出上而、於レ心思レ愛而寢。爾握二其神之髮一、其室每レ椽結著而、五百引石、取二塞其室戶一、負二其妻須世理毘賣一、卽取下持其大神之生大刀與二生弓矢一、及其天詔琴上而、逃出之時、其天詔琴、拂レ樹而地動鳴。故、其所レ寢大神、聞驚而、引二仆其室一。然解二結レ椽髮一之間、遠逃。故爾追二至黃泉比良坂一、遙望、呼二謂大穴牟遲神一曰、其汝所レ持之生大刀、生弓矢以而、汝庶兄弟者、追二伏坂之御尾一、亦追二撥河之瀨一而、意禮二字以レ音。爲二大國主神一、亦爲二宇都志國玉神一而、其我之女須世理毘賣、爲二嫡妻一而、於二宇迦能山三字以レ音。之山本一、於二底津石根一宮柱布刀斯理、此四字以レ音。於二高天原一氷椽多迦斯理此四字以レ音。而居。是奴也。故、持二其大刀、弓一、追二避其八十神一之時、每二坂御尾一追伏、每二河瀨一追撥、始作レ國也。故、其八上比賣者、如二先期一美刀阿多波志都。此七字以レ音。故、其八上比賣者、雖二率來一、畏二其嫡妻須世理毘賣一而、其所レ生子者、刺二挾木俣一而返。故、名二其子一云二木俣神一、亦名謂二御井神一也。

此八千矛神、將レ婚二高志國之沼河比賣一、幸行之時、到二其沼河比賣之家一、歌曰、

夜知富許能　迦微能美許登波　夜斯麻久爾　都麻麻岐迦泥弖　登富登富斯　故志能
久邇邇　佐加志賣遠　阿理登岐加志弖　久波志賣遠　阿理登伎許志弖　佐用婆比爾
阿理多多斯　用婆比邇　阿理加用婆勢　多知賀遠母　伊麻陀登加受弖　淤須比遠母
伊麻陀登加泥婆　遠登賣能　那須夜伊多斗遠　淤曾夫良比　和何多多勢禮婆　比許
豆良比　和何多多勢禮婆　阿遠夜麻邇　奴延波那伎奴　佐怒都登理　岐藝斯波登與

牟　爾波都登理　迦祁波那久　宇禮多久母　那久那留登理加　許能登理母　宇知夜米許世泥　伊斯多布夜　阿麻波勢豆加比　許登能加多理其登母　許遠婆(二)

爾其沼河比賣、未レ開レ戸、自レ內歌曰、

夜知富許能　迦微能美許等　奴延久佐能　賣邇志阿禮婆　和何許許呂　宇良須能登理叙　伊麻許曾婆　和杼理邇阿良米　能知波　那杼理爾阿良牟遠　伊能知波　那志勢多麻比曾　伊斯多布夜　阿麻波世豆迦比　許登能　加多理碁登母　許遠婆(三)

阿遠夜麻邇　比賀迦久良婆　奴婆多麻能　用波伊傳那牟　阿佐比能　惠美佐迦延岐弖　多久豆怒能　斯路岐多陀牟岐　阿和由岐能　和加夜流牟泥遠　曾陀多岐　多多岐麻那賀理　麻多麻傳　多麻傳佐斯麻岐　毛毛那賀爾　伊波那佐牟遠　阿夜爾　那古斐岐許志　夜知富許能　迦微能美許登　許登能　迦多理碁登母　許遠婆(四)

故、其夜者、不レ合而、明日夜、爲二御合一也。

又其神之嫡后、須勢理毘賣命、甚爲二嫉妬一。故、其日子遲神和備弖、(三字以レ音。)自二出雲一將レ上二坐倭國一而、束裝立時、片御手者、繫二御馬之鞍一、片御足、蹈二入其御鐙一而、歌曰、

奴婆多麻能　久路岐美祁斯遠　麻都夫佐爾　登理與曾比　淤岐都登理　牟那美流登岐　波多多藝母　許禮婆布佐波受　幣都那美　曾邇奴岐宇弖　蘇邇杼理能　阿遠岐

美祁斯遠　麻都夫佐邇　登理與曾比　淤岐都登理　牟那美流登岐　波多多藝母　許母布佐波受　幣都那美　曾邇奴棄宇弖　夜麻賀多爾　麻岐斯　阿多泥都岐　曾米紀賀斯流邇　斯米許呂母遠　麻都夫佐邇　登理與曾比　淤岐都登理　牟那美流登岐　波多多藝母　許斯與呂志　伊刀古夜能　伊毛能美許等　牟良登理能　和賀牟禮伊那婆　比氣登理能　和賀比氣伊那婆　那迦士登波　那波伊布登母　夜麻登能　比登母登須須岐　宇那加夫斯　那賀那加佐麻久　阿佐阿米能　疑理邇多多牟叙　和加久佐能　都麻能美許登　許登能　加多理碁登母　許遠婆(五)

爾其后、取二大御酒坏一、立依指擧而、歌曰、

夜知富許能　加微能美許登夜　阿賀淤富久邇奴斯　那許曾波　遠邇伊麻世婆　宇知微流　斯麻能佐岐邪岐　加岐微流　伊蘇能佐岐淤知受　和加久佐能　都麻母多勢良米　阿波母與　賣邇斯阿禮婆　那遠岐弖　遠波那志　那遠岐弖　都麻波那斯　阿夜加岐能　布波夜賀斯多爾　牟斯夫須麻　爾古夜賀斯多爾　多久夫須麻　佐夜具賀斯多爾　阿和由岐能　和加夜流牟泥遠　多久豆怒能　斯路岐多陀牟岐　曾陀多岐　多多岐麻那賀理　麻多麻傳　多麻傳佐斯麻岐　毛毛那賀邇　伊遠斯那世　登與美岐多弖麻都良世(六)

如レ此歌、即爲二宇伎由比一（四字以レ音。）而、宇那賀氣理弖、（六字以レ音。）至レ今鎭坐也。此謂二之神語一也。

故、此大國主神、娶下坐二胸形奥津宮一神、多紀理毘賣命上、生子、阿遲（二字以レ音。）鉏高日子根神。次妹高比賣命。亦名、下光比賣命。此之阿遲鉏高日子根神者、今謂二迦毛大御神一者也。大國主神、亦娶二神屋楯比賣命一、生子、事代主神。亦娶二八嶋牟遲能神（自レ牟下三字以レ音。）之女、鳥耳神一、生子、鳥鳴海神。（訓レ鳴云二那留一。）此神、娶二日名照額田毘道男伊許知邇神一、（田下毘又自レ伊下至レ邇皆以レ音。）生子、國忍富神。此神、娶二葦那陀迦神、（自レ那下三字以レ音。）亦名、八河江比賣一、生子、速甕之多氣佐波夜遲奴美神。（自レ多下八字以レ音。）此神、娶二天之甕主神之女、前玉比賣一、生子、甕主日子神。此神、娶二淤加美神之女、比那良志毘賣一、（此神名以レ音。）生子、多比理岐志麻流美神。（此神名以レ音。）此神、娶二比比羅木之其花麻豆美神（木上三字、花下三字以レ音。）之女、活玉前玉比賣神一、生子、美呂浪神。（美呂二字以レ音。）此神、娶二敷山主神之女、青沼馬沼押比賣一、生子、布忍富鳥鳴海神。此神、娶二若盡女神一、生子、天日腹大科度美神。（度美二字以レ音。）此神、娶二天狹霧神之女、遠津待根神一、生子、遠津山岬多良斯神。

右件自二八嶋士奴美神一以下、遠津山岬帶神以前、稱二十七世神一。

故、大國主神、坐二出雲之御大之御前一時、自二波穗一、乘二天之羅摩船一而、內二剝鵝皮一剝、爲二衣服一、有二歸來神一。爾雖レ問二其名一不レ答。且雖レ問二所レ從之諸神一、皆白レ不レ知。爾多邇具久白言、自レ多下四字以レ音。此者久延毘古必知之、卽召二久延毘古一問時、答二白此者神產巢日神之御子、少名毘古那神一。自レ毘下三字以レ音。故爾白二上於神產巢日御祖命一者、答告、此者實我子也。於二子之中一、自二我手俣一久岐斯子也。自レ久下三字以レ音。故、與二汝葦原色許男命一、爲二兄弟一而、作二堅其國一。故、自レ爾大穴牟遲與二少名毘古那一、二柱神相並、作二堅此國一。然後者、其少名毘古那神者、度二于常世國一也。故、顯二白其少名毘古那神一、所レ謂久延毘古者、於二今者一山田之曾富騰者也。此神者、足雖レ不レ行、盡知二天下之事一神也。

於レ是大國主神、愁而告、吾獨何能得二作此國一。孰神與レ吾能相二作此國一耶。是時有二光レ海依來之神一。其神言、能治二我前一者、吾能共與相作成。若不レ然者、國難レ成。爾大國主神曰、然者治奉之狀奈何。答三言吾者、伊二都岐奉于倭之青垣東山上一。此者坐二御諸山上一神也。

故、其大年神、娶二神活須毘神之女、伊怒比賣一、生子、大國御魂神。次韓神。次曾富理神。次白日神。次聖神。五神 又娶二香用比賣一、此神名以レ音。生子、大香山戸臣神。次御年神。二柱 又娶二天知迦流美豆比賣一、訓レ天如レ天。亦自レ知下六字以レ音。生子、奧津日子神。次奧津比賣命、亦名、大戸比賣神。此者諸人以拜竈神者也。次大山上咋神、亦名、山末之大主神。此神者、坐二近淡海國之日枝山一、亦坐二葛野之松尾一、用二鳴鏑一神者也。次庭津日神。次阿須波神。此神名以レ音。次波比岐神。此神名以レ音。次香山戸臣神。次羽山戸神。次庭高津日神。次大土神、亦名、土之御祖神。九神。

上件大年神之子、自二大國御魂神一以下、大土神以前、幷十六神。

羽山戸神、娶二大氣都比賣下四字以レ音。神一、生子、若山咋神。次若年神。次妹若沙那賣神。自レ沙下三字以レ音。次彌豆麻岐神。自レ彌下四字以レ音。次夏高津日神、亦名、夏之賣神。次秋毘賣神。次久久年神。久久二字以レ音。次久久紀若室葛根神。久久紀三字以レ音。

上件羽山之子以下、若室葛根以前、幷八神。

天照大御神之命以、豐葦原之千秋長五百秋之水穗國者、我御子正勝吾勝勝速日天忍穗耳命之所レ知國、言因賜而、天降也。於レ是天忍穗耳命、於二天浮橋一多多志此三字以レ音。而詔之、豐葦原之千秋長五百秋之水穗國者、伊多久佐夜藝弖此七字以レ音。有那理、此二字以レ音。下效レ此。告而、更還上、請二于天照大神一。爾高御產巣日神、天照大御神之命以、於二天安河之河原一、神二集八百萬神一集而、思金神令レ思而詔、此葦原中國者、我御子之所レ知國、言依所レ賜之國也。故、以下為於二此國一道速振荒振國神等之多在上。是使二何神一而、將二言趣一。爾思金神及八百萬神、議白之、天菩比神、是可レ遣。故、遣二天菩比神一者、乃媚二附大國主神一、至二于三年一、不二復奏一。

是以高御産巣日神、天照大御神、亦問二諸神等一、所レ遣二葦原中國一之天菩比神、久不二復奏一。亦使二何神一之吉。爾思金神答白、可レ遣二天津國玉神之子、天若日子一。故爾以二天之麻迦古弓、（自レ麻下三字以レ音。）天之波波（此二字以レ音。）矢一、賜二天若日子一而遣。於レ是天若日子、降二到其國一、卽娶二大國主神之女、下照比賣一、亦慮レ獲二其國一、至二于八年一、不二復奏一。

故爾天照大御神、高御産巣日神、亦問二諸神等一、天若日子、久不二復奏一。又遣二曷神一以問二天若日子之淹留所由一。於レ是諸神及思金神、答三白可レ遣二雉名鳴女一時、詔之、汝行問二天若日子一狀者、汝所三以使二葦原中國一者、言三趣和其國之荒振神等一之者也。何至二于八年一、不二復奏一。

故爾鳴女、自レ天降到、居二天若日子之門湯津楓上一而、言三委曲如二天神之詔命一。爾天佐具賣、（此三字以レ音。）聞二此鳥言一而、語二天若日子一言、此鳥者、其鳴音甚惡。故、可二射殺一云進、卽天若日子、持二天神所レ賜天之波士弓、天之加久矢一、射二殺其雉一。爾其矢、自二雉胸一通而、逆射上、逮下坐二天安河之河原一、天照大御神、高木神之御所上。是高木神者、高御産巣日神之別名。故、高木神、取二其矢一見者、血著二其矢羽一。於レ是高木神、告下之此矢者、所レ賜二天若日子一之矢上、卽示二諸神等一詔者、或天若日子、不レ誤レ命、爲レ射二惡神一之矢之至者、不レ中二天若日子一。或有二邪心一者、天若日子、於二此矢一麻賀禮。此三字以レ音。云而、取二其矢一、自二其矢穴一衝返下者、中下天若日子寢二朝床一之高胸坂上以死。此還矢之本也。亦其雉不レ還。故於レ今諺曰二雉之頓使一本是也。

故、天若日子之妻、下照比賣之哭聲、與レ風響到レ天。於レ是在レ天、天若日子之父、天津國玉神、及其妻子聞而、降來哭悲、乃於二其處一作二喪屋一而、河鴈爲二岐佐理持一、自レ岐下三字以レ音。鷺爲二掃持一、翠鳥爲二御食人一、雀爲二碓女一、雉爲二哭女一、如レ此行定而、日八日夜八夜遊也。

此時阿遲志貴高日子根神自レ阿下四字以レ音。到而、弔二天若日子之喪一時、自レ天降到、天若日子之父、亦其妻、皆哭云、我子者不レ死有祁理。此二字以レ音。下效レ此。我君者不レ死坐祁理云、取二懸手足一而哭悲也。其過所以者、此二柱神之容姿、甚能相似。故是以過也。於レ是阿遲志貴高日子根神、大怒曰、我者愛友故弔來耳。何吾比二穢死人一云而、拔下所二御佩一之十掬劒上、切二伏其喪屋一、以レ足蹶離遣。此者在二美濃國藍見河之河上一、喪山之者也。其持所レ切大刀名、謂二大量一、亦名謂二神度劒一。度字以レ音。故、阿治志貴高日子根神者、忿而飛去之時、其伊呂妹高比賣命、思レ顯二其御名一。故、歌曰、

阿米那流夜　淤登多那婆多能　宇那賀世流　多麻能美須麻流　美須麻流邇　阿那陀麻波夜　美多邇　布多和多良須　阿治志貴多迦　比古泥能迦微曾也。（七）

此歌者、夷振也。

於レ是天照大御神詔之、亦遣二曷神一者吉。爾思金神及諸神白之、坐二天安河河上之天石屋一、名伊都之尾羽張神、是可レ遣。伊都二字以レ音。若亦非二此神一者、其神之子、建御雷之男神、此應レ遣。且其天尾羽張神者、逆塞二上天安河之水一而、塞レ道居故、他神不レ得レ行。故、別遣二天迦久神一可レ問。故爾使二天迦久神一、問二天尾羽張神一之時、答白、恐之。仕奉。然於二此道一者、僕子、建御雷神可レ遣、乃貢進。爾天鳥船神、副二建御雷神一而遣。

是以此二神、降二到出雲國伊那佐之小濱一而、伊那佐三字以レ音。拔二十掬劒一、逆刺二立于浪穗一、趺二坐其劒前一、問二其大國主神一言、天照大御神、高木神之命以、問使之。汝之宇志波祁流此五字以レ音。葦原中國者、我御子之所レ知國、言依賜。故、汝心奈何。爾答白之、僕者不レ得レ白。我子八重言代主神、是可レ白。然爲二鳥遊一取レ魚而、往二御大之前一、未二還來一。故爾遣二天鳥船神一、徵二來八重事代主神一而、問賜之時、語二其父大神一言、恐之。此國者、立二奉天神之御子一。卽蹈二傾其船一而、天逆手矣、於二青柴垣一打成而隱也。訓レ柴云二布斯一。

故爾問二其大國主神一、今汝子、事代主神、如レ此白訖。亦有二可レ白子一乎。於レ是亦白之、亦我子有二建御名方神一。除レ此者無也。如レ此白之間、其建御名方神、千引石擎二手末一而來、言下誰來二我國一而、忍忍如レ此物言。然欲レ爲二力競一。故、我先欲上取二其御手一。故、令レ取二其御手一者、卽取二成立氷一、亦取二成劒刃一。故爾懼而退居。爾欲レ取二其建御名方神之手一、乞歸而取者、如レ取二若葦一搤批而投離者、卽逃去。故、追往而、迫二到科野國之州羽海一、將レ殺時、建御名方神白、恐、莫レ殺レ我。除二此地一者、不レ行二他處一。亦不レ違二我父大國主神之命一。不レ違二八重事代主神之言一。此葦原中國者、隨二天神御子之命一獻。故、更且還來、問二其大國主神一、汝子等、事代主神、建御名方神二神者、隨二天神御子之命一、勿レ違白訖。故、汝心奈何。爾答白之、僕子等二神隨レ白、僕之不レ違。此葦原中國者、隨レ命既獻也。唯僕住所者、如二天神御子之天津日繼所レ知之登陀流此三字以レ音。下效レ此。天之御巢一而、於二底津石根一宮柱布斗斯理、此四字以レ音。於二高天原一氷木多迦斯理多迦斯理四字以レ音。而、治賜者、僕者於二百不レ足八十坰手一隱而侍。亦僕子等、百八十神者、卽八重事代主神、爲二神之御尾前一而仕奉者、違神者非也。如レ此之白而、於二出雲國之多藝志之小濱一、造二天之御舍一多藝志三字以レ音。而、水戸神之孫、櫛八玉神、爲二膳夫一、獻二天御饗一之時、禱白而、櫛八玉神化レ鵜、入二海底一、咋二出底之波邇一、此二字以レ音。作二天八十毘良迦一此三字以レ音。而、鎌二海布之柄一、作二燧臼一、以二海蓴之柄一、作二燧杵一而、鑽二出火一云、

是我所レ燧火者、於二高天原一者、神產巢日御祖命之、登陀流天之新巢之凝烟訓二凝烟一云二州須一。之、八拳垂摩弖燒擧、摩弖二字以レ音。地下者、於二底津石根一燒凝而、拷繩之、千尋繩打延、

爲レ釣海人之、口大之尾翼鱸、訓レ鱸云二須受岐一。佐和佐和邇、此五字以レ音。控依騰而、打竹之、登遠遠登遠遠邇、此七字以レ音。獻二天之眞魚咋一也。

故、建御雷神、返參上、復下奏言二向一和一平葦原中國一之狀上。

爾天照大御神、高木神之命以、詔二太子正勝吾勝勝速日天忍穗耳命一、今平二訖葦原中國一之白。故、隨二言依賜一降坐而知者。爾其太子正勝吾勝勝速日天忍穗耳命答白、僕者將レ降裝束之間、子生出。名天邇岐志國邇岐志自レ邇至レ志以レ音。天津日高日子番能邇邇藝命。此子應レ降也。此御子者、御二合高木神之女、萬幡豐秋津師比賣命一、生子、天火明命。次日子番能邇邇藝命二柱也。是以隨二白之一、科レ詔二日子番能邇邇藝命一、此豐葦原水穗國者、汝將レ知國、言依賜。故、隨レ命以可二天降一。

爾日子番能邇邇藝命、將二天降一之時、居二天之八衢一而、上光二高天原一、下光二葦原中國一之神、於レ是有。故爾天照大御神、高木神之命以、詔二天宇受賣神一、汝者雖レ有二手弱女人一、與二伊牟迦布神一自レ伊至レ布以レ音。面勝神。故、專汝往將レ問者、吾御子爲二天降一之道、誰如レ此而居。故、問賜之時、答白、僕者國神、名猨田毘古神也。所二以出居一者、聞二天神御子天降坐一故、仕二奉御前一而、參向之侍。

爾天兒屋命、布刀玉命、天宇受賣命、伊斯許理度賣命、玉祖命、幷五伴緒矣支加而天降也。於是副賜其遠岐斯（此三字以音。）八尺勾璁、鏡、及草那藝劒、亦常世思金神、手力男神、天石門別神而詔者、此之鏡者、專爲我御魂而、如拜吾前、伊都岐奉。次思金神者、取持前事爲政。此二柱神者、拜祭佐久久斯侶、伊須受能宮。（自佐至能以音。）次登由宇氣神、此者坐外宮之度相神者也。次天石戸別神、亦名謂櫛石窻神、亦名謂豐石窻神。此神者、御門之神也。次手力男神者、坐佐那那縣也。故、其天兒屋命者、（中臣連等之祖。）布刀玉命者、（忌部首等之祖。）天宇受賣命者、（猨女君等之祖。）伊斯許理度賣命者、（作鏡連等之祖。）玉祖命者、（玉祖連等之祖。）

故爾詔天津日子番能邇邇藝命而、離天之石位、押分天之八重多那（此二字以音。）雲而、伊都能知和岐知和岐弖、（自伊以下十字以音。）於天浮橋、宇岐士摩理、蘇理多多斯弖、（自宇以下十一字亦以音。）天降坐于竺紫日向之高千穗之久士布流多氣。（自久以下六字以音。）故爾天忍日命、天津久米命、二人、取負天之石靫、取佩頭椎之大刀、取持天之波士弓、手挾天之眞鹿兒矢、立御前而仕奉。故、其天忍日命、（此者大伴連等之祖。）天津久米命、（此者久米直等之祖也。）於是詔之、此地者、向韓國、眞來通笠沙之御前而、朝日之直刺國、夕日之日照國也。故、此地甚吉地詔而、於底津石根宮柱布斗斯理、於高天原氷椽多迦斯理而坐也。

故爾詔天宇受賣命、此立御前所仕奉、猨田毘古大神者、專所顯申之汝、送奉。亦其神御名者、汝負仕奉。是以猨女君等、負其猨田毘古之男神名而、女呼猨女君之事是也。

故、其猨田毘古神、坐二阿邪訶一此三字以レ音。地名。時、爲レ漁而、於二比良夫貝一自レ比至レ夫以レ音。其手見二咋合一而、沈二溺海鹽一。故、其沈二居底一之時名、謂二底度久御魂一度久二字以レ音。其海水之都夫多都時名、謂二都夫多都御魂一自レ都下四字以レ音。其阿和佐久時名、謂二阿和佐久御魂一。自レ阿至レ久以レ音。於レ是送二猨田毘古神一而還到、乃悉追二聚鰭廣物鰭狹物一以問二言汝者天神御子仕奉耶一之時、諸魚皆、仕奉白之中、海鼠不レ白。爾天宇受賣命、謂二海鼠一云、此口乎、不レ答之口而、以二紐小刀一拆二其口一。故、於レ今海鼠口拆也。是以御世、嶋之速贄獻之時、給二猨女君等一也。

於レ是天津日高日子番能邇邇藝能命、於二笠沙御前一、遇二麗美人一。爾問二誰女一、答白之、大山津見神之女、名神阿多都比賣、此神名以レ音。亦名謂二木花之佐久夜毘賣一。此五字以レ音。又問下有二汝之兄弟一乎上、答白我姉石長比賣在也。爾詔、吾欲レ目二合汝一奈何。答下白僕不二得白一。僕父大山津見神將上白。故、乞二遣其父大山津見神一之時、大歡喜而、副二其姉石長比賣一、令レ持二百取机代之物一奉出。故爾其姉者、因二甚凶醜一、見畏而返送、唯留二其弟木花之佐久夜毘賣一以、一宿爲レ婚。爾大山津見神、因レ返二石長比賣一而、大恥、白送言、我之女二並立奉由者、使二石長比賣一者、天神御子之命、雖二雪零風吹一、恒如レ石而、常堅不レ動坐。

亦使二木花之佐久夜毘賣一者、如二木花之榮一榮坐、宇氣比弖自レ宇下四字以レ音。貢進。此令レ返二石長比賣一而、獨留二木花之佐久夜毘賣一。故、天神御子之御壽者、木花之阿摩比能微此五字以レ音。坐。故、是以至二于今一、天皇命等之御命不レ長也。

故、後木花之佐久夜毘賣、參出白、妾妊身、今臨二產時一。是天神之御子、私不レ可レ產。故、請。爾詔、佐久夜毘賣、一宿哉妊。是非二我子一。必國神之子。爾答白、吾妊之子、若國神之子者、產不レ幸。若天神之御子者幸。卽作二無レ戸八尋殿一、入二其殿內一、以レ土塗塞而、方二產時一、以レ火著二其殿一而產也。故、其火盛燒時、所レ生之子名、火照命。此者隼人阿多君之祖。次生子名、火須勢理命。須勢理三字以レ音。次生子御名、火遠理命。亦名、天津日高日子穗穗手見命。柱三

故、火照命者、爲二海佐知毘古一此四字以レ音。下效レ此。而、取二鰭廣物、鰭狹物一、火遠理命者、爲二山佐知毘古一而、取二毛麤物、毛柔物一。爾火遠理命、謂下其兄火照命、各相二易佐知一欲上レ用、三度雖レ乞、不レ許。然遂纔得二相易一。爾火遠理命、以二海佐知一釣レ魚、都不レ得二一魚一、亦其鉤失レ海。於レ是其兄火照命、乞二其鉤一曰、山佐知母、己之佐知佐知、海佐知母、己之佐知佐知、今各謂レ返二佐知一之時、佐知二字以レ音。其弟火遠理命答曰、汝鉤者、釣レ魚不レ得二一魚一、遂失レ海。然其兄强乞徵。故、其弟破二御佩之十拳劒一、作二五百鉤一、雖レ償不レ取。亦

作二一千鉤一、雖レ償不レ受、云二猶欲レ得二其正本鉤一。於レ是其弟、泣患居二海邊一之時、鹽椎神來、問曰、何虛空津日高之泣患所レ由。答言、我與レ兄易レ鉤而、失二其鉤一。是乞二其鉤一故、雖レ償二多鉤一、不レ受、云二猶欲レ得二其本鉤一。故、泣患之。爾鹽椎神、云下我爲二汝命一、作中善議上、卽造二无レ間勝間之小船一、載二其船一以教曰、我押二流其船一者、差暫往。將レ有二味御路一。乃乘二其道一往者、如二魚鱗一所レ造之宮室、其綿津見神之宮者也。到二其神御門一者、傍之井上、有二湯津香木一。故、坐二其木上一者、其海神之女、見相議者也。訓二香木一云二加都良一。木。

故、隨レ教少行、備如二其言一、卽登二其香木一以坐。爾海神之女、豐玉毘賣之從婢、持二玉器一將レ酌レ水之時、於レ井有レ光。仰見者、有二麗壯夫一。訓二壯夫一云二遠登古一。下效レ此。以二爲甚異奇一。爾火遠理命、見二其婢一、乞レ欲レ得レ水。婢乃酌レ水、入二玉器一貢進。爾不レ飮レ水、解二御頸之璵一、含レ口唾二入其玉器一。於レ是其璵著レ器、婢不レ得レ離レ璵。故、璵任レ著以進二豐玉毘賣命一。爾見二其璵一、問レ婢曰、若人有二門外一哉。答曰、有レ人坐二我井上香木之上一。甚麗壯夫也。益二我王一而甚貴。故、其人乞レ水故、奉レ水者、不レ飮レ水、唾二入此璵一。是不レ得レ離。故、任レ入將來而獻。爾豐玉毘賣命、思レ奇、出見、乃見感、目合而、白二其父一曰、吾門有二麗人一。爾海神自出見、云二此人者、天津日高之御子、虛空津日高矣一。卽於レ內率入而、美智皮之疊敷二八重一、亦絁疊八重敷二其上一、坐二其上一而、具二百取机代物一、爲二御饗一、卽令レ婚二其女豐玉毘賣一。故、至二三年一、住二其國一。

於レ是火遠理命、思二其初事一而、大一歎。故、豐玉毘賣命、聞二其歎一以、白二其父一言、三年雖レ住、恒無レ歎、今夜爲二大一歎一。若有二何由一。故、其父大神、問二其聟夫一曰、今旦聞二我女之語一、云三三年雖レ坐、恒無レ歎、今夜爲二大歎一。若有レ由哉。亦到二此間一之由奈何。爾語下其大神、備如中其兄罸二失鉤一之狀上。是以海神、悉召二-集海之大小魚一問曰、若有下取二此鉤一魚上乎。故、諸魚白之、頃者、赤海鯽魚、於レ喉鯁、物不レ得レ食愁言。故、必是取。於レ是探二赤海鯽魚之喉一者、有レ鉤。卽取出而淸レ洗、奉二火遠理命一之時、其綿津見大神誨曰之、以二此鉤一給二其兄一時、言狀者、此鉤者、淤煩鉤、須須鉤、貧鉤、宇流鉤、云而、於二後手一賜。（淤煩及須須亦宇流六字以レ音。）然而其兄、作二高田一者、汝命營二下田一。其兄作二下田一者、汝命營二高田一。爲レ然者、吾掌レ水故、三年之間、必其兄貧窮。若恨二-怨其爲レ然之事一而、攻戰者、出二鹽盈珠一而溺。若其愁請者、出二鹽乾珠一而活、如レ此令二惚苦一云、授二鹽盈珠、鹽乾珠、幷兩箇一、卽悉召二-集和邇魚一問曰、今、天津日高之御子、虛空津日高、爲レ將レ出二-幸上國一。誰者幾日送奉而覆奏。故、各隨二己身之尋長一限レ日而白之中、一尋和邇白、僕者、一日送、卽還來。故爾告下其一尋和邇、然者汝送奉。若渡二海中一時、無レ令二惶畏一。

卽載其和邇之頸送出。故、如期一日之內送奉也。其和邇將返之時、解所佩之紐小刀、著其頸而返。故、其一尋和邇者、於今謂佐比持神也。

是以備如海神之敎言、與其鉤。故、自爾以後、稍兪貧、更起荒心迫來。將攻之時、出鹽盈珠而令溺、其愁請者、出鹽乾珠而救、如此令惚苦之時、稽首白、僕者自今以後、爲汝命之晝夜守護人而仕奉。故至今、其溺時之種種之態、不絕仕奉也。

於是海神之女、豐玉毘賣命、自參出白之、妾已妊身、今臨產時。此念、天神之御子、不可生海原。故、參出到也。爾卽於其海邊波限、以鵜羽爲葺草、造產殿。於是其產殿、未葺合、不忍御腹之急。故、入坐產殿。爾將方產之時、白其日子言、凡佗國人者、臨產時、以本國之形產生。故、妾今以本身爲產。願勿見妾。於是思奇其言、竊伺其方產者、化八尋和邇而、匍匐委蛇。卽見驚畏而遁退。爾豐玉毘賣命、知其伺見之事、以爲心恥、乃生置其御子而、白妾恒通海道欲往來。然伺見吾形、是甚怍之。卽塞海坂而返入。是以名其所產之御子、謂天津日高日子波限建鵜葺草葺不合命。訓波限云那藝佐、訓葺草云加夜。

然後者、雖恨其伺情、不忍戀心、因治養其御子之緣、附其弟玉依毘賣而、獻

レ歌之。其歌曰、

阿加陀麻波　袁佐閇比迦禮杼　斯良多麻能　岐美何余曾比斯　多布斗久阿理祁理

（八）

爾其比古遲、三字以レ音。答歌曰、

意岐都登理　加毛度久斯麻邇　和賀韋泥斯　伊毛波和須禮士　余能許登碁登邇（九）

故、日子穗穗手見命者、坐二高千穗宮、伍佰捌拾歲一。御陵者、卽在二其高千穗山之西一也。是天津日高日子波限建鵜葺草葺不合命、娶二其姨、玉依毘賣命一、生御子名、五瀨命。次稻氷命。次御毛沼命。次若御毛沼命、亦名豐御毛沼命、亦名神倭伊波禮毘古命。四柱 故、御毛沼命者、跳二波穗一、渡二坐于常世國一、稻氷命者、爲二妣國一而、入二坐海原一也。

古事記　中卷

神武天皇

神倭伊波禮毘古命、（自㆑伊下五字以㆑音。）與㆓其伊呂兄五瀨命㆒（上伊呂二字以㆑音。）二柱、坐㆓高千穗宮㆒而議云、坐㆓何地㆒者、平聞㆓看天下之政㆒。猶思㆓東行㆒。卽自㆓日向㆒發、幸㆓行筑紫㆒。故、到㆓豐國宇沙㆒之時、其土人、名宇沙都比古、宇沙都比賣（此十字以㆑音。）二人、作㆓足一騰宮㆒而、獻㆓大御饗㆒。自㆓其地㆒遷移而、於㆓竺紫之岡田宮㆒一年坐。亦從㆓其國㆒上幸而、於㆓阿岐國之多祁理宮㆒七年坐。（自㆑多下三字以㆑音。）亦從㆓其國㆒遷上幸而、於㆓吉備之高嶋宮㆒八年坐。故從㆓其國㆒上幸之時、乘㆓龜甲㆒爲㆑釣乍、打羽擧來人、遇㆓于速吸門㆒。爾喚歸、問㆓之汝者誰㆒也、答㆓曰僕者國神㆒。又問㆘汝者知㆓海道㆒乎㆖、答㆓曰能知㆒。又問㆓從而仕奉乎㆒、答㆓曰仕奉㆒。故爾指㆓渡槁機㆒、引㆓入其御船㆒、卽賜㆑名號㆓槁根津日子㆒。（此者倭國造等之祖。）故、從㆓其國㆒上行之時、經㆓浪速之渡㆒而、泊㆓青雲之白肩津㆒。此時、登美能那賀須泥毘古（自㆑登下九字以㆑音。）興㆑軍待向以戰。爾取㆘所㆑入㆓御船㆒之楯㆖而下立。故、號㆓其地㆒謂㆓楯津㆒。於㆓今者㆒云㆓日下之蓼津㆒也。於㆑是與㆓登美毘古㆒戰之時、五瀨命、於㆓御手㆒負㆓登美毘古之痛矢串一。故爾詔、吾者爲二日神之御子一、向レ日而戰不レ良。故、負二賤奴之痛手一。自二今者一行廻而、背負レ日以擊期而、自二南方一廻幸之時、到二血沼海一洗二其御手之血一。故、謂二血沼海一也。從二其地一廻幸、到二紀國男之水門一而詔、負二賤奴之手一乎死、男建而崩。故、號二其水門一謂二男水門一也。陵卽在二紀國之竈山一也。故、神倭伊波禮毘古命、從二其地一廻幸、到二熊野村一之時、大熊髮出入卽失。爾神倭伊波禮毘古命、倏忽爲二遠延一、及御軍皆遠延而伏。遠延二字以レ音。此時、熊野之高倉下、此者人名。賷二一橫刀一、到二於天神御子之伏地一而獻之時、天神御子卽寤起、詔二長寢乎一。故、受三取其橫刀二之時、其熊野山之荒神、自皆爲二切仆一。爾其惑伏御軍、悉寤起之。故、天神御子、問下獲二其橫刀一之所由上、高倉下答曰、己夢云、天照大神、高木神、二柱神之命以、召二建御雷神一而詔、葦原中國者、伊多玖佐夜藝帝阿理那理。此十一字以レ音。我御子等、不平坐良志。此二字以レ音。其葦原中國者、專汝所二言向一之國。故、汝建御雷神可レ降。爾答曰、僕雖レ不レ降、專有下平二其國一之橫刀上、可レ降二是刀一。此刀名、云二佐士布都神一、亦名云二甕布都神一、亦名云二布都御魂一。此刀者、坐二石上神宮一也。降二此刀一狀者、穿二高倉下之倉頂一、自レ其墮入。故、阿佐米余玖自レ阿下五字以レ音。汝取持獻二天神御子一。故、如二夢敎一而、旦見二己倉一者、信有二橫刀一。故、以二是橫刀一而獻耳。於レ是亦、高木大神之命以覺白之、天神御子、自レ此於二奧方一莫レ使二入幸一。荒神甚多。今自レ天遣二八咫烏一。故、其八咫烏引道。從二其立後一應二幸行一。故隨二其教覺一、從二其八咫烏之後一幸行者、到二吉野河之河尻一時、作レ筌有二取レ魚人一。爾天神御子、問二汝者誰也一、答二曰僕者國神、名謂二贄持之子一。此者阿陀之鵜養之祖。從二其地一幸行者、生レ尾人、自レ井出來。其井有レ光。爾問二汝者誰也一、答下曰僕者國神、名謂二井氷鹿一。此者吉野首等祖也。卽入二其山一之、亦遇二生レ尾人一。此人押二分巖一而出來。爾問二汝者誰也一、答下曰僕者國神、名謂二石押分之子一。今聞二天神御子幸行一。故、參向耳上。此者吉野國巣之祖。自二其地一蹈穿越幸二宇陀一。故、曰二宇陀之穿一也。

故爾於二宇陀一有二兄宇迦斯自レ宇以下三字以レ音。下效レ此也。弟宇迦斯二人一。故、先遣二八咫烏一問二二人一曰、今天神御子幸行。汝等仕奉乎。於レ是兄宇迦斯、以二鳴鏑一待二射返其使一。故、其鳴鏑所レ落之地、謂二訶夫羅前一也。將二待擊一云而聚レ軍。然不レ得二聚軍一者、欺二陽仕奉一而、作二大殿一、於二其殿內一作二押機一待時、弟宇迦斯先參向、拜曰、僕兄兄宇迦斯、射二返天神御子之使一、將レ爲二待攻一而聚レ軍、不レ得二聚一者、作レ殿其內張二押機一將二待取一。故、參向顯白。爾大伴連等之祖、道臣命、久米直等之祖、大久米命二人、召二兄宇迦斯一罵詈云、伊賀此二字以レ音。所二作仕奉一於二大殿內一者、意禮此二字以レ音。先入、明下白其將レ爲二仕奉一之狀上而、卽握二橫刀之手上一、矛由氣此二字以レ音。矢刺而、追入之時、乃己所レ作押見レ打而死。爾卽控出斬散。故、其地謂二宇陀之血原一也。然而其弟宇迦斯之獻大饗者、悉賜二其御軍一。此時歌曰、

宇陀能　多加紀爾　志藝和那波留　和賀麻都夜　志藝波佐夜良受　伊須久波斯　久治良佐夜流　古那美賀　那許波佐婆　多知曾婆能　微能那祁久袁　許紀志斐惠泥　宇波那理賀　那許波佐婆　伊知佐加紀　微能意富祁久袁　許紀陀斐惠泥　疊疊（音引）志夜胡志夜　此者伊能碁布曾。（此五字以レ音。）阿阿（音引）志夜胡志夜　此者嘲咲者也。（一〇）

故、其弟宇迦斯、（此者宇陀水取等之祖也。）

自二其地一幸行、到二忍坂大室一之時、生レ尾土雲（訓云二具毛一。）八十建、在二其室一待伊那流。（此三字以レ音。）故爾天神御子之命以、饗賜二八十建一。於レ是宛二八十建一、設二八十膳夫一、毎レ人佩レ刀、誨二其膳夫等一曰、聞レ歌之者、一時共斬。故、明レ將レ打二其土雲一之歌曰、

意佐加能　意富牟盧夜爾　比登佐波爾　岐伊理袁理　比登佐波爾　伊理袁理登母　美都美都斯　久米能古賀　久夫都都伊　伊斯都都伊母知　宇知弖斯夜麻牟　美都美都斯　久米能古良賀　久夫都都伊　伊斯都都伊母知　伊麻宇多婆余良斯（一一）

如レ此歌而、拔レ刀一時打殺也。

然後將レ撃二登美毘古一之時、歌曰、

美都美都斯　久米能古良賀　阿波布爾波　賀美良比登母登　曾泥賀母登　曾泥米都那藝弖　宇知弖志夜麻牟（一二）

又歌曰、
美都美都斯　久米能古良賀　加岐母登爾　宇惠志波士加美　久知比比久　和禮波和須禮志　宇知弖斯夜麻牟（一三）
又歌曰、
加牟加是能　伊勢能宇美能　意斐志爾　波比母登富呂布　志多陀美能　伊波比母登富理　宇知弖志夜麻牟（一四）
又撃二兄師木、弟師木一之時、御軍暫疲。爾歌曰、
多多那米弖　伊那佐能夜麻能　許能麻用母　伊由岐麻毛良比　多多加閇婆　和禮波夜惠奴　志麻都登理　宇上加比賀登母　伊麻須氣爾許泥（一五）
故爾邇藝速日命參赴、白二於天神御子一、聞二天神御子天降坐一。故、追參降來、即獻二天津瑞一以仕奉也。故、邇藝速日命、娶二登美毘古之妹、登美夜毘賣一生子、宇摩志麻遲命。此者物部連、穗積臣、婇臣祖也。故、如レ此言二向平三和荒夫琉神等一、夫琉二字以レ音。退二撥不レ伏人等二而、坐二畝火之白檮原宮一、治二天下一也。
故、坐二日向一時、娶二阿多之小椅君妹、名阿比良比賣一自レ阿以下五字以レ音。生子、多藝志美美命、次岐須美美命、二柱坐也。然更求下爲二大后一之美人上時、大久米命曰、此間有二媛女一。是

謂二神御子一。其所三以謂二神御子一者、三嶋湟咋之女、名勢夜陀多良比賣、其容姿麗美。故、美和之大物主神見感而、其美人爲二大便一之時、化二丹塗矢一、自下其爲二大便一之溝上流下、突二其美人之富登一。此二字以レ音。下效レ此。爾其美人驚而、立走伊須須岐伎。此五字以レ音。乃將二來其矢一、置二於床邊一、忽成二麗壯夫一、卽娶二其美人一生子、名謂二富登多多良伊須須岐比賣命一、亦名謂二比賣多多良伊須氣余理比賣一。是者惡二其富登云事一、後改レ名者也。故、是以謂二神御子一也。

於レ是七媛女、遊二行於高佐士野一、佐士二字以レ音。伊須氣余理比賣在二其中一。爾大久米命、見二其伊須氣余理比賣一而、以レ歌白二於天皇一曰、

夜麻登能　多加佐士怒袁　那那由久　袁登賣杼母　多禮袁志摩加牟(一六)

爾伊須氣余理比賣者、立二其媛女等之前一。乃天皇見二其媛女等一而、御心知三伊須氣余理比賣立二於最前一、以レ歌答曰、

加都賀都母　伊夜佐岐陀弖流　延袁斯麻加牟(一七)

爾大久米命、以二天皇之命一詔二其伊須氣余理比賣一之時、見二其大久米命黥利目一而、思レ奇歌曰、

阿米都都　知杼理麻斯登登　那杼佐祁流斗米(一八)

爾大久米命、答歌曰、

袁登賣爾　多陀爾阿波牟登　和加佐祁流斗米（一九）

故、其孃子、白㆓之仕奉㆒也。於㆑是其伊須氣余理比賣命之家、在㆓狹井河之上㆒。天皇幸㆓行其伊須氣余理比賣之許㆒、一宿御寢坐也。其河謂㆓佐韋河㆒由者、於㆓其河邊㆒山由理草多在。故、取㆓其山由理草之名㆒、號㆓佐韋河㆒也。山由理草之本名云㆓佐韋㆒也。後其伊須氣余理比賣、參㆓入宮內㆒之時、天皇御歌曰、

阿斯波良能　志祁志岐袁夜邇　須賀多多美　伊夜佐夜斯岐弖　和賀布多理泥斯（二〇）

然而阿禮坐之御子名、日子八井命、次神八井耳命、次神沼河耳命、三柱。

故、天皇崩後、其庶兄當藝志美美命、娶㆓其嫡后伊須氣余理比賣㆒之時、將㆑殺㆓其三弟㆒而謀之間、其御祖伊須氣余理比賣患苦而、以㆑歌令㆑知㆓其御子等㆒。歌曰、

佐韋賀波用　久毛多知和多理　宇泥備夜麻　許能波佐夜藝奴　加是布加牟登須（二一）

又歌曰、

宇泥備夜麻　比流波久毛登韋　由布佐禮婆　加是布加牟登曾　許能波佐夜牙流（二二）

於㆑是其御子聞知而驚、乃爲㆑將㆑殺㆓當藝志美美㆒之時、神沼河耳命、曰㆓其兄神八井耳命㆒、那泥此二字以㆑音。汝命、持㆑兵入而、殺㆓當藝志美美㆒。故、持㆑兵入以將㆑殺之時、手足和那那岐弖、此五字以㆑音。不㆓得殺㆒。故爾其弟神沼河耳命、乞㆓取其兄所㆑持之兵㆒、入殺㆓當藝志美美㆒。故亦稱㆓其御名㆒、謂㆓建沼河耳命㆒。

爾神八井耳命、讓㆓弟建沼河耳命㆒曰、吾者不㆑能㆑殺㆑仇。汝命既得㆓殺仇㆒。故、吾雖㆑兄不㆑宜㆑爲㆑上。是以汝命爲㆑上治㆓天下㆒。僕者扶㆓汝命㆒、爲㆓忌人㆒而仕奉也。故、其日子八井命者、茨田連、手嶋連之祖。神八井耳命者、意富臣、小子部連、坂合部連、火君、大分君、阿蘇君、筑紫三家連、雀部臣、雀部造、小長谷造、都祁直、伊余國造、科野國造、道奥石城國造、常道仲國造、長狹國造、伊勢船木直、尾張丹羽臣、嶋田臣等之祖也。神沼河耳命者、治㆓天下㆒也。

凡此神倭伊波禮毘古天皇御年、壹佰參拾漆歲。御陵在㆓畝火山之北方白檮尾上㆒也。

綏靖天皇

神沼河耳命、坐㆓葛城高岡宮㆒、治㆓天下㆒也。此天皇、娶㆓師木縣主之祖、河俣毘賣㆒、生御子、師木津日子玉手見命。一柱 天皇御年、肆拾伍歲。御陵在㆓衝田岡㆒也。

安寧天皇

師木津日子玉手見命、坐㆓片鹽浮穴宮㆒、治㆓天下㆒也。此天皇、娶㆓河俣毘賣之兄、縣主波延之女、阿久斗比賣㆒、生御子、常根津日子伊呂泥命。自㆑伊下三字以㆑音。次大倭日子鉏友命。次師木津日子命。此天皇之御子等、并三柱之中、大倭日子鉏友命者、治㆓天下㆒。次師木津日子命之子、二王坐。一子孫者、伊賀須知之稻置、那婆理之稻置、三野之稻置之祖。一子、和知都美命者、坐㆓淡道之御井宮㆒。故、此王有㆓二女㆒。兄名蠅伊呂泥。亦名意富夜麻登久邇阿禮比賣命。弟名蠅伊呂杼也。天皇御年、肆拾玖歲。御陵在㆓畝火山之美富登㆒也。

懿徳天皇

大倭日子鉏友命、坐二輕之境岡宮一、治二天下一也。此天皇、娶二師木縣主之祖、賦登麻和訶比賣命、亦名飯日比賣命一、生御子、御眞津日子訶惠志泥命。自レ訶下四字以レ音。次多藝志比古命。二柱 故、御眞津日子訶惠志泥命者、治二天下一也。次當藝志比古命者、血沼之別、多遲麻之竹別、葦井之稻置之祖。天皇御年、肆拾伍歲。御陵在二畝火山之眞名子谷上一也。

孝昭天皇

御眞津日子訶惠志泥命、坐二葛城掖上宮一、治二天下一也。此天皇、娶二尾張連之祖、奧津余曾之妹、名余曾多本毘賣命一、生御子、天押帶日子命。次大倭帶日子國押人命。二柱 故、弟帶日子國忍人命者、治二天下一也。兄天押帶日子命者、春日臣、大宅臣、粟田臣、小野臣、柿本臣、壹比韋臣、大坂臣、阿那臣、多紀臣、羽栗臣、知多臣、牟邪臣、都怒山臣、伊勢飯高君、壹師君、近淡海國造之祖也。天皇御年、玖拾參歲。御陵在二掖上博多山上一也。

孝安天皇

大倭帶日子國押人命、坐二葛城室之秋津嶋宮一、治二天下一也。此天皇、娶二姪忍鹿比賣命一、生御子、大吉備諸進命。次大倭根子日子賦斗邇命。二柱。自レ賦下三字以レ音。 故、大倭根子日子賦斗邇命者、治二天下一也。天皇御年、壹佰貳拾參歲。御陵在二玉手岡上一也。

孝霊天皇

大倭根子日子賦斗邇命、坐₂黒田廬戸宮₁、治₂天下₁也。此天皇、娶₂十市縣主之祖、大目之女、名細比賣命₁、生御子、大倭根子日子國玖琉命。一柱。玖琉二字以ㇾ音。又娶₂春日之千千速眞若比賣₁、生御子、千千速比賣命。一柱又娶₂意富夜麻登玖邇阿禮比賣命₁、生御子、夜麻登登母母曾毘賣命。次日子刺肩別命。次比古伊佐勢理毘古命、亦名大吉備津日子命。次倭飛羽矢若屋比賣。四柱又娶₂其阿禮比賣命之弟、蠅伊呂杼₁、生御子、日子寤間命。次若日子建吉備津日子命。二柱此天皇之御子等、幷八柱。男王五、女王三。故、大倭根子日子國玖琉命者、治₂天下₁也。大吉備津日子命與₂若建吉備津日子命₁、二柱相副而、於₂針間氷河之前₁、居₂忌瓮₁而、針間爲₂道口₁以言₂向₋和吉備國₁也。故、此大吉備津日子命者、吉備上道臣之祖也。次日子寤間命者、針間牛鹿臣之祖也。次日子刺肩別命者、高志之利波臣、豐國之國前臣、五百原君、角鹿海直之祖也。次若日子建吉備津日子命者、吉備下道臣、笠臣祖。天皇御年、壹佰陸歳。御陵在₂片岡馬坂上₁也。

孝元天皇

大倭根子日子國玖琉命、坐₂輕之堺原宮₁、治₂天下₁也。此天皇、娶₂穗積臣等之祖、内色許男命色許二字以ㇾ音。下效ㇾ此。妹、内色許賣命₁、生御子、大毘古命。次少名日子建猪心命。次若倭根子日子大毘毘命。三柱又娶₂内色許男命之女、伊迦賀色許賣命₁、生御子、比古布都押之信命。自比至都以音。又娶河內青玉之女、名波邇夜須毘賣、生御子、建波邇夜須毘古命。一柱此天皇之御子等、幷五柱。故、若倭根子日子大毘毘命者、治天下也。其兄大毘古命之子、建沼河別命者、阿倍臣等之祖。次比古伊那許士別命。自比至士六字以音。此者膳臣之祖也。比古布都押之信命、娶尾張連等之祖、意富那毘之妹、葛城之高千那毘賣、那毘二字以音。生子、味師內宿禰。此者山代內臣之祖也。又娶木國造之祖、宇豆比古之妹、山下影日賣、生子、建內宿禰。此建內宿禰之子、幷九。男七、女二。波多八代宿禰者、波多臣、林臣、波美臣、星川臣、淡海臣、長谷部君之祖也。次許勢小柄宿禰者、許勢臣、雀部臣、輕部臣之祖也。次蘇賀石河宿禰者、蘇我臣、川邊臣、田中臣、高向臣、小治田臣、櫻井臣、岸田臣等之祖也。次平群都久宿禰者、平群臣、佐和良臣、馬御樴連等祖也。次木角宿禰者、木臣、都奴臣、坂本臣之祖。次久米能摩伊刀比賣。次怒能伊呂比賣。次葛城長江曾都毘古者、玉手臣、的臣、生江臣、阿藝那臣等之祖也。又若子宿禰、江野財臣之祖。此天皇御年、伍拾漆歲。御陵在劒池之中岡上也。

開化天皇

若倭根子日子大毘毘命、坐春日之伊邪河宮、治天下也。此天皇、娶旦波之大縣主、名由碁理之女、竹野比賣、生御子、比古由牟須美命。一柱。此王名以音。又娶庶母伊迦賀色許賣命、生御子、御眞木入日子印惠命。印惠二字以音。次御眞津比賣命。二柱又娶丸邇臣之祖、日子國意祁都命之妹、意祁都比賣命、意祁都三字以音。生御子、日子坐王。一柱又娶葛城之垂見宿禰之女、鸇比賣一、生御子、建豐波豆羅和氣。一柱。自レ波下五字以レ音。此天皇之御子等、幷五柱。男王四、女王一。次故、御眞木入日子印惠命者、治二天下一也。其兄比古由牟須美王之子、大筒木垂根王。次讚岐垂根王。二王。讚岐二字以レ音。此二王之女、五柱坐也。次日子坐王、娶二山代之荏名津比賣一、亦名苅幡戶辨一。此一字以レ音。生子、大俣王。次小俣王。次志夫美宿禰王。三柱 又娶二春日建國勝戶賣之女、名沙本之大闇見戶賣一、生子、沙本毘古王。次袁邪本王。次沙本毘賣命、亦名佐波遲比賣。此沙本毘賣命者、爲二伊久米天皇之后一。自二沙本毘古一以下三王名皆以レ音。次室毘古王。四柱 又娶二近淡海之御上祝以伊都玖、此三字以レ音。天之御影神之女、息長水依比賣一、生子、丹波比古多多須美知能宇斯王。此王名以レ音。次水之穗眞若王。次神大根王。亦名八瓜入日子王。次水穗五百依比賣。次御井津比賣。五柱 又娶二其母弟袁祁都比賣命一、生子、山代之大筒木眞若王。次比古意須王。次伊理泥王。三柱。此二王名以レ音。凡日子坐王之子、幷十一王。故、兄大俣王之子、曙立王。次菟上王。二柱 此曙立王者、伊勢之品遲部君、伊勢之佐那造之祖。菟上王者、比賣陀君之祖。次小俣王者、當麻勾君之祖。次志夫美宿禰王者、佐佐君之祖也。次沙本毘古王者、日下部連、甲斐國造之祖。次袁邪本王者、葛野之別、近淡海蚊野之別祖也。次室毘古王者、若狹之耳別之祖。其美知能宇志王、娶二丹波之河上之摩須郎女一、生子、比婆須比賣命。次眞砥野比賣命。次弟比賣命。次朝廷別王。四柱 此朝廷別王者、三川之穗別之祖。此美知能宇斯王之弟、水穗眞若王者、近淡海之安直之祖。次神大根王者、三野國之本巣國造、長幡部連之祖。次山代之大筒木眞若王、娶二同母弟伊理泥王之女、丹波能阿治佐波毘賣㆒、生子、迦邇米雷王。（迦邇米三字以㆑音。）此王、娶㆓丹波之遠津臣之女、名高材比賣㆒、生子、息長宿禰王。此王、娶㆓葛城之高額比賣㆒、生子、息長帶比賣命。次虛空津比賣命。次息長日子王。（三柱。此王者、吉備品遲君、針間阿宗君之祖。）又息長宿禰王、娶㆓河俣稻依毘賣㆒、生子、大多牟坂王。（多牟二字以㆑音。此者多遲摩國造之祖也。）上所㆑謂建豐波豆羅和氣王者、（道守臣、忍海部造、御名部造、稻羽忍海部、丹波之竹野別、依網之阿毘古等之祖也。）

天皇御年、陸拾參歲。御陵在㆓伊邪河之坂上㆒也。

崇神天皇

御眞木入日子印惠命、坐㆓師木水垣宮㆒、治㆓天下㆒也。此天皇、娶㆓木國造、名荒河刀辨之女、（刀辨二字以㆑音。）遠津年魚目目微比賣㆒、生御子、豐木入日子命。次豐鉏入日賣命。（二柱）又娶㆓尾張連之祖、意富阿麻比賣㆒、生御子、大入杵命。次八坂之入日子命。次沼名木之入日賣命。次十市之入日賣命。（四柱）又娶㆓大毘古命之女、御眞津比賣命㆒、生御子、伊玖米入日子伊沙知命。（伊久米伊沙知六字以㆑音。）次伊邪能眞若命。（自㆑伊至㆑能以㆑音。）次國片比賣命。次千千都久和（此三字以㆑音。）比賣命。次伊賀比賣命。次倭日子命。（六柱）此天皇之御子等、幷十二柱。（男王七、女王五也。）故、伊久米伊理毘古伊佐知命者、治㆓天下㆒也。次豐木入日子命者、（上毛野、下毛野君等之祖也。）妹豐鉏比賣命者、拜㆓祭伊勢大神之宮㆒也。次大入杵命者、（能登臣之祖也。）次倭日子命。（此王之時、始而於㆑陵立㆓人垣㆒。）

此天皇之御世、役病多起、人民死爲㆑盡。爾天皇愁歎而、坐㆓神牀㆒之夜、大物主大神、顯二於御夢一曰、是者我之御心。故、以二意富多多泥古一而、令レ祭二我御前一者、神氣不レ起、國安平。是以驛使班二于四方一、求下謂二意富多多泥古一人上之時、於二河內之美努村一、見二得其人一貢進。爾天皇問二賜之汝者誰子一也、答曰、僕者大物主大神、娶二陶津耳命之女、活玉依毘賣一、生子、名櫛御方命之子、飯肩巢見命之子、建甕槌命之子、僕意富多多泥古白。於レ是天皇大歡以詔之、天下平、人民榮。卽以二意富多多泥古命一、爲二神主一而、於二御諸山一拜二祭意富美和之大神前一、又仰二伊迦賀色許男命一、作二天之八十毘羅訶一、此三字以レ音也。定二奉天神地祇之社一、又於二宇陀墨坂神一、祭二赤色楯矛一、又於二大坂神一、祭二墨色楯矛一、又於二坂之御尾神及河瀨神一、悉無二遺忘一以奉二幣帛一也。因レ此而役氣悉息、國家安平也。

此謂二意富多多泥古一人、所三以知二神子一者、上所レ云活玉依毘賣、其容姿端正。於レ是有二壯夫一、其形姿威儀、於レ時無レ比、夜半之時、儵忽到來。故、相感、共婚共住之間、未レ經二幾時一、其美人妊身。爾父母恠二其妊身之事一、問二其女一曰、汝者自妊。无レ夫何由妊身乎。答曰、有二麗美壯夫一、不レ知二其姓名一、每レ夕到來、共住之間、自然懷妊。是以其父母、欲レ知二其人一、誨二其女一曰、以二赤土一散二床前一、以二閇蘇此二字以レ音。紡麻一貫レ針、刺二其衣襴一。故、如レ教而旦時見者、所レ著レ針麻者、自二戶之鉤穴一控通而出、唯遺麻者三勾耳。爾卽知下自二鉤穴一出之狀上而、從レ糸尋行者、至二美和山一而留二神社一。故、知二其神子一。故、因二其麻之三勾遺二而、名二其地一謂二美和一也。此意富多多泥古命者、神君、鴨君之祖。又此之御世、大毘古命者、遣二高志道一、其子建沼河別命者、遣二東方十二道一而、令レ和二平其麻都漏波奴自レ麻下五字以レ音。人等一。又日子坐王者、遣二旦波國一、令レ殺二玖賀耳之御笠一。此人名者也。玖賀二字以レ音。故、大毘古命、罷二レ往於高志國一之時、服二腰裳一少女、立二山代之幣羅坂一而歌曰、

美麻紀伊理毘古波夜　美麻紀伊理毘古波夜　意能賀袁袁　奴須美斯勢牟登　斯理都斗用　伊由岐多賀比　麻幣都斗用　伊由岐多賀比　宇迦迦波久　斯良爾登　美麻紀伊理毘古波夜（二三）

於レ是大毘古命、思レ恠返レ馬、問二其少女一曰、汝所レ謂之言、何言。爾少女答曰、吾勿レ言。唯爲レ詠レ歌耳。卽不レ見二其所一レ如而忽失。故、大毘古命、更還參上、請二於天皇一時、天皇答詔之、此者爲、在二山代國一我之庶兄建波邇安王、起二邪心一之表耳。波邇二字以レ音。伯父、興レ軍宜レ行。卽副二丸邇臣之祖、日子國夫玖命一而遣時、卽於二丸邇坂一居二忌瓮一而罷往。於レ是到二山代之和訶羅河一時、其建波邇安王、興レ軍待遮、各中二レ挾河一而、對立相挑。故號二其地一謂二伊杼美一。今謂二伊豆美一也。爾日子國夫玖命乞云、其廂人、先忌矢可レ彈。爾其建波爾安王、雖レ射不二得中一。於レ是國夫玖命彈矢者、卽射二建波邇安王一而死。故、其軍悉破而逃散。爾追二レ迫其逃軍一、到二久須婆之度一時、皆被二迫窘一而、屎出懸二於褌一。故、

號二其地一謂二屎褌一。今者謂二久須婆一。又遮二其逃軍一以斬者、如レ鵜浮二於河一。故、號二其河一謂二鵜河一也。亦斬二波布理其軍士一。故、號二其地一謂二波布理曾能一。自レ波下五字以レ音。如レ此平訖、參上覆奏。

故、大毘古命者、隨二先命一而、罷二行高志國一。爾自二東方一所レ遣建沼河別與二其父大毘古一共、往二遇于相津一。故、其地謂二相津一也。是以各和二平所レ遣之國政一而覆奏。爾天下太平、人民富榮。於レ是初令レ貢二男弓端之調、女手末之調一。故、稱二其御世一、謂下所レ知二初國一之御眞木天皇上也。又是之御世、作二依網池一、亦作二輕之酒折池一也。天皇御歲、壹佰陸拾捌歲。戊寅年十二月崩。御陵在二山邊道勾之岡上一也。

垂仁天皇

伊久米伊理毘古伊佐知命、坐二師木玉垣宮一、治二天下一也。此天皇、娶二沙本毘古命之妹、佐波遲比賣命一、生御子、品牟都和氣命。一柱 又娶二旦波比古多多須美知宇斯王之女、氷羽州比賣命一、生御子、印色之入日子命。印色二字以レ音。次大帶日子淤斯呂和氣命。自レ淤至レ氣五字以レ音。次大中津日子命。次倭比賣命。次若木入日子命。五柱 又娶二其氷羽州比賣命之弟、沼羽田之入毘賣命一、生御子、沼帶別命。次伊賀帶日子命。二柱 又娶二其沼羽田之入日賣命之弟、阿邪美能伊理毘賣命一、此女王名以レ音。生御子、伊許婆夜和氣命。次阿邪美都比賣命。二柱。此二王名以レ音。又娶二大筒木垂根王之女、迦具夜比賣命一、生御子、袁邪辨王。一柱又娶二山代大國之淵之女、苅羽田刀辨一、此二字以レ音。生御子、落別王。次五十日帶日子王。次伊登志別王。伊登志三字以レ音。又娶二其大國之淵之女、弟苅羽田刀辨一、生御子、石衝別王。次石衝毘賣命、亦名布多遲能伊理毘賣命。二柱凡此天皇之御子等、十六王。男王十三、女王三。故、大帶日子淤斯呂和氣命者、治二天下一也。御身長、一丈二寸、御脛長、四尺一寸也。次印色入日子命者、作二血沼池一、又作二狹山池一、又作二日下之高津池一。又坐二鳥取之河上宮一、令レ作二横刀壹仟口一、是奉レ納二石上神宮一、卽坐二其宮一、定二河上部一也。次大中津日子命者、山邊之別、三枝之別、稻木之別、阿太之別、尾張國之三野別、吉備之石无別、許呂母之別、高巢鹿之別、飛鳥君、牟禮之別等祖也。次倭比賣命者、拜二祭伊勢大神宮一也。次伊許婆夜和氣王者、沙本穴太部之別祖也。次阿邪美都比賣命者、嫁二稻瀨毘古王一。次落別王者、小月之山君、三川之衣君之祖也。次五十日帶日子王者、春日山君、高志池君、春日部君之祖。次伊登志和氣王者、因レ無レ子而、爲二子代一定二伊登部一。次石衝別王者、羽咋君、三尾君之祖。次布多遲能伊理毘賣命者、爲二倭建命之后一。

此天皇、以二沙本毘賣一爲レ后之時、沙本毘賣命之兄、沙本毘古王、問二其伊呂妹一曰、孰二愛夫與レ兄歟。答二曰愛レ兄。爾沙本毘古王謀曰、汝寔思レ愛レ我者、將三吾與レ汝治二天下一而、卽作二八鹽折之紐小刀一、授二其妹一曰、以二此小刀一刺二殺天皇之寢一。故、天皇不レ知二其之謀一而、枕二其后之御膝一、爲二御寢一坐也。爾其后、以二紐小刀一爲レ刺二其天皇之御頸一、三度擧而、不レ忍二哀情一、不レ能レ刺レ頸而、泣淚落二溢於御面一。乃天皇驚起、問二其后一曰、吾見二異夢一。從二沙本方一暴雨零來、急沾二吾面一。又錦色小蛇纏二繞我頸一。如レ此之夢、是有二何表一也。爾其后以二爲不一レ應レ爭、卽白二天皇一言、妾兄沙本毘古王、問レ妾曰、孰二愛夫與一レ兄。是不レ勝二面問一故、妾答二曰愛レ兄歟一。爾誂レ妾曰、吾與レ汝共、治二天下一。故、當レ殺二天皇一云而、作二八鹽折之紐小刀一授レ妾。是以欲レ刺二御頸一、雖二三度擧一、哀情忽起、不レ得二刺頸一而、泣淚落二沾於御面一。必有二是表一焉。

爾天皇詔二之吾殆見レ欺乎一、乃興レ軍擊二沙本毘古王一之時、其王作二稻城一以待戰。此時沙本毘賣命、不レ得二忍其兄一、自二後門一逃出而、納二其之稻城一。此時其后妊身。於レ是天皇、不レ忍三其后懷妊及愛重至二于三年一。故、廻二其軍一不二急攻迫一。如レ此逗留之間、其所レ妊之御子既產。故、出二其御子一、置二稻城外一、令レ白二天皇一、若此御子矣、天皇之御子所二思看一者、可二治賜一。於レ是天皇詔、雖レ怨二其兄一、猶不二得忍一レ愛二其后一。故卽有二得レ后之心一。是以選二聚軍士中、力士輕捷一而宣者、取二其御子一之時、乃掠二取其母王一。或髮或手、當下隨二取獲一而、掬以控出上。爾其后、豫知二其情一、悉剃二其髮一、以レ髮覆二其頭一、亦腐二玉緒一、三重纏レ手、且以レ酒腐二御衣一、如二全衣一服。如レ此設備而、抱二其御子一、刺二出城外一。爾其力士等、取二其御子一、卽握二其御祖一。爾握二其御髮一者、御髮自落、握二其御手一者、玉緒且絕、握二其御衣一者、御衣便破。是以取二獲其御子一、不レ得二其御祖一。故、其軍士等、還來奏言、御髮自落、御衣易破、亦所レ纏二御手一玉緖便絕。故、不レ獲二御祖一、取二得御子一。爾天皇悔恨而、惡三作レ玉人等一、皆奪二其地一。故、諺曰二不レ得レ地玉作一也。亦天皇、命二詔其后一言、凡子名、必母名、何稱二是子之御名一。爾答白、今當下火燒二稻城一之時上而、火中所レ生。故、其御名宜レ稱二本牟智和氣御子一。又命詔、何爲日足奉。答白、取二御母一、定二大湯坐、若湯坐一、宜二日足奉一。故、隨二其后白一以日足奉也。又問二其后一曰、汝所レ堅之美豆能小佩者誰解。（美豆能三字以レ音也。）答白、旦波比古多多須美智宇斯王之女、名兄比賣、弟比賣、茲二女王、淨公民。故、宜レ使也。然遂殺二其沙本比古王一、其伊呂妹亦從也。故、率二遊其御子一之狀者、在二於尾張之相津一、二俣榲作二二俣小舟一而、持上來以浮二倭之市師池、輕池一、率二遊其御子一。然是御子、八拳鬚至二于心前一、眞事登波受。（此三字以レ音。）故、今聞二高往鵠之音一、始爲二阿藝登比一。（自レ阿下四字以レ音。）爾遣二山邊之大鶙一（此者人名。）令レ取二其鳥一。故、是人追二尋其鵠一、自二木國一到二針間國一、亦追越二稻羽國一、卽到二旦波國、多遲麻國一、追二廻東方一、到二近淡海國一、乃越二三野國一、自二尾張國一傳以追二科野國一、遂追二到高志國一而、於二和那美之水門一張レ網、取二其鳥一而、持上獻。故、號二其水門一謂二和那美之水門一也。亦見二其鳥一者、於レ思二物言一而、如レ思爾勿二言事一。於レ是天皇患賜而、御寢之時、覺二于御夢一曰、修二理我宮如二天皇之御舍一者、御子必眞事登波牟。自レ登下三字以レ音。如レ此覺時、布斗摩邇邇占相而、求二何神之心一、爾祟、出雲大神之御心。故、其御子令レ拜二其大神宮一將レ遣之時、令レ副二誰人一者吉。爾曙立王食レト。故、科二曙立王一、令二宇氣比白一、宇氣比三字以レ音。因レ拜二此大神一、誠有レ驗者、住二是鷺巢池之樹一鷺乎、宇氣比落。如レ此詔之時、宇氣比其鷺墮レ地死。又詔二之宇氣比活爾一者、更活。又在二甜白檮之前一葉廣熊白檮、令二宇氣比枯一、亦令二宇氣比生一。爾名賜二曙立王一、謂二倭者師木登美豐朝倉曙立王一。登美二字以レ音。卽曙立王、菟上王二王、副二其御子一遣時、自二那良戸一遇二跛盲一。自二大坂戸一亦遇二跛盲一。唯木戸是掖月之吉戸ト而、出行之時、每二到坐地一、定二品遲部一也。故、到二於出雲一、拜二訖大神一、還上之時、肥河之中、作二黑巢橋一、仕二奉假宮一而坐。爾出雲國造之祖、名岐比佐都美、餝二青葉山一而、立二其河下一、將レ獻二大御食一之時、其御子詔言、是於二河下一、如二青葉山一者、見レ山非レ山。若坐二出雲之石硐之曾宮一、葦原色許男大神以伊都玖之祝大廷乎問賜也。爾所レ遣二御伴一王等、聞歡見喜而、御子者、坐二檳榔之長穗宮一而、貢二上驛使一。爾其御子、一宿婚二肥長比賣一。故、竊二伺其美人一者蛇也。卽見畏遁逃。爾其肥長比賣患、光二海原一自レ船追來。故、益見畏以自二山多和一、此二字以レ音。引二越御船一、逃上行也。於レ是覆奏言、因レ拜二大神一、大御子物詔。故、參上來。故、天皇歡喜、卽返二菟上王一、令レ造二神宮一。於レ是天皇、因二其御子一、定二鳥取部、鳥甘部、品遲部、大湯坐、若湯坐一。

又隨二其后之白一、喚二上美知能宇斯王之女等、比婆須比賣命、次弟比賣命、次歌凝比賣命、次圓野比賣命、幷四柱一。然留二比婆須比賣命、弟比賣命二柱一而、其弟王二柱者、因二甚凶醜一、返二送本土一。於レ是圓野比賣慚言、同兄弟之中、以二姿醜一被レ還之事、聞二於隣里一、是甚慚而、到二山代國之相樂一時、取二懸樹枝一而欲レ死。故、號二其地一謂二懸木一、今云二相樂一。又到二弟國一之時、遂墮二峻淵一而死。故、號二其地一謂二墮國一、今云二弟國一也。

又天皇、以二三宅連等之祖、名多遲摩毛理一、遣二常世國一、令レ求二登岐士玖能迦玖能木實一。自レ登下八字以レ音。故、多遲摩毛理、遂到二其國一、採二其木實一、以二縵八縵、矛八矛一、將來之間、天皇既崩。爾多遲摩毛理、分二縵四縵、矛四矛一、獻二于大后一、以二縵四縵、矛四矛一、獻二置天皇之御陵戸一而、擎二其木實一、叫哭以白、常世國之登岐士玖能迦玖能木實、持參上侍、遂叫哭死也。其登岐士玖能迦玖能木實者、是今橘者也。此天皇御年、壹佰伍拾參歲。御陵在二菅原之御立野中一也。又其大后比婆須比賣命之時、定二石祝作一、又定二土師部一。此后者、葬二狹木之寺間陵一也。

景行天皇

大帶日子淤斯呂和氣天皇、坐二纏向之日代宮一、治二天下一也。此天皇、娶二吉備臣等之祖、若建吉備津日子之女、名針間之伊那毘能大郎女一、生御子、櫛角別王。次大碓命。次小碓命、亦名倭男具那命。具那二字以レ音。次倭根子命。次神櫛王。五柱 又娶二八尺入日子命之女、八坂之入日賣命一、生御子、若帶日子命。次五百木之入日子命。次押別命。次五百木之入日賣命。又妾之子、豐戸別王。次沼代郎女。又妾之子、沼名木郎女。次香余理比賣命。次若木之入日子王。次吉備之兄日子王。次高木比賣命。次弟比賣命。又娶二日向之美波迦斯毘賣一、生御子、豐國別王。又娶二伊那毘能大郎女之弟、伊那毘能若郎女一、自レ伊下四字以レ音。生御子、眞若王。次日子人之大兄王。又娶二倭建命之曾孫、名須賣伊呂大中日子王自レ須至レ呂四字以レ音。之女、訶具漏比賣一、生御子、大枝王。凡此大帶日子天皇之御子等、所レ錄廿一王、不二入記一五十九王、幷八十王之中、若帶日子命與二倭建命、亦五百木之入日子命一此三王、負二太子之名一。自レ其餘七十七王者、悉別二賜國國之國造、亦和氣、及稻置、縣主一也。故、若帶日子命者、治二天下一也。小碓命者、平二東西之荒神、及不レ伏人等一也。次櫛角別王者、茨田下連等之祖。次大碓命、守君、大田君、嶋田君之祖。次神櫛王者、木國之酒部阿比古、宇陀酒部之祖。次豐國別王者、日向國造之祖。

於レ是天皇、聞二看-定三野國造之祖、大根王之女、名兄比賣、弟比賣二孃子、其容姿麗美一而、遣二其御子大碓命一以喚上。故、其所レ遣大碓命、勿二召上一而、卽己自婚二其二孃子一、更求二他女人一、詐名二其孃女一而貢上。於レ是天皇、知二其他女一、恒令レ經二長眼一、亦勿レ婚而惚也。故、其大碓命、娶二兄比賣一、生子、押黑之兄日子王。此者三野之宇泥須和氣之祖。亦娶二弟比賣一、生子、押黑弟日子王。此者牟宜都君等之祖。此之御世、定二田部一、又定二東之淡水門一、又定二膳之大伴部一、又定二倭屯家一。又作二坂手池一、卽竹植二其堤一也。

天皇詔二小碓命一、何汝兄、於二朝夕之大御食一不二參出來一。專汝泥疑敎覺。泥疑二字以レ音。下效レ此。如レ此詔以後、至二于五日一、猶不二參出一。爾天皇問二‐賜小碓命一、何汝兄、久不二參出一。若有レ未レ誨乎。答三‐白既爲二泥疑一也。又詔二如何泥疑之一、答白、朝署入レ廁之時、待捕搤批而、引二‐闕其枝一、裹レ薦投棄。

於レ是天皇、惶二其御子之建荒之情一而詔之、西方有二熊曾建二人一。是不レ伏无レ禮人等。故、取二其人等一而遣。當二此之時一、其御髮結レ額也。爾小碓命、給二其姨倭比賣命之御衣御裳一、以レ劒納二于御懷一而幸行。故、到二于熊曾建之家一見者、於二其家邊一軍圍二三重一、作レ室以居。於レ是言三‐動爲二御室樂一、設二‐備食物一。故、遊二‐行其傍一、待二其樂日一。爾臨二其樂日一、如二童女之髮一、梳二‐垂其結御髮一、服二其姨之御衣御裳一、既成二童女之姿一、交二‐立女人之中一、入二‐坐其室內一。爾熊曾建兄弟二人、見二‐感其孃子一、坐二於己中一而盛樂。故、臨二其酣時一、自レ懷出レ劒、取二熊曾之衣衿一、以レ劒自二其胸一刺通之時、其弟建、見畏逃出。乃追至二其室之椅本一、取二其背皮一、劒自レ尻刺通。爾其熊曾建白言、莫レ動二其刀一。僕有二白言一。

爾暫許押伏。於レ是白二言汝命者誰一。爾詔、吾者坐二纏向之日代宮一、所レ知二大八嶋國一、大帶日子淤斯呂和氣天皇之御子、名倭男具那王者也。意禮熊曾建二人、不レ伏無レ禮聞看而、取二殺意禮一詔而遣。爾其熊曾建白、信然也。於二西方一除二吾二人一、無二建强人一。然於二大倭國一、益二吾二人一而、建男者坐祁理。是以吾獻二御名一。自レ今以後、應レ稱二倭建御子一。是事白訖、卽如二熟苽一振折而殺也。故、自二其時一稱二御名一、謂二倭建命一。然而還上之時、山神、河神、及穴戸神、皆言向和而參上。

卽入二坐出雲國一、欲レ殺二其出雲建一而到、卽結レ友。故、竊以二赤檮一、作二詐刀一、爲二御佩一共沐二肥河一。爾倭建命、自レ河先上、取二佩出雲建之解置横刀一而詔レ易レ刀。故、後出雲建自レ河上而、佩二倭建命之詐刀一。於レ是倭建命、誂二伊奢合レ刀。爾各拔二其刀一之時、出雲建不レ得レ拔二詐刀一。卽倭建命、拔二其刀一而打二殺出雲建一。爾御歌曰、

夜都米佐須　伊豆毛多祁流賀　波祁流多知　都豆良佐波麻岐　佐味那志爾阿波禮

（二四）

故、如レ此撥治、參上覆奏。

爾天皇、亦頻詔二倭建命一、言二向和平東方十二道之荒夫琉神、及摩都樓波奴人等一而、副二吉備臣等之祖、名御鉏友耳建日子一而遣之時、給二比比羅木之八尋矛一。比比羅三字以レ音。故、受

命罷行之時、參入伊勢大御神宮、拜神朝廷、卽白其姨倭比賣命者、天皇既所以思吾死乎、何擊遣西方之惡人等而、返參上來之間、未經幾時、不賜軍衆、今更平遣東方十二道之惡人等。因此思惟、猶所思看吾既死焉。患泣罷時、倭比賣命、賜草那藝劒、那藝二字以音。亦賜御囊而、詔若有急事解茲囊口。

故、到尾張國、入坐尾張國造之祖、美夜受比賣之家。乃雖思將婚、亦思還上之時將婚、期定而幸于東國、悉言向和平山河荒神、及不伏人等。

故爾到相武國之時、其國造詐白、於此野中有大沼。住是沼中之神、甚道速振神也。於是看行其神、入坐其野。爾其國造、火著其野。故、知見欺而、解開其姨倭比賣命之所給囊口而見者、火打有其裏。於是先以其御刀苅撥草、以其火打而打出火、著向火而燒退、還出皆切滅其國造等、卽著火燒。故、於今謂燒遣也。

自其入幸、渡走水海之時、其渡神興浪、廻船不得進渡。爾其后、名弟橘比賣命白之、妾易御子而入海中。御子者、所遣之政遂應覆奏。將入海時、以菅疊八重、皮疊八重、絁疊八重、敷于波上而、下坐其上。於是其暴浪自伏、御船得進。爾其后歌曰、

佐泥佐斯　佐賀牟能袁怒邇　毛由流肥能　本那迦邇多知弖　斗比斯岐美波母（二五）

故、七日之後、其后御櫛依二于海邊一。乃取二其櫛一、作二御陵一而治置也。自レ其入幸、悉言二向荒夫琉蝦夷等一、亦平二和山河荒神等一而、還上幸時、到二足柄之坂本一、於下食二御粮一處上、其坂神化二白鹿一而來立。爾卽以二其咋遺之蒜片端一、待打者、中二其目一乃打殺也。故、登二立其坂一、三歎詔二云阿豆麻波夜一。（自レ阿下五字以レ音也。）故、號二其國一謂二阿豆麻一也。

卽自二其國一越二出甲斐一、坐二酒折宮一之時、歌曰、

邇比婆理　都久波袁須疑弖　伊久用加泥都流（二六）

爾其御火燒之老人、續二御歌一以歌曰、

迦賀那倍弖　用邇波許許能用　比邇波登袁加袁（二七）

是以譽二其老人一、卽給二東國造一也。

自二其國一越二科野國一、乃言二向科野之坂神一而、還二來尾張國一、入二坐先日所レ期美夜受比賣之許一。於レ是獻二大御食一之時、其美夜受比賣、捧二大御酒盞一以獻。爾美夜受比賣、其於二意須比之襴一、（意須比三字以レ音。）著二月經一。故、見二其月經一、御歌曰、

比佐迦多能　阿米能迦具夜麻　斗迦麻邇　佐和多流久毘　比波煩曾　多和夜賀比那袁　麻迦牟登波　阿禮波須禮杼　佐泥牟登波　阿禮波意母閇杼　那賀祁勢流　意須

比能須蘇爾　都紀多知邇祁理（二八）

爾美夜受比賣、答㆓御歌㆒曰、

多迦比迦流　比能美古　夜須美斯志　和賀意富岐美　阿良多麻能　登斯賀岐布禮婆
阿良多麻能　都紀波岐閇由久　宇倍那宇倍那宇倍那　岐美麻知賀多爾　和賀祁勢流
意須比能須蘇爾　都紀多多那牟余（二九）

故爾御合而、以㆓其御刀之草那藝劒㆒、置㆓其美夜受比賣之許㆒而、取㆓伊服岐能山之神㆒幸行。

於㆑是詔、茲山神者、徒手直取而、騰㆓其山㆒之時、白猪逢㆓于山邊㆒。其大如㆑牛。爾爲㆓言擧㆒而詔、是化㆓白猪㆒者、其神之使者。雖㆓今不㆑殺、還時將㆑殺而騰坐。於㆑是零㆓大氷雨㆒、打㆓惑倭建命㆒。此化㆓白猪㆒者、非㆓其神之使者㆒、當㆓其神之正身㆒、因㆓言擧㆒見㆑惑也。　故、還下坐之、到㆓玉倉部之清泉㆒以息坐之時、御心稍寤。故、號㆓其清泉㆒、謂㆓居寤清泉㆒也。

自㆓其地㆒發、到㆓當藝野上㆒之時、詔者、吾心恒念㆓自㆑虛翔行㆒。然今吾足不㆑得㆓步㆒。成㆓當藝當藝斯玖㆒。自㆑當下六字以㆑音。　故、號㆓其地㆒謂㆓當藝㆒也。自㆓其地㆒差少幸行、因㆓甚疲㆒衝㆓御杖㆒稍步。故、號㆓其地㆒謂㆓杖衝坂㆒也。到㆓坐尾津前一松之許㆒、先御食之時、所㆑忘㆓其地㆒御刀、不㆑失猶有。爾御歌曰、

袁波理邇　多陀邇牟迦幣流　袁都能佐岐那流　比登都麻都　阿勢袁　比登都麻都
比登邇阿理勢婆　多知波氣麻斯袁　岐奴岐勢麻斯袁　比登都麻都　阿勢袁(三〇)

自二其地一幸、到二三重村一之時、亦詔之、吾足如二三重勾一而甚疲。故、號二其地一謂二三重一。自レ其幸行而、到二能煩野一之時、思レ國以歌曰、

夜麻登波　久爾能麻本呂婆　多多那豆久　阿袁加岐　夜麻碁母禮流　夜麻登志宇流
波斯(三一)

又歌曰、

伊能知能　麻多祁牟比登波　多多美許母　幣具理能夜麻能　久麻加志賀波袁　宇受
爾佐勢曾能古(三二)

此歌者、思レ國歌也。又歌曰、

波斯祁夜斯　和岐幣能迦多用　久毛韋多知久母(三三)

此者片歌也。此時御病甚急。爾御歌曰、

袁登賣能　登許能辨爾　和賀淤岐斯　都流岐能多知　曾能多知波夜(三四)

歌竟、卽崩。爾貢二-上驛使一。

於レ是坐レ倭后等及御子等、諸下到而、作二御陵一、卽匍二匐-廻其地之那豆岐田一(自レ那下三字以レ音。)

而、哭爲歌曰、

　那豆岐能多能　伊那賀良邇　伊那賀良爾　波比母登富呂布　登許呂豆良（三五）

於レ是化二八尋白智鳥一、翔レ天而向レ濱飛行。智字以レ音。爾其后及御子等、於二其小竹之苅杙一、雖二足跳破一、忘二其痛一以哭追。此時歌曰、

　阿佐士怒波良　許斯那豆牟　蘇良波由賀受　阿斯用由久那（三六）

又入二其海鹽一而、那豆美此三字以レ音。行時歌曰、

　宇美賀由氣婆　許斯那豆牟　意富迦波良能　宇惠具佐　宇美賀波　伊佐用布（三七）

又飛居二其礒一之時歌曰、

　波麻都知登理　波麻用波由迦受　伊蘇豆多布（三八）

是四歌者、皆歌二其御葬一也。故、至レ今其歌者、歌二天皇之大御葬一也。故、自二其國一飛翔行、留二河內國之志幾一。故、於二其地一作二御陵一鎭坐也。卽號二其御陵一、謂二白鳥御陵一也。然亦自二其地一更翔レ天以飛行。凡此倭建命、平レ國廻行之時、久米直之祖、名七拳脛、恒爲二膳夫一以從仕奉也。

此倭建命、娶二伊玖米天皇之女、布多遲能伊理毘賣命一、自レ布下八字以レ音。生御子、帶中津日子命。一柱又娶二其入レ海弟橘比賣命一、生御子、若建王。一柱又娶二近淡海之安國造之祖、意富多牟

和氣之女、布多遲比賣一、生御子、稻依別王。一柱又娶二吉備臣建日子之妹、大吉備建比賣一、生御子、建貝兒王。一柱又娶二山代之玖玖麻毛理比賣一、生御子、足鏡別王。一柱又一妻之子、息長田別王。凡是倭建命之御子等、幷六柱。故、帶中津日子命者、治二天下一也。次稻依別王者、犬上君、建部君等之祖。次建貝兒王者、讚岐綾君、伊勢之別、登袁之別、麻佐首、宮首之別等之祖。足鏡別王者、鎌倉之別、小津、石代之別、漁田之別祖也。次息長田別王之子、杙俣長日子王。此王之子、飯野眞黑比賣命。次息長眞若中比賣。次弟比賣。三柱故、上云若建王、娶二飯野眞黑比賣一、生子、須賣伊呂大中日子王。自レ須至レ呂以レ音。此王、娶二淡海之柴野入杵之女、柴野比賣一、生子、迦具漏比賣命。故、大帶日子天皇、娶二此迦具漏比賣命一、生子、大江王。一柱此王、娶二庶妹銀王一、生子、大名方王。次大中比賣命。二柱故、此之大中比賣命者、香坂王、忍熊王之御祖也。

此大帶日子天皇之御年、壹佰參拾漆歲。御陵在二山邊之道上一也。

成務天皇

若帶日子天皇、坐二近淡海之志賀高穴穗宮一、治二天下一也。此天皇、娶二穗積臣等之祖、建忍山垂根之女、名弟財郎女一、生御子、和訶奴氣王。一柱故、建內宿禰爲二大臣一、定二賜大國小國之國造一、亦定二賜國國之堺、及大縣小縣之縣主一也。天皇御年、玖拾伍歲。乙卯年三月十五日崩也。御陵在二沙紀之多他那美一也。

帶中日子天皇、坐穴門之豊浦宮、及筑紫訶志比宮、治天下也。此天皇、娶大江王之女、大中津比賣命、生御子、香坂王。忍熊王。二柱 又娶息長帶比賣命、是大后。 生御子、品夜和氣命。次大鞆和氣命。亦名品陀和氣命。二柱 此太子之御名、所以負大鞆和氣命者、初所生時、如鞆宍生御腕。故、著其御名。是以知坐腹中國也。此之御世、定淡道之屯家也。

其大后息長帶日賣命者、當時歸神。故、天皇坐筑紫之訶志比宮、將擊熊曾國之時、天皇控御琴而、建内宿禰大臣居於沙庭、請神之命。於是大后歸神、言教覺詔者、西方有國。金銀爲本、目之炎耀、種種珍寶、多在其國。吾今歸賜其國。爾天皇答白、登高地見西方者、不見國土。唯有大海。謂爲詐神而、押退御琴不控、默坐。爾其神大忿詔、凡茲天下者、汝非應知國。汝者向一道。於是建内宿禰大臣白、恐我天皇、猶阿蘇婆勢其大御琴。自阿至勢以音。 爾稍取依其御琴而、那摩那摩邇 此五字以音。 控坐。故、未幾久而、不聞御琴之音。卽擧火見者、既崩訖。爾驚懼而、坐殯宮、更取國之大奴佐而、奴佐二字以音。 種種求生剝、逆剝、阿離、溝埋、屎戸、上通下通婚、馬婚、牛婚、鷄婚、犬婚之罪類、爲國之大祓而、亦建内宿禰居於沙庭、請神之命。

於レ是教覺之狀、具如二先日一、凡此國者、坐二汝命御腹一之御子、所レ知國者也。爾建內宿禰、白下恐我大神、坐二其神腹一之御子、何子歟上。答二詔男子一也。爾具請之、今如レ此言教之大神者、欲レ知二其御名一、卽答詔、是天照大神之御心者。亦底筒男、中筒男、上筒男、三柱大神者也。（此時其三柱大神之御名者顯也。）今寔思レ求二其國一者、於二天神地祇、亦山神及河海之諸神一、悉奉二幣帛一、我之御魂、坐二于船上一而、眞木灰納レ瓠、亦箸及比羅傳（此三字以レ音。）多作、皆皆散二浮大海一以可レ度。

故、備如二教覺一、整レ軍雙レ船、度幸之時、海原之魚、不レ問二大小一、悉負二御船一而渡。爾順風大起、御船從レ浪。故、其御船之波瀾、押二騰新羅之國一、既到二半國一。於レ是其國王畏惶奏言、自レ今以後、隨二天皇命一而、爲二御馬甘一、每レ年雙レ船、不レ乾二船腹一、不レ乾二柂檝一、共二與天地一、無レ退仕奉。故是以新羅國者、定二御馬甘一、百濟國者、定二渡屯家一。爾以二其御杖一、衝二立新羅國主之門一、卽以二墨江大神之荒御魂一、爲二國守神一而祭鎭、還渡也。故、其政未レ竟之間、其懷妊臨レ產。卽爲レ鎭二御腹一、取レ石以纏二御裳之腰一而、渡二筑紫國一、其御子者阿禮坐。（阿禮二字以レ音。）故、號二其御子生地一謂二宇美一也。亦所レ纏二其御裳一之石者、在二筑紫國之伊斗村一也。亦到二坐筑紫末羅縣之玉嶋里一而、御二食其河邊一之時、當二四月之上旬一。爾坐二其河中之礒一、拔二取御裳之糸一、以二飯粒一爲レ餌、釣二其河之年魚一。（其河名謂二小河一、亦其礒名謂二勝門比賣一也。故、四月上旬之時、女人拔二裳糸一、以レ粒爲レ餌、釣二年魚一、至二于今一不レ絶也。於レ是息長帶日賣命。於レ倭還上之時、因レ疑二人心一、一二具喪船一、御子載二其喪船一、先令レ言二漏之御子既崩一。如レ此上幸之時、香坂王、忍熊王聞而、思レ將二待取一、進二出於斗賀野一、爲二宇氣比獦一也。爾香坂王、騰二坐歷木一而是、大怒猪出、堀二其歷木一、卽咋二食其香坂王一。其弟忍熊王、不レ畏二其態一、興レ軍待向之時、赴二喪船一將レ攻二空船一。爾自二其喪船一下レ軍相戰。此時忍熊王、以二難波吉師部之祖、伊佐比宿禰一爲二將軍一、太子御方者、以二丸邇臣之祖、難波根子建振熊命一爲二將軍一。故、追退到二山代一之時、還立、各不レ退相戰。爾建振熊命、權而令レ云、息長帶日賣命者既崩。故、無レ可二更戰一。卽絕二弓絃一、欺陽歸服。於レ是其將軍既信レ詐、弭レ弓藏レ兵。爾自二頂髮中一、採二出設弦一、一名云二宇佐由豆留一。更張追擊。故、逃二退逢坂一、對立亦戰。爾追迫敗二於沙沙那美一、悉斬二其軍一。於レ是其忍熊王與二伊佐比宿禰一、共被二追迫一、乘レ船浮レ海歌曰、

伊奢阿藝　布流玖麻賀　伊多弖淤波受波　邇本杼理能　阿布美能宇美邇　迦豆岐勢
那和（三九）

卽入レ海共死也。

故、建內宿禰命、率二其太子一、爲レ將レ禊而、經二歷淡海及若狹國一之時、於二高志前之角

鹿㆒、造㆓假宮㆒而坐。爾坐㆓其地㆒伊奢沙和氣大神之命、見㆓於夜夢㆒云、以㆓吾名㆒欲㆑易㆓御子之御名㆒。爾言禱白之、恐、隨㆑命易奉、亦其神詔、明日之旦、應㆑幸㆓於濱㆒。獻㆓易㆑名之幣㆒。故、其旦幸㆓行于濱㆒之時、毀㆑鼻入鹿魚、既依㆓一浦㆒。於㆑是御子、令㆑白㆓于神㆒云、於㆑我給㆓御食之魚㆒。故、亦稱㆓其御名㆒、號㆓御食津大神㆒。故、於㆑今謂㆓氣比大神㆒也。亦其入鹿魚之鼻血臰。故、號㆓其浦㆒謂㆓血浦㆒。今謂㆓都奴賀㆒也。

於㆑是還上坐時、其御祖息長帶日賣命、釀㆓待酒㆒以獻。爾其御祖御歌曰、

許能美岐波　和賀美岐那良受　久志能加美　登許余邇伊麻須　伊波多多須　須久那美迦微能　加牟菩岐　本岐玖流本斯　登余本岐　本岐母登本斯　麻都理許斯美岐叙阿佐受袁勢　佐佐（四〇）

如㆑此歌而、獻㆓大御酒㆒。爾建內宿禰命、爲㆓御子㆒答歌曰、

許能美岐袁　迦美祁牟比登波　曾能都豆美　宇須邇多弖弖　宇多比都都　迦美祁禮加母　麻比都都　迦美祁禮加母　許能美岐能　美岐能　阿夜邇宇多陀怒斯　佐佐（四一）

此者酒樂之歌也。

凡帶中津日子天皇之御年、伍拾貳歲。（壬戌年六月十一日崩也。）御陵在㆓河內惠賀之長江㆒也。（皇后御年一百歲崩。葬㆓于

狭城楯列陵㆒也。

応神天皇

品陀和氣命、坐㆓輕嶋之明宮㆒、治㆓天下㆒也。此天皇、娶㆓品陀眞若王品陀二字以㆑音。之女、三柱女王㆒。一名高木之入日賣命。次中日賣命。次弟日賣命。此女王等之父、品陀眞若王者、五百木之入日子命、娶㆓尾張連之祖、建伊那陀宿禰之女、志理都紀斗賣㆒生子者也。故、高木之入日賣之子、額田大中日子命。次大山守命。次伊奢之眞若命。伊奢二字以㆑音。次妹大原郎女。次高目郎女。五柱中日賣命之御子、木之荒田郎女。次大雀命。次根鳥命。三柱弟日賣命之御子、阿倍郎女。次阿具知能此四字以㆑音。三腹郎女。次木之菟野郎女。次三野郎女。五柱又娶㆓丸邇之比布禮能意富美之女、自㆑比至㆑美以㆑音。名宮主矢河枝比賣㆒、生御子、宇遲能和紀郎子。次妹八田若郎女。次女鳥王。三柱又娶㆓其矢河枝比賣之弟、袁那辨郎女㆒、生御子、宇遲之若郎女。一柱又娶㆓咋俣長日子王之女、息長眞若中比賣㆒、生御子、若沼毛二俣王。一柱又娶㆓櫻井田部連之祖、嶋垂根之女、糸井比賣㆒、生御子、速總別命。一柱又娶㆓日向之泉長比賣㆒、生御子、大羽江王。次小羽江王。次幡日之若郎女。三柱又娶㆓迦具漏比賣㆒、生御子、川原田郎女。次玉郎女。次忍坂大中比賣。次登富志郎女。次迦多遲王。五柱又娶㆓葛城之野伊呂賣㆒此三字以㆑音。生御子、伊奢能麻和迦王。一柱此天皇之御子等、并廿六王。男王十一、女王十五。此中、大雀命者、治㆓天下㆒也。

於レ是天皇、問三大山守命與二大雀命一詔、汝等者、孰三愛兄子與二弟子一。天皇所三以發二是問一者、宇遲能和紀郎子有下令レ治二天下一之心上也。爾大山守命白レ愛二兄子一。次大雀命、知下天皇所二問賜一之大御情上而白、兄子者、既成レ人、是無レ悒。弟子者、未レ成レ人、是愛。爾天皇詔、佐邪岐、阿藝之言、自レ佐至レ藝五字以レ音。如二我所一レ思。卽詔別者、大山守命爲二山海之政一。大雀命執二食國之政一以白賜。宇遲能和紀郎子所レ知二天津日繼一也。故、大雀命者、勿レ違二天皇之命一也。

一時、天皇越二幸近淡海國一之時、御二立宇遲野上一、望二葛野一歌曰、

知婆能　加豆怒袁美禮婆　毛毛知陀流　夜邇波母美由　久爾能富母美由（四二）

故、到二坐木幡村一之時、麗美孃子、遇二其道衢一。爾天皇問二其孃子一曰、汝者誰子、答白、丸邇之比布禮能意富美之女、名宮主矢河枝比賣。天皇卽詔二其孃子一、吾明日還幸之時、入二坐汝家一。故、矢河枝比賣、委曲語二其父一。於レ是父答曰、是者天皇坐那理。此二字以レ音。恐之、我子仕奉云而、嚴二餝其家一候待者、明日入坐。故、獻二大御饗一之時、其女矢河枝比賣命、令レ取二大御酒盞一而獻。於レ是天皇、任レ令レ取二其大御酒盞一而御歌曰、

許能迦邇夜　伊豆久能迦邇　毛毛豆多布　都奴賀能迦邇　余許佐良布　伊豆久邇伊多流　伊知遲志麻　美志麻邇斗岐　美本杼理能　迦豆伎伊岐豆岐　志那陀由布　佐佐那美遲袁　須久須久登　和賀伊麻勢婆夜　許波多能美知邇　阿波志斯袁登賣　宇

斯呂傳波　袁陀弖呂迦母　波那美波　志比比斯那須　伊知比韋能　和邇佐能邇袁
波都邇波　波陀阿可良氣美　志波邇波　邇具漏岐由惠　美都具理能　曾能那迦都爾
袁　加夫都久　麻肥邇波阿弖受　麻用賀岐　許邇加岐多禮　阿波志斯袁美那　迦母
賀登　和賀美斯古良　迦久母賀登　阿賀美斯古邇　宇多多氣陀邇　牟迦比袁流迦母
伊蘇比袁流迦母（四三）

如レ此御合、生御子、宇遲能和紀自レ宇下五字以レ音。郎子也。

天皇聞二看日向國諸縣君之女、名髮長比賣、其顏容麗美一、將レ使而喚上之時、其太子大雀命、見三其孃子泊二于難波津一而、感二其姿容之端正一、卽誂二告建內宿禰大臣一、是自二日向一喚上之髮長比賣者、請二白天皇之大御所一而、令レ賜二於吾一。爾建內宿禰大臣、請二大命一者、天皇卽以二髮長比賣一、賜二于其御子一。所レ賜狀者、天皇聞二看豐明一之日、於二髮長比賣一令レ握二大御酒柏一、賜二其太子一。爾御歌曰、

伊邪古杼母　怒毘流都美邇　比流都美邇　和賀由久美知能　迦具波斯　波那多知婆
那波　本都延波　登理韋賀良斯　志豆延波　比登登理賀良斯　美都具理能　那迦都
延能　本都毛理　阿迦良袁登賣袁　伊邪佐佐婆　余良斯那（四四）

又御歌曰、

美豆多麻流　余佐美能伊氣能　韋具比宇知賀　佐斯祁流斯良邇　奴那波久理　波閇祁久斯良邇　和賀許許呂志叙　伊夜袁許邇斯弖　伊麻叙久夜斯岐(四五)

如レ此歌而賜也。故、被レ賜二其孃子一之後、太子歌曰、

美知能斯理　古波陀袁登賣袁　迦微能碁登　岐許延斯迦杼母　阿比麻久良麻久(四六)

又歌曰、

美知能斯理　古波陀袁登賣波　阿良蘇波受　泥斯久袁斯叙母　宇流波志美意母布(四七)

又吉野之國主等、瞻二大雀命之所レ佩御刀一歌曰、

本牟多能　比能美古　意富佐邪岐　意富佐邪岐　波加勢流多知　母登都流藝　須惠布由　布由紀能須　加良賀志多紀能　佐夜佐夜(四八)

又於二吉野之白檮上一、作二横臼一而、於二其横臼一釀二大御酒一、獻二其大御酒一之時、擊二口鼓一爲レ伎而歌曰、

加志能布邇　余久須袁都久理　余久須邇　迦美斯意富美岐　宇麻良爾　岐許志母知袁勢　麻呂賀知(四九)

此歌者、國主等獻二大贄一之時時、恒至二于今一詠之歌者也

此之御世、定二賜海部、山部、山守部、伊勢部一也。亦作二劒池一。亦新羅人參渡來。是以建內宿禰命引率、爲レ役二之堤池一而、作二百濟池一。亦百濟國主照古王、以二牡馬壹疋、牝馬壹疋一、付二阿知吉師一以貢上。（此阿知吉師者、阿直史等之祖。）亦貢二上橫刀及大鏡一。又科下賜百濟國、若有二賢人一者貢上上。故、受レ命以貢上人、名和邇吉師。卽論語十卷、千字文一卷、幷十一卷、付二是人一卽貢進。（此和爾吉師者、文首等祖。）又貢二上手人韓鍛、名卓素、亦吳服西素二人一也。又秦造之祖、漢直之祖、及知レ釀レ酒人、名仁番、亦名須須許理等參渡來也。故、是須須許理、釀二大御酒一以獻。於レ是天皇、宇二羅一宜是所レ獻之大御酒二而、（宇羅下三字以レ音。）御歌曰、

須須許理賀　迦美斯美岐邇　和禮惠比邇祁理　許登那具志　惠具志爾　和禮惠比邇祁理（五〇）

如レ此歌幸行時、以二御杖一打二大坂道中之大石一者、其石走避。故、諺曰三堅石避二醉人一也。

故、天皇崩之後、大雀命者、從二天皇之命一、以二天下一讓二宇遲能和紀郎子一。於レ是大山守命者、違二天皇之命一、猶欲レ獲二天下一、有下殺二其弟皇子一之情上、竊設レ兵將レ攻。爾大雀命、聞二其兄備レ兵、卽遣二使者一、令レ告二宇遲能和紀郎子一。故、聞驚以レ兵伏二河邊一、亦其山之上、張二絁垣一立二帷幕一、詐以二舍人一爲レ王、露坐二吳床一、百官恭敬往來之狀、既如二王子之坐所一而、更爲二其兄王渡レ河之時一、具二餝船檝一者、舂二佐那（此二字以レ音。）葛之根一、取二其汁滑一而、

塗二其船中之簀椅一、設二蹈應一レ仆而、其王子者、服二布衣褌一、既爲二賤人之形一、執レ檝立レ船。於レ是其兄王、隱二伏兵士一、衣中服レ鎧、到二於河邊一、將レ乘レ船時、望二其嚴餝之處一、以二爲弟王坐二其吳床一、都不レ知二執レ檝而立一レ船、卽問二其執檝者一曰、傳二聞兹山有二忿怒之大猪一。吾欲レ取二其猪一。若獲二其猪一乎。爾執檝者、答二曰不一レ能也。亦問二曰何由一、答曰、時時也往往也、雖レ爲レ取而不レ得。是以白レ不レ能也。渡二到河中一之時、令レ傾二其船一、墮二入水中一。爾乃浮出、隨レ水流下。卽流歌曰、

知波夜夫流　宇遲能和多理邇　佐袁斗理邇　波夜祁牟比登斯　和賀毛古邇許牟（五一）

於レ是伏二隱河邊一之兵、彼廂此廂、一時共興、矢刺而流。故、到二訶和羅之前一而沈入。訶和羅三字以レ音。故、以レ鉤探二其沈處一者、繫二其衣中甲一而、訶和羅鳴。故、號二其地一謂二訶和羅前一也。爾掛二出其骨一之時、弟王歌曰、

知波夜比登　宇遲能和多理邇　和多理是邇　多弖流　阿豆佐由美麻由美　伊岐良牟登　許許呂波母閇杼　伊斗良牟登　許許呂波母閇杼　母登幣波　岐美袁淤母比傳　須惠幣波　伊毛袁淤母比傳　伊良那祁久　曾許爾淤母比傳　加那志祁久　許許爾淤母比傳　伊岐良受曾久流　阿豆佐由美麻由美（五二）

故、其大山守命之骨者、葬二于那良山一也。是大山守命者、土形君、幣岐君、榛原君等之祖。

於レ是大雀命與二宇遲能和紀郎子一二柱、各讓二天下一之間、海人貢二大贄一。爾兄辭令レ貢二於弟一、弟辭令レ貢二於兄一、相讓之間、既經二多日一。如レ此相讓、非二一二時一。故、海人既疲二往還一而泣也。故、諺曰下海人乎、因二己物一而泣上也。然宇遲能和紀郎子者早崩。故、大雀命、治二天下一也。

又昔、有二新羅國主之子一。名謂二天之日矛一。是人參渡來也。所二以參渡來一者、新羅國有二一沼一。名謂二阿具奴摩一。（自レ阿下四字以レ音。）此沼之邊、一賤女晝寢。於レ是日耀レ如レ虹、指二其陰上一、亦有二一賤夫一、思レ異二其狀一、恒伺二其女人之行一。故、是女人、自二其晝寢時一、妊身、生二赤玉一。爾其所レ伺賤夫、乞レ取二其玉一、恒裹著レ腰。此人營二田於山谷之間一。故、耕人等之飲食、負二一牛一而、入二山谷之中一、遇二逢其國主之子、天之日矛一。爾問二其人一曰、何汝飲食負レ牛入二山谷一。汝必殺二食是牛一。卽捕二其人一、將レ入二獄囚一、其人答曰、吾非レ殺レ牛。唯送二田人之食一耳。然猶不レ赦。爾解二其腰之玉一、幣二其國主之子一。故、赦二其賤夫一、將二來其玉一、置二於床邊一、卽化二美麗孃子一。仍婚爲二嫡妻一。爾其孃子、常設二種種之珍味一、恒食二其夫一。故、其國主之子、心奢詈レ妻、其女人言、凡吾者、非下應レ爲二汝妻一之女上。將レ行二吾祖之國一。卽竊乘二小船一、逃遁渡來、留二于難波一。（此者坐二難波之比賣碁曾社一、謂二阿加流比賣神一者也。）於レ是天之日矛、聞二其妻遁一、乃追渡來、將レ到二難波一之間、其渡之神、塞以不レ入。故、更還泊多遲摩國。卽留其國而、娶多遲摩之俣尾之女、名前津見、生子、多遲摩母呂須玖。此之子、多遲摩斐泥。此之子、多遲摩比那良岐。此之子、多遲麻毛理。次多遲摩比多訶。次淸日子。三柱 此淸日子、娶當摩之咩斐、生子、酢鹿之諸男。次妹菅竈上由良度美。此四字以音。故、上云多遲摩比多訶、娶其姪、由良度美、生子、葛城之高額比賣命。此者息長帶比賣命之御祖。故、其天之日矛持渡來物者、玉津寶云而、珠二貫。又振浪比禮、比禮二字以音。下效此。切浪比禮、振風比禮、切風比禮。又奧津鏡、邊津鏡、幷八種也。此者伊豆志之八前大神也。

故、茲神之女、名伊豆志袁登賣神坐也。故、八十神雖欲得是伊豆志袁登賣、皆不得婚。於是有二神。兄號秋山之下氷壯夫、弟名春山之霞壯夫。故、其兄謂其弟、吾雖乞伊豆志袁登賣、不得婚。汝得此孃子乎、答曰易得也。爾其兄曰、若汝有得此孃子者、避上下衣服、量身高而釀甕酒、亦山河之物、悉備設、爲宇禮豆玖云爾。自宇至玖以音。下效此。爾其弟、如兄言具白其母、卽其母、取布遲葛而、布遲二字以音。一宿之間、織縫衣褌及襪沓、亦作弓矢、令服其衣褌等、令取其弓矢、遣其孃子之家者、其衣服及弓矢、悉成藤花。於是其春山之霞壯夫、以其弓矢、繫孃子之厠。爾伊豆志袁登賣、思異其花、將來之時、立其孃子之後、入其屋卽婚。故、生一子也。爾白其兄曰、吾者得伊豆志袁登賣。於是其兄、慷慨弟之婚以、不償其宇禮豆玖之物一。爾愁白二其母一之時、御祖答曰、我御世之事、能許曾此二字以レ音。神習。又宇都志岐青人草習乎、不レ償二其物一。恨二其兄子一、乃取二其伊豆志河之河嶋一節竹一而、作二八目之荒籠一、取二其河石一、合レ鹽而裹二其竹葉一、令レ詛言、如二此竹葉青一、如二此竹葉萎一而青萎。又如二此鹽之盈乾一而盈乾。又如二此石之沈一而沈臥。如レ此令レ詛置二於烟上一。是以其兄、八年之間、干萎病枯。故、其兄患泣、請二其御祖一者、卽令レ返二其詛戸一。於レ是其身如レ本以安平也。此者神宇禮豆玖之言本者也。

又此品陀天皇之御子、若野毛二俣王、娶二其母弟、百師木伊呂辨、亦名弟日賣眞若比賣命一、生子、大郎子。亦名意富富杼王。次忍坂之大中津比賣命。次田井之中比賣。次田宮之中比賣。次藤原之琴節郎女。次取上賣王。次沙禰王。七王故、意富富杼王者、三國君、波多君、息長坂君、酒人君、山道君、筑紫之末多君、布勢君等之祖也。又根鳥王、娶二庶妹三腹郎女一、生子、中日子王。次伊和嶋王。二柱

又堅石王之子者、久奴王也。

凡此品陀天皇御年、壹佰參拾歲。甲午年九月九日崩。御陵在二川內惠賀之裳伏岡一也。

古事記　下巻

起二大雀皇帝一盡二豐御食炊屋比賣命一凡十九天皇

仁徳天皇

大雀命、坐二難波之高津宮一、治二天下一也。此天皇、娶二葛城之曾都毘古之女、石之日賣命一大后生御子、大江之伊邪本和氣命。次墨江之中津王。次蝮之水齒別命。次男淺津間若子宿禰命。四柱又娶二上云日向之諸縣君牛諸之女、髮長比賣一、生御子、波多毘能大郎子、自レ波下四字以レ音。下效レ此。亦名大日下王。次波多毘能若郎女、亦名長日比賣命、亦名若日下部命。二柱又娶二庶妹八田若郎女一。又娶二庶妹宇遲能若郎女一。此之二柱、無二御子一也。此大雀天皇之御子等、幷六王。男王五柱、女王一柱。故、伊邪本和氣命者、治二天下一。次蝮之水齒別命亦、治二天下一。次男淺律間若子宿禰命亦、治二天下一也。此天皇之御世、爲二大后石之日賣命之御名代一、定二葛城部一、亦爲二太子伊邪本和氣命之御名代一、定二壬生部一、亦爲二水齒別命之御名代一、定二蝮部一、亦爲二大日下王之御名代一、定二大日下部一、爲二若日下部王之御名代一、定二若日下部一。又役二秦人一作二茨田堤及茨田三宅一、又作二丸邇池、依網池一、又掘二難波之堀江一而通レ海、又掘二小椅江一、又定二墨江之津一。

於レ是天皇、登二高山一見二四方之國一詔之、於二國中一烟不レ發。國皆貧窮。故、自レ今至二三年一、悉除二人民之課役一。是以大殿破壞、悉雖二雨漏一、都勿二脩理一、以レ椷受二其漏雨一、遷二避于不レ漏處一。後見二國中一、於レ國滿レ烟。故、爲二人民富一、今科二課役一。是以百姓之榮、不レ苦二役使一。故、稱二其御世一、謂二聖帝世一也。

其大后石之日賣命、甚多嫉妬。故、天皇所レ使之妾者、不レ得二臨宮中一、言立者、足母阿賀迦邇嫉妬。自レ母下五字以レ音。爾天皇、聞二看吉備海部直之女、名黑日賣、其容姿端正一、喚上而使也。然畏二其大后之嫉一、逃二下本國一。天皇坐二高臺一、望二瞻其黑日賣之船出レ浮レ海以歌曰、

淤岐幣邇波　袁夫泥都羅羅玖　久漏邪夜能　摩佐豆古和藝毛　玖邇幣玖陀良須（五三）

故、大后聞二是之御歌一、大忿、遣二人於大浦一、追下而、自レ歩追去。於レ是天皇、戀二其黑日賣一、欺二大后一曰、欲レ見二淡道嶋一而、幸行之時、坐二淡道嶋一、遙望歌曰、

淤志弖流夜　那爾波能佐岐用　伊傳多知弖　和賀久邇美禮婆　阿波志摩　淤能碁呂志摩　阿遲摩佐能　志麻母美由　佐氣都志摩美由（五四）

乃自二其嶋一傳而、幸二行吉備國一。爾黑日賣、令レ大二坐其國之山方地一而、獻二大御飯一。於レ是爲レ煮二大御羹一、採二其地之菘菜一時、天皇到二坐其孃子之採レ菘處一歌曰、

夜麻賀多邇　麻祁流阿袁那母　岐備比登登　等母邇斯都米婆　多怒斯久母阿流迦

（五五）

天皇上幸之時、黑日賣獻二御歌一曰、

夜麻登幣邇　爾斯布岐阿宜弖　玖毛婆那禮　曾岐袁理登母　和禮和須禮米夜（五六）

又歌曰、

夜麻登幣邇　由玖波多賀都麻　許母理豆能　志多用波閇都都　由久波多賀都麻（五七）

自レ此後時、大后爲レ將二豐樂一而、於レ採二御綱柏一、幸二行木國一之間、天皇婚二八田若郎女一。於レ是大后、御綱柏積二盈御船一、還幸之時、所レ駈二使於水取司一、吉備國兒嶋之仕丁、是退二己國一、於二難波之大渡一、遇二所レ後倉人女之船一。乃語云、天皇者、比日婚二八田若郎女一而、晝夜戲遊、若大后不レ聞二看此事一乎、靜遊幸行。爾其倉人女、聞二此語言一、卽追二近御船一、白二之狀具如二仕丁之言一。於レ是大后大恨怒、載二其御船一之御綱柏者、悉投二棄於海一。故、號二其地一謂二御津前一也。卽不レ入二坐宮一而、引二避其御船一、泝二於堀江一、隨レ河而上二幸山代一。此時歌曰、

都藝泥布夜　夜麻志呂賀波袁　迦波能煩理　和賀能煩禮婆　迦波能倍邇　淤斐陀弖流　佐斯夫袁　佐斯夫能紀　斯賀斯多邇　淤斐陀弖流　波毘呂　由都麻都婆岐　斯賀波那能　弖理伊麻斯　芝賀波能　比呂理伊麻須波　淤富岐美呂迦母（五八）

卽自二山代一廻、到二坐那良山口一歌曰、

都藝泥布夜　夜麻斯呂賀波袁　美夜能煩理　和賀能煩禮婆　阿袁邇余志　那良袁須
疑　袁陀弖　夜麻登袁須疑　和賀美賀本斯久邇波　迦豆良紀多迦美夜　和藝幣能阿
多理（五九）

如レ此歌而還、暫入二坐筒木韓人、名奴理能美之家一也。

天皇聞下看大后自二山代一上幸上而、使下舎人名謂二鳥山一人上、送二御歌一曰、

夜麻斯呂邇　伊斯祁登理夜麻　伊斯祁伊斯祁　阿賀波斯豆摩邇　伊斯岐阿波牟迦母
（六〇）

又續遣二丸邇臣口子一而歌曰、

美母呂能　曾能多迦紀那流　意富韋古賀波良　意富韋古賀　波良邇阿流　岐毛牟加
布　許許呂袁陀邇迦　阿比淤母波受阿良牟（六一）

又歌曰、

都藝泥布　夜麻志呂賣能　許久波母知　宇知斯淤富泥　泥土漏能　斯漏多陀牟岐
麻迦受祁婆許曾　斯良受登母伊波米（六二）

故、是口子臣、白二此御歌一之時、大雨。爾不レ避二其雨一、參二伏前殿戸一者、違出二後戸一、

參二伏後殿戶一者、違出二前戶一。爾匍匐進赴、跪二于庭中一時、水潦至レ腰。其臣服下著二紅紐一青摺衣上。故、水潦拂二紅紐一、青皆變二紅色一。爾口子臣之妹、口日賣、仕二奉大后一。故、是口日賣歌曰、

夜麻志呂能　都都紀能美夜邇　母能麻袁須　阿賀勢能岐美波　那美多具麻志母（六三）

爾大后問二其所由一之時、答白、僕之兄、口子臣也。

於レ是口子臣、亦其妹口比賣、及奴理能美、三人議而令レ奏二天皇一云、大后幸-行所-以者、奴理能美之所レ養虫、一度爲二匐虫一、一度爲レ鼓、一度爲二飛鳥一、有下變二三色一之奇虫上。看二行此虫一而入坐耳。更無二異心一。如レ此奏時、天皇詔、然者吾思二奇異一。故、欲二見行一。自二大宮一上幸行、入二坐奴理能美之家一時、其奴理能美、己所レ養之三種虫、獻二於大后一。爾天皇、御二立其大后所レ坐殿戶一、歌曰、

都藝泥布　夜麻斯呂賣能　許久波母知　宇知斯意富泥　佐和佐和爾　那賀伊幣勢許曾　宇知和多須　夜賀波延那須　岐伊理麻韋久禮（六四）

此天皇與二大后一所レ歌之六歌者、志都歌之歌返也。

天皇戀二八田若郎女一、賜二遣御歌一。其歌曰、

夜多能　比登母登須宜波　古母多受　多知迦阿禮那牟　阿多良須賀波良　許登袁許

曾　須宜波良登伊波米　阿多良須賀志賣(六五)

爾八田若郎女、答歌曰、

夜多能　比登母登須宜波　比登理袁理登母　意富岐彌斯　與斯登岐許佐婆　比登理袁理登母(六六)

故、爲二八田若郎女之御名代一、定二八田部一也。

天皇、以二其弟速總別王一爲レ媒而、乞二庶妹女鳥王一。爾女鳥王、語二速總別王一曰、因二大后之强一、不レ治二賜八田若郎女一。故、思レ不二仕奉一。吾爲二汝命之妻一。卽相婚。是以速總別王不二復奏一。爾天皇、直二幸女鳥王之所一坐而、坐二其殿戸之閾上一。於レ是女鳥王、坐レ機而織レ服。爾天皇歌曰、

賣杼理能　和賀意富岐美能　淤呂須波多　他賀多泥呂迦母(六七)

女鳥王、答歌曰、

多迦由久夜　波夜夫佐和氣能　美淤須比賀泥(六八)

故、天皇知二其情一、還二入於宮一。此時、其夫速總別王、到來之時、其妻女鳥王歌曰、

比婆理波　阿米邇迦氣流　多迦由玖夜　波夜夫佐和氣　佐邪岐登良佐泥(六九)

天皇聞二此歌一、卽興レ軍欲レ殺。爾速總別王、女鳥王、共逃退而、騰二于倉椅山一。於レ是速

總別王歌曰、

　波斯多弖能　久良波斯夜麻袁　佐賀志美登　伊波迦伎加泥弖　和賀弖登良須母（七〇）

又歌曰、

　波斯多弖能　久良波斯夜麻波　佐賀斯祁杼　伊毛登能煩禮波　佐賀斯玖母阿良受

（七一）

故、自二其地一逃亡、到二宇陀之蘇邇一時、御軍追到而殺也。

其將軍山部大楯連、取下其女鳥王所レ纏二御手一之玉釧上而與二己妻一。此時之後、將レ爲二豐樂一之時、氏氏之女等、皆朝參。爾大楯連之妻、以二其王之玉釧一、纏二于己手一而參赴。於レ是大后石之日賣命、自取二大御酒柏一、賜二諸氏氏之女等一。爾大后見二知其玉釧一、不レ賜二御酒柏一、乃引退、召二出其夫大楯連一以詔之、其王等、因レ无レ禮而退賜。是者無二異事一耳。夫之奴乎、所レ纏二己君之御手一玉釧、於二膚熅一剝持來、卽與二己妻一、乃給二死刑一也。

亦一時、天皇爲レ將二豐樂一而、幸二行日女嶋一之時、於二其嶋一鴈生レ卵。爾召二建內宿禰命一、以レ歌問二鴈生レ卵之狀一。其歌曰、

　多麻岐波流　宇知能阿曾　那許曾波　余能那賀比登　蘇良美都　夜麻登能久邇爾

　加理古牟登岐久夜（七二）

於レ是建內宿禰、以レ歌語白、

　多迦比迦流　比能美古　宇倍志許曾　斗比多麻閇　麻許曾邇　斗比多麻閇　阿禮許曾波　余能那賀比登　蘇良美都　夜麻登能久邇爾　加理古牟登　伊麻陀岐加受（七三）

如レ此白而、被レ給二御琴一歌曰、

　那賀美古夜　都毘邇斯良牟登　加理波古牟良斯（七四）

此者本岐歌之片歌也。

此之御世、免寸河之西、有二一高樹一。其樹之影、當二旦日一者、逮二淡道嶋一、當二夕日一者、越二高安山一。故、切二是樹一以作レ船、甚捷行之船也。時號二其船一謂二枯野一。故、以二是船一旦夕酌二淡道嶋之寒泉一、獻二大御水一也。茲船破壞以燒レ鹽、取二其燒遺木一作レ琴、其音響二七里一。爾歌曰、

　加良怒袁　志本爾夜岐　斯賀阿麻理　許登爾都久理　加岐比久夜　由良能斗能　斗那加能伊久理爾　布禮多都　那豆能紀能　佐夜佐夜（七五）

此者志都歌之歌返也。

此天皇御年、捌拾參歲。丁卯年八月十五日崩也。御陵在二毛受之耳上原一也。

履中天皇

子、伊邪本和氣命、坐伊波禮之若櫻宮、治天下也。此天皇、娶葛城之曾都毘古之子、葦田宿禰之女、名黑比賣命、生御子、市邊之忍齒王。次御馬王。次妹青海郎女、亦名飯豐郎女。三柱

本坐難波宮之時、坐大嘗而爲豐明之時、於大御酒宇良宜而大御寢也。爾其弟墨江中王、欲取天皇以火著大殿。於是倭漢直之祖、阿知直盜出而、乘御馬令幸於倭。故、到于多遲比野而寤、詔此間者何處。爾阿知直白、墨江中王、火著大殿。故、率逃於倭。爾天皇歌曰、

多遲比怒邇　泥牟登斯理勢婆　多都碁母母　母知弖許麻志母能　泥牟登斯理勢婆

(七六)

到於波邇賦坂、望見難波宮、其火猶炳。爾天皇亦歌曰、

波邇布邪迦　和賀多知美禮婆　迦藝漏肥能　毛由流伊幣牟良　都麻賀伊幣能阿多理

(七七)

故、到幸大坂山口之時、遇一女人。其女人白之、持兵人等、多塞茲山。自當岐麻道、廻應越幸。爾天皇歌曰、

淤富佐迦邇　阿布夜袁登賣袁　美知斗閇婆　多陀邇波能良受　當藝麻知袁能流（七八）

故、上幸坐二石上神宮一也。

於レ是其伊呂弟水齒別命參赴令レ謁。爾天皇令レ詔、吾疑下汝命若與二墨江中王一同心上乎。故、不二相言一。答白、僕者無二穢邪心一。亦不レ同二墨江中王一。亦令レ詔、然者今還下而、殺二墨江中王一而上來。彼時吾必相言。故、卽還二下難波一、欺下所レ近二習墨江中王一之隼人、名曾婆加理上云、若汝從二吾言一者、吾爲二天皇一、汝作二大臣一、治二天下一那何。曾婆訶理答二白隨一レ命。爾多祿給二其隼人一曰、然者殺二汝王一也。於レ是曾婆訶理、竊二伺己王入一レ厠、以レ矛刺而殺也。故、率二曾婆訶理一、上二幸於倭一之時、到二大坂山口一以爲、曾婆訶理、爲レ吾雖レ有二大功一、既殺二己君一是不レ義。然不レ賽二其功一、可レ謂レ無レ信。既行二其信一、還惶二其情一。故、雖レ報二其功一、滅二其正身一。是以詔二曾婆訶理一、今日留二此間一而、先給二大臣位一、明日上幸、留二其山口一、卽造二假宮一、忽爲二豐樂一、乃於二其隼人一賜二大臣位一、百官令レ拜、隼人歡喜、以二爲遂一レ志。爾詔二其隼人一、今日與二大臣一飮二同盞酒一、共飮之時、隱レ面大鋺、盛二其進酒一。於レ是王子先飮、隼人後飮。故、其隼人飮時、大鋺覆レ面。爾取下出置二席下一之劒上、斬二其隼人之頸一、乃明日上幸。故、號二其地一謂二近飛鳥一也。上到二于倭一詔之、今日留二此間一、爲二祓禊一而、明日參出、將レ拜二神宮一。故、號二其地一謂二遠飛鳥一也。故、參二出石上神宮一、令レ奏二天皇一、政既平訖參上侍之。爾召入而相語也。天皇、於レ是以二阿知直一、始任二藏官一、亦給二粮地一。

亦此御世、於二若櫻部臣等一、賜二若櫻部名一、又比賣陀君等、賜レ姓謂二比賣陀之君一也。亦定二伊波禮部一也。天皇之御年、陸拾肆歲。壬申年正月三日崩。御陵在二毛受一也。

反正天皇

弟、水齒別命、坐二多治比之柴垣宮一、治二天下一也。此天皇、御身之長、九尺二寸半。御齒長一寸廣二分、上下等齊、既如レ貫レ珠。天皇、娶二丸邇之許碁登臣之女、都怒郎女一、生御子、甲斐郎女。次都夫良郎女。二柱又娶二同臣之女、弟比賣一、生御子、財王。次多訶辨郎女。并四王也。天皇之御年、陸拾歲。丁丑年七月崩。御陵在二毛受野一也。

允恭天皇

弟、男淺津間若子宿禰命、坐二遠飛鳥宮一、治二天下一也。此天皇、娶二意富本杼王之妹、忍坂之大中津比賣命一、生御子、木梨之輕王。次長田大郎女。次境之黑日子王。次穴穗命。次輕大郎女、亦名衣通郎女。御名所三以負二衣通王一者、其身之光自レ衣通出也。次八瓜之白日子王。次大長谷命。次橘大郎命。次酒見郎女。九柱凡天皇之御子等、九柱。男王五、女王四。此九王之中、穴穗命者、治二天下一也。次大長谷命、治二天下一也。

天皇初爲レ將レ所レ知二天津日繼一之時、天皇辭而詔之、我者有二一長病一。不レ得レ所レ知二日繼一。然大后始而、諸卿等、因二堅奏一而、乃治二天下一。此時、新良國主、貢二進御調八十一艘一。爾御調之大使、名云二金波鎮漢紀武一、此人深知二藥方一。故、治二差帝皇之御病一。於レ是天皇、愁二天下氏氏名名人等之氏姓忤過一而、於二味白檮之言八十禍津日前一、居二玖訶瓮一而、玖訶二字以レ音。定二賜天下之八十友緒氏姓一也。又爲二木梨之輕太子御名代一、定二輕部一、爲二大后御名代一、定二刑部一、爲二大后之弟、田井中比賣御名代一、定二河部一也。天皇御年、漆拾捌歲。甲午年正月十五日崩。御陵在二河内之惠賀長枝一也。

天皇崩之後、定二木梨之輕太子所レ知二日繼一、未レ卽レ位之間、姧二其伊呂妹輕大郎女一而歌曰、

阿志比紀能　夜麻陀袁豆久理　夜麻陀加美　斯多備袁和志勢　志多杼比爾　和賀登布伊毛袁　斯多那岐爾　和賀那久都麻袁　許存許曾婆　夜須久波陀布禮（七九）

此者志良宜歌也。又歌曰、

佐佐婆爾　宇都夜阿良禮能　多志陀志爾　韋泥弖牟能知波　比登波加由登母　宇流波斯登　佐泥斯佐泥弖婆　加理許母能　美陀禮婆美陀禮　佐泥斯佐泥弖婆（八〇）

此者夷振之上歌也。

是以百官及天下人等、背二輕太子一而、歸二穴穗御子一。爾輕太子畏而、逃二入大前小前宿禰大臣之家一而、備二作兵器一。爾時所レ作矢者、銅二其箭之内一。故號二其矢一謂二輕箭一也。穴穗御子亦作二兵器一。此王子所レ作之矢者、即今時之矢者也。是謂二穴穗箭一也。於レ是穴穗御子、興レ軍圍二大前小前宿禰之家一。爾到二其門一時、零二大氷雨一。故、歌曰、

意富麻幣　袁麻幣須久泥賀　加那斗加宜　加久余理許泥　阿米多知夜米牟（八一）

爾其大前小前宿禰、舉レ手打レ膝、儛訶那傳、自レ訶下三字以レ音。歌參來。其歌曰、

美夜比登能　阿由比能古須受　淤知爾岐登　美夜比登登余牟　佐斗毘登母由米（八二）

此歌者、宮人振也。如レ此歌參歸白之、我天皇之御子、於二伊呂兄王一、無レ及レ兵。若及レ兵者、必人咲。僕捕以貢進。爾解レ兵退坐。故、大前小前宿禰、捕二其輕太子一、率參出以貢進。其太子被レ捕歌曰、

阿麻陀牟　加流乃袁登賣　伊多那加婆　比登斯理奴倍志　波佐能夜麻能　波斗能
斯多那岐爾那久（八三）

又歌曰、

阿麻陀牟　加流袁登賣　志多多爾母　余理泥弖登富禮　加流袁登賣杼母（八四）

故、其輕太子者、流二於伊余湯一也。亦將レ流之時、歌曰、

阿麻登夫　登理母都加比曾　多豆賀泥能　岐許延牟登岐波　和賀那斗波佐泥（八五）

此三歌者、天田振也。又歌曰、

意富岐美袁　斯麻爾波夫良婆　布那阿麻理　伊賀幣理許牟叙　和賀多多彌由米　許登袁許曾　多多美登伊波米　和賀都麻波由米（八六）

此歌者、夷振之片下也。其衣通王獻レ歌。其歌曰、

那都久佐能　阿比泥能波麻能　加岐賀比爾　阿斯布麻須那　阿加斯弖杼富禮（八七）

故、後亦不レ堪二戀慕一而、追往時、歌曰、

岐美賀由岐　氣那賀久那理奴　夜麻多豆能　牟加閇袁由加牟　麻都爾波麻多士　此云二山多豆一者、是今造木者也。（八八）

故、追到之時、待懷而歌曰、

許母理久能　波都世能夜麻能　意富袁爾波　波多波理陀弖　佐袁袁爾波　波多波理陀弖　意富袁爾斯　那加佐陀賣流　淤母比豆麻阿波禮　都久由美能　許夜流許夜理母　阿豆佐由美　多弖理多弖理母　能知母登理美流　意母比豆麻阿波禮（八九）

又歌曰、

許母理久能　波都勢能賀波能　加美都勢爾　伊久比袁宇知　斯毛都勢爾　麻久比袁宇知　伊久比爾波　加賀美袁加氣　麻久比爾波　麻多麻袁加氣　麻多麻那須　阿賀

母布伊毛　加賀美那須　阿賀母布都麻　阿理登伊波婆許曾爾　伊幣爾母由加米　久
爾袁母斯怒波米（九〇）

如レ此歌、卽共自死。故、此二歌者、讀歌也。

安康天皇

御子、穴穗御子、坐二石上之穴穗宮一、治二天下一也。天皇爲二伊呂弟大長谷王子一而、坂本臣等之祖、根臣、遣二大日下王之許一、令レ詔者、汝命之妹、若日下王、欲レ婚二大長谷王子一。故、可レ貢。爾大日下王、四拜白之、若疑レ有二如レ此大命一。故、不レ出レ外以置也。是恐、隨二大命一奉進。然言以白事、其思レ无レ禮、卽爲二其妹之禮物一、令レ持二押木之玉縵一而貢獻。根臣、卽盜二取其禮物之玉縵一、讒二大日下王一曰、大日下王者、不レ受二勅命一曰、己妹乎、爲二等族之下席一而、取二横刀之手上一而怒歟。故、天皇大怒、殺二大日下王一而、取二持來其王之嫡妻、長田大郎女一、爲二皇后一。

自レ此以後、天皇坐二神牀一而晝寢。爾語二其后一曰、汝有レ所レ思乎。答曰、被二天皇之敦澤一、何有レ所レ思。於レ是其大后之先子、目弱王、是年七歲。是王當二于其時一而、遊二其殿下一。爾天皇、不レ知三其少王遊二殿下一以詔、吾恒有レ所レ思。何者、汝之子目弱王、成レ人之時、知三吾殺二其父王一者、還爲レ有二邪心一乎。於レ是所レ遊二其殿下一目弱王、聞二取此言一、便竊二伺天皇之御寢一、取二其傍大刀一、乃打二斬其天皇之頸一、逃二入都夫良意富美之家一也。

天皇御年、伍拾陸歳。御陵在二菅原之伏見岡一也。

爾大長谷王子、當時童男。卽聞二此事一以慷愾忿怒、乃到二其兄黑日子王之許一曰、人取二天皇一。爲二那何一。然其黑日子王、不レ驚而有二怠緩之心一。於レ是大長谷王詈二其兄一言、一爲二天皇一、一爲二兄弟一、何無二恃心一、聞レ殺二其兄一、不レ驚而怠乎、卽握二其衿一控出、拔レ刀打殺。亦到二其兄白日子王一而、告レ狀如レ前、緩亦如二黑日子王一。卽握二其衿一以引率來、到二小治田一、掘レ穴而隨レ立埋者、至二埋レ腰時一、兩目走拔而死。

亦興レ軍圍二都夫良意美之家一。爾興レ軍待戰、射出之矢、如レ葦來散。於レ是大長谷王、以レ矛爲レ杖、臨二其內一詔、我所二相言一之孃子者、若有二此家一乎。爾都夫良意美、聞二此詔命一、自參出、解二所レ佩兵一而、八度拜白者、先日所二問賜一之女子、訶良比賣者侍。亦副二五處之屯宅一以獻。（所レ謂五村屯宅者、今葛城之五村苑人也。）然其正身、所三以不二參向一者、自二往古一至二今時一、聞三臣連隱二於王宮一、未レ聞三王子隱二於臣之家一。是以思、賤奴意富美者、雖二竭レ力戰一、更無レ可レ勝。然恃レ己入二坐于隨家一之王子者、死而不レ棄。如レ此白而、亦取二其兵一、還入以戰。爾力窮矢盡、白二其王子一、僕者手悉傷。矢亦盡。今不二得戰一。如何。其王子答詔、然者更無レ可レ爲。今殺レ吾。故、以レ刀刺二殺其王子一、乃切二己頸一以死也。自レ茲以後、淡海之佐佐紀山君之祖、名韓帒白、淡海之久多此二字以レ音。綿之蚊屋野、多在二猪鹿一。其立足者、如二荻原一、指擧角者、如二枯樹一。此時相二率市邊之忍齒王一、幸二行淡海一、到二其野一者、各異作二假宮一而宿。爾明旦、未二日出一之時、忍齒王、以二平心一隨レ乘二御馬一、到二立大長谷王假宮之傍一而、詔二其大長谷王子之御伴人一、未二寤坐一。早可レ白也。夜既曙訖。可レ幸二獦庭一。乃進レ馬出行。爾侍二其大長谷王之御所一人等白、宇多弖物云王子。宇多弖三字以レ音。故、應レ愼。亦宜レ堅二御身一。卽衣中服レ甲、取二佩弓矢一、乘レ馬出行、倏忽之間、自レ馬往雙、拔レ矢射二落其忍齒王一、乃亦切二其身一、入二於馬樎一、與レ土等埋。

於レ是市邊王之王子等、意祁王、袁祁王二柱聞二此亂一而逃去。故、到二山代苅羽井一、食二御粮一之時、面黥老人來、奪二其粮一。爾其二王言、不レ惜レ粮。然汝者誰人、答曰、我者山代之猪甘也。故、逃二渡玖須婆之河一、至二針間國一、入二其國人、名志自牟之家一、隱レ身、役二於馬甘牛甘一也。

雄略天皇

大長谷若建命、坐二長谷朝倉宮一、治二天下一也。天皇、娶二大日下王之妹、若日下部王一。无レ子。又娶二都夫良意富美之女、韓比賣一、生御子、白髮命。次妹若帶比賣命。二柱故、爲二白髮太子之御名代一、定二白髮部一、又定二長谷部舍人一、又定二河瀨舍人一也。此時吳人參渡來。其吳人安二置於吳原一。故、號二其地一謂二吳原一也。

初大后坐二日下一之時、自二日下之直越道一、幸二行河內一。爾登二山上一望二國內一者、有下上二堅魚一作二舍屋一之家上。天皇令レ問二其家一云、其上二堅魚一作レ舍者誰家。答白、志幾之大縣主家。爾天皇詔者、奴乎、己家似二天皇之御舍一而造、卽遣レ人令レ燒二其家一之時、其大縣主懼畏、稽首白、奴有者、隨レ奴不レ覺而過作甚畏。故、獻二能美之御幣物一。（能美二字以レ音。）布縶二白犬一、著レ鈴而、己族名謂二腰佩一人、令レ取二犬繩一以獻上。故、令レ止二其著一レ火。卽幸二行其若日下部王之許一、賜二入其犬一、令レ詔、是物者、今日得レ道之奇物。故、都摩杼比（此四字以レ音。）之物云而賜入也。於レ是若日下部王、令レ奏二天皇一、背レ日幸行之事、甚恐。故、己直參上而仕奉。是以還二上一坐於宮一之時、行二立其山之坂上一歌曰、

久佐加辨能　許知能夜麻登　多多美許母　幣具理能夜麻能　許知碁知能　夜麻能賀比爾　多知邪加由流　波毘呂久麻加斯　母登爾波　伊久美陀氣淤斐　須惠幣爾波　多斯美陀氣淤斐　伊久美陀氣　伊久美波泥受　多斯美陀氣　多斯爾波韋泥受　能知母久美泥牟　曾能淤母比豆麻　阿波禮（九一）

卽令レ持二此歌一而返レ使也。

亦一時、天皇遊行到二於美和河一之時、河邊有二洗レ衣童女一。其容姿甚麗。天皇問二其童女一、汝者誰子、答白、己名謂二引田部赤猪子一。爾令レ詔者、汝不レ嫁レ夫。今將レ喚而、還二坐於宮一。故、其赤猪子、仰二待天皇之命一、既經二八十歲一。於レ是赤猪子以爲、望レ命之間、已經二多年一、姿體瘦萎、更無レ所レ恃。然非レ顯二待情一、不レ忍二於悒一而、令レ持二百取之机代物一、參出貢獻。然天皇、既忘二先所レ命之事一、問二其赤猪子一曰、汝者誰老女。何由以參來。爾赤猪子答白、其年其月、被二天皇之命一、仰二待大命一、至二于今日一經二八十歲一。今容姿既耆、更無レ所レ恃。然顯二白己志一以參出耳。於レ是天皇、大驚、吾既忘二先事一。然汝守レ志待レ命、徒過二盛年一、是甚愛悲。心裏欲レ婚、憚二其極老一、不レ得二成婚一而、賜二御歌一。其歌曰、

美母呂能　伊都加斯賀母登　加斯賀母登　由由斯伎加母　加志波良袁登賣（九二）

又歌曰、

比氣多能　和加久流須婆良　和加久閇爾　韋泥弖麻斯母能　淤伊爾祁流加母（九三）

爾赤猪子之泣涙、悉濕二其所レ服之丹揩袖一。答二其大御歌一而歌曰、

美母呂爾　都久夜多麻加岐　都岐阿麻斯　多爾加母余良牟　加微能美夜比登（九四）

又歌曰、

久佐迦延能　伊理延能波知須　波那婆知須　微能佐加理毘登　登母志岐呂加母（九五）

爾多祿給其老女以返遣也。故、此四歌、志都歌也。

天皇幸行吉野宮之時、吉野川之濱、有童女。其形姿美麗。故、婚是童女而、還坐於宮。後更亦幸行吉野之時、留其童女之所遇、於其處立大御呉床而、坐其御呉床、彈御琴、令爲儛其孃子。爾因其孃子之好儛、作御歌。其歌曰、

阿具良韋能　加微能美弖母知　比久許登爾　麻比須流袁美那　登許余爾母加母（九六）

卽幸阿岐豆野而、御獦之時、天皇坐御呉床。爾蝈咋御腕、卽蜻蛉來、咋其蝈而飛。（訓蜻蛉云阿岐豆。）於是作御歌。其歌曰、

美延斯怒能　袁牟漏賀多氣爾　志斯布須登　多禮曾　意富麻幣爾麻袁須　夜須美斯志　和賀淤富岐美能　斯志麻都登　阿具良爾伊麻志　斯漏多閇能　蘇弖岐蘇那布　多古牟良爾　阿牟加岐都岐　曾能阿牟袁　阿岐豆波夜具比　加久能碁登　那爾淤波牟登　蘇良美都　夜麻登能久爾袁　阿岐豆志麻登布（九七）

故、自其時、號其野謂阿岐豆野也。

又一時、天皇登幸葛城之山上。爾大猪出。卽天皇以鳴鏑射其猪之時、其猪怒而、宇多岐依來。（宇多岐三字以音。）故、天皇畏其宇多岐、登坐榛上。爾歌曰、

夜須美斯志　和賀意富岐美能　阿蘇婆志斯　志斯能夜美斯志能　宇多岐加斯古美
和賀爾宜能煩理斯　阿理袁能　波理能紀能延陀（九八）

又一時、天皇登㆓幸葛城山㆒之時、百官人等、悉給㆘著㆓紅紐㆒之青摺衣服㆖。彼時有㆘其自㆓所㆑向之山尾㆒、登㆓山上㆒人㆖。既等㆓天皇之鹵簿㆒、亦其裝束之狀、及人衆、相似不㆑傾。爾天皇望、令㆑問曰、於㆓茲倭國㆒、除㆑吾亦無㆑王、今誰人如㆑此而行。卽答曰之狀、亦如㆓天皇之命㆒。於㆑是天皇大忿而矢刺、百官人悉矢刺。爾其人等亦皆矢刺。故、天皇亦問曰、然告㆓其名㆒。爾各告㆑名而彈㆑矢。於㆑是答曰、吾先見㆑問。故、吾先爲㆓名告㆒。吾者雖㆓惡事㆒而一言、雖㆓善事㆒而一言、言離之神、葛城之一言主大神者也。天皇於㆑是惶畏而白、恐我大神、有㆓宇都志意美㆒者、自㆑宇下五字以㆑音。不㆑覺白而、大御刀及弓矢始而、脫㆓百官人等所㆑服衣服㆒以拜獻。爾其一言主大神、手打受㆓其捧物㆒。故、天皇之還幸時、其大神滿山末、於㆓長谷山口㆒送奉。故、是一言主之大神者、彼時所㆑顯也。

又天皇、婚㆓丸邇之佐都紀臣之女、袁杼比賣㆒、幸㆓行于春日㆒之時、媛女逢㆑道。卽見㆓幸行㆒而、逃㆓隱岡邊㆒。故、作㆓御歌㆒。其御歌曰、

袁登賣能　伊加久流袁加袁　加那須岐母　伊本知母賀母　須岐婆奴流母能（九九）

故、號㆓其岡㆒謂㆓金鉏岡㆒也。

又天皇、坐二長谷之百枝槻下一、爲二豐樂一之時、伊勢國之三重婇、指二擧大御盞一以獻。爾其百枝槻葉、落浮二於大御盞一。其婇不レ知三落葉浮二於盞一、猶獻二大御酒一。天皇看二行其浮レ盞之葉一、打二伏其婇一、以レ刀刺二充其頸一、將レ斬之時、其婇白二天皇一曰、莫レ殺二吾身一。有二應レ白事一、卽歌曰、

麻岐牟久能　比志呂乃美夜波　阿佐比能　比傳流美夜　由布比能　比賀氣流美夜
多氣能泥能　泥陀流美夜　許能泥能　泥婆布美夜　夜本爾余志　伊岐豆岐能美夜
麻紀佐久　比能美加度　爾比那閇夜爾　淤斐陀弖流　毛毛陀流　都紀賀延波　本都
延波　阿米袁淤幣理　那加都延波　阿豆麻袁淤幣理　志豆延波　比那袁淤幣理　本
都延能　延能宇良婆波　那加都延爾　淤知布良婆閇　那加都延能　延能宇良婆波
斯毛都延爾　淤知布良婆閇　斯豆延能　延能宇良婆波　阿理岐奴能　美幣能古賀
佐佐賀世流　美豆多麻宇岐爾　宇岐志阿夫良　淤知那豆佐比　美那許袁呂許袁呂爾
許斯母　阿夜爾加志古志　多加比加流　比能美古　許登能　加多理碁登母　許袁婆

（一〇〇）

故、獻二此歌一者、赦二其罪一也。爾大后歌。其歌曰、

夜麻登能　許能多氣知爾　古陀加流　伊知能都加佐　爾比那閇夜爾　淤斐陀弖流

波毘呂　由都麻都婆岐　曾賀波能　比呂理伊麻志　曾能波那能　弖理伊麻須　多加比加流　比能美古爾　登余美岐　多弖麻都良勢　許登能　加多理碁登母　許袁婆（一〇一）

卽天皇歌曰、

毛毛志紀能　淤富美夜比登波　宇豆良登理　比禮登理加氣弖　麻那婆志良　袁由岐阿閇　爾波須受米　宇受須麻理韋弖　祁布母加母　佐加美豆久良斯　多加比加流比能美夜比登　許登能　加多理碁登母　許袁婆（一〇二）

此三歌者、天語歌也。故、於㆓此豐樂㆒、譽㆓其三重婇㆒而、給㆓多祿㆒也。是豐樂之日、亦春日之袁杼比賣、獻㆓大御酒㆒之時、天皇歌曰、

美那曾曾久　淤美能袁登賣　本陀理登良須母　本陀理斗理　加多久斗良勢　斯多賀多久　夜賀多久斗良勢　本陀理斗良須古（一〇三）

此者宇岐歌也。爾袁杼比賣獻㆑歌。其歌曰、

夜須美斯志　和賀淤富岐美能　阿佐斗爾波　伊余理陀多志　由布斗爾波　伊余理陀多須　和岐豆紀賀斯多能　伊多爾母賀　阿世袁（一〇四）

此者志都歌也。

天皇御年、壹佰貳拾肆歲。己巳年八月九日崩也。御陵在㆓河內之多治比高鸇㆒也。

御子、白髮大倭根子命、坐二伊波禮之甕栗宮一、治二天下一也。此天皇、無二皇后一、亦無二御子一。故、御名代定二白髮部一。故、天皇崩後、無下可レ治二天下一之王上也。於レ是問二日繼所レ知之王一、市邊忍齒別王之妹、忍海郎女、亦名飯豐王、坐二葛城忍海之高木角刺宮一也。

爾山部連小楯、任二針間國之宰一時、到二其國之人民、名志自牟之新室一樂。於レ是盛樂、酒酣以二次第一皆儛。故、燒レ火少子二口、居二竈傍一、令レ儛二其少子等一。爾其一少子曰、汝兄先儛。其兄亦曰、汝弟先儛。如レ此相讓之時、其會人等、咲二其相讓之狀一。爾遂兄儛訖、次弟將レ儛時、爲レ詠曰、

物部之、我夫子之、取佩、於二大刀之手上一、丹畫著、其緒者、載二赤幡一、立赤幡、見者五十隱、山三尾之、竹矣訶岐此二字以レ音。苅、末押縻魚簀、如レ調二八絃琴一、所レ治二賜天下一、伊邪本和氣、天皇之御子、市邊之、押齒王之、奴末。

爾卽小楯連聞驚而、自レ床墮轉而、追二出其室人等一、其二柱王子、坐二左右膝上一、泣悲而、集二人民一作二假宮一、坐二置其假宮一而、貢二上驛使一。於レ是其姨飯豐王、聞歡而、令レ上二於宮一。

故、將レ治二天下一之間、平群臣之祖、名志毘臣、立二于歌垣一、取二其袁祁命將レ婚之美人

手㆒。其嬢子者、菟田首等之女、名大魚也。爾袁祁命亦立㆓歌垣㆒。於㆑是志毘臣歌曰、

意富美夜能　袁登都波多傳　須美加多夫祁理(一〇五)

如㆑此歌而、乞㆓其歌末㆒之時、袁祁命歌曰、

意富多久美　袁遲那美許曾　須美加多夫祁禮(一〇六)

爾志毘臣、亦歌曰、

意富岐美能　許許呂袁由良美　淤美能古能　夜幣能斯婆加岐　伊理多多受阿理(一〇七)

於㆑是王子、亦歌曰、

斯本勢能　那袁理袁美禮婆　阿蘇毘久流　志毘賀波多傳爾　都麻多弖理美由(一〇八)

爾志毘臣愈忿、歌曰、

意富岐美能　美古能志婆加岐　夜布士麻理　斯麻理母登本斯　岐禮牟志婆加岐　夜氣牟志婆加岐(一〇九)

爾王子、亦歌曰、

意布袁余志　斯毘都久阿麻余　斯賀阿禮婆　宇良胡本斯祁牟　志毘都久志毘(一一〇)

如㆑此歌而、鬪明各退。明旦之時、意祁命、袁祁命二柱議云、凡朝廷人等者、旦參㆓赴於朝廷㆒、晝集㆓於志毘門㆒。亦今者、志毘必寢。亦其門無㆑人。故、非㆑今者難㆑可㆑謀。卽興

軍圍志毘臣之家、乃殺也。

於是二柱王子等、各相讓天下。意祁命讓其弟袁祁命曰、住於針間志自牟家時、汝命不顯名者、更非臨天下之君。是既汝命之功。故、吾雖兄猶汝命先治天下而、堅讓。故、不得辭而、袁祁命先治天下也。

顕宗天皇

伊弉本別王御子、市邊忍齒王御子、袁祁之石巢別命、坐近飛鳥宮、治天下捌歲也。天皇、娶石木王之女、難波王、无子也。

此天皇、求其父王市邊王之御骨時、在淡海國賤老媼、參出白、王子御骨所埋者、專吾能知。亦以其御齒可知。（御齒者、如三枝押齒坐也。）爾起民掘土、求其御骨。卽獲其御骨而、於其蚊屋野之東山、作御陵葬、以韓帒之子等、令守其陵。然後持上其御骨也。故、還上坐而、召其老媼、譽其不失見置、知其地以、賜名號置目老媼。仍召入宮內、敦廣慈賜。故、其老媼所住屋者、近作宮邊、每日必召。故、鐸懸大殿戶、欲召其老媼之時、必引鳴其鐸。爾作御歌。其歌曰、

阿佐遲波良　袁陀爾袁須疑弖　毛毛豆多布　奴弖由良久母　淤岐米久良斯母（一一一）

於是置目老媼白、僕甚耆老。欲退本國。故、隨白退時、天皇見送、歌曰、

意岐米母夜　阿布美能淤岐米　阿須用理波　美夜麻賀久理弖　美延受加母阿良牟(一)

（三）

初天皇、逢難逃時、求奪其御粮猪甘老人。是得求、喚上而、斬於飛鳥河之河原、皆斷其族之膝筋。是以至今其子孫、上於倭之日、必自跛也。故、能見志米岐其老所在。（志米岐三字以音。）故、其地謂志米須也。

天皇、深怨殺其父王之大長谷天皇、欲報其靈。故、欲毀其大長谷天皇之御陵而、遣人之時、其伊呂兄意祁命奏言、破壞是御陵、不可遣他人。專僕自行、如天皇之御心、破壞以參出。爾天皇詔、然隨命宜幸行。是以意祁命、自下幸而、少掘其御陵之傍、還上復奏言、既掘壞也。爾天皇、異其早還上而詔、如何破壞、答白、少掘其陵之傍土。天皇詔之、欲報父王之仇、必悉破壞其陵、何少掘乎、答曰、所以爲然者、父王之怨、欲報其靈、是誠理也。然其大長谷天皇者、雖爲父之怨、還爲我之從父、亦治天下之天皇。是今單取父仇之志、悉破治天下之天皇陵者、後人必誹謗。唯父王之仇、不可非報、故、少掘其陵邊。既以是恥、足示後世。如此奏者、天皇答詔之、是亦大理。如命可也。故、天皇崩、卽意祁命、知天津日繼。

天皇御年、參拾捌歲。治天下八歲。御陵在片岡之石坏岡上也。

仁賢天皇

袁祁王兄、意祁命、坐二石上廣高宮一、治二天下一也。天皇、娶二大長谷若建天皇之御子、春日大郎女一、生御子、高木郎女。次財郎女。次久須毘郎女。次手白髮郎女。次小長谷若雀命。次眞若王。又娶二丸邇日爪臣之女、糠若子郎女一、生御子、春日山田郎女。此天皇之御子、并七柱。此之中、小長谷若雀命者、治二天下一也。

武烈天皇

小長谷若雀命、坐二長谷之列木宮一、治二天下一捌歳也。此天皇、无二太子一。故、爲二御子代一、定二小長谷部一也。御陵在二片岡之石坏岡一也。

天皇既崩、無下可レ知二日續一之王上。故、品太天皇五世之孫、袁本杼命、自二近淡海國一、令二上坐一而、合二於手白髮命一、授二奉天下一也。

継体天皇

品太王五世孫、袁本杼命、坐二伊波禮之玉穗宮一、治二天下一也。天皇、娶二三尾君等祖、名若比賣一、生御子、大郎子。次出雲郎女。（二柱）又娶二尾張連等之祖、凡連之妹、目子郎女一、生御子、廣國押建金日命。次建小廣國押楯命。（二柱）又娶二意祁天皇之御子、手白髮命一、是大后也。生御子、天國押波流岐廣庭命。（波流岐三字以レ音。一柱。）又娶二息長眞手王之女、麻組郎女一、生御子、佐佐宜郎女一。一柱又娶二坂田大俣王之女、黑比賣一、生御子、神前郎女。次田郎女。次白坂活日子郎女。次野郎女、亦名長目比賣。四柱又娶二三尾君加多夫之妹、倭比賣一、生御子、大郎女。次丸高王。次耳上王。次赤比賣郎女。四柱又娶二阿倍之波延比賣一、生御子、若屋郎女。次都夫良郎女。次阿豆王。三柱此天皇之御子等、并十九王。男七、女十二。此之中、天國押波流岐廣庭命者、治二天下一。次廣國押建金日命、治二天下一。次建小廣國押楯命、治二天下一。次佐佐宜王者、拜二伊勢神宮一也。此御世、竺紫君石井、不レ從二天皇之命一而、多无レ禮。故、遣二物部荒甲之大連、大伴之金村連二人一而、殺二石井一也。

天皇御年、肆拾參歲。丁未年四月九日崩也。御陵者、三嶋之藍御陵也。

安閑天皇

御子、廣國押建金日命、坐二勾之金箸宮一、治二天下一也。此天皇、無二御子一也。乙卯年三月十三日崩。

御陵在二河內之古市高屋村一也。

宣化天皇

弟、建小廣國押楯命、坐二檜坰之廬入野宮一、治二天下一也。天皇、娶二意祁天皇之御子、橘之中比賣命一、生御子、石比賣命。訓レ石如レ石。下效レ此。次小石比賣命。次倉之若江王。又娶二川內之若子比賣一、生御子、火穗王。次惠波王。此天皇之御子等、并五王。男三、女二。故、火穗王者、志比陀君之祖。惠波王者、韋那君、多治比君之祖也。

欽明天皇

弟、天國押波流岐廣庭天皇、坐二師木嶋大宮一、治二天下一也。天皇、娶二檜坰天皇之御子、石比賣命一、生御子、八田王。次沼名倉太玉敷命。次笠縫王。三柱 又娶二其弟小石比賣命一、生御子、上王。一柱 又娶二春日之日爪臣之女、糠子郎女一、生御子、春日山田郎女。次麻呂古王。次宗賀之倉王。三柱 又娶二宗賀之稲目宿禰大臣之女、岐多斯比賣一、生御子、橘之豐日命。次妹石坰王。次足取王。次豐御氣炊屋比賣命。次亦麻呂古王。次大宅王。次伊美賀古王。次山代王。次妹大伴王。次櫻井之玄王。次麻奴王。次橘本之若子王。次泥杼王。十三柱。 又娶二岐多志比賣命之姨、小兄比賣一、生御子、馬木王。次葛城王。次間人穴太部王。次三枝部穴太部王、亦名須賣伊呂杼。次長谷部若雀命。五柱 凡此天皇之御子等、并廿五王。此之中、沼名倉太玉敷命者、治二天下一。次橘之豐日命、治二天下一。次豐御氣炊屋比賣命、治二天下一。次長谷部之若雀命、治二天下一也。并四王治二天下一也。

敏達天皇

御子、沼名倉太玉敷命、坐二他田宮一、治二天下一壹拾肆歲也。此天皇、娶二庶妹豐御食炊屋比賣命一、生御子、靜貝王、亦名貝鮹王。次竹田王、亦名小貝王。次小治田王。次葛城王。

次宇毛理王。次小張王。次多米王。次櫻井玄王。柱八 又娶二伊勢大鹿首之女、小熊子郎女一、生御子、布斗比賣命。次寶王、亦名糠代比賣王。柱二 又娶二息長眞手王之女、比呂比賣命一、生御子、忍坂日子人太子、亦名麻呂古王。次坂騰王。次宇遲王。柱三 又娶二春日中若子之女、老女子郎女一、生御子、難波王。次桑田王。次春日王。次大俣王。柱四 此天皇之御子等、幷十七王之中、日子人太子、娶二庶妹田村王、亦名糠代比賣命一、生御子、坐二岡本宮一治二天下一之天皇。次中津王。次多良王。柱三 又娶二漢王之妹、大俣王一、生御子、智奴王。次妹桑田王。柱二 又娶二庶妹玄王一、生御子、山代王。次笠縫王。柱二 幷七王。甲辰年四月六日崩。 御陵在二川內科長一也。

用明天皇

弟、橘豐日命、坐二池邊宮一、治二天下一參歲。此天皇、娶二稻目宿禰大臣之女、意富藝多志比賣一、生御子、多米王。柱一 又娶二庶妹間人穴太部王一、生御子、上宮之厩戸豐聰耳命。次久米王。次植栗王。次茨田王。柱四 又娶二當麻之倉首比呂之女、飯女之子一、生御子、當麻王。次妹須賀志呂古郎女。此天皇、丁未年四月十五日崩。 御陵在二石寸掖上一、後遷二科長中陵一也。

崇峻天皇

弟、長谷部若雀天皇、坐二倉椅柴垣宮一、治二天下一肆歲。壬子年十一月十三日崩也。 御陵在二倉椅岡上一也。

推古天皇

妹、豊御食炊屋比賣命、坐㆓小治田宮㆒、治㆓天下㆒參拾漆歲。（戊子年三月十五日癸五日崩。）御陵在㆓大野岡上㆒、後遷㆓科長大陵㆒也。

解説

書　名　古事記という書名は、古の事(辞)を記した書物という意味で名づけられたものであるが、撰録の由来を記した序文に、「古事記」と名づくということが明記されていないので、撰者の当初からの命名であるか、後人の命名であるか、明らかではない。古くは「フルコトブミ」と訓む説もあったが、今日では一般に「コジキ」と音で読み慣わされている。

成　立　古事記がどのようにして成立したかは、その序文(実は上表文)によってのみ知ることができるが、この序文は四句六句を基調とした四六駢儷体の気品の高い漢文で書かれていて、必ずしも達意の文ではないので、その解釈は学者によって区々であり、今日もなお定説を見ないありさまである。そこで成立に関する部分を私なりに解釈すると、おおよそ次の通りである。

壬申の乱を経て即位された天武天皇は、「諸氏所属の家々に持ち伝えている『帝紀』と『本辞』は、正実に違い虚偽を加えているものが甚だ多いと聞くが、今その誤りを改めないと、幾年も経たないうちに、その旨趣は滅びてしまうであろう。帝紀と本辞は、邦家の経緯(国家行政の根本組織)であり、王化の鴻基(天皇徳化の基本)であるから、それらを討究し撰録し、偽りを削り実を定めて後世に伝えようと思う。」と仰せられた。

時に天皇の側近に奉仕している舎人(近習)に稗田阿礼という者があった。年は二十八の盛り、生まれつき聡明で、どんな文でも一見しただけで直ちに口に誦むことができ、またどんな事でも一度聞いただけで心に忘れることがなかった。そこで天皇はこの阿礼にお命じになって、『帝皇日継』(帝紀)と『先代旧辞』(本辞)を誦み習わせられた。しかし天皇が崩御されたので、帝紀と旧辞の討究・撰録のことは行なわれずに了った。

ところが持統・文武の両朝を経て奈良時代に入ると、元明天皇は帝紀と旧辞の誤り乱れていることを惜しみ、これを正そうとのお考えから、和銅四年(七一一)の九月十八日に、太朝臣安万侶に対して、稗田阿礼が誦むところの天武天皇勅命の帝皇日継と先代旧辞を撰録して献上せよと仰せられた。そこで安万侶は阿礼の誦むところに随って、漢字の音借と訓借とを適当に塩梅して古言古意を失わないように苦心しつつ再文字化すると共に、辞理の通りにくい語には注を施しなどして、帝皇日継と先代旧辞とを統一併合し、これを上中下の三巻に筆録して献上した。時に和銅五年(七一二)の正月二十八日であった。

以上が序文に見える古事記成立の大要であるが、古事記は今年昭和三十七年から千二百五十年前の八世紀初頭に成立したわが国最古の典籍である。

偽書説　ところが古事記(序文、または序文も本文も)の和銅成立に疑いを抱き、これを後の偽作であるとする説をなすものがある。それを列挙すると次の通りである。

賀茂真淵（宣長宛書翰）

沼田順義（「級長戸風」の端書）

中沢見明（「古事記論」）

筏勲（「上代日本文学論集」、「国語と国文学」第三十九巻第六・七号）

松本雅明（「史学雑誌」第六十四編第八・九号）

これらの説は、その論旨や論拠は必ずしも一様ではないが、一応尤もな疑問と思われる点を含んでいる反面、明らかに誤りと認められる点や論拠の薄弱な点も多く、今日これらの偽書説を是認する人は殆どないと言ってよい。殊に上代特殊仮名遣からすれば、古事記が奈良時代の初期に成立したことは疑い無いところである。ただし偽書説が提示した正当と思われる疑義については、これを十分に取り上げて解明する努力が必要であろう。

素材　前述のように、古事記の直接の資料となったものは、稗田阿礼が誦習した帝皇日継と先代旧辞であったが、今日古事記を見ると、大体において両者を識別することが可能である。即ち、上巻は殆ど先代旧辞のみであり、中下巻の各天皇記は帝皇日継と先代旧辞との継ぎ合わせか、または帝皇日継のみから成っていることがわかる。

さてその帝皇日継はどんな形式・内容のものであったかというと、ほぼ次のようなものであったことが、種々の旁証から推定されるのである。

1 〔先帝との続き柄〕―天皇の御名―皇居の名称―治天下の事―〔治天下の年数〕

2 后妃皇子女―〔皇子女の総数 男子数 女子数〕―皇子女に関する重要事項

3 その御代における国家的重要事件

4 天皇の御享年―御陵の所在(または崩御の年月日―御陵の所在)……{〔 〕の中は記述のある場合と無い場合とがある。}

もちろん記事に精粗があり、記述の様式にも多少の異同はあるけれども、大体において天皇の即位から崩御に至る皇室の整然たる漢文体の記録であって、これを皇位継承の順序に随って排列したものであったと思われる。

然らば先代旧辞とはどんなものであったかというと、古事記から右の帝皇日継を素材としたと推定される部分を除くと、その残余の部分がほぼそれに当たる。それは神話や伝説や歌物語を内容とするものであって、国土の起原、皇室の由来、国家の経営、天皇および皇族に関する物語、諸氏族の本縁譚等である。そうしてそれらの物語は、国文脈の変態の漢文で記されている点で、帝皇日継に取材した部分と趣を異にしている。

構成と内容　古事記は上中下の三巻から成っていて、上巻のはじめに序が添えてある。

上巻にはアメノミナカヌシノ神からウガヤフキアエズノ命までの事が、中巻には神武天皇から応神天皇までの事が、下巻には仁徳天皇から推古天皇までの事が記されている。上巻は日本書紀の神代の巻に相当するものであるが、それだけで一つのまとまった神話体系を構成しており、その構成は立体的である。即ち、イザナキ・イザナミの男女二神の結婚による大八島国(豊葦原の水穂の国)の生成、次いで天照大神を主宰者とする天上国家(高天の原)の成立、そしてその天上国家の地上への移行、言い換えると、ニニギノ命(天つ神の御子)の降臨による日本国家の創建という三つの事柄が、極めて有機的に結びつけられて、「建国の由来」が見事に立体的に物語られているのである。そうして、より下位の、また局部的の神話や神統や歌謡等は、それぞれこの主題に集中せしめられて、しっかりとこれを支えているのであって、その構成美には驚歎せざるを得ないのである。

これに対して中下両巻は、天皇一代毎に系譜や物語がまとめられて、これを皇位継承の順序に随って排列しているが、その構成は平面的である。しかしそれを貫くものとして、「皇位を重んずる心」と「人間的な愛の精神」とが流れている。上巻は「神の代」の物語であるが、中下両巻は「人の代」の物語である。しかし中巻における人の代の物語は、まだ神と人との交渉が極めて深く、人が神から十分解放されていない。然るに下巻における人の代の物語は、神から解放された人間そのものの物語であって、恋愛もあれば嫉妬もあり、争闘もあれば謀略もある。しかしどの物語を見ても透明であり、朗らかであって、道徳の彼岸にある美しい人間性が端的に素朴に描き出されている。古事記はまさに日本文学史の最初を飾るにふさわしい文学作品ということができるのである。

文　辞　古事記の文章は撰者のどんな用意の下に記されたか。これについて安万侶は序文の中で、「上古の日本語の文章詞句を漢字で表記することは甚だむずかしい。なぜならば、字訓のみで表記したものは、文詞が古意とぴったりあてはまらず、また字音のみで表記したものは、文面が徒らに冗長になるからである。そこで一句の中に音と訓とを交用し、或いは一事をすべて訓のみで表記すると共に、慣用化した表記はこれに従うという方法を取った。」と説明している。これを実例で示すと、

（音）宇都志伎《ウツシキ》（訓）青人草《アヲヒトクサ》　（訓）宮柱《ミヤバシラ》（音）布斗斯理《フトシリ》

などは音訓交用の表記であり、

山川悉動《ヤマカハコトゴトニトヨミ》、国土皆震《クニツチミナユリキ》　都勿《カツテナク》二修理《ヲサメツクルコト》一

などは全訓による表記であり、

大日下《クサカ》王　息長帯《タラシ》比売命　近飛鳥《アスカ》　長谷《ハツセ》朝倉宮　春日《カスガ》之袁杼比売

などの日下・帯・飛鳥・長谷・春日は、従来の慣用に随った表記である。

しかし古事記の実際について見ると、字音のみで表記した箇所がかなり目につく。すべての歌謡の表記がそれである。訓を主とするたてまえを標榜しながら、このように歌謡を一字一音節の音仮名で表記したのは、一見矛盾のように思われるけれども、序文にはおおよその原則を示したまでであって、歌謡のような特殊なものは、古言をさながらに伝えようという配慮から、字音による表記を採ったものと思われる。かくて安万侶は、古くから試みられた変則の漢文を、一層国語的表現に適するように苦心し、漢文の語序を破ったり、助詞や助動詞や敬譲語を表わす文字を補ったりして、新しい変則の漢文を作り出したのである。

なお古事記の文章詞句に漢訳仏典の影響があるということについては、小島憲之博士や神田秀夫氏が指摘されたところである。

諸　本　古事記の諸本の中で現存最古の写本は、真福寺本古事記三帖であって、これは南北朝の応安四・五年（一三七一―一二）に、同寺の僧賢瑜が写したものである。この系統に属するものに、道果本・道祥本・春瑜本の三本があるが、道果本は上巻の前半のみ、他の二本は上巻のみしか伝えていない。以上の四本以外は、すべて卜部家本系統の諸本であって、兼永筆本・近衛本・村井本・祐範本等三十九本の多きが現存している。

なお度会延佳の「鼇頭古事記」、本居宣長の「古事記伝」の本文(および「訂正古訓古事記」)、田中頼庸の「校訂古事記」は、それぞれ数種もしくは十数種の諸本によって校訂したものである。

参考文献

古事記諸本解題　昭和15刊　山田孝雄校閲

古事記大成(研究史篇)　昭和31刊　久松潜一編

諸本集成古事記　九冊　昭和32—33刊(謄写限定版)　古事記学会編

＊

古事記伝　四八冊　寛政2—文政5板　本居宣長撰

古事記新講　大正13刊　次田潤著

古事記評釈　昭和5刊　中島悦次著

古事記大成(本文篇)　昭和32刊　倉野憲司編

古事記・祝詞(日本古典文学大系一)　昭和33刊　倉野憲司校注(祝詞は武田祐吉)

古事記評解　昭和35刊　倉野憲司著

古事記上巻講義　昭和15刊　山田孝雄述

古事記上巻註釈(解釈と鑑賞、第二〇五号—二四七号)　倉野憲司稿

古事記上（日本古典全書）　昭和37刊　神田秀夫・太田善麿校註
古事記（現代語訳日本古典文学全集）　昭和30刊　倉野憲司著
古事記（角川文庫）　昭和31刊　武田祐吉訳註

＊

古事記序文講義　昭和10刊　山田孝雄述
古事記上表文の研究　昭和18刊　藤井信男著
古事記序文註釈　昭和26刊（謄写限定版）　倉野憲司著
記紀歌謡新解　昭和14刊　相磯貞三著
記紀歌謡集全講　昭和31刊　武田祐吉著
古代歌謡集（日本古典文学大系三）　昭和32刊　土橋寛・小西甚一校注

＊

古事記の新研究　昭和2刊　倉野憲司著
古事記論　昭和4刊　中沢見明著
古事記論攷　昭和19刊　倉野憲司著
古事記研究帝紀攷　昭和19刊　武田祐吉著
古事記説話群の研究　昭和29刊　武田祐吉著

古事記（アテネ文庫）　昭和30刊　倉野憲司著
古事記大成(歴史考古篇)　昭和31刊　坂本太郎編
同　(文学篇)　昭和32刊　高木市之助編
同　(言語文字篇)　昭和32刊　武田祐吉編
同　(神話民俗篇)　昭和33刊　風巻景次郎編
古事記の構造　昭和34刊　神田秀夫著
古事記年報(一)―(八)　昭和28―37刊　古事記学会編

＊

日本古典の研究　二冊　昭和23―25刊　津田左右吉著
日本古典の史的研究　昭和31刊　西田長男著
日本古典の成立の研究　昭和34刊　平田俊春著
古事記・日本書紀　昭和32刊　梅沢伊勢三著
古代日本文学思潮論(Ⅱ)――古事記の考察――　昭和37刊　太田善麿著
記紀批判　昭和37刊　梅沢伊勢三著
古典と上代精神　昭和17刊　倉野憲司著
新稿日本古代文化　昭和26刊　和辻哲郎著

日本文学の民俗学的研究　昭和35刊　　三谷栄一著
古代歌謡論　昭和35刊　　土橋寛著

＊

日本神話の研究　昭和6刊　　松本信広著
神話伝説説話文学（日本文学教養講座）　昭和26刊　　久松潜一著
日本神話（日本文学大系）　昭和27刊　　倉野憲司著
日本神話の研究　四冊　昭和29―33刊　　松村武雄著

〔附記〕　私が古事記の研究に志したのは、大正十二年に東大に入学した時からであって、以来今日まで四十年の間、古事記一筋に歩いて来た。今年は古事記撰上千二百五十年の記念すべき年にあたり、且つは私も還暦を迎えるに至った。この記念すべき時に、岩波文庫の一つとして古事記を出す機会を与えられた岩波書店に対し、深甚の謝意を表したい。殊に同書店の迎田英男・大野初代の両氏には格別お世話になった。併せて謝意を表する次第である。

昭和三十七年七月二十日

歌謡全句索引

一、古事記所載の歌謡の全句の索引である。

一、句の排列は五十音順に依った。ただし「ゐ」は「い」に、「ゑ」は「え」に、「を」は「お」に、それぞれ合併した。

一、訓み下しの句の下に、原文を（　）内に示して参考に供した。

一、同一の句が二つ以上ある場合は一つだけを掲げたが、発音は同じでも意味の異なるものは、それぞれ掲げた。

一、各句の切り方は人によって異なるので、検索の際は注意されたい。

あ

ああ、しやごしや（阿阿、志夜胡志夜） 九五頁
青垣（阿袁加岐） 一四三
青き御衣《みけし》を（阿遠岐美祁斯遠） 五六
あをによし（阿遠邇余志） 一八〇
青山に（阿遠夜麻邇） 五四、五五
吾《あ》が大国主（阿賀淤富久邇奴斯） 五七
あかしてとほれ（阿加斯弖杼富礼） 一九
吾が兄《せ》の君は（阿賀勢能岐美波） 一八一
赤玉は（阿加陀麻波） 八七
吾が愛妻《はしづま》に（阿賀波斯豆摩邇） 一八〇
我が見し子に（阿賀美斯古邇） 一六〇
吾が思《も》ふ妹（阿賀母布伊毛） 二〇〇
吾が思ふ妻（阿賀母布都麻） 二〇〇
赤ら嬢子《をとめ》を（阿迦良袁登売袁） 一六一
蜻蛉《あきづ》島とふ（阿岐豆志麻登布） 二二三
蜻蛉早咋ひ（阿岐豆波夜具比） 二二三
呉床《あぐら》に坐《いま》し（阿具良爾伊麻志） 二二三
呉床座《ゐ》の（阿具良韋能） 二二二
朝雨の（阿佐阿米能） 五六
浅小竹《じの》原（阿佐士怒波良） 一四四
乾《あ》さず食《を》せ（阿佐受袁勢） 一五五
浅茅原（阿佐遅波良） 二二四
朝とには（阿佐斗爾波） 二二八
朝日の（阿佐比能） 五五、二二六
葦原の（阿斯波良能） 一〇〇
あしひきの（阿志比紀能） 一九六
足蹈ますな（阿斯布麻須那） 一九九
足よ行くな（阿斯用由久那） 一四四
明日よりは（阿須用理波） 二二四
あせを（阿勢袁） 一四二、二二八
遊ばしし（阿蘇婆志斯） 二二三
遊び来る（阿蘇毘久流） 二二一
あたね舂き（阿多泥都岐） 五六
あたら清《す》がし女《め》（阿多良須賀志売） 一八三
あたら菅原（阿多良須賀波良） 一八三
阿治志貴高（阿治志貴多迦） 六七
檳榔《あぢまさ》の（阿遅摩佐能） 一七七
梓弓（阿豆佐由美） 一九九
梓弓檀《ま》弓（阿豆佐由美麻由美） 一六七
東《あづま》を覆《お》へり（阿豆麻袁淤幣理） 二一六
穴玉はや（阿那陀麻波夜） 六七
遇はしし嬢子《をとめ》（阿波志斯袁登売） 一六〇
遇はしし女人《をみな》（阿波志斯袁美那） 一六〇
淡島（阿波志摩） 一七七

粟生には（阿波布爾波） 九六
吾はもよ（阿波母与） 五七
あはれ（阿波礼） 二〇九
相思はずあらむ（阿比淤母波受阿良牟） 一八一
あひねの浜の（阿比泥能波麻能） 一九九
相枕枕《ま》く（阿比麻久良麻久） 一六二
淡海《あふみ》の置目（阿布美能淤岐米） 二三四
淡海の湖《うみ》に（阿布美能宇美邇） 一五四
遇ふや嬢子を（阿布夜袁登売袁） 一九〇
天飛《あまだ》む（阿麻陀牟） 一九八
天飛ぶ（阿麻登夫） 一九八
天馳《あまはせ》使（阿麻波勢豆加比） 五四
蝈《あむ》かきつき（阿牟加岐都岐） 二二三
天を覆へり（阿米袁淤幣理） 二一六
雨立ち止めむ（阿米多知夜米牟） 一九七
胡鷰子鶺鴒《あめつつ》（阿米都都） 一〇〇
天なるや（阿米那流夜） 六七
天に翔る（阿米邇迦気流） 一八四
天の香具山（阿米能迦具夜麻） 一四〇
綾垣の（阿夜加岐能） 五七
あやに（阿夜爾） 五五
あやにうた楽し（阿夜邇宇多陀怒斯） 一五六
あやに恐し（阿夜爾加志古志） 二一七
脚結《あゆひ》の子鈴（阿由比能古須受） 一九七
争はず（阿良蘇波受） 一六二
あらたまの（阿良多麻能） 一四一
在丘《ありを》の（阿理袁能） 二二三
あり通はせ（阿理加用婆勢） 五四
あり衣《きぬ》の（阿理岐奴能） 二一六
あり立たし（阿理多多斯） 五四
ありと言はばこそに（阿理登伊波婆許曾爾） 二〇〇
有りと聞かして（阿理登岐加志弖） 五四
有りと聞こして（阿理登伎許志弖） 五四
吾《あれ》こそは（阿礼許曾波） 一八七
我《あれ》は思へど（阿礼波意母閇杼） 一四〇
我はすれど（阿礼波須礼杼） 一四〇
沫雪の（阿和由岐能） 五五、五七

い ゐ

寝《い》をし寝《な》せ（伊遠斯那世） 五七
い隠る岡を（伊加久流袁加袁） 二一五
い帰り来むぞ（伊賀幣理許牟叙） 一九八
い築きの宮（伊岐豆岐能美夜） 二一六
い伐らずぞ来る（伊岐良受曾久流） 一六七
い伐らむと（伊岐良牟登） 一六七
堰杙《ゐぐひ》打ちが（韋具比宇知賀） 一六二

斎杙《いくひ》を打ち（伊久比袁宇知）　二〇〇
斎杙には（伊久比爾波）　二〇〇
いくみ竹（伊久美陀気）　二〇九
いくみ竹生《お》ひ（伊久美陀気淤斐）　二〇九
いくみは寝ず（伊久美波泥須）　二〇九
幾夜か寝つる（伊久用加泥都流）　一三九
いざ吾君《あぎ》（伊奢阿芸）　一五四
いざ子ども（伊邪古杼母）　一六一
いざささば（伊邪佐佐婆）　一六一
い及《し》き遇はむかも（伊斯岐阿波牟迦母）　一八〇
い及けい及け（伊斯祁伊斯祁）　一八〇
い及け鳥山（伊斯祁登理夜麻）　一八〇
いしたふや（伊斯多布夜）　五四、五五
石椎《いしつつい》もち（伊斯都都伊母知）　九六
いすくはし（伊須久波斯）　九五
伊勢の海の（伊勢能宇美能）　九七
磯伝ふ（伊蘇豆多布）　一四五
磯の埼落ちず（伊蘇能佐岐淤知受）　五七
い添ひ居るかも（伊蘇比袁流迦母）　一六〇
痛手負はずは（伊多弖淤波受波）　一五四
いた泣かば（伊多那加婆）　一九八
板にもが（伊多爾母賀）　二一八
櫟井《いちひゐ》の（伊知比韋能）　一六〇
柃《いちさかき》（伊知佐加紀）　九五
伊知遅島（伊知遅志麻）　一六〇
市の高処《つかさ》（伊知能都加佐）　二一七
厳白檮《いつかし》がもと（伊都加斯賀母登）　二一一
何処に到る（伊豆久邇伊多流）　一六〇
何処の蟹（伊豆久能迦邇）　一六〇
出雲建が（伊豆毛多祁流賀）　一三六
出雲八重垣（伊豆毛夜幣賀岐）　四五
出で立ちて（伊伝多知弖）　一七七
いとこやの（伊刀古夜能）　五六
い取らむと（伊斗良牟登）　一六七
稲幹《いながら》に（伊那賀良邇）　一四四
伊那佐の山の（伊那佐能夜麻能）　九七
率寝《ゐね》てましもの（韋泥弖麻斯母能）　二一一
率寝てむ後は（韋泥弖牟能知波）　一九六
命の（伊能知能）　一四三
命は（伊能知波）　五五
岩かきかねて（伊波迦伎加泥弖）　一八五
石《いは》立たす（伊波多多須）　一五五
寝《い》は寝《な》さむを（伊波那佐牟遠）　五五
い這ひ廻《もとほ》り（伊波比母登富理）　九七
家にも行かめ（伊幣爾母由加米）　二〇〇
五百箇《いほち》もがも（伊本知母賀母）　二一五

今撃たば良らし（伊麻宇多婆余良斯） 九六
今こそは（伊麻許曾婆） 五三
今助《すけ》に来《こ》ね（伊麻須気爾許泥） 九七
今ぞ悔しき（伊麻叙久夜斯岐） 一六二
未だ聞かず（伊麻陀岐加受） 一八七
いまだ解かずて（伊麻陀登加受弖） 五四
いまだ解かねば（伊麻陀登加泥婆） 五四
妹を思ひ出（伊毛袁淤母比伝） 一六七
妹と登れば（伊毛登能煩礼波） 一八五
妹の命（伊毛能美許等） 五六
妹は忘れじ（伊毛波和須礼士） 八七
いや愚《をこ》にして（伊夜袁許邇斯弖） 一六二
いや先立てる（伊夜佐岐陀弖流） 九九
いや清《さや》敷きて（伊夜佐夜斯岐弖） 一〇〇
い行き違ひ（伊由岐多賀比） 一一五
い行きまもらひ（伊由岐麻毛良比） 九七
い倚り立たし（伊余理陀多志） 二一八
い倚り立たす（伊余理陀多須） 二一八
苛《いら》なけく（伊良那祁久） 一六七
入江の蓮（伊理延能波知須） 二一一
入り居りとも（伊理袁理登母） 九六
入り立たずあり（伊理多多受阿理） 二一一

う

植ゑ草（宇恵具佐） 一四四
植ゑし椒《はじかみ》（宇恵志波士加美） 九七
窺はく（宇迦迦波久） 一一五
鵜養が伴（宇加比賀登母） 九七
浮きし脂（宇岐志阿夫良） 二一七
後姿《うしろで》は（宇斯呂伝波） 一六〇
うずすまり居て（宇受須麻理韋弖） 二一七
髻華《うず》に挿《さ》せ（宇受爾佐勢） 一四三
臼に立てて（宇須邇多弖弖） 一五五
唸《うた》き畏み（宇多岐加斯古美） 二一三
うたたけだに（宇多多気陀邇） 一六〇
宇陀の（宇陀能） 九五
歌ひつつ（宇多比都都） 一五五
打ちし大根（宇知斯意富泥） 一八一、一八二
撃ちてし止まむ（宇知弖斯夜麻牟） 九六、九七
内の朝臣（宇知能阿曾） 一八六
宇治の渡に（宇遅能和多理邇） 一六六
打ち廻《み》る（宇知微流） 五七
打ち止めこせね（宇知夜米許世泥） 五四
打ち渡す（宇知和多須） 一八二
打つや霰の（宇都夜阿良礼能） 一九六

鶉鳥（宇豆良登理）　二一七
項《うな》がせる（宇那賀世流）　六七
項傾《うなかぶ》し（宇那加夫斯）　五六
畝火《うねび》山（宇泥備夜麻）　一〇一
後妻《うはなり》が（宇波那理賀）　九五
諾《うべ》しこそ（宇倍志許曾）　一八六
諾な諾な（宇倍那宇倍那宇倍那）　一四一
うまらに（宇麻良爾）　一六三
海処《うみが》はいさよふ（宇美賀波伊佐用布）　一四四
海処行けば（宇美賀由気婆）　一四四
心恋《うらごほ》しけむ（宇良胡本斯祁牟）　一三三
浦渚の鳥ぞ（宇良須能登理叙）　五五
愛《うるは》しと（宇流波斯登）　一九六
愛しみ思ふ（宇流波志美意母布）　一六二
心痛《うれた》くも（宇礼多久母）　五四

え　ゑ

ええ、しやごしや（畳畳、志夜胡志夜）　九五
兄《え》をし枕《ま》かむ（延袁斯麻加牟）　九九
笑酒《ゑぐし》に（恵具志爾）　一六四
枝《え》の末葉《うらば》は（延能宇良婆波）　二一六
笑み栄え来て（恵美佐迦延岐弖）　五五

お　を

老いにけるかも（淤伊爾祁流加母）　二一一
沖つ鳥（意岐都登理）　五六、八七
沖方《へ》には（淤岐幣邇波）　一七六
置目《おきめ》来らしも（淤岐米久良斯母）　二三四
置目もや（意岐米母夜）　二三四
忍坂《おさか》の（意佐加能）　九六
緒さへ光れど（袁佐閇比迦礼杼）　八七
おしてるや（淤志弖流夜）　一七七
襲《おすひ》をも（淤須比遠母）　五四
襲の裾に（意須比能須蘇爾）　一四〇
押そぶらひ（淤曾夫良比）　五四
小楯（袁陀弖）　一八〇
小楯ろかも（袁陀弖呂迦母）　一六〇
小谷を過ぎて（袁陀爾袁須疑弖）　二三四
落ちなづさひ（淤知那豆佐比）　二一七
拙劣《をぢな》みこそ（袁遅那美許曾）　二三一
落ちにきと（淤知爾岐登）　一九七
落ち触らばへ（淤知布良婆閇）　二一六
尾津の崎《さき》なる（袁都能佐岐那流）　一四二
弟棚機《おとたなばた》の（淤登多那婆多能）　六七
彼《をと》つ端手《はたで》（袁登都波多伝）　二三一

媛女《をとめ》ども（袁登売杼母）　九九
媛女に（袁登売爾）　一〇〇
嬢子の（遠登売能）　五四、一四三、二二五
己が緒を（意能賀袁袁）　一二五
自凝島《おのごろしま》（淤能碁呂志摩）　一七七
男《を》に坐《いま》せば（遠邇伊麻世婆）　五七
男は無し（遠波那志）　五七
尾張に（遠波理邇）　一四二
大石《おひし》に（意斐志爾）　九七
生ひ立てる（淤斐陀弖流）　一七九、二二七
大魚《おふを》よし（意布袁余志）　二三二
小船連らく（袁夫泥都羅羅玖）　一七六
大猪子が（意富韋古賀）　一八〇
大猪子が原（意富韋古賀波良）　一八〇
大峡《を》にし（意富袁爾斯）　一九九
大峡には（意富袁爾波）　一九九
大河原の（意富迦波良能）　一四四
王《おほきみ》を（意富岐美袁）　一九八
大君し（意富岐弥斯）　一八三
大君の（意富岐美能）　二三一
大君ろかも（淤富岐美呂迦母）　一七九
大坂に（淤富佐迦邇）　一九〇
大雀《おほさざき》（意富佐邪岐）　一六三
大匠《たくみ》（意富多久美）　二三一
大前（意富麻幣）　一九七
大前に奏す（意富麻幣爾麻袁須）　二二三
大宮の（意富美夜能）　二三一
大宮人は（意富美夜比登波）　二一七
大室屋に（意富牟盧夜爾）　九六
小前宿禰が（袁麻幣須久泥賀）　一九七
臣の嬢子（淤美能袁登売）　二一八
臣の子の（淤美能古能）　二三一
思ひ妻あはれ（意母比豆麻阿波礼）　一九九
袁牟漏《をむろ》が嶽に（袁牟漏賀多気爾）　二三三
尾行き合へ（袁由岐阿閇）　二一七
織ろす機《はた》（淤呂須波多）　一八四

か

かがなべて（迦賀那倍弖）　一四〇
鏡を懸け（加賀美袁加気）　二〇〇
鏡如《な》す（加賀美那須）　二〇〇
蠣貝《かきがひ》に（加岐賀比爾）　一九九
かき廻《み》る（加岐微流）　五七
垣下《もと》に（加岐母登爾）　九七
かき弾くや（加岐比久夜）　一八七
かぎろひの（迦芸漏肥能）　一八九

かくの如（迦久能碁登） 二一三
香ぐはし（迦具波斯） 一六一
かくもがと（迦久母賀登） 一六〇
かく寄り来ね（加久余理許泥） 一九七
鶏《かけ》は鳴く（迦祁波那久） 五四
白檮《かし》がもと（加斯賀母登） 二一一
白檮の上《ふ》に（加志能布邇） 一六三
白檮原童女（加志波良袁登売） 二一一
風吹かむとす（加是布加牟登須） 一〇一
風吹かむとぞ（加是布加牟登曾） 一〇一
堅く取らせ（加多久斗良勢） 二一八
語言も（加多理碁登母） 五四、五五、五七、二一七
かつがつも（加都賀都母） 九九
潜《かづ》き息づき（迦豆伎伊岐豆岐） 一六〇
潜きせなわ（迦豆岐勢那和） 一五四
葛野《かづの》を見れば（加豆怒袁美礼婆） 一五九
葛城《かづらき》高宮（加豆良紀多迦美夜） 一八〇
かなしけく（加那志祁久） 一六七
金鉏も（加那須岐母） 二二五
金門蔭（加那斗加宜） 一九七
河の辺に（迦波能倍邇） 一七九
河上り（迦波能煩理） 一七九
かぶつく（加夫都久） 一六〇
醸《か》みけむ人は（迦美祁牟比登波） 一五五
醸みけれかも（迦美祁礼加母） 一五六
醸みし大御酒（迦美斯意富美岐） 一六三
醸みし御酒に（迦美斯美岐邇） 一六四
上つ瀬に（加美都勢爾） 二〇〇
雷《かみ》の如（迦微能碁登） 一六二
神の命（迦微能美許登） 五五
神の命は（迦微能美許登波） 五四
神の命や（加微能美許登夜） 五七
神の御手もち（加微能美弖母知） 二一三
神の宮人（加微能美夜比登） 二一一
韮《かみら》一茎《ひともと》（賀美良比登母登） 九六
神風の（加牟加是能） 九七
神寿《ほ》き（加牟菩岐） 一五五
かもがと（迦母賀登） 一六〇
鴨著《ど》く島に（加毛度久斯麻邇） 八七
からが下樹の（加良賀志多紀能） 一六三
枯野を（加良怒袁） 一八七
雁卵生《こむ》と（加理古牟登） 一八七
雁卵生と聞くや（加理古牟登岐久夜） 一八六
刈薦《かりこも》の（加理許母能） 一九六
雁は卵生らし（加理波古牟良斯） 一八七
軽嬢子《かるをとめ》（加流袁登売） 一九八

軽嬢子ども（加流袁登売杼母）　一九八
軽の嬢子（加流乃袁登売）　一九八

き

来入り居り（岐伊理袁理）　九六
来入り参来れ（岐伊理麻韋久礼）　一八二
雉《きぎし》はとよむ（岐芸斯波登与牟）　五四
聞こえしかども（岐許延斯迦杼母）　一六三
聞こえむ時は（岐許延牟登岐波）　一九八
聞こしもち食《を》せ（岐許志母知袁勢）　一六三
衣著《ぬき》せましを（岐奴岐勢麻斯袁）　一四二
吉備人と（岐備比登登）　一七七
君を思ひ出（岐美袁淤母比伝）　一六七
君が往き（岐美賀由岐）　一九九
君が装し（岐美何余曾比斯）　八七
君待ち難に（岐美麻知賀多爾）　一四一
肝向ふ（岐毛牟加布）　一八一
霧に立たむぞ（疑理邇多多牟叙）　五七
切れむ柴垣（岐礼牟志婆加岐）　二二一

く

日下江《くさかえ》の（久佐迦延能）　二一一
日下部の（久佐加辨能）　二〇八

酒《くし》の司《かみ》（久志能加美）　一五五
口ひひく（久知比比久）　九七
くぢら障《さや》る（久治良佐夜流）　九五
国をも偲はめ（久爾袁母斯怒波米）　二〇〇
国の秀《ほ》も見ゆ（久爾能富母美由）　一五九
国のまほろば（久爾能麻本呂婆）　一四三
国へ下らす（玖邇幣玖陀良須）　一七六
麗《くは》し女《め》を（久波志売遠）　五四
頭椎《くぶつつい》（久夫都都伊）　九六
熊白檮《くまかし》が葉を（久麻加志賀波袁）　一四三
久米の子が（久米能古賀）　九六
久米の子等が（久米能古良賀）　九六、九七
雲居起ち来も（久毛韋多知久母）　一四三
雲立ちわたり（久毛多知和多理）　一〇一
雲離れ（玖毛婆那礼）　一七八
倉椅《くらはし》山を（久良波斯夜麻袁）　一八五
倉椅山は（久良波斯夜麻波）　一八五
黒き御衣《みけし》を（久路岐美祁斯遠）　五六
くろざやの（久漏邪夜能）　一七六

け

け長くなりぬ（気那賀久那理奴）　一九九
今日もかも（祁布母加母）　二一七

こ

是《こ》をば（許遠婆） 五四、五五、五七、二一七
こきしひゑね（許紀志斐恵泥） 九五
こきだひゑね（許紀陀斐恵泥） 九五
木《こ》鍬持ち（許久波母知） 一八一、一八二
ここに思ひ出（許許爾淤母比伝） 一六七
心をだにか（許許呂袁陀邇迦） 一八一
心を緩《ゆら》み（許許呂袁由良美） 三一
心は思《も》へど（許許呂波母閇杼） 一六七
腰なづむ（許斯那豆牟） 一四四
高志《こし》の国に（故志能久邇邇） 五四
是《こ》しも（許斯母） 二一七
此《こ》し宜し（許斯与呂志） 五六
昨夜《こぞ》こそは（許存許曾婆） 一九六
小高る（古陀加流） 二一七
此方《こち》此方の（許知碁知能） 二〇八
此方の山と（許知能夜麻登） 二〇八
言をこそ（許登袁許曾） 一八三、一九八
事無酒《なぐし》（許登那具志） 一六四
琴に作り（許登爾都久理） 一八七
事の（許登能） 五四、五五、五七、二一七
前妻《こなみ》が（古那美賀） 九五
濃に画き垂れ（許邇加岐多礼） 一六〇
この蟹や（許能迦邇夜） 一六〇
この高市に（許能多気知爾） 二一七
この鳥も（許能登理母） 五四
木《こ》の根の（許能泥能） 二一六
木の葉騒《さや》ぎぬ（許能波佐夜芸奴） 一〇一
木の葉騒げる（許能波佐夜牙流） 一〇一
樹の間よも（許能麻用母） 九七
この御酒を（許能美岐袁） 一五五
この御酒の（許能美岐能） 一五六
この御酒は（許能美岐波） 一五五
古波陀嬢子を（古波陀袁登売袁） 一六二
古波陀嬢子は（古波陀袁登売波） 一六二
木幡の道に（許波多能美知邇） 一六〇
子持たず（古母多受） 一八三
此《こ》も適《さふ》はず（許母布佐波受） 五六
隠り国《く》の（許母理久能） 一九九、二〇〇
隠水《こもりづ》の（許母理豆能） 一七八
臥《こ》やる臥やりも（許夜流許夜理母） 一九九
これは適はず（許礼婆布佐波受） 五六

さ

狭井河よ（佐韋賀波用） 一〇一

棹執りに（佐袁斗理邇） 一六六
さ小峡《を》には（佐袁袁爾波） 一九九
嶮《さが》しくもあらず（佐賀斯玖母阿良受） 一八五
嶮しけど（佐賀斯祁杼） 一八五
嶮しみと（佐賀志美登） 一八五
賢《さか》し女《め》を（佐加志売遠） 五四
酒みづくらし（佐加美豆久良斯） 二一七
相武《さがむ》の小野に（佐賀牟能袁怒邇） 一三八
放《さけ》つ島見ゆ（佐気都志摩美由） 一七七
ささ（佐佐） 一五六
指挙《ささが》せる（佐佐賀世流） 二一七
鷦鷯《さざき》取らさね（佐邪岐登良佐泥） 一八四
佐佐那美路を（佐佐那美遅袁） 一六〇
笹葉に（佐佐婆爾） 一九六
挿しける知らに（佐斯祁流斯良邇） 一六二
鳥草樹《さしぶ》を（佐斯夫袁） 一七九
鳥草樹の木（佐斯夫能紀） 一七九
里人もゆめ（佐斗毘登母由米） 一九七
さねさし（佐泥佐斯） 一三八
さ寝しさ寝てば（佐泥斯佐泥弖婆） 一九六
さ寝むとは（佐泥牟登波） 一四〇
さ野つ鳥（佐怒都登理） 五四
さ身無しにあはれ（佐味那志爾阿波礼） 一三六
さやぐが下に（佐夜具賀斯多爾） 五七
さやさや（佐夜佐夜） 一六三、一八八
さ婚《よば》ひに（佐用婆比爾） 五四
さわさわに（佐和佐和爾） 一八二
さ渡る鵠《くび》（佐和多流久毘） 一四〇

し

其《し》が余り（斯賀阿麻理） 一八七
其があれば（斯賀阿礼婆） 二二二
其が下に（斯賀斯多邇） 一七九
其が花の（斯賀波那能） 一七九
其が葉の（芝賀波能） 一七九
鴫は障《さや》らず（志芸波佐夜良受） 九五
鴫罠張る（志芸和那波留） 九五
しけしき小屋に（志祁志岐袁夜邇） 一〇〇
猪《しし》の病猪の（志斯能夜美斯志能） 二一三
猪鹿《しし》伏すと（志斯布須登） 二一三
猪鹿待つと（斯志麻都登） 二一三
下堅く（斯多賀多久） 二一八
したたにも（志多多爾母） 一九八
細螺《しただみ》の（志多陀美能） 九七
下娉《ど》ひに（志多杼比爾） 一九六
下泣きに（志多那岐爾） 一九六

下泣きに泣く（志多那岐爾那久） 一九八
下樋を走せ（斯多備袁和志勢） 一九六
下よ延へつつ（志多用波閇都都） 一七八
下枝《しづえ》の（斯豆延能） 二二六
下枝は（志豆延波） 一六二、二二六
しなだゆふ（志那陀由布） 一六〇
底土《しはに》は（志波邇波） 一六〇
鮪《しび》が端手に（志毘賀波多伝爾） 二三一
鮪突く海人よ（斯毘都久阿麻余） 二三三
鮪突く鮪（志毘都久志毘） 二三三
椎菱如《な》す（志比比斯那須） 一六〇
潮瀬の（斯本勢能） 二三一
塩に焼き（志本爾夜岐） 一八七
島つ鳥（志麻都登理） 九七
島に放《はぶ》らば（斯麻爾波夫良婆） 一九八
島の埼埼（斯麻能佐岐邪岐） 五七
島も見ゆ（志麻母美由） 一七七
結《しま》り廻《もとほ》し（斯麻理母登本斯） 二三一
染《し》め衣を（斯米許呂母遠） 五六
下《しも》つ枝に（斯毛都延爾） 二二六
下つ瀬に（斯毛都勢爾） 二〇〇
知らずとも言はめ（斯良受登母伊波米） 一八一
白玉の（斯良多麻能） 八七
知らにと（斯良爾登） 一一五
後《しり》つ戸よ（斯理都斗用） 一一五
白き腕《ただむき》（斯路岐多陀牟岐） 五五、五七
白栲《しろたへ》の（斯漏多閇能） 二一三
白腕（斯漏多陀牟岐） 一八一

す

末ふゆ（須恵布由） 一六三
末方《へ》には（須恵幣爾波） 二〇九
末方は（須恵幣波） 一六七
菅畳（須賀多多美） 一〇〇
鉏き撥ぬるもの（須岐婆奴流母能） 二一五
すくすくと（須久須久登） 一六〇
少名《すくな》御神の（須久那美迦微能） 一五五
菅《すげ》原と言はめ（須宜波良登伊波米） 一八三
須須許理が（須須許理賀） 一六四
隅傾けり（須美加多夫祁理） 二三一
隅傾けれ（須美加多夫祁礼） 二三一

そ

其《そ》が葉の（曾賀波能） 二一七
退《そ》き居りとも（曾岐袁理登母） 一七八
そこに思ひ出（曾許爾淤母比伝） 一六七

そだたき（曾陀多岐）　五五、五七
衣手《そて》著《き》そなふ（蘇弖岐蘇那布）　二一三
鴗鳥《そにどり》の（蘇邇杼理能）　五六
そに脱き棄《う》て（曾邇奴岐宇弖）　五六
そねが茎《もと》（曾泥賀母登）　九六
そね芽繋ぎて（曾泥米都那芸弖）　九六
その蚓《あむ》を（曾能阿牟袁）　二一三
その思ひ妻（曾能淤母比豆麻）　二〇九
その子（曾能古）　一四三
その高城《き》なる（曾能多迦紀那流）　一八〇
その大刀はや（曾能多知波夜）　一四三
その鼓（曾能都豆美）　一五五
その中つ土《に》を（曾能那迦都爾袁）　一六〇
その花の（曾能波那能）　二一七
その八重垣を（曾能夜幣賀岐袁）　四五
染木が汁に（曾米紀賀斯流邇）　五六
そらみつ（蘇良美都）　一八六、一八七、二一三
空は行かず（蘇良波由賀受）　一四四

た

高城《き》に（多加紀爾）　九五
高佐士野を（多加佐士怒袁）　九九
誰《た》が料《たね》ろかも（他賀多泥呂迦母）　一八四
高光る（多迦比迦流）　一四〇、一八六、二一七
高行くや（多迦由玖夜）　一八四
当芸麻道《たぎまち》を告《の》る（当芸麻知袁能流）　一九〇
栲綱《たくづの》の（多久豆怒能）　五五、五七
栲衾《たくぶすま》（多久夫須麻）　五七
竹の根の（多気能泥能）　二一六
手腓《たこむら》に（多古牟良爾）　二一三
たしだしに（多志陀志爾）　一九六
たしには率《ゐ》寝ず（多斯爾波韋泥受）　二〇九
たしみ竹（多斯美陀気）　二〇九
たしみ竹生ひ（多斯美陀気淤斐）　二〇九
戦へば（多多加閇婆）　九七
たたきまながり（多多岐麻那賀理）　五五、五七
たたなづく（多多那豆久）　一四三
楯並《たたな》めて（多多那米弖）　九七
直《ただ》に遇はむと（多陀爾阿波牟登）　一〇〇
直には告らず（多陀邇波能良受）　一九〇
直に向へる（多陀邇牟迦幣流）　一四二
畳薦（多多美許母）　一四三、二〇八
畳と言はめ（多多美登伊波米）　一九八
立ちか荒れなむ（多知迦阿礼那牟）　一八三
大刀が緒も（多知賀遠母）　五四
立ち栄ゆる（多知邪加由流）　二〇九

立柧棱《たちそば》の（多知曾婆能） 九五
大刀佩けましを（多知波気麻斯袁） 一四二
多遅比《たぢひ》野に（多遅比怒邇） 一八九
鶴《たづ》が音の（多豆賀泥能） 一九八
立薦《たつごも》も（多都碁母母） 一八九
奉らせ／献らせ（多弖麻都良世） 五七、二二七
起《た》てり起てりも（多弖理多弖理母） 一九九
立てる（多弖流） 一六七
誰にかも依らむ（多爾加母余良牟） 二二一
楽しくもあるか（多怒斯久母阿流迦） 一七七
貴くありけり（多布斗久阿理祁理） 八七
たまきはる（多麻岐波流） 一八六
玉手さし枕《ま》き（多麻伝佐斯麻岐） 五五、五七
玉の御統《みすまる》（多麻能美須麻流） 六七
誰れをし枕かむ（多礼袁志摩加牟） 九九
誰れぞ（多礼曾） 二三三
手弱腕《たわやがひな》を（多和夜賀比那袁） 一四〇

ち

千鳥ま鵄《しとと》（知杼理麻斯登登） 一〇〇
千葉の（知婆能） 一五九
ちはやひと（知波夜比登） 一六七
ちはやぶる（知波夜夫流） 一六六

つ

つき余し（都岐阿麻斯） 二二一
槻が枝は（都紀賀延波） 二二六
月立たなむよ（都紀多多那牟余） 一四一
月立ちにけり（都紀多知邇祁理） 一四〇
つぎねふ（都芸泥布） 一八一、一八二
つぎねふや（都芸泥布夜） 一七九、一八〇
月は来経《きへ》往く（都紀波岐閇由久） 一四一
筑波を過ぎて（都久波袁須疑弖） 一三九
つくや玉垣（都久夜多麻加岐） 二二一
槻《つく》弓の（都久由美能） 一九九
筒木の宮に（都都紀能美夜邇） 一八一
黒葛《つづら》多纏《さはま》き（都豆良佐波麻岐） 一三六
角鹿《つぬが》の蟹（都奴賀能迦邇） 一六〇
終《つひ》に知らむと（都毘邇斯良牟登） 一八七
妻が家のあたり（都麻賀伊幣能阿多理） 一八九
妻籠《ご》みに（都麻碁微爾） 四五
妻立てり見ゆ（都麻多弖理美由） 二三一
妻の命（都麻能美許登） 五七
夫《つま》は無し（都麻波那斯） 五七
妻枕《ま》きかねて（都麻麻岐迦泥弖） 五四
妻持たせらめ（都麻母多勢良米） 五七

つるぎの大刀（都流岐能多知）　一四三

て

照り坐《いま》し（弖理伊麻斯）　一七九
照りいます（弖理伊麻須）　二一七

と

利《と》鎌に（斗迦麻邇）　一四〇
床の辺に（登許能辨爾）　一四三
常世に坐す（登許余邇伊麻須）　一五五
常世にもがも（登許余爾母加母）　二二二
野老蔓《ところづら》（登許呂豆良）　一四四
年が来経《きふ》れば（登斯賀岐布礼婆）　一四一
門《と》中の海石《いくり》に（斗那加能伊久利爾）　一八八
問ひし君はも（斗比斯岐美波母）　一三八
問ひたまへ（斗比多麻閇）　一八六
遠遠し（登富登富斯）　五四
羨《とも》しきろかも（登母志岐呂加母）　二一一
共にし採《っ》めば（等母邇斯都米婆）　一七七
豊寿《とよほ》き（登余本岐）　一五五
豊御酒（登与美岐）　五七、二一七
鳥居枯らし（登理韋賀良斯）　一六一
鳥も使ひぞ（登理母都加比曾）　一九八
取り装ひ（登理与曾比）　五六

な

汝を除《き》て（那遠岐弖）　五七
波《な》折りを見れば（那袁理袁美礼婆）　二三一
汝がいへせこそ（那賀伊幣勢許曾）　一八二
汝が著《け》せる（那賀祁勢流）　一四〇
なかさだめる（那加佐陀売流）　一九九
泣かじとは（那迦士登波）　五六
中つ枝に（那加都延爾）　二二六
中つ枝の（那加都延能）　一六一、二二六
中つ枝は（那加都延波）　二一六
汝が泣かさまく（那賀那加佐麻久）　五六
汝が御子や（那賀美古夜）　一八七
鳴くなる鳥か（那久那留登理加）　五四
汝こそは（那許曾波）　五七、一八六
肴《な》乞はさば（那許波佐婆）　九五
な恋ひ聞こし（那古斐岐許志）　五五
な殺《し》せたまひそ（那志勢多麻比曾）　五五
寝《な》すや板戸を（那須夜伊多斗遠）　五四
なづきの田の（那豆岐能多能）　一四四
夏草の（那都久佐能）　一九九
浸漬《なづ》の木の（那豆能紀能）　一八八

など黥《さ》ける利目《とめ》（那杼佐祁流斗米） 一〇〇
汝《な》鳥にあらむを（那杼理爾阿良牟遠） 五五
七行く（那那由久） 九九
名に負はむと（那爾迦波牟登） 二一三
難波の崎よ（那爾波能佐岐用） 一七七
汝は言ふとも（那波伊布登母） 五六
涙ぐましも（那美多具麻志母） 一八一
奈良を過ぎ（那良袁須疑） 一八〇

に

丹《に》黒き故（邇具漏岐由恵） 一六〇
柔《にこ》やが下に（爾古夜賀斯多爾） 五七
西風《にし》吹き上げて（爾斯布岐阿宜弖） 一七八
庭雀（爾波須受米） 二一七
庭つ鳥（爾波都登理） 五四
新嘗《にひなへ》屋に（爾比那閇夜爾） 二一六
新治《にひばり》（邇比婆理） 一三九
鳰鳥《にほ》の（邇本杼理能） 一五四

ぬ

ぬえ草の（奴延久佐能） 五五
鵺《ぬえ》は鳴きぬ（奴延波那伎奴） 五四
盗み殺《し》せむと（奴須美斯勢牟登） 二一五
鐸《ぬて》響《ゆら》くも（奴弖由良久母） 二三四
蓴《ぬなは》繰《く》り（奴那波久理） 一六二
ぬばたまの（奴婆多麻能） 五五、五六

ね

寝しくをしぞも（泥斯久袁斯叙母） 一六二
根白の（泥士漏能） 一八一
根垂る宮（泥陀流美夜） 二一六
根蔓《ば》ふ宮（泥婆布美夜） 二一六
寝むと知りせば（泥牟登斯理勢婆） 一八九

の

後《のち》は（能知波） 五五
後もくみ寝む（能知母久美泥牟） 二〇九
後も取り見る（能知母登理美流） 一九九
野蒜《びる》摘みに（怒美流都美邇） 一六一

は

佩かせる大刀（波加勢流多知） 一六三
佩ける刀《たち》（波祁流多知） 一三六
波佐《はさ》の山の（波佐能夜麻能） 一九八
愛《は》しけやし（波斯祁夜斯） 一四三
梯《はし》立ての（波斯多弖能） 一八五

膚赤らけみ（波陀阿可良気美）　一六〇
はたたぎも（波多多芸母）　五六
幡張り立て（波多波理陀弖）　一九九
泊瀬《はつせ》の河の（波都勢能賀波能）　二〇〇
泊瀬の山の（波都世能夜麻能）　一九九
初土《に》は（波都邇波）　一六〇
鳩の（波斗能）　一九八
花橘は（波那多知婆那波）　一六一
花蓮（波那婆知須）　二一一
歯並みは（波那美波）　一六〇
波邇布《はにふ》坂（波邇布邪迦）　一八九
葉広（波毘呂）　一七九、二一七
葉広熊白檮《かし》（波毘呂久麻加斯）　二〇九
這ひ廻《もとほ》ろふ（波比母登富呂布）　九七、一四四
延《は》へけく知らに（波閇祁久斯良邇）　一六二
浜つ千鳥（波麻都知登理）　一四五
浜よは行かず（波麻用波由迦受）　一四五
速けむ人し（波夜祁牟比登斯）　一六六
速総別《はやぶさわけ》（波夜夫佐和気）　一八四
速総別の（波夜夫佐和気能）　一八四
腹にある（波良邇阿流）　一八〇
榛《はり》の木の枝（波理能紀能延陀）　二二三

ひ

日が隠らば（比賀迦久良婆）　五五
日がける宮（比賀気流美夜）　二一六
弾く琴に（比久許登爾）　二二三
引《ひけ》田の（比気多能）　二二一
引け鳥の（比気登理能）　五六
引こづらひ（比許豆良比）　五四
日子根の神ぞ（比古泥能迦微曾）　六七
ひさかたの（比佐迦多能）　一四〇
日代《ひしろ》の宮は（比志呂乃美夜波）　二一六
日照る宮（比伝流美夜）　二一六
人多《さは》に（比登佐波爾）　九六
人知りぬべし（比登斯理奴倍志）　一九八
一つ松（比登都麻都）　一四二
人取り枯らし（比登登理賀良斯）　一六一
人にありせば（比登邇阿理勢婆）　一四二
人は離《か》ゆとも（比登波加由登母）　一九六
一本菅は（比登母登須宜波）　一八三
一本薄（比登母登須須岐）　五六
独居りとも（比登理袁理登母）　一八三
鄙を覆《お》へり（比那袁淤幣理）　二一六
日には十日を（比邇波登袁加袁）　一四〇

檜《ひ》の御門（比能美加度）　二二六
日の御子（比能美古）　一四〇、一六三、一八六、二二七
日の御子に（比能美古爾）　二二七
日の宮人（比能美夜比登）　二二七
弱細《ひはぼそ》（比波煩曾）　一四〇
雲雀は（比婆理波）　一八四
蒜《ひる》摘みに（比流都美邇）　一六一
昼は雲とゐ（比流波久毛登韋）　一〇一
領巾《ひれ》取り懸けて（比礼登理加気弖）　二二七
広りいまし（比呂里伊麻志）　二二七
広り坐すは（比呂里伊麻須波）　一七九

ふ

二渡らす（布多和多良須）　六七
船余り（布那阿麻理）　一九八
ふはやが下に（布波夜賀斯多爾）　五七
冬木如《の》のす（布由紀能須）　一六三
振《ふる》熊が（布流玖麻賀）　一五四
触れ立つ（布礼多都）　一八八

へ

平群《へぐり》の山の（幣具理能夜麻能）　一四三、二〇八
辺つ波（幣都那美）　五六

ほ

寿《ほ》き狂ほし（本岐玖流本斯）　一五五
寿《ほ》き廻《もとほ》し（本岐母登本斯）　一五五
秀罇《ほだり》取らす子（本陀理斗良須古）　二一八
秀罇取らすも（本陀理斗良須母）　二一八
秀罇取り（本陀理斗理）　二一八
上枝《ほつ》の（本都延能）　二二六
上枝は（本都延波）　一六一、二二六
ほつもり（本都毛理）　一六一
火《ほ》中に立ちて（本那迦邇多知弖）　一三八
品陀《ほむだ》の（本牟多能）　一六三

ま

枕《ま》かずけばこそ（麻迦受祁婆許曾）　一八一
枕かむとは（麻迦牟登波）　一四〇
真木さく（麻紀佐久）　二一六
蒔きし（麻岐斯）　五六
纏向《まきむく》の（麻岐牟久能）　二一六
真杙を打ち（麻久比袁宇知）　二〇〇
真杙には（麻久比爾波）　二〇〇
蒔ける菘菜《あをな》も（麻祁流阿袁那母）　一七七
まこそに（麻許曾邇）　一八六

まさづ子吾妹（摩佐豆古和芸毛）　一七六
全《また》けむ人は（麻多祁牟比登波）　一四三
真玉を懸け（麻多麻袁加気）　二〇〇
真玉手（麻多麻伝）　五五、五七
真玉如《な》す（麻多麻那須）　二〇〇
待つには待たじ（麻都爾波麻多士）　一九九
まつぶさに（麻都夫佐爾）　五六
献《まつ》り来し御酒ぞ（麻都理許斯美岐叙）　一五五
鶺鴒《まなばしら》（麻那婆志良）　二一七
舞する女（麻比須流袁美那）　二一二
舞ひつつ（麻比都都）　一五六
真火には当てず（麻肥邇波阿弖受）　一六〇
前つ戸よ（麻幣都斗用）　一一五
眉画《まよが》き（麻用賀岐）　一六〇
まろが父《ち》（麻呂賀知）　一六三

み

み吉野《えしの》の（美延斯怒能）　二一三
見えずかもあらむ（美延受加母阿良牟）　二三四
御襲料《みおすひがね》（美淤須比賀泥）　一八四
御酒の（美岐能）　一五六
王子の柴垣（美古能志婆加岐）　二三一
美島に著《と》き（美志麻邇斗岐）　一六〇
御統《みすまる》に（美須麻流邇）　六七
み谷（美多邇）　六七
乱れば乱れ（美陀礼婆美陀礼）　一九六
道問へば（美知斗閇婆）　一九〇
道の後《しり》（美知能斯理）　一六二
三つ栗の（美都具理能）　一六〇、一六一
瑞玉盞《みづたまうき》に（美豆多麻宇岐爾）　二一七
水溜る（美豆多麻流）　一六二
みつみつし（美都美都斯）　九六、九七
水《みな》こをろこをろに（美那許袁呂許袁呂爾）　二一七
水灌《みなそそ》く（美那曾曾久）　二一八
身の多けくを（微能意富祁久袁）　九五
身の盛り人（微能佐加理毘登）　二一一
身の無けくを（微能那祁久袁）　九五
三重の子が（美幣能古賀）　二一七
鳰《みほ》鳥の（美本杼理能）　一六〇
御真木入日子はや（美麻紀伊理毘古波夜）　一一五
御諸に（美母呂爾）　二一一
御諸の（美母呂能）　一八〇、二一一
宮上り（美夜能煩理）　一八〇
宮人とよむ（美夜比登登余牟）　一九七
宮人の（美夜比登能）　一九七
み山隠りて（美夜麻賀久理弖）　二三四

む

対《むか》ひ居るかも（牟迦比袁流迦母）　一六〇
迎へを行かむ（牟加閇袁由加牟）　一九九
苧衾《むしぶすま》（牟斯夫須麻）　五七
胸《むな》見る時（牟那美流登岐）　五六
群鳥の（牟良登理能）　五六

め

女鳥の（売杼理能）　一八四
女にしあれば（売邇斯阿礼婆）　五五、五七

も

持ちて来ましもの（母知弖許麻志母能）　一八九
本つるぎ（母登都流芸）　一六三
本には（母登爾波）　二〇九
本方《へ》は（母登幣波）　一六七
物申す（母能麻袁須）　一八一
ももしきの（毛毛志紀能）　二一七
百足る（毛毛陀流）　二一六
百千足る（毛毛知陀流）　一五九
百伝ふ（毛毛豆多布）　一六〇、二三四
百長に（毛毛那賀邇）　五五、五七
燃ゆる家群（毛由流伊幣牟良）　一八九
燃ゆる火の（毛由流肥能）　二三八

や

弥《や》堅く取らせ（夜賀多久斗良勢）　二一八
やがはえなす（夜賀波延那須）　一八二
焼けむ柴垣（夜気牟志婆加岐）　二三一
八雲立つ（夜久毛多都）　四五
八島国（夜斯麻久爾）　五四
安く肌触れ（夜須久波陀布礼）　一九六
やすみしし（夜須美斯志）　一四〇、二二三、二一八
八千矛の（夜知富許能）　五四、五五、五七
やつめさす（夜都米佐須）　一三六
八田の（夜多能）　一八三
家庭《やには》も見ゆ（夜邇波母美由）　一五九
八節結《やふじま》り（夜布士麻理）　二三一
八重垣作る（夜幣賀岐都久流）　四五
八重の柴垣（夜幣能斯婆加岐）　二三一
八百土《やほに》よし（夜本爾余志）　二一六
山県に（夜麻賀多爾）　五六、一七七
山隠《ごも》れる（夜麻碁母礼流）　一四三
山代《しろ》河を（夜麻志呂賀波袁）　一七九、一八〇
山代に（夜麻斯呂邇）　一八〇

山代の（夜麻志呂能）　一八一
山代女の（夜麻志呂売能）　一八一、一八二
山田を作り（夜麻陀袁豆久理）　一九六
山高み（夜麻陀加美）　一九六
山たづの（夜麻多豆能）　一九九
倭を過ぎ（夜麻登袁須疑）　一八〇
倭しうるはし（夜麻登志宇流波斯）　一四三
山処《と》の（夜麻登能）　五六
倭の（夜麻登能）　九九、二一七
倭の国を（夜麻登能久爾袁）　二一三
倭の国に（夜麻登能久邇爾）　一八六、一八七
倭は（夜麻登波）　一四三
倭方《へ》に（夜麻登幣邇）　一七八
山の峡《かひ》に（夜麻能賀比爾）　二〇九

ゆ

往くは誰が夫《つま》（由玖波多賀都麻）　一七八
五百《ゆ》箇《つ》真《ま》椿（由都麻都婆岐）　一七九、二一七
夕されば（由布佐礼婆）　一〇一
夕とには（由布斗爾波）　二一八
夕日の（由布比能）　二一六
ゆゆしきかも（由由斯伎加母）　二一一
由良の門《と》の（由良能斗能）　一八七

よ

横臼《よくす》を作り（余久須袁都久理）　一六三
横臼に（余久須邇）　一六三
横去らふ（余許佐良布）　一六〇
依網《よさみ》の池の（余佐美能伊気能）　一六二
よしと聞こさば（与斯登岐許佐婆）　一八三
夜には九夜（用邇波許許能用）　一四〇
世のことごとに（余能許登碁登邇）　八七
世の長人（余能那賀比登）　一八六、一八七
夜は出でなむ（用波伊伝那牟）　五五
婚《よば》ひに（用婆比邇）　五四
良らしな（余良斯那）　一六一
寄り寝てとほれ（余理泥弖登富礼）　一九八

わ

我が率《ゐ》寝し（和賀韋泥斯）　八七
我が行《い》ませばや（和賀伊麻勢婆夜）　一六〇
我が置きし（和賀淤岐斯）　一四三
我が大君（和賀意富岐美）　一四〇
我が王《おほきみ》の（和賀意富岐美能）　一八四
我が大君の（和賀意富岐美能）　二一三、二一八
若草の（和加久佐能）　五七

我が国見れば（和賀久邇美礼婆） 一七
若くへに（和加久閇爾） 二一
若栗栖原（和加久流須婆良） 二一
我が著《け》せる（和賀祁勢流） 一四一
我が心（和何許許呂） 五五
我が心しぞ（和賀許許呂志叙） 一六二
我が黥《さ》ける利《と》目（和加佐祁流斗米） 一〇〇
我が立たせれば（和何多多勢礼婆） 五四
我が畳ゆめ（和賀多多弥由米） 一九八
我が立ち見れば（和賀多知美礼婆） 一八九
我が妻はゆめ（和賀都麻波由米） 一九八
我が手取らすも（和賀弖登良須母） 一八五
我が娉《と》ふ妹を（和賀登布伊毛袁） 一九六
我が泣く妻を（和賀那久都麻袁） 一九六
我が名問はさね（和賀那斗波佐泥） 一九八
我が逃げ登りし（和賀爾宜能煩理斯） 二三
我が上れば（和賀能煩礼婆） 一七九、一八〇
我が引け往なば（和賀比気伊那婆） 五六
我が二人寝し（和賀布多理泥斯） 一〇〇
我が待つや（和賀麻都夜） 九五
我が見が欲し国は（和賀美賀本斯久邇波） 一八〇
我が御酒ならず（和賀美岐那良受） 一五五
我が見し子ら（和賀美斯古良） 一六〇
我が群れ往なば（和賀牟礼伊那婆） 五六
我が許《もこ》に来む（和賀毛古邇許牟） 一六六
若やる胸を（和加夜流牟泥遠） 五五、五七
我が行く道の（和賀由久美知能） 一六一
脇机《わきづき》が下の（和岐豆紀賀斯多能） 二一八
吾家《わぎへ》のあたり（和芸幣能阿多理） 一八〇
吾家の方よ（和岐幣能迦多用） 一四三
渡り瀬に（和多理是邇） 一六七
我《わ》鳥にあらめ（和杼理邇阿良米） 五五
丸邇《わに》坂《さ》の土《に》を（和邇佐能邇袁） 一六〇
我酔ひにけり（和礼恵比邇祁理） 一六四
吾はや飢《ゑ》ぬ（和礼波夜恵奴） 九七
吾は忘れじ（和礼波和須礼志） 九七
我忘れめや（和礼和須礼米夜） 一七八

古 事 記　　ワイド版 岩波文庫 48

1991 年 6 月 26 日　第 1 刷発行
2008 年 2 月 25 日　第 15 刷改版発行
2025 年 9 月 5 日　第 29 刷発行

校注者　倉野憲司《くらのけんじ》

発行者　坂本政謙

発行所　株式会社 岩波書店
〒101-8002 東京都千代田区一ツ橋 2-5-5

案内 03-5210-4000　営業部 03-5210-4111
文庫編集部 03-5210-4051
https://www.iwanami.co.jp/

印刷・三陽社　カバー・半七印刷　製本・中永製本

ISBN 978-4-00-007048-5　　Printed in Japan

読書子に寄す

——岩波文庫発刊に際して——

岩波茂雄

真理は万人によって求められることを自ら欲し、芸術は万人によって愛されることを自ら望む。かつては民を愚昧ならしめるために学芸が最も狭き堂宇に閉鎖されたことがあった。今や知識と美とを特権階級の独占より奪い返すことはつねに進取的なる民衆の切実なる要求である。岩波文庫はこの要求に応じそれに励まされて生まれた。それは生命ある不朽の書を少数者の書斎と研究室とより解放して街頭にくまなく立たしめ民衆に伍せしめるであろう。近時大量生産予約出版の流行を見る。その広告宣伝の狂態はしばらくおくも、後代にのこすと誇称する全集がその編集に万全の用意をなしたるか。千古の典籍の翻訳企図に敬虔の態度を欠かざりしか。さらに分売を許さず読者を繫縛して数十冊を強うるがごとき、はたしてその揚言する学芸解放のゆえんなりや。吾人は天下の名士の声に和してこれを推挙するに躊躇するものである。このときにあたって、岩波書店は自己の責務のいよいよ重大なるを思い、従来の方針の徹底を期するため、すでに十数年以前より志して来た計画を慎重審議この際断然実行することにした。吾人は範をかのレクラム文庫にとり、古今東西にわたって文芸・哲学・社会科学・自然科学等種類のいかんを問わず、いやしくも万人の必読すべき真に古典的価値ある書をきわめて簡易なる形式において逐次刊行し、あらゆる人間に須要なる生活向上の資料、生活批判の原理を提供せんと欲する。この文庫は予約出版の方法を排したるがゆえに、読者は自己の欲する時に自己の欲する書物を各個に自由に選択することができる。携帯に便にして価格の低きを最主とするがゆえに、外観を顧みざるも内容に至っては厳選最も力を尽くし、従来の岩波出版物の特色をますます発揮せしめようとする。この計画たるや世間の一時の投機的なるものと異なり、永遠の事業として吾人は微力を傾倒し、あらゆる犠牲を忍んで今後永久に継続発展せしめ、もって文庫の使命を遺憾なく果たさしめることを期する。芸術を愛し知識を求むる士の自ら進んでこの挙に参加し、希望と忠言とを寄せられることは吾人の熱望するところである。その性質上経済的には最も困難多きこの事業にあえて当たらんとする吾人の志を諒として、その達成のため世の読書子とのうるわしき共同を期待する。

昭和二年七月